FILHA DA TEMPESTADE

DARK SWAN · LIVRO UM

Richelle Mead

FILHA DA TEMPESTADE

Tradução

Dênia Sad

AGIR

Título original: Storm Born

Editora Nova Fronteira Participações S.A.
Rua Nova Jerusalém, 345 – Bonsucesso – 21042-235
Rio de Janeiro – RJ – Brasil
Tel.: (21) 3882-8200 – Fax: (21)3882-8212/8313

Texto revisto pelo novo Acordo Ortográfico

CIP-Brasil. Catalogação na fonte
Sindicato Nacional dos Editores de Livros, RJ

M431f Mead, Richelle, 1976-
Filha da Tempestade / Richelle Mead; tradução Dênia Sad. - Rio de Janeiro: Agir, 2011.
416 p.: 23 cm. - (Dark Swan; 1)

Tradução de: Storm born
ISBN 978-85-220-1209-1

1. Ficção americana. I. Sad, Dênia. II.Título. III. Série.

CDD: 813
CDU: 821.111(73)-3

Para Michael, que sempre gostou mais deste.

CAPÍTULO 1

Eu já tinha visto coisas mais bizarras do que um tênis assombrado, mas não muitas.

O Nike Pegasus em tons de cinza, branco e laranja estava sobre a mesa do escritório, inofensivo. O cadarço tinha sido afrouxado em alguns pontos, e havia um pouco de sujeira grudada na sola. Era o pé esquerdo.

Quanto a mim, bem... Sob o casaco que descia até os joelhos, eu tinha uma Glock .22 carregada de balas com um conteúdo de aço maior do que o permitido em lei. E ainda levava no bolso um cartucho com mais algumas, feitas de prata. Dois athames estavam embainhados no outro lado do meu quadril: um com lâmina de prata e um de ferro. Enfiada no meu cinto, perto deles, uma varinha de carvalho entalhada à mão e incrustada com pedras preciosas encantadas suficientes para explodir a escrivaninha do canto se eu quisesse.

Dizer que me senti bem-vestida demais para a ocasião seria um tanto sutil.

— E então — perguntei, mantendo a voz no tom mais neutro possível —, o que o faz pensar que seu tênis está... bem... possuído?

Brian Montgomery — trinta e tantos anos, com entradas no cabelo que se recusavam a aceitar a própria condição — olhou para o tênis, nervoso, e passou a língua pelos lábios.

— Ele sempre me faz tropeçar quando saio para correr. Toda vez. E está sempre mudando de lugar. Quero dizer, na verdade, nunca vi isso acontecer, mas... Se tiro o par de tênis de perto da porta, quando volto, encontro esse pé embaixo da cama ou em algum lugar do tipo. E às vezes... Às vezes encosto no tênis, e ele parece frio... Muito frio... Como... — Montgomery procurou uma metáfora e, por fim, escolheu a mais banal. — Como gelo.

Balancei a cabeça em concordância e olhei o tênis de relance, sem dizer nada.

— Veja, senhorita... Odile... Ou seja lá o que for. Não sou louco. Esse tênis é assombrado. É do Mal. A senhorita precisa fazer alguma coisa, está bem? Tem uma maratona chegando, e até tudo isso começar a acontecer eles eram os meus tênis da sorte. E não são baratos, como a senhorita sabe. São um investimento.

Para mim, aquilo parecia loucura — o que já queria dizer alguma coisa —, mas, como eu já estava ali, não custava nada checar. Enfiei a mão no bolso do casaco, o que estava sem munição, e peguei meu pêndulo. Era simples: uma corrente fina de prata com um pequeno cristal de quartzo pendurado.

Enrolei a ponta da corrente nos dedos e estiquei a mão acima do tênis, esvaziando a mente e deixando que o cristal pendesse livremente. Um instante depois, ele começou a girar por conta própria.

— Bem, estou surpresa — murmurei, enfiando o objeto de volta no bolso.

Havia alguma coisa ali. Me virei para Montgomery, tentando fazer alguma expressão intimidadora, pois era o que os clientes sempre esperavam.

— É melhor o senhor sair daqui. Para a sua própria segurança.

Aquilo era verdade apenas em parte. Essencialmente, os clientes que permaneciam por perto me incomodavam. Faziam perguntas idiotas e podiam fazer coisas ainda mais idiotas, o que, na realidade, era mais arriscado para mim do que para eles.

Montgomery não hesitou. Logo que a porta se fechou, encontrei o pote de sal em minha bolsa de couro e espalhei um pouco dele no chão do escritório, formando um grande círculo à minha volta. Joguei o tênis no meio e invoquei os quatro pontos cardeais com o punhal de prata. Aparentemente, o círculo não sofreu alterações, mas senti uma centelha de poder, indicando que ele havia nos fechado ali dentro.

Tentando não bocejar, peguei minha varinha e continuei segurando o athame. Havia dirigido por quatro horas até chegar a Las Cruces, e, como dormira muito pouco, a distância me parecera duas vezes maior. Enviei um pouco da minha energia para a varinha, bati com ela no tênis e falei com uma voz cantarolada:

— Saia, saia, quem quer que seja.

Houve um momento de silêncio. Então, uma voz masculina muito alta vociferou:

— Vá embora, vagabunda.

Legal. Um tênis com atitude.

— Por quê? Você tem alguma coisa melhor para fazer?

— Melhor do que perder meu tempo com uma mortal.

Eu sorri.

— Alguma coisa melhor para fazer em um tênis? Qual é! Quero dizer, já ouvi falar em decadência, mas você não acha que está passando dos limites? Esse tênis nem é novo. Você poderia ter feito muito melhor do que isso.

A voz manteve o tom incomodado, sem fazer ameaças, simplesmente irritada por ter sido interrompida:

— Decadência, *eu*? Acha que não sei quem você é, Eugenie Markham? Cisne-Negro-chamado-Odile. Traidora do próprio sangue. Vira-lata. Matadora. Assassina. — Ele praticamente cuspiu a última palavra. — Está sozinha entre a sua raça e a minha. Uma sombra sanguinária. Faz qualquer coisa para qualquer um que possa lhe pagar o bastante. Isso faz de você mais do que uma mercenária. Faz de você uma prostituta.

Fingi que estava entediada. Já tinha sido chamada de quase tudo aquilo antes. Bem, menos pelo meu nome. Essa parte foi novidade — e um pouco desconcertante. Não que o tenha deixado perceber isso.

— Já acabou a choradeira? É que não tenho tempo para ficar ouvindo enrolação.

— Você não está sendo paga por hora? — perguntou ele, com malícia.

— Cobro um preço fixo.

— Ah...

Revirei os olhos e toquei de novo no tênis com a varinha. Dessa vez, depositei toda a minha energia nela, reunindo o vigor do meu corpo e algum poder do mundo ao meu redor.

— Chega de brincadeira. Se você for embora por conta própria, não vou precisar machucá-lo. *Saia*.

Ele não pôde resistir àquele comando e ao poder que havia nele. O tênis tremeu, e uma fumaça começou a sair dali. Ai, meu Deus. Torci para que o tênis não fosse incinerado. Montgomery não seria capaz de suportar isso.

Um berro emergiu da fumaça, que formava uma figura enorme e escura, cerca de meio metro mais alta do que eu. Com todos os seus gracejos, eu meio que esperava uma versão picante de um dos duendes do Papai Noel. Em vez disso, o ser diante de mim tinha a parte superior do corpo de um homem bem musculoso, enquanto a inferior lembrava um pequeno ciclone. A fumaça se solidificou e se transformou em uma pele preto-acinzentada que parecia couro. Tive apenas um instante para agir ao avaliar essa nova forma. Troquei a varinha pela arma e tirei o pente ao pegá-la. Naquele momento, o ser já estava me dando o bote, e tive que rolar para me desviar dele, cercada pelos limites do círculo.

Um queres. Um queres macho — o mais raro. Eu já esperava algo excêntrico, que requeresse balas de prata, ou um espectro, que não precisava de bala alguma. Os queres eram antigos espíritos da morte originalmente confinados em canopos. Com o tempo, os vasos se desgastavam, e os queres costumavam procurar um novo lar. Não havia sobrado muitos deles neste mundo, e logo haveria um a menos.

O queres veio na minha direção, e arranquei um bom pedaço dele com a lâmina de prata. Fiz isso com a mão direita, em cujo punho eu usava uma pulseira de ônix e obsidiana. Essas pedras sozinhas já atingiriam um espírito da morte como aquele sem a ajuda da lâmina. Como era de se esperar, ele sibilou de dor e hesitou por um instante. Aproveitei o momento, me apressando para carregar o cartucho de prata.

Não consegui fazê-lo porque logo o queres estava em cima de mim de novo. Ele me atingiu com um de seus braços maciços, me atirando contra as paredes do círculo, que podiam ser transparentes, mas pareciam tão sólidas quanto tijolos. Uma das desvantagens de prender um espírito em um círculo era o fato de eu também ficar presa. Minha cabeça e meu ombro esquerdo sofreram o pior impacto, e a dor se espalhou pelo meu corpo em pequenas explosões. O queres parecia muito satisfeito consigo mesmo por conta disso, como vilões confiantes demais costumam ser.

— Você é tão forte quanto dizem, mas uma tola por tentar me expulsar. Devia ter me deixado em paz — disse ele, agora com uma voz mais profunda, quase cavernosa.

Balancei a cabeça tanto para discordar quanto para me livrar da vertigem.

— Esse tênis não é seu.

Eu ainda não tinha conseguido trocar o maldito cartucho. Não com ele pronto para me atacar de novo, não com as duas mãos ocupadas. Além disso, eu não podia correr o risco de deixar cair nenhuma arma.

O queres se aproximou de mim, e eu o cortei de novo. Os ferimentos eram pequenos, mas o punhal era como veneno e o consumiria com o tempo — se eu conseguisse viver o bastante. Me mexi para atingi-lo mais uma vez, mas o queres se antecipou e segurou meu punho com força. Ele o apertou e o retorceu numa posição nada natural, me forçando a largar o athame e a gritar. Esperava que não tivesse quebrado nenhum osso meu. Convencido, o espírito me agarrou pelos ombros com as mãos e me ergueu de modo que eu ficasse cara a cara com ele. Seus olhos eram amarelos, com fendas no lugar das pupilas e bem parecidos com os de algumas espécies de cobra. O hálito era quente e fedia a decomposição quando falava.

— Você é pequena, Eugenie Markham, mas adorável, e sua carne é quente. Talvez seja melhor deixar a pressa de lado e pegar você. Seria bom ouvir você gritar embaixo de mim.

Eca. Aquela coisa tinha acabado de me fazer uma proposta indecente? E lá vinha meu nome de novo. Como é que ele sabia? Nenhum deles sabia. Para eles, eu era apenas Odile, o mesmo nome do cisne negro de *O lago dos cisnes*, um nome cunhado pelo meu padrasto devido à forma em que meu espírito preferia viajar quando visitava o Outro Mundo. O nome — apesar de não ser particularmente assustador — havia pegado, embora eu duvidasse que alguma das criaturas contra as quais lutava conhecesse a referência. Elas não costumavam ir muito a balés.

O queres havia prendido meus braços — eu ficaria com hematomas no dia seguinte —, mas meus antebraços e minhas mãos estavam livres. Ele era tão seguro de si, tão excessivamente arrogante e confiante que não prestou atenção no esforço que minhas mãos faziam. Deve ter interpretado o movimento como uma tentativa inútil de me libertar. Em poucos segundos, eu havia pegado o pente e o enfiado na arma. Consegui dar um tiro desajeitado, e ele me soltou — sem delicadeza. Cambaleei até recuperar o equilíbrio. Provavelmente as balas não seriam capazes de matá-lo, mas uma de prata no meio do peito sem dúvida o machucaria.

O espírito foi para trás, vacilante e um tanto surpreso, e me perguntei se ele já havia se deparado com uma arma antes.

Disparei mais uma vez, depois outra, e outra, e outra. O barulho dos disparos era alto. Torci para que Montgomery não fizesse besteira e entrasse correndo. O queres urrou de raiva e de dor. Cada tiro fazia com que ele cambaleasse em direção aos limites do círculo. Avancei até o espírito e recuperei o punhal, que brilhou na minha mão. Com alguns movimentos rápidos, gravei o símbolo da morte na parte do peito dele ainda não ensanguentada por causa dos tiros. Imediatamente, uma descarga elétrica percorreu o ambiente do círculo. Os pelos da minha nuca se arrepiaram, e senti cheiro de ozônio, como logo antes de uma tempestade.

O queres gritou e deu um salto para a frente, renovado pela ira, pela adrenalina ou pelo que quer que alimentasse essas criaturas. Mas era tarde demais. Ele estava marcado e ferido. Eu estava pronta. Num humor diferente, talvez eu tivesse apenas banido o queres para o Outro Mundo; procurava não matar se não fosse preciso. Mas aquela insinuação sexual era simplesmente inaceitável. Agora eu estava furiosa. Ele iria para o mundo da morte, direto para o portão de Perséfone.

Atirei de novo para retardá-lo. A minha pontaria com a mão esquerda não era das melhores, mas ainda boa o bastante para atingi-lo. Já havia trocado o punhal pela varinha. Dessa vez, não evoquei o poder deste plano. Com uma calma bem-praticada, permiti que parte de minha consciência deixasse este mundo. Em instantes, cheguei à encruzilhada para o Outro Mundo. Era uma transição fácil, eu fazia aquilo o tempo todo. O passo seguinte era um pouco mais difícil, principalmente por estar enfraquecida devido à luta, mas, ainda assim, nada que eu não pudesse fazer de forma automática. Mantive meu espírito bem do lado de fora da terra da morte, mas toquei nela e transmiti essa conexão pela varinha. Esta sugou o queres, e o rosto dele se retorceu de medo.

— Este não é o seu mundo — falei em voz baixa, sentindo o poder queimar através de mim e ao meu redor. — Este não é o seu mundo, e eu expulso você. Mando você para o portão negro, para a terra da morte, onde você pode renascer ou cair no esquecimento ou queimar no fogo do inferno. Eu realmente não estou nem aí. *Vá*.

Ele gritou, mas a magia o capturou. Havia um tremor no ar, um aumento na pressão, que, então, acabou abruptamente, como um balão que murcha. O queres se fora também, deixando apenas uma chuva de faíscas cinza que logo desapareceram.

Silêncio. Caí de joelhos, inspirando profundamente. Meus olhos se fecharam por um instante enquanto meu corpo relaxava e minha consciência voltava para este mundo. Eu estava exausta, mas exultante também. Matar o queres foi bom. E até mesmo empolgante. A criatura teve o que merecia, e fui eu quem deu isso a ela.

Minutos depois, parte da minha força voltou. Eu me levantei e abri o círculo, sentindo-me sufocada por ele de repente. Deixei minhas ferramentas e armas de lado e fui procurar Montgomery.

— Seu tênis foi exorcizado — contei a ele, sem me alterar. — Matei o fantasma.

Não fazia sentido explicar a diferença entre um queres e um verdadeiro fantasma; Montgomery não entenderia.

Ele entrou no cômodo com passos lentos e pegou o tênis com cuidado.

— Ouvi tiros. Como é que você usa balas para matar um fantasma?

Dei de ombros. Doeu na parte que o queres havia batido na parede.

— Era um fantasma forte.

Ele embalou o tênis, como alguém faria com uma criança, e então olhou para baixo, desaprovando.

— Tem sangue no tapete.

— Leia os papéis que você assinou. Não assumo nenhuma responsabilidade por danos causados a objetos pessoais.

Resmungando um pouco, ele pagou o que devia — em dinheiro —, e fui embora. Na verdade, contudo, ele estava tão satisfeito por causa do tênis que eu poderia ter destruído o escritório.

No carro, peguei uma barrinha de chocolate no compartimento secreto do porta-luvas. Batalhas como aquela requeriam açúcar e calorias imediatamente. Depois de praticamente enfiar o doce inteiro na boca, liguei o celular. Havia uma chamada não atendida da Lara.

Quando eu já havia comido a segunda barrinha e estava voltando para Tucson, telefonei para ela.

— Ei — falei.

— Oi. Você já acabou o trabalho para o Montgomery?

— Já.

— O tênis estava mesmo possuído?

— Estava.

— Ah. Quem poderia adivinhar? Isso até que é engraçado também. Tipo, você sabe, almas e solas de tênis perdidas...

— Ruim. Muito ruim — critiquei.

Lara podia ser uma boa secretária, só que eu tinha que tolerar tanta coisa!

— E então, aconteceu alguma coisa? Ou você só está ligando para saber notícias?

— Não. É que acabei de receber uma proposta de trabalho estranha. De um cara... Bem, para ser sincera, achei que ele parecia meio esquizo. Mas alega que a irmã foi abduzida por fadas, enfim... Nobres. Ele quer que você vá buscá-la.

Fiquei em silêncio ao ouvir aquilo, olhando para a estrada e para o céu azul e claro à frente, sem ver nem um nem outro de fato. Alguma parte objetiva de mim tentava processar o que Lara acabara de dizer. Eu não recebia aquele tipo de pedido com muita frequência. Está bem, nunca. Para fazer um resgate como esse, eu teria que me transportar fisicamente para o Outro Mundo.

— Na verdade, não faço esse tipo de coisa.

— Foi o que eu disse a ele.

Porém, havia uma incerteza na voz da Lara.

— Está bem. O que você não está me contando?

— Nada, eu acho. Não sei. Só que... Ele disse que faz quase um ano e meio que a irmã está desaparecida. Ela tinha catorze anos quando sumiu.

Meu estômago piorou um pouco quando ouvi aquilo. Meu Deus. Que destino horrível para alguém tão jovem. Isso tornava os comentários obscenos do queres extremamente triviais.

— O rapaz parecia muito preocupado.

— Ele tem provas de que ela foi mesmo levada?

— Não sei. Ele não falou sobre isso. Era meio paranoico. Parecia pensar que o telefone dele tinha sido grampeado.

Ri ao ouvir aquilo.

— Por quem? Pelos nobres?

"Nobres" era como eu chamava os seres que, para grande parte da cultura ocidental, eram fadas ou sidhe. Eles eram exatamente como os humanos, mas abraçaram a magia em vez da tecnologia. Consideravam "fada" um termo depreciativo. Então eu respeitava isso — mais ou menos — usando o termo que os antigos camponeses ingleses costumavam usar. *Nobres*. Pessoas boas. Bons vizinhos. Uma designação questionável, na melhor das hipóteses. Na verdade, os nobres preferiam o termo "iluminados", mas isso era uma grande bobagem. Eu não lhes daria tanto crédito assim.

— Não sei — respondeu Lara. — Como eu disse, ele parecia um pouco esquizo.

Fez-se silêncio quando pedi que ela esperasse um pouco e ultrapassei um carro a setenta por hora na pista da esquerda.

— Eugenie! Você não pode estar realmente pensando em fazer isso.

— Catorze, não é?

— Você sempre disse que é perigoso.

— A adolescência?

— Pare com isso. Você sabe do que estou falando. Atravessar.

— É. Sei do que você está falando.

Era perigoso — superperigoso. Viajar em forma de espírito também poderia matar, mas as chances de escapar de volta para o corpo terrestre eram maiores. Levar o próprio corpo fazia com que todas as regras mudassem.

— É loucura.

— Agende um horário — falei. — Não custa nada conversar com ele.

Eu quase podia vê-la mordendo os lábios para segurar os protestos. No entanto, no fim das contas, era eu quem pagava o salário da Lara, e ela respeitava isso. Depois de alguns instantes, ela quebrou o silêncio com informações sobre outros trabalhos e então passou para tópicos mais casuais: uma promoção no shopping, um arranhão misterioso no carro dela...

Havia algo na fofoca animada da Lara que sempre me fez rir, mas também me incomodava o fato de grande parte do meu contato social ser por meio de alguém que, na verdade, eu nunca tinha visto. Ultimamente, a maioria de minhas interações cara a cara era com espíritos e nobres.

Já passava da hora do jantar quando cheguei em casa, e, aparentemente, Tim, que morava comigo, passaria a noite fora, talvez em alguma roda de leitura de poesia. Apesar da origem polonesa, de forma inexplicável, a genética lhe dera a aparência de um nativo americano forte. Na verdade, ele parecia mais índio do que algumas pessoas da região. Concluindo que esse era um chamado para a fama, deixara o cabelo crescer e adotara o nome de Timothy Cavalo Vermelho. Ele ganhava a vida recitando poemas pseudonativos em espeluncas locais e seduzindo turistas ingênuas, usando em excesso expressões como "meu povo" e "o Grande Espírito". Era desprezível, para dizer o mínimo, mas fazia com que ele fosse para a cama com muita frequência. O que não acontecia era ele ganhar muito dinheiro. Então, o deixei morar comigo, desde que cumprisse com os afazeres domésticos e a faxina. Para mim, era um acordo muito bom. Depois de passar o dia combatendo zumbis, esfregar a banheira seria pedir demais.

Polir meus punhais, infelizmente, era uma tarefa que eu mesma tinha que fazer. Sangue de queres podia manchar.

Jantei mais tarde. Depois me despi e passei um bom tempo na sauna. Gostava de muitas coisas na minha casinha ao pé das montanhas, e a sauna era uma das favoritas. Pode parecer um tanto sem sentido no deserto, mas no Arizona em geral o clima é quente e seco, e eu gostava da sensação de umidade na minha pele. Me recostei na parede de madeira, apreciando minha transpiração eliminar o estresse. Meu corpo doía — algumas partes mais do que outras —, e o calor deixava alguns músculos relaxados.

A solidão também me acalmava. Era patético, e eu provavelmente não tinha ninguém para culpar por minha falta de sociabilidade, a não ser a mim mesma. Passava muito tempo sozinha e não me importava. Quando meu padrasto, Roland, me treinou pela primeira vez como xamã, ele me disse que em diversas culturas os xamãs viviam essencialmente à margem da sociedade normal. A ideia me pareceu maluca na época, já que eu estava no colégio, mas passou a fazer mais sentido agora que eu estava mais velha.

Eu não era completamente sociofóbica, mas acho que sempre tive dificuldade para interagir com outras pessoas. Falar em público era uma tortura. Até mesmo uma conversa a dois era um problema. Eu não tinha animais de estimação nem filhos sobre os quais tagarelar e não podia falar exatamente sobre coisas como o incidente em Las Cruces. *É, tive um dia um tanto longo. Dirigi durante quatro horas e lutei contra um antigo servo do Mal. Depois de dar alguns tiros e umas facadas, eu o destruí e o mandei para o mundo da morte. Meu Deus, eu juro que não estou sendo bem paga por essa porcaria.*

Deixa para uma risada educada.

Quando saí da sauna, tinha outro recado da Lara, me dizendo que o encontro com o irmão perturbado havia sido marcado para o dia seguinte. Fiz uma anotação na minha agenda, tomei um banho e fui para o meu quarto, onde vesti um pijama de seda preto com pressa. Seja qual for a razão, um belo pijama era a única indulgência que eu me permitia em meio a um estilo de vida, fora isso, sujo e maldito. O escolhido da noite era uma camisola com um decote generoso, como se houvesse alguém lá para vê-lo. Eu sempre usava um roupão esfarrapado quando Tim estava por perto.

Sentada à minha escrivaninha, abri a caixa de um quebra-cabeça que tinha acabado de comprar. Era a fotografia de um gatinho de costas agarrando um novelo. A minha paixão por quebra-cabeças disputava o prêmio de bizarrice com o pijama, mas eles acalmavam a minha mente. Talvez pelo fato de serem tão tangíveis. Você podia segurar as peças e fazer com que se encaixassem, ao contrário das coisas insubstanciais com as quais eu costumava trabalhar.

Enquanto minhas mãos mexiam as peças de um lado para o outro, eu tentava ignorar o fato de que o queres sabia meu nome. O que aquilo queria dizer? Eu tinha feito muitos inimigos no Outro Mundo. Não gostava da ideia de eles serem capazes de me perseguir pessoalmente. Preferia continuar sendo Odile. Anônima. A salvo. Provavelmente eu não tinha muitos motivos para me preocupar com isso, imaginei. O queres estava morto. Não contaria história alguma.

Duas horas depois, terminei o quebra-cabeça e o admirei. O gatinho tinha o pelo marrom e malhado e os olhos quase azul-celeste. O novelo era vermelho. Peguei minha câmera digital, tirei uma foto e, então, desmanchei o quebra-cabeça, jogando-o de volta na caixa. Vem fácil, vai fácil.

Bocejando, fui para a cama. Tim havia lavado a roupa. Os lençóis estavam limpos e passados. Nada como aquele cheiro de lençol recém-lavado. Porém, apesar de estar exausta, não consegui pegar no sono. Era uma das ironias da vida. Acordada, podia entrar em transe num estalar de dedos; meu espírito deixava meu corpo e viajava para outros mundos. No entanto, por alguma razão, o sono era mais fugidio. Os médicos haviam recomendado uma série de sedativos, mas eu odiava tomá-los. Drogas e álcool prendiam o espírito neste mundo, e embora eu às vezes cedesse, gostava de estar pronta para sair num piscar de olhos.

Naquela noite, suspeitava que minha insônia tivesse a ver com uma adolescente... Mas não. Não podia pensar naquilo. Ainda não. Não até falar com o irmão.

Suspirando, tentei pensar em alguma outra coisa, rolei na cama e encarei o teto, onde estrelas de plástico brilhavam no escuro. Comecei a contá-las, como tinha feito em tantas outras noites de desassossego. Havia exatamente 33 estrelas, como da última vez. Ainda assim, não custava nada conferir.

CAPÍTULO 2

Wil Delaney tinha vinte e poucos anos e um cabelo cor de palha que precisava de um corte. Sua pele era branca e pálida, e ele usava óculos com armação de metal. Quando apareci na casa do rapaz na manhã seguinte, ele teve que abrir umas vinte trancas na porta e, mesmo assim, só espiou com a corrente de segurança em seu devido lugar.

— Pois não? — perguntou ele, desconfiado.

Fiz minha cara de negócios.

— Sou Odile. Lara marcou o nosso encontro.

Ele me estudou.

— Você é mais jovem do que imaginei.

Um instante depois, Wil fechou a porta e soltou a corrente. Ela se abriu de novo, e ele fez sinal para que eu entrasse depressa.

Dentro da casa, olhei ao redor e observei pilhas e pilhas de livros e jornais — e definitivamente falta de luz.

— Está meio escuro aqui.

— Não posso abrir as persianas — explicou ele. — Nunca se sabe quem está observando.

— Ah. Bem. E quanto às lâmpadas?

Ele balançou a cabeça.

— Você ficaria impressionada com a quantidade de radiação que as lâmpadas e outros dispositivos elétricos emitem. É o que está fazendo o câncer se alastrar por nossa sociedade.

— Ah.

Sentamos à mesa da cozinha, e ele me explicou por que pensava que a irmã havia sido abduzida pelos nobres. Tive dificuldades para dissimular meu ceticismo. Não que não se ouvisse falar desse tipo de coisa, mas eu estava começando a entrar na *vibe* "esquizo" da Lara. Era bem provável que os nobres tivessem sido simplesmente fruto da imaginação dele.

— É ela — disse Wil ao me trazer uma fotografia treze por dezoito dele com uma menina bonita, um se inclinando em direção ao outro, em um fundo gramado. — Foi tirada pouco antes da abdução.

— Ela é uma graça. E jovem. Ela mora... Morava... Com você?

Ele fez que sim com a cabeça.

— Nossos pais morreram há mais ou menos cinco anos. Fiquei com a guarda dela. Não muito diferente de como costumava ser.

— O que você quer dizer com isso?

A amargura cruzou aquele rosto neurótico, uma justaposição estranha.

— Nosso pai vivia fora, em alguma viagem de negócios, e nossa mãe sempre o traía com alguém. Então, meio que sempre fomos apenas Jasmine e eu.

— E o que faz você pensar que ela foi levada por no... fadas?

— A data — explicou ele. — Aconteceu no Dia das Bruxas. Véspera de Samhain. É uma das melhores noites para abduzir e assombrar, você sabe. Os dados confirmam isso. As paredes entre os mundos se abrem.

Wil falava como se estivesse citando um livro. Ou a internet. Às vezes, eu achava que o acesso à Web era como pôr armas nas mãos de crianças bem pequenas. Tentei não revirar os olhos enquanto ele tagarelava. Eu não precisava nem um pouco de um leigo me dando aulas de reforço.

— É, sei de tudo isso. Mas muitas pessoas assustadoras, humanos, também perambulam no Dia das Bruxas. E em várias outras ocasiões. Acho que você não contou para a polícia o que aconteceu, não é?

— Contei, sim. Eles não foram capazes de encontrar nada. Não que eu realmente precisasse deles. Eu sabia o que tinha acontecido por causa do lugar. De onde ela desapareceu. Foi isso o que me fez saber que foram as fadas.

— Onde?

— Num parque. Jasmine estava em uma festa com alguns colegas da escola. Eles fizeram uma fogueira na mata e viram que ela se afastou, sozinha. A polícia seguiu as pegadas da Jasmine até uma clareira, e então elas simplesmente desapareciam. E sabe o que tinha lá?

Wil lançou um olhar dramático para mim, evidentemente pronto para me impressionar. Não lhe dei a satisfação de perguntar o óbvio. Então, ele disse:

— Um anel de fada. Um círculo perfeito de flores que cresceram na grama.

— Acontece. As flores fazem isso.

Wil se levantou da cadeira de repente, com o rosto tomado de incredulidade.

— Você não acredita em mim!

Fiz um grande esforço para manter o rosto tão inexpressivo quanto uma tela em branco. Daria para pintar alguma coisa nele.

— Não que eu não acredite no que você está contando, mas existem muito mais explicações mundanas para isso. Uma menina sozinha na mata pode ter sido raptada por inúmeras coisas. Ou pessoas.

— Me disseram que você era a melhor — ele falou, como se aquilo fosse algum tipo de argumento. — Me disseram que você dá um pé nas bundas paranormais o tempo todo. Que você é o que há de melhor.

— O que eu consigo ou não fazer não importa. Preciso ter certeza de que estamos na pista certa. Você está me pedindo para atravessar fisicamente para o Outro Mundo. Quase nunca faço isso. É perigoso.

Wil sentou-se de novo, com desespero no rosto.

— Escute, faço qualquer coisa. Não posso deixar minha irmã lá com aquelas... Com aquelas *coisas*. Dê seu preço. Posso pagar quanto você quiser.

Olhei ao redor, curiosa, observando os livros sobre OVNIs e o Pé Grande.

— E... Do que você vive exatamente?

— Tenho um blog.

Esperei por mais detalhes, mas parece que era tudo. De alguma forma, eu suspeitava que aquilo dava ainda menos dinheiro do que Tim conseguia ganhar. Humpf. Blogueiros. Eu não entendia por que todos achavam que o mundo queria saber o que eles pensavam sobre... Bem, nada. Se eu quisesse me submeter a um falatório sem sentido, assistiria a *reality shows*.

Wil ainda olhava para mim, suplicante, olhos grandes e azuis de filhote abandonado. Quase suspirei. Quando foi que eu tinha me tornado tão mole? Não queria que as pessoas me vissem como uma xamanista mercenária fria e calculista? Eu havia derrotado um queres no dia anterior. Por que essa história comovente estava me afetando?

Na verdade, percebi que era por causa do queres. Aquela insinuação sexual idiota tinha sido tão revoltante para mim que eu simplesmente não conseguia apagar a imagem da pequena Jasmine Delaney sendo o brinquedinho de algum nobre. Porque era o que devia estar acontecendo, mas eu nunca contaria isso a Wil. Os nobres gostavam das humanas. E muito.

— Você pode me levar ao parque onde ela desapareceu? — perguntei, por fim. — Assim, vou saber mais ao certo se as fadas estavam mesmo envolvidas.

É claro que eu é que acabei levando Wil, porque logo concluí que não iria deixar que ele me desse carona para lugar nenhum. Tê-lo como passageiro já me custava o bastante. Wil passou a primeira metade do caminho besuntando o corpo todo com um protetor solar bem consistente. Imagino que seja necessário se precaver quando se vive em uma caverna e finalmente se expõe à luz.

— O câncer de pele está em alta — explicou ele. — Principalmente por causa do desgaste da camada de ozônio. Clínicas de bronzeamento artificial estão matando pessoas. Ninguém deveria sair sem algum tipo de proteção, ainda mais aqui.

Com aquilo eu realmente concordava:

— É. Eu também uso protetor.

Ele olhou para o meu leve bronzeado com desconfiança.

— Tem certeza?

— Bem, ei, estamos no Arizona. É difícil não pegar um pouco de sol. Quero dizer, às vezes ando até a caixa de correio sem protetor, mas tento usá-lo na maior parte do tempo.

— "Tento" — zombou ele. — Seu filtro protege dos raios UVB?

— Não sei. Quero dizer, acho que sim. Nunca fico queimada. Além disso, ele tem um cheiro muito bom.

— Não é bom o bastante. A maioria dos filtros solares só protege dos raios UVA. Mas mesmo que você não fique queimada, os raios UVB penetram na pele. Na verdade, são eles que matam. Sem a proteção adequada, você pode esperar uma morte prematura por melanoma ou algum outro tipo de câncer de pele.

— Oh.

Eu torcia para chegar ao parque logo.

Quando estávamos quase lá, um semáforo nos parou sob um viaduto. Aquilo não me fez pensar em nada, mas Wil se mexeu, nervoso.

— Sempre odiei ficar parado debaixo dessas coisas. Nunca se sabe o que pode acontecer em um terremoto.

Mais uma vez, pratiquei a neutralidade:

— Bem, já faz um tempo desde o último terremoto que tivemos.

É, tipo, *nunca*.

— Difícil prever — alertou ele, agourento.

Nossa chegada não seria cedo demais. O parque era verde e tinha uma mata, uma tentativa idiota de desafiar as leis do clima do sul do Arizona. Devia custar uma fortuna em água à cidade. Ele me conduziu pela trilha que levava ao ponto em que Jasmine havia sido abduzida. Ao nos aproximarmos dali, vi algo que, de repente, me fez dar mais crédito à história. A trilha cortava uma outra em um perfeito formato de cruz. Uma encruzilhada, quase sempre uma passagem para o Outro Mundo. Agora não havia um círculo de flores ali, mas, quando cheguei mais perto daquela junção, pude sentir uma barreira tênue.

— Quem diria? — murmurei, testando as paredes mentalmente.

Na verdade, não era um ponto muito intenso. Eu não acreditava que muita coisa poderia passar por ali agora. Porém, em um sabá como o Samhain... Bom, esse lugar poderia muito bem ser uma porta aberta. Eu teria que avisar Roland para que pudéssemos checá-lo quando o próximo sabá acontecesse.

— E então? — perguntou Wil.

— Este é um ponto quente — admiti, tentando descobrir como proceder. Parecia que eu havia acertado zero em dois ao avaliar a credibilidade desses dois últimos clientes, mas, como quase sempre que eu hesitava era alarme falso, passei a ter uma tendência a manter à mão uma dose saudável de ceticismo.

— Então você vai me ajudar?

— Como eu disse, realmente não faço esse tipo de trabalho. E mesmo se chegarmos à conclusão de que Jasmine foi levada para o Outro Mundo, não tenho a menor ideia de onde procurar por ela. O Outro Mundo é tão grande quanto o nosso.

— Ela está sendo mantida presa por um rei chamado Aeson.

Eu observava a encruzilhada e me virei de repente.

— Como é que você sabe disso?

— Um espírito me contou.

— Um espírito?

— É. Ele costumava trabalhar para esse tal de Aeson. Fugiu e queria se vingar. Por isso me vendeu a informação.

— Vendeu?

— Ele precisava de dinheiro para dar entrada em um apartamento em Scottsdale.

Parecia ridículo, mas não era a primeira vez que eu ouvia falar das criaturas do Outro Mundo tentando fazer uma compra no mundo dos humanos. Ou de loucos que queriam viver em Scottsdale.

— Quando foi que isso aconteceu?

— Já faz uns dias — respondeu ele, como se falasse da visita de um entregador.

— Então você foi seriamente abordado por um espírito e só pensou em mencionar isso agora?

Wil deu de ombros. Um pouco do protetor solar que ele se esqueceu de espalhar aparecia no queixo. Aquilo meio que me lembrava da cola do jardim de infância.

— Bem, eu já sabia que ela tinha sido levada por fadas. O espírito só confirmou isso. Na verdade, foi ele quem me falou de você. Disse que você matou um dos primos dele. Então, descobri quem confirmasse a história.

Observei Wil. Se ele não aparentasse estar tão infeliz, eu não teria acreditado em nada. No entanto, parecia verdade demais para ele ter inventado aquilo.

— Do que ele me chamou?

— Hein?

— Quando contou a você sobre mim. Que nome ele deu?

— Bem... O seu nome. Odile. Mas tinha mais alguma coisa... Eunice?

— Eugenie?

— É, isso mesmo.

Caminhei, irritada, ao redor da clareira. Em poucos dias, era o segundo habitante do Outro Mundo que sabia meu nome. Aquilo não era bom. Nada bom. E agora um deles tentava fazer com que Wil me convencesse a ir até o Outro Mundo. Será que era mesmo uma isca? Os espíritos não eram conhecidos por formarem organizações criminosas. Se eu tinha matado o primo dele, imagino que ele esperasse que outra criatura motivada me derrubasse.

— E então? Agora você vai me ajudar?

— Não sei. Preciso pensar sobre isso e checar algumas coisas.

— Mas, mas eu mostrei e contei tudo para você! Não vê o quanto isso é real? Você tem que me ajudar! Ela só tem quinze anos. Pelo amor de Deus!

— Wil — falei com calma. — Acredito em você. Mas não é tão simples assim.

Fui sincera. Não era tão simples, não importava quanto eu queria que fosse. Eu odiava a interferência do Outro Mundo mais do que qualquer outra coisa. Pegar uma adolescente era a pior das violações. Eu queria fazer com que os culpados pagassem por isso. Queria fazer com que eles sofressem. No entanto, eu não podia atravessar com armas, disparando. Se eu morresse, isso não seria bom para nenhum de nós. Eu precisava de mais informações antes de prosseguir.

— Você tem que...

— Não — cortei e, dessa vez, meu tom de voz não foi tão neutro. — Não tenho que fazer nada, entendeu? Faço minhas escolhas e aceito os trabalhos que eu quiser. Agora, sinto muito pela sua irmã, mas não vou pular de cabeça assim nisso. Como Lara disse a você, não costumo fazer trabalhos que me levam ao Outro Mundo. Se eu aceitar este, será depois de ponderar e questionar as coisas com muito cuidado. E se eu não aceitar, não aceitei. Fim de papo. Entendeu?

Ele engoliu em seco e fez que sim com a cabeça, intimidado por meu tom bravo. Não era diferente do que eu usava com os espíritos, só que me senti um pouco mal por assustá-lo com isso. Wil precisava se preparar para a grande possibilidade de eu não fazer o trabalho por ele, não importava quanto nós dois quiséssemos.

Na volta para casa, passei na minha mãe porque queria conversar com Roland. O pôr do sol lançava uma luz laranja-avermelhada sobre a casa deles, e o perfume do jardim repleto de flores impregnava o ar. Era o cheiro familiar de segurança e de infância. Quando entrei na cozinha, não vi minha mãe em lugar algum, o que não devia ser um problema. Ela ficava chateada sempre que Roland e eu falávamos de negócios.

Ele estava sentado à mesa, montando um avião de brinquedo. Achei graça quando ele escolheu esse *hobby* depois de se aposentar do xamanismo, mas, recentemente, me veio à cabeça que isso não era muito diferente de montar quebra-cabeças. Só Deus sabia com o que eu me manteria ocupada quando me aposentasse. Tinha o sentimento inquietante de que seria uma boa candidata ao bordado em ponto de cruz.

Roland abriu um sorriso ao me ver, e linhas provocadas pelo riso apareceram em torno dos olhos daquele rosto cansado que eu tanto amava. Seu cabelo era de um grisalho brilhante, e Roland conseguira manter grande parte dele na cabeça. Eu tinha 1,72m, e ele era só um pouco mais alto. Apesar disso, ele tinha um porte sólido e não havia perdido os músculos com a idade. Meu padrasto devia estar esbarrando nos sessenta, mas eu tinha a impressão de que ainda era capaz de fazer um grande estrago.

Roland olhou para mim e fez sinal para que eu me sentasse.

— Você não veio aqui para me perguntar sobre Idaho.

Na verdade, eu não tinha entendido a escolha que eles haviam feito para as últimas férias, mas não importava.

Dei um beijo nele e o abracei por um momento. Eu não amava muitas pessoas neste mundo — nem em outro —, mas, por ele, morreria.

— Não, não vim para isso. Mas como foi?

— Bem. Não tem importância. Qual é o problema?

Sorri. Esse era o Roland. Sempre pronto para os negócios. Se minha mãe deixasse, aposto que ele ainda estaria por aí, lutando, bem ao meu lado.

— Acabei de receber uma proposta de trabalho. Uma proposta estranha.

Contei a ele sobre Wil e Jasmine e sobre a evidência que havia encontrado de que ela tinha sido abduzida. Também comentei sobre as poucas informações que Wil dera sobre aquele tal de Aeson.

— Já ouvi falar dele — disse Roland.

— E o que é que você sabe?

— Não muito. Nunca o vi, nunca lutei contra ele. Mas Aeson é forte. Disso eu sei bem.

— Está ficando cada vez melhor.

Ele olhou para mim com cautela.

— Você está pensando em fazer isso?

Olhei de volta para ele.

— Talvez.

— É uma má ideia, Eugenie. Uma péssima ideia.

Havia um tom obscuro na voz de Roland que me surpreendeu. Nunca soube que ele tinha recuado diante de qualquer perigo, principalmente quando uma inocente estava envolvida.

— Ela é só uma menina, Roland.

— Eu sei. E nós dois sabemos que os nobres pegam mulheres todo ano sem serem detidos. A maioria nem é resgatada. É perigoso demais. É assim que as coisas são.

Senti minha ira crescer. É engraçado como o fato de alguém nos dizer para não fazer alguma coisa pode nos convencer a fazê-lo.

— Bem, essa é uma que podemos trazer de volta. Sabemos onde ela está.

Roland esfregou um pouco os olhos, exibindo as tatuagens que marcavam seus braços. As minhas eram de deusas; as dele eram de redemoinhos, cruzes e peixes. Ele tinha o próprio grupo de deuses a quem recorrer — ou, nesse caso, Deus. Todos nós invocávamos o divino de formas diferentes.

— Não é só entrar e sair — alertou ele. — Isso levará você direto para o coração da sociedade deles. Você nunca foi tão fundo. Não sabe como é.

— E você sabe? — perguntei com sarcasmo.

Como ele não respondeu, senti meus olhos se arregalarem.

— Quando?

Ele fez um gesto de recusa.

— Não importa. O que importa é que se você atravessar fisicamente, vai ser morta ou capturada. Não vou deixar você fazer isso.

— Você *não vai deixar*? Qual é! Você não pode mais me mandar para o meu quarto. Além disso, já atravessei várias outras vezes.

— Espiritualmente. Todas as vezes que você atravessou fisicamente devem somar menos de dez minutos.

Roland balançou a cabeça com um ar de sabedoria e condescendência. Aquilo me incomodou.

— Os jovens nunca percebem quanto certas coisas são tolas.

— E os velhos nunca percebem quando devem sair do caminho e deixar os jovens e mais fortes fazerem seu trabalho.

As palavras saíram antes que eu pudesse impedi-las, e imediatamente me senti cruel. Roland mal olhou para mim.

— Agora você acha que é mais forte do que eu?

Nem hesitei.

— Nós dois sabemos que eu sou.

— É — concordou ele. — Mas isso não lhe dá o direito de acabar sendo morta por causa de uma menina que você nem conhece.

Encarei meu padrasto, surpresa. Não estávamos exatamente brigando, mas aquela atitude dele foi estranha. Roland se casou com minha mãe quando eu tinha três anos e me adotou pouco tempo depois. A chama do sentimento entre pai e filha foi acesa em nós dois, apagando qualquer necessidade que eu tivesse do pai biológico que não conhecia. Minha mãe quase nunca falava dele. Eu sabia que os dois haviam tido um breve romance e que, no fim das contas, ele não quis continuar — nem por ela, nem por mim.

Roland faria qualquer coisa por mim e me mantinha longe de todos os perigos que podia evitar — a não ser quando o assunto era o meu trabalho. Quando percebeu que eu podia transitar entre mundos e expulsar espíritos, começou a me treinar, e minha mãe o odiou por isso. Os dois eram o casal mais adorável que já conheci, mas aquela escolha quase os separou. No fim, eles ficaram juntos, mas ela nunca foi feliz com a profissão que escolhi. Roland, por outro lado, via isso como um dever. Ou até mesmo destino. Eu não era um desses bobos dos filmes que podiam "ver pessoas mortas" e que enlouqueciam por causa disso. Eu poderia facilmente ter ignorado minhas habilidades. Porém, para Roland, isso seria um pecado. Recusar o chamado de alguém era um desperdício, ainda mais quando isso significava que outros iriam sofrer. Então, ele tentava me tratar de forma tão objetiva quanto tratava qualquer outro aprendiz, lutando contra os próprios sentimentos.

No entanto, por algum motivo, agora ele queria me segurar. Estranho. Fui até lá atrás de estratégias e acabei na defensiva.

Mudei de assunto abruptamente e lhe contei que o queres sabia meu nome. Ele me lançou um olhar penetrante, sem querer parar de falar sobre Jasmine. Foi então que o carro da minha mãe chegou, me dando uma vitória temporária. Com um suspiro e um olhar de alerta, ele me disse para não me preocupar com essa coisa do nome. Às vezes acontecia. O dele acabou vazando também e muito pouco aconteceu por causa disso.

Minha mãe entrou na cozinha, e os negócios xamanistas desapareceram. O rosto dela — tão parecido com o meu, do formato às maçãs acentuadas — mostrou um sorriso tão caloroso quanto o de Roland. Só que no dela havia algo um pouco diferente. Minha mãe sempre demonstrou uma grande preocupação comigo. Às vezes, eu achava que isso simplesmente tinha a ver com o meu trabalho. Acontece que ela tinha aquela preocupação desde que eu era pequena, como se eu pudesse desaparecer de sua vida a qualquer momento. Talvez fosse apenas uma coisa de mãe.

Ela pôs uma sacola de papel sobre a bancada e começou a guardar as compras. Eu tinha certeza que minha mãe sabia o que eu estava fazendo ali, mas ela escolheu ignorar isso.

— Vai ficar para o jantar? — perguntou ela. — Acho que você perdeu peso.

— Não perdeu, não — disse Roland.

— Ela está magra demais — reclamou minha mãe. — Não que eu me importe muito com isso.

Sorri. Minha mãe parecia ótima.

— Você precisa comer mais — continuou ela.

— Como, tipo, três barrinhas de chocolate por dia. Não estou me privando de calorias.

Me aproximei e cutuquei o braço dela.

— Cuidado, você está agindo como uma típica mãe. Mães profissionais e inteligentes não devem ser assim.

Ela me lançou um olhar penetrante.

— Sou terapeuta. Tenho que ser uma típica mãe em dobro.

Acabei ficando para o jantar. Tim era um ótimo cozinheiro, mas nada nunca poderia substituir a comida da minha mãe. Enquanto jantávamos, conversamos sobre as férias deles em Idaho. Não surgiu nenhum assunto sobre Jasmine nem sobre o queres.

Quando finalmente voltei para casa, encontrei Tim se aprontando para sair com um bando de garotas sorridentes e barulhentas. Ele estava vestido de falso índio dos pés à cabeça, com um enfeite de miçangas na cabeça e roupas de camurça.

— Saudações, irmã Eugenie — disse ele, levantando a palma de uma das mãos, como se estivesse em algum tipo de filme do Velho Oeste. — Junte-se a nós. Vamos a um concerto no Davidson Park para que possamos comungar com o dom da primavera do Grande Espírito enquanto deixamos o ritmo sagrado da música percorrer nossas almas.

— Não, obrigada — falei, esbarrando de leve nele e indo direto para o meu quarto.

Um instante depois, ele me seguiu sem as garotas.

— Vamos lá, Eug. Vai ser legal. Temos um *cooler* para a cerveja e tudo o mais.

— Desculpe, Tim. Não estou nem um pouco a fim de dar uma de mulher de índio hoje.

— Que resposta ofensiva.

— Sei que é. Muito ofensiva. Mas o seu bando de loiras oxigenadas não merece coisa muito melhor do que isso — falei, olhando-o com reprovação. — Nem pense em trazer qualquer uma delas de volta para cá mais tarde.

— Está bem. Está bem. Conheço as regras — disse ele, andando, irritado, até a minha cadeira de vime. — E o que você vai fazer em vez disso? Compras na internet? Quebra-cabeças?

Na verdade, eu tinha pensado em fazer as duas coisas, mas não iria contar isso a ele.

— Ei, tenho umas coisas para fazer.

— Que merda, Eugenie. Você está virando uma eremita. Eu quase sinto saudade do Dean. Ele era um idiota, mas pelo menos tirava você de casa.

Fiz uma cara feia. Dean foi meu último namorado. Tínhamos terminado seis meses antes. A separação havia sido meio que inesperada para nós dois. Eu não esperava pegá-lo trepando com a corretora de imóveis, e ele não esperava ser pego. Agora eu sabia que estava melhor sem ele, mas uma parte insistente em mim sempre se perguntou o que fez com que ele perdesse o interesse. Eu não era empolgante o bastante? Bonita o bastante? Boa de cama o bastante?

— Algumas coisas são piores do que ficar sozinha em casa — murmurei. — Dean é uma delas.

— Timothy? — chamou uma das garotas na sala de espera. — Você já está vindo?

— Só um instante, minha flor delicada — gritou ele de volta. Para mim, ele disse: — Tem certeza de que quer ficar enfurnada aqui a noite inteira? Não é muito saudável passar tanto tempo longe das pessoas.

— Estou bem. Vá curtir suas flores.

Ele deu de ombros e saiu. Uma vez sozinha, preparei um sanduíche e fiz compras na internet, exatamente como ele havia previsto. Em seguida, montei um quebra-cabeça de uma gravura de M.C. Escher. Um pouco mais difícil do que o do gatinho.

Na metade, me peguei encarando as peças sem vê-las. As palavras duras e calmas de Roland ecoavam em minha cabeça. *Esqueça Jasmine Delaney*. Tudo que ele havia me dito era verdade. Deixar isso para lá era a coisa mais inteligente a ser feita. A coisa mais segura a ser feita. Eu sabia que devia ouvi-lo... Ainda assim, alguma parte de mim continuava pensando no rosto jovem e sorridente que Wil havia me mostrado. Irritada, empurrei algumas peças do quebra-cabeça para o lado. Esse trabalho não tinha a ver com decisões morais. Era preto no branco. Encontrar os vilões. Matar ou banir. Ir para casa no fim do dia.

Eu me levantei, de repente, sem querer mais permanecer sozinha. Não queria ficar com meus pensamentos. Queria sair com pessoas. Esclarecimento: eu não queria conversar com as pessoas, só queria estar perto delas. Perdida na multidão. Precisava ver minha espécie — humanos respirando, vivos e aquecidos, e não espíritos zumbis ou nobres mergulhados em magia. Queria me lembrar de qual lado estava. Mais importante: queria esquecer Jasmine Delaney. Pelo menos naquela noite.

Vesti um jeans, o primeiro sutiã e a primeira blusa que encontrei. Meus anéis e minhas pulseiras sempre estavam comigo, mas pus também um colar de pedra da lua que ia até o decote em V da blusa. Penteei meu cabelo comprido e fiz um rabo de cavalo alto, deixando alguns fios soltos. Um pouco de batom, e eu estava pronta para sair. Pronta para me perder. Pronta para esquecer.

CAPÍTULO 3

Eu já estava observando pessoas havia quase uma hora, por isso o vi logo que entrou. Era difícil não vê-lo. Os olhos de outras mulheres do bar mostraram que eu não era a única que tinha notado.

Ele era alto e de ombros largos, bem musculoso, mas não além da conta no maior estilo Arnold Schwarzenegger enlouquecido. Usava uma camisa azul-marinho por dentro das calças cáqui. O cabelo preto não chegava à altura do queixo e estava para trás das orelhas. Os olhos eram grandes e escuros em um rosto delineado e harmonioso, e a pele tinha um bronzeado dourado perfeito. Havia uma mistura de etnias ali, como eu suspeitava, mas nenhuma que eu pudesse discernir. Qualquer que fosse a combinação, funcionava. E muito bem.

— Ei, tem alguém sentado aqui? — perguntou ele, gesticulando em direção à cadeira ao meu lado, a única desocupada do bar.

Balancei a cabeça, e o homem se sentou. Ele não disse mais nada, e a única outra vez em que o ouvi falar foi para pedir uma margarita. Depois disso, pareceu se contentar em apenas observar pessoas, como eu. E, para ser sincera, aquele era um ótimo lugar para fazer isso. O Alejandro's ficava bem ao lado de um hotel razoável e atraía fregueses e turistas de todos os níveis da escala socioeconômica. As tevês exibiam eventos esportivos ou o noticiário ou o que quer que o barman quisesse. Havia algumas máquinas de jogos do outro lado do bar. A música — às vezes ao vivo, mas não naquela noite — obrigava as tevês a ter *closed caption*, e aqueles que queriam dançar lotavam o pequeno espaço em meio às mesas.

Era a humanidade em sua melhor forma. Repleta de vida, álcool, diversão sem importância e cantadas ruins. Eu gostava de ir ali quando queria ficar sozinha sem ficar sozinha. Gostava ainda mais quando caras idiotas e bêbados me deixavam em paz. Quanto aos bem-articulados e bonitos, eu não tinha certeza. Uma coisa legal que logo descobri foi que, com o Moreno, Alto e Bonito sentado ao meu lado, nenhum fracassado ousava se aproximar.

Porém, ele também não falava comigo, e depois de um tempo percebi que meio que gostaria que ele falasse — não que eu fizesse ideia do que dizer. Pelo jeito como ele insistia em olhar para mim, acho que se sentia da mesma forma. Eu não sabia. Uma certa tensão cresceu entre nós enquanto eu acariciava a minha garrafa de Corona, cada um na expectativa de algo.

Quando finalmente aconteceu, foi ele quem começou:

— Você é comestível.

Não era o tipo de abertura que eu esperava.

— Como é que é?

— O seu perfume. É como... violetas e açúcar. E baunilha. Imagino que seja estranho pensar que violetas são comestível, não é?

— Não tão estranho quanto um cara que realmente conhece o cheiro de violeta.

Também era estranho que ele tivesse sentido o cheiro. Eu tinha passado o perfume umas doze horas antes. Com toda aquela fumaça e todo aquele suor ao redor, era surpreendente que o olfato de alguém funcionasse.

Ele me deu um sorriso torto, lançando um olhar que só podia ser descrito como esfumaçado. Senti minha pulsação acelerar um pouco.

— É bom conhecer as flores. Fica mais fácil mandá-las. E impressionar as mulheres.

Olhei para ele e, então, mexi a cerveja em minha garrafa.

— Você está tentando me impressionar?

Ele deu de ombros.

— Só estou tentando conversar.

Ponderei o comentário, decidindo se queria jogar o jogo ou não. Me perguntando se poderia. Sorri um pouco.

— O que foi? — perguntou ele.

— Não sei. Só estou pensando nas flores. E em impressionar as pessoas. Quero dizer, o quanto é estranho darmos os órgãos sexuais das plantas para as pessoas pelas quais sentimos atração. O que significa isso? É uma demonstração estranha de afeto.

Os olhos escuros daquele homem se iluminaram, como se ele tivesse acabado de descobrir algo surpreendente e agradável.

— É mais estranho do que dar chocolate, tido como um afrodisíaco? E quanto ao vinho, uma bebida romântica que só tem êxito em atenuar a inibição da outra pessoa?

— Humm. É como se as pessoas tentassem ser sutis e objetivas ao mesmo tempo. Tipo, na verdade, elas não vão sair gritando "Ei, gosto de você. Vamos ficar juntos". Em vez disso, são do tipo "Aqui, tome a genitália de uma planta e uns afrodisíacos".

Tomei um gole de cerveja e apoiei o queixo sobre a mão, surpresa em me ouvir continuar:

— Quero dizer, não tenho problemas com os homens, nem com relacionamentos, nem com sexo, mas às vezes fico frustrada com os jogos da atração humana.

— Como assim?

— Está tudo mascarado em posturas e manipulações. Não há sinceridade. As pessoas não conseguem simplesmente chegar e expressar a atração que sentem. Tem que ser algo inteligentemente disfarçado com alguma cantada idiota ou com algum presente não tão sutil, e eu realmente não sei como jogar bem esses jogos. Nos ensinam que é errado ser sincero, como se existisse algum tipo de estigma social nisso.

— Bem — considerou ele —, é que às vezes isso pode sair de forma bem grosseira. E não vamos nos esquecer da rejeição. Acho que ela se soma a isso. Tem o medo aí.

— É, acho que sim. Mas ser rejeitado não é a pior coisa do mundo. E não seria mais fácil do que perder uma noite ou, Deus me livre, meses de namoro? Deveríamos declarar nossos sentimentos e nossas intenções abertamente. Se a outra pessoa disser "cai fora", bem, então está feito. Bola pra frente.

De repente, olhei para a minha garrafa de cerveja, desconfiada.

— O que foi?

— Só estou me perguntando se estou bêbada. Esta é a minha primeira cerveja, mas acho que pareço um pouco confusa. Não costumo falar tanto assim.

Ele riu.

— Não acho que você esteja confusa. Na verdade, concordo com você.

— É?

Ele assentiu e pareceu surpreendentemente sábio enquanto refletia sobre sua resposta. Isso o deixava ainda mais sexy.

— Concordo, mas acho que a maioria das pessoas não recebe bem a sinceridade. Elas preferem os jogos. Querem acreditar nas belas mentiras.

Acabei com o resto da Corona.

— Eu, não. Prefiro a sinceridade em qualquer situação.

— Está falando sério?

— Estou.

Pus a garrafa sobre o balcão e olhei para aquele homem. Agora, ele me observava com muita atenção e tinha o olhar esfumaçado de novo, cheio de mistério, sexo e calor. Mergulhei naquele olhar, sentindo a reação da parte inferior do meu corpo que pensei estar adormecida.

Ele se inclinou um pouco para a frente.

— Bem, então, aí vai a sinceridade: fiquei muito feliz quando vi o lugar vago ao seu lado. Acho você bonita. Esse sutiã à mostra por baixo da sua blusa é muito sexy. Gosto do formato da sua nuca e do jeito que esses fios de cabelo caem sobre ela. Acho você engraçada e inteligente também. Depois de apenas cinco minutos, já sei que você não deixa as pessoas aprontarem com você, o que eu também gosto. Você é muito boa de papo e acho que também deve ser muito boa de cama.

Ele se recostou na cadeira de novo.

— Uau — falei, notando então que, na pressa, tinha botado uma blusa branca por cima de um sutiã preto. Opa. — Quanta sinceridade.

— Devo cair fora agora?

Brinquei com o gargalo da garrafa. Respirei fundo.

— Não. Ainda não.

Ele sorriu e pediu mais uma rodada para nós.

As apresentações pareciam ser o próximo passo lógico, e quando sua vez chegou, ele me disse que se chamava Kiyo.

— Kiyo — repeti. — Legal.

Ele me observou e, depois de um instante, abriu um sorriso. Tinha uma boca muito bonita também.

— Você está tentando me desvendar.

— Desvendar você? Como?

— O que eu sou. Raça. Grupo étnico. O que quer que seja.

— Claro que não — protestei, muito embora estivesse tentando fazer exatamente aquilo.

— Minha mãe é japonesa e meu pai é latino. Kiyo vem de Kiyotaka.

Eu o examinei, agora compreendendo os olhos escuros e grandes e a pele bronzeada. Os genes humanos eram impressionantes. Eu adorava a forma como se misturavam.

Que legal, pensei, ter uma compreensão tão sólida da própria ancestralidade. Eu sabia que minha mãe tinha muito de gregos e de galeses, mas ali também havia uma mistura de todo tipo de outras coisas. Quanto ao meu pai omisso... Bem, eu sabia tanto sobre sua hereditariedade quanto sabia sobre ele. Para todos os efeitos, eu bem que era a vira-lata de que o queres havia me chamado antes.

Então, percebi que já estava encarando Kiyo por tempo demais.

— Gosto do resultado — falei, por fim, o que o fez rir de novo.

Ele me perguntou o que eu fazia, e respondi que trabalhava como web designer. Não era totalmente mentira. Tinha me formado nisso e em francês. As duas áreas acabaram sendo completamente irrelevantes para o meu trabalho, embora Lara garantisse que um site impulsionaria os negócios. Agora, contávamos em grande parte com o boca a boca.

Quando Kiyo comentou que era veterinário, eu disse:

— Não, não é.

Aqueles olhos que escondiam alguma coisa se arregalaram, surpresos.

— Por que você está dizendo isso?

— Porque... Porque não pode ser. Não consigo ver isso.

Nem poderia me imaginar contando a Lara amanhã: *Eu estava em um bar ontem à noite e conheci um veterinário sexy...* Não, aqueles dois conceitos não andavam juntos. Veterinários se pareciam com Wil Delaney.

— É verdade, eu juro — garantiu Kiyo, mexendo a margarita. — Eu até levo serviço para casa. Tenho cinco gatos e dois cachorros.

— Nossa, meu Deus!

— Ei, gosto de animais. Tem a ver com o lance da sinceridade. Os animais não mentem sobre seus sentimentos. Querem comer, lutar e se reproduzir. Se gostam de você, demonstram isso. E se não gostam, também. Não fazem jogos. Bem, com exceção, talvez, dos gatos. Às vezes, eles são astutos.

— É mesmo? E quais são os nomes de todos esses gatos?

— Morte, Fome, Peste, Guerra e Sr. Bigode.

— Você deu aos seus gatos os nomes dos cavaleiros do apoca... Espere aí. Sr. Bigode?

— Bem, são só quatro cavaleiros.

Depois disso, conversamos por um tempo sobre o que quer que nos viesse à cabeça. Sobre algumas coisas sérias, outras engraçadas. Ele me contou que era de Phoenix e que estava passando um tempo na cidade, o que meio que me decepcionou. Ele não era dali. Também conversamos sobre as pessoas que nos cercavam, nossos trabalhos, a vida, o universo etc. etc. Passei o tempo todo me perguntando como foi que aquilo tinha acontecido. Será que eu não notava o quanto vivia à margem da sociedade? No entanto, lá estava eu, conversando com um cara que tinha acabado de conhecer como se o conhecesse havia anos. Eu mal reconhecia as palavras saindo da minha boca. Não reconhecia nem mesmo a minha linguagem corporal: me inclinando em direção a ele enquanto conversávamos, nossas pernas se tocando. Ele não usava perfume, mas seu cheiro era como sua aparência: de mistério, sexo e calor. E promessas. Promessas que diziam: *Ei, gata, posso dar tudo que você sempre quis se você simplesmente me der uma chance...*

Em determinado momento, me inclinei sobre o bar para deslizar uma garrafa vazia pela bancada. Ao fazer isso, senti, de repente, os dedos de Kiyo acariciando minhas costas onde a blusa havia levantado. Me afastei enquanto uma eletricidade crepitava em mim diante daquele toque leve e casual.

— Aí vai mais sinceridade — disse ele em voz baixa. — Gosto dessa tatuagem. Muito. Violetas de novo?

Assenti e sentei de volta na cadeira, mas ele não tirou a mão das minhas costas. A tatuagem era um desenho de violetas e folhas que percorria minha lombar. Havia um ramalhete maior na região do cóccix, de onde saíam ramos menores que se prolongavam para ambos os lados, até quase chegar ao quadril.

— A violeta meio que se tornou minha flor protetora — expliquei — por causa dos meus olhos.

Ele se inclinou para a frente, e quase parei de respirar ao notar o quanto sua boca estava perto da minha.

— Uau. Você tem razão. Nunca vi olhos dessa cor.

— Tenho mais três.

— Olhos?

— Tatuagens.

Isso despertou o interesse dele.

— Onde?

— Estão por baixo da blusa — hesitei. — Você sabe alguma coisa de mitologia grega?

Ele fez que sim com a cabeça. Um homem culto.

Deixa para desmaiar.

Toquei a parte superior do meu braço direito. A manga da blusa cobria a pele.

— Esta é de uma cobra toda enrolada no meu braço. É para Hécate, a deusa da magia e da lua crescente.

O que eu não disse foi que Hécate protegia as encruzilhadas entre os mundos. Era ela quem governava as transições para o Outro Mundo e além. A tatuagem era o meu elo com ela para facilitar minhas jornadas e para lhe pedir ajuda quando fosse preciso.

Passei para a parte superior do meu braço esquerdo.

— Esta é de uma borboleta cujas asas contornam meu braço e se tocam na parte de trás. É metade preta, metade branca.

— Psique? — perguntou ele.

— Boa tentativa. — Kiyo era realmente culto. A deusa Psique era sinônimo de alma, representada pela borboleta na mitologia. — Perséfone.

Ele assentiu.

— Metade preta, metade branca. Ela vive metade da vida neste mundo e metade no Submundo.

Não era diferente da minha vida. Perséfone guiava as transições para o mundo da morte. Eu mesma não viajava para lá, mas a invocava a fim de enviar outras criaturas para fazer a travessia.

— Ela governa a lua nova. E aqui atrás — prossegui, tocando no ponto onde minha nuca se unia às costas — tem uma lua com um rosto abstrato de mulher. Selene, a lua cheia.

Os olhos escuros de Kiyo mostravam um interesse intenso.

— Então, por que não uma das deusas da lua mais comuns? Como Diana?

Hesitei antes de responder. Sob vários aspectos, Diana serviria para o mesmo propósito. Como Selene, era ligada ao mundo dos humanos e poderia me manter presa aqui quando eu precisasse.

— As outras são... deusas solitárias. Até mesmo Perséfone, que teoricamente é casada. Diana é virgem. Ela também está sozinha. Mas Selene... Bem, ela não é mais tão assediada, mas era uma deusa mais social. Uma deusa sexual. Ela se abre para outras pessoas. E para experiências. Então fiquei com ela. Achei que não seria saudável ser marcada por três deusas completamente sozinhas.

— E você? É sozinha, Eugenie?

A voz dele era como veludo para mim, e eu poderia ter me afogado naqueles olhos. Eram como chocolate. *O chocolate é um afrodisíaco.*

— Não estamos todos sozinhos? — perguntei com um sorriso arrependido.

— É, acho que no fim das contas todos nós estamos, não importa o que as canções e as histórias felizes digam. Acho que é só uma questão de quem escolhemos para compartilhar a solidão.

— É por isso que venho aqui, sabe? Para ficar sozinha com outras pessoas. Existe um isolamento na multidão. Ficamos escondidos. A salvo.

Ele olhou ao redor, para o mar agitado e zumbidor de pessoas no bar. Eram como um muro que nos cercava. Estavam ali, mas não estavam.

— É mesmo. Acho que é verdade.

— Não é por isso que você está aqui também?

Ele olhou de novo para mim, com o semblante um pouco menos sexual e um pouco mais pensativo.

— Não sei. Não tenho certeza. Acho que talvez esteja aqui por sua causa.

Eu não tinha nenhuma resposta imediata para aquele comentário. Então, comecei a brincar com a garrafa de novo. O barman perguntou se eu queria outra, e balancei a cabeça.

Kiyo tocou meu ombro.

— Quer dançar?

Eu tinha quase certeza de que não dançava desde o ensino médio, mas alguma força me instigou a aceitar. Nós nos aproximamos de uma multidão de dançarinos muito ruins. A maioria estava apenas se debatendo ao som de uma música agitada com uma batida pesada que eu nunca tinha ouvido. Kiyo e eu não éramos muito melhores. Porém, quando botaram uma música mais lenta, ele me puxou para abraçá-lo, pressionando seu corpo contra o meu, e ficamos o mais perto que duas pessoas podem ficar uma da outra. Bem, quase tão perto quanto.

Não conseguia me lembrar de algo assim já ter acontecido com um cara que eu tinha acabado de conhecer, um desejo por alguém que eu realmente queria e não por alguém que só estava disponível. Seu corpo parecia rígido e perfeito, e minha pele insistia em encontrar formas de tocar a dele. Eu já estava imaginando Kiyo nu e como seria ter o corpo dele se mexendo contra o meu e dentro de mim. O que estava acontecendo comigo? As imagens eram tão vívidas e reais que me admirava meus sentimentos não estarem escritos na minha testa.

Então, realmente não me importei quando ele deslizou uma das mãos até minha nuca e aproximou sua boca da minha para me beijar. Não era uma tentativa de beijo. Nada de beijos de primeiro encontro. Era o tipo de beijo que queria ir até o fim, ainda que alguém se machucasse, o tipo de beijo que dizia *quero devorar cada pedaço seu e ouvir você gritar meu nome*. Eu nunca tinha dado uns amassos em um lugar público, mas isso parecia uma preocupação insignificante enquanto aquele beijo queimava entre nós, nossas línguas e nossos lábios explorando os contornos da boca um do outro.

Porém, quando a outra mão deslizou para cima e agarrou meu seio, até mesmo eu fiquei surpresa.

— Ei — falei, me soltando com delicadeza. — Têm outras pessoas aqui.

O impressionante, como pensei um instante depois, era que eu estava menos preocupada com o que ele fez do que com ser vista fazendo aquilo.

Kiyo beijou um dos lados do meu pescoço, bem abaixo da minha orelha, e quando falou, suas palavras esquentaram minha pele.

— As pessoas só notam se você der muita importância a isso.

Deixei que ele me beijasse de novo e não falei mais nada sobre aquela mão que continuava a acariciar a curva do meu seio e a incitar meu mamilo, deixando-o duro por baixo da blusa. A outra mão deslizou até a minha bunda e me puxou para mais perto dele, fazendo com que eu sentisse exatamente o que havia por baixo do jeans. O fato de estarmos fazendo aquilo em público de repente deixou tudo mais sexy.

Dei um suspiro curto e tremido. Então, fugi do beijo de novo. Só que dessa vez não foi por nenhum sentimento pudico. Foi por causa da necessidade. Da necessidade repentina, urgente e excruciante do meu corpo.

— Você está hospedado aqui do lado? — perguntei, apontando o hotel colado no bar.

— Não. Lá no Monteblanca.

Deixei que a surpresa transparecesse em meu rosto. Aquele hotel ficava perto de onde eu morava, no sopé das montanhas de Santa Catalina.

— Não é um hotel. É um *resort*. Dos muito bons. Veterinários devem ganhar muito bem.

Ele sorriu e esfregou os lábios na minha bochecha.

— Quer ir até lá?

— Quero — respondi. — Quero muito.

CAPÍTULO 4

Estávamos um em cima do outro antes mesmo de chegar no quarto dele. Se nossos movimentos na pista de dança já tinham sido picantes, nosso agarramento no elevador foi completamente censurado. Ainda bem que ninguém subiu conosco, o que foi bom, levando em conta o quanto nossas roupas estavam desajeitadas quando finalmente entramos no quarto.

O tempo todo, uma voz racional em minha mente sussurrava: *Você não faz esse tipo de coisa.* Mas eu estava fazendo. E queria fazer, desesperadamente.

O quarto era legal, nada surpreendente em um hotel tão bom. Uma cama *king-size* oferecia conforto em um cômodo iluminado pela lua e, além dele, uma porta de vidro de correr dava para uma varanda com vista para o deserto. Não tive tempo de admirar a vista porque Kiyo me empurrou para a cama ao mesmo tempo que tirava a minha blusa. Eu já havia feito um bom trabalho, abrindo as calças dele no elevador, de modo que tinha uma vantagem na corrida.

Quando nós dois estávamos nus, vi Kiyo se sentar e se inclinar em direção à lateral da cama, tateando, desajeitado, uma sacola de supermercado no chão. Tivemos que fazer uma parada nada romântica — mas necessária — para pegar uns preservativos. Eu estava tomando pílula, mas, até mesmo no calor da paixão, não era tão boba a ponto de fazer sexo sem proteção com um estranho, não importava o quanto ele fosse charmoso. As mãos ávidas de Kiyo praticamente rasgaram a embalagem, fazendo com que os pacotinhos se espalhassem pelo chão. Ele pegou um e abriu, e eu o ajudei a pôr.

Sorri tanto por sua reação ao meu toque quanto pelo fato de a camisinha ser vermelho vivo. Quando ela já estava no lugar, eu o admirei por um instante. Tudo nele era perfeito: o formato do corpo, os músculos esculpidos, a pele bronzeada. Seus olhos eram escuros e exigentes sob a luz fraca, profundezas negras que queriam me devorar. Era uma característica intensa que ele tinha, algo primitivo e selvagem. Ele me olhou da mesma forma escrutinadora logo antes de me puxar para a cama e deitou seu corpo ao longo do meu.

Primeiro, tudo que ele fez foi me beijar. Em toda parte. Provava meus lábios de novo e depois meu pescoço, percorrendo-o com a língua. Meus seios prenderam sua atenção por muito tempo, mas eles chamavam a atenção de grande parte dos caras, como regra geral. Kyio os segurou e os beijou, mordiscando os mamilos, mantendo os olhos fixos nos meus o tempo todo. Para mim, era como rastros de fogo correndo por baixo da pele, como se seu toque fosse algum tipo de droga que meu corpo precisava para sobreviver.

Quando seu rosto se mexeu no meio das minhas pernas foi apenas para se esfregar com delicadeza na pele sensível lá de baixo, para percorrer com a língua a junção da minha coxa com o resto do meu corpo. Ele inspirou profundamente, se enterrando no meu corpo, como se precisasse absorver um pouco mais de mim.

Então, voltou à posição anterior, e ficamos cara a cara de novo, mais uma vez seu corpo sobre o meu. O meu corpo estava agoniado, se perguntando por que não apressávamos as coisas. Não sei como era o meu olhar naquele momento, mas ele sorriu para mim. Era um sorriso misterioso, um sorriso animal.

— Não existe nada no mundo — disse ele com uma voz suave e quente — como o cheiro e o olhar de uma mulher prestes a deixar que você a possua.

— Possua? — perguntei, rindo. — Você está me chamando de sua?

— Todos nós pertencemos a alguém durante o sexo, Eugenie.

Então, senti Kiyo deslizar para dentro de mim. Primeiro, devagar, como se fosse penetrar pouco a pouco e me pegar desprevenida. Depois, avançando com intensidade. Achei que o passeio demorado por meu corpo, minutos antes, o havia deixado menos duro. Porém, de um jeito ou de outro, ele estava mais duro e maior do que quando pus a camisinha. Ele se mexeu em um ritmo forte e rápido que em qualquer outro homem teria feito com que tudo acabasse em trinta segundos. De alguma forma, eu desconfiava de que esse não seria o caso.

E não foi.

Cravei as unhas nas costas dele, arqueando o corpo para cima, como se pudesse puxá-lo mais e mais para dentro de mim. Eu já estava quase toda dolorida, mas era uma dor boa, do tipo que dançava com o prazer, fazendo dos dois algo indissociável. Ele fazia movimentos longos e rápidos, observando meu rosto com cuidado para ver como eu reagia a cada um deles e às trocas de posição. Quando ele tocou num ponto que fez com que meus lábios se separassem e com que os gemidos ficassem mais altos, penetrou com mais força e intensidade. Meus gemidos estavam a ponto de se tornarem gritos, e ele usou as mãos para segurar meus punhos e impedir que meu corpo inquieto se mexesse. O punho que havia sido ferido pelo queres reclamou um pouco, mas o incômodo se perdeu em meio à sensação cada vez mais forte entre minhas pernas, o calor daquele líquido em chamas esperando para explodir em mim. Por outro lado, eu também não estava sendo delicada. Soltei minhas mãos das dele e agarrei suas costas, deixando que minhas unhas penetrassem fundo e com força, quase o bastante para fazer sangrar, como percebi. Saber disso não me fez parar. Mesmo assim, cravei as unhas ainda mais fundo, até ele arrancar minhas mãos dali e segurar meus punhos de novo. Foi a transa mais selvagem que já tive. E provavelmente a melhor.

— Não feche os olhos — disse ele.

Eu nem tinha percebido que estava fazendo isso. A visão parecia ser um sentido supérfluo naquele momento, se comparada a tudo o mais que eu sentia.

— Olhe para mim — sussurrou ele. — Olhe para mim.

Nossos olhos se prenderam uns aos outros quando a pressão dentro de mim finalmente explodiu, deixando meu corpo desgastado e trêmulo. Meus gritos esmoreceram e deram lugar a um lento gemido, a única forma de dar voz aos sentimentos que me percorriam. Alguém poderia pensar que Kiyo se acalmaria depois disso, mas não. Ele manteve o mesmo ritmo ardente, ainda me abraçando, e isso era quase demais depois daquele orgasmo. Eu podia ver em seu rosto que minhas reações o excitavam, o estimulavam a prosseguir. Eu pertencia a Kiyo naquele momento, exatamente como ele havia dito.

Foi então que minha natureza belicosa e lutadora se acendeu. Decidi que não queria mais ser dele. O domínio e o poder governavam meus dias. Seria assim no sexo também. Passei as mãos das costas dele para a parte superior dos braços e para os ombros. Contando com o elemento surpresa, virei seu corpo, usando minhas pernas para girá-lo e acomodando-as em torno de sua cintura. Um sentimento agradável de surpresa brotou em seu rosto. Ele não esperava que eu fosse tão forte. Mudou de posição como se fosse tentar me derrubar, e o empurrei para baixo. O movimento acabou sendo mais bruto do que eu pretendia, mas ele não se importou. Se é que teve algum efeito, fez com que a paixão em seu rosto aumentasse.

— Agora é a sua vez de se submeter — falei com a voz brava, pressionando as palmas das mãos contra o peito dele.

Seus lábios sorriram.

— Claro.

Eu o puxei de volta para dentro de mim, exultante por estar no comando agora. Mexi o quadril para cima e para baixo, me curvando para poder vê-lo deslizar para dentro e para fora do meu corpo. Meu cabelo, já livre do rabo de cavalo havia muito tempo, pendia sobre ele, percorrendo sua pele. Tenho o cabelo cor de canela, um castanho-avermelhado que não é escuro o bastante para ser ruivo nem claro o bastante para ser cor de morango. Sob aquela luz, no entanto, era apenas um véu escuro entre nós. Kiyo o empurrou para o lado e pôs as mãos com delicadeza sobre meus seios para senti-los se movimentando enquanto eu cavalgava sobre ele. Olhando através dos fios de cabelo, olhei para o rosto dele agora que eu estava no comando. Era uma delícia. Me mexi mais rápido e com mais força, trazendo-o completamente para dentro de mim, observando e ajustando enquanto o fazia. Eu queria tanto ver Kiyo gozar, ver a expressão em seu rosto quando ele perdesse o controle.

Eu soube que estávamos quase lá quando suas mãos soltaram meus seios para agarrar minha cintura e meu quadril. Seus dedos se enfiaram com força na minha pele, exatamente como os meus haviam feito na dele antes. Ele manteve os olhos em mim, firmes e sem medo de que eu o visse no clímax. Me mexi com mais força, incitando-o, e, então, ouvi um som suave e extasiado. Seus olhos nunca deixaram os meus, e suas mãos deslizaram para a parte de trás dos meus ombros, arranhando minha pele de repente enquanto seu corpo encontrava o alívio dentro do meu.

Dei um grito, surpresa com a dor que senti onde Kiyo me arranhara. Que unhas afiadas! Será que ele tinha garras? Eu havia cravado minhas unhas nele também, mas nada que se comparasse ao que ele acabara de fazer comigo. Quando ele se recuperou e sua respiração frenética voltou ao normal, pareceu perceber o que tinha feito.

— Meu Deus! Desculpe — disse ele, ainda ofegante.

Kiyo me puxou para si, me abraçando com cuidado para não encostar nos lugares que tinha rasgado. Encostei a bochecha na pele quente e suada do peito dele.

— Machuquei você?

Eu não sabia a que parte do sexo ele se referia — provavelmente, aos últimos arranhões —, mas, francamente, não importava.

— Não — menti. — Claro que não.

Quando voltamos ao normal, esquadrinhamos a sacola de compras de novo e pegamos o vinho barato que compramos junto com os preservativos. Na hora, pareceu hilário, levando em conta a conversa de antes sobre presentes galanteadores. Ficamos pelados, com as pernas cruzadas sobre a cama, tomando o vinho nas taças que já estavam no quarto. Conversamos um pouco e, embora o assunto fosse um pouco menos substancial do que o do bar, ainda era confortável. Era difícil ser eloquente depois da experiência animal e selvagem que tínhamos acabado de ter.

Fui ao banheiro num determinado momento e dei uma olhada em minhas costas no espelho. Ele não havia atingido minhas tatuagens, mas, com certeza, tinha me arrancado sangue e rasgado a pele. Era impressionante. Umedeci uma toalha de rosto e limpei minhas costas ardidas o melhor que pude. Então, vesti um dos roupões brancos de pelúcia que estavam atrás da porta. Kiyo ainda estava sentado na cama, olhando para mim, mas o deixei ali e levei meu vinho para a varanda.

Era uma noite linda. Os cactos e outras plantas do deserto permaneciam ali, como que pintados em sombras, sob a luz prateada da lua cheia. Selene havia saído naquela noite e achei que tinha acabado de se manifestar para mim. Estrelas cristalinas enfeitavam a escuridão. Eu tinha um telescópio em casa e pensei que teria sido uma boa noite para estudar o céu.

Só que parecia que o tempo logo se voltaria contra nós. Isso me surpreendeu, levando em conta que a maior parte do dia havia sido clara. As chuvas eram raras naquela época do ano. Porém, nuvens escuras percorriam o céu depressa, encobrindo as estrelas por onde passavam. No horizonte de onde vinham as nuvens, vi uma pálida centelha de relâmpago. O vento soprou com mais intensidade, o tipo de vento que fica mais forte e mais fraco, como a respiração de alguém. O ar estava quente e vivo, trazendo tensão e poder. Não seria uma tempestade sombria e furiosa. Seria o tipo de tempestade que nos intimida diante do poder da vida e da natureza.

Naquele momento, também me senti viva, tão agitada e selvagem quanto a tempestade que estava por vir. Eu estava certa de que nunca tinha me aberto para ninguém do jeito que acabara de me abrir para Kiyo. Eu havia me deixado levar. Era assustador e empolgante ao mesmo tempo.

Ouvi Kiyo chegar na varanda poucos minutos depois e, então, senti seus braços deslizarem em volta da minha cintura e seu peito pressionar minhas costas. Ele pôs o queixo sobre o meu ombro. Tudo estava quieto ao nosso redor. A estrada ficava longe, e ninguém mais parecia estar acordado. Havia apenas o som do vento soprando à nossa volta e de trovões cada vez mais fortes.

As mãos de Kiyo deslizaram até minha cintura e desfizeram os laços do roupão. Então, ele o puxou e o largou no chão, me deixando nua diante do mundo. Comecei a me virar com timidez, mas ele me segurou onde eu estava.

— Não tem ninguém lá fora — sussurrou ele, percorrendo meu corpo com as mãos, roçando em meus seios enquanto descia um pouco mais. — E se tiver, você não tem nada do que se envergonhar. Você é linda, Eugenie. Incrivelmente linda.

Kiyo pôs o rosto junto do meu pescoço, e me inclinei em sua direção quando nos beijamos. Suas mãos deslizavam entre minhas pernas e me acariciavam enquanto o vento me afagava a pele. Quando gemi de desejo, ele me soltou por um instante, e ouvi um leve ruído. Ele havia levado uma camisinha para a varanda. Canalha abusado.

Kiyo a pôs em segundos e voltou a me tocar, me posicionando de modo que eu me inclinasse para a frente e me apoiasse no parapeito. Ele me pressionou por trás e, então, aquela espessura rígida estava dentro de mim de novo, reclamando posse. Eu estava quase toda esfolada por causa da última rodada, mas, como ele continuou se mexendo dentro de mim, acabei ficando molhada, fazendo, novamente, com que a linha entre o prazer e a dor deixasse de ser tão clara.

Parecia loucura transar ali fora, assim, em público, mas era o tipo de loucura que dava uma sensação muito boa. Aparentemente, ele tinha um lado exibicionista. Mas não tinha ninguém lá fora. Éramos apenas nós, o deserto e a tempestade.

Não pensei que ainda pudesse ter mais algum orgasmo naquela noite, mas ele me mostrou que eu estava enganada quando os primeiros pingos de chuva quentes começaram a cair. Agora, trovões e relâmpagos apareciam juntos ao nosso redor. A tempestade havia chegado até nós, gritando o próprio êxtase para a terra. Ainda assim, Kiyo se mexia dentro de mim, alheio ao tempo, atento apenas a mim e a si mesmo. Por fim, quando estávamos em um verdadeiro temporal, o senti tremer e penetrar com mais força pelas últimas vezes antes de puxar para fora.

Então, ele me virou e me puxou para perto. Eu podia ouvir seu coração batendo no peito quase tão alto quanto o trovão à nossa volta. O deserto tremeluzia e chamejava vida em meio a relâmpagos, e a chuva tamborilante ameaçava nos inundar.

No entanto, nenhum de nós notou.

Peguei no sono bem depressa, deitada em seus braços, sob a coberta, depois de nos enxugarmos com a toalha. Nada de insônia naquela noite.

Porém, acordei algumas horas mais tarde, sem saber ao certo por quê. Então descobri. A mão de Kiyo pressionava minha boca, dificultando a respiração. A tempestade havia passado. Tudo era silêncio no quarto escuro.

Comecei a me debater e, então, ele aproximou a boca da minha orelha. Mal dava para ouvir sua voz:

— Fique quieta. Tem alguma coisa aqui dentro.

Assenti com a cabeça, mostrando que tinha entendido, e, um instante depois, ele me soltou. Permanecemos deitados, completamente imóveis, e pensei nas palavras que ele havia escolhido. *Alguma coisa*, e não *alguém*.

Calafrios literais e figurados percorreram meu corpo. Acompanhando o olhar de Kiyo, observei a cabeceira de ferro e vi cristais de gelo espalhados por ali, como uma bela renda branca. Nossa respiração formava pequenas nuvens, e minha pele nua tremia de frio.

Algo se mexeu em meu campo de visão, brilhando sob a luz da lua que havia voltado. Eu soube o que era antes de ver. Um elementar de gelo. Uma criatura vagamente antropomórfica e composta de cristais de gelo afiados e brilhantes.

No entanto, em tese, era apenas um dos nobres. Alguns deles não conseguiam passar para o nosso mundo fisicamente, assim como alguns xamãs não conseguiam ir para o deles. O nobre que não queria vir em espírito, mas que não tinha forças para vir em um corpo intacto, às vezes, atravessava em uma forma alterada e imperfeita. Uma forma elementar.

Acontece que, é claro, qualquer nobre que não fosse forte o bastante para vir fisicamente não chegava nem perto de ser tão forte quanto eu. Eu podia dar um pé na bunda de um elementar com facilidade. Bem, com as ferramentas certas, é claro.

Naquele momento, tudo que eu tinha — além da própria força física — eram as minhas joias, que serviam mais para me defender do que para atacar. Eu havia deixado todas as minhas armas em casa, com exceção da varinha, que estava na minha bolsa. Infelizmente, ela ainda estava perto da porta, onde havia sido largada logo que entrei no quarto, para que não nos atrapalhasse a arrancar a roupa um do outro.

Um verdadeiro dilema. O elementar, porém, podia ver que agora estávamos acordados, e um sorriso frio — é sério — brotou em seu rosto.

Que se dane. Eu teria que fazer uma manobra para chegar até a porta e torcer para que fosse mais rápida do que ele. Comecei a dizer a Kiyo para simplesmente permanecer imóvel, mas, de repente, ele saltou de sua posição relaxada e acertou o elementar em cheio com um chute bem no plexo solar.

O elementar foi lançado para trás, chocando-se contra a parede, e, por um instante, só consegui arregalar os olhos. Eu mal havia visto Kiyo se mexer. Num minuto ele estava comigo e no outro já estava na criatura. Em cima dela! Quero dizer, eu era mais forte do que muita gente, mas não conseguiria ter dado aquele golpe. Sabia de poucos que conseguiriam. Afinal de contas, eram a minha energia e as minhas armas que lutavam contra uma criatura como aquela, e não o meu corpo. Como foi que Kiyo fez aquilo? Olhei para ele, incrédula, e então percebi que estava perdendo a minha oportunidade ali.

Pulei da cama e caí fora do alcance de Kiyo.

— Não, Eugenie! Afaste-se!

Consegui chegar até a porta, mas o elementar estava se levantando. Seus olhos voltaram-se para mim, e senti um frio na barriga, sabendo que eu tinha atraído aquela criatura para lá e possivelmente posto Kiyo em perigo. O elementar deu uma risadinha ao me ver esvaziar a bolsa sobre o chão.

— Sim, Eugenie Markham, afaste-se. Afaste-se, pequeno cisne — disse ele, dando um passo na minha direção.

Procurei freneticamente pela varinha. De onde vinha toda aquela merda que estava na minha bolsa?

— Como é que você sabe meu nome? — perguntei, na esperança de distraí-lo.

Os nobres, não importava em que forma, amavam se ouvir falar.

— Todos sabem o seu nome. E todos querem você.

Eu nunca tinha pensado que um pedaço de gelo ambulante pudesse parecer lascivo, mas aquele conseguia. Tremi, e não foi de frio.

— Mas vejo que alguém já provou você esta noite. Não tem problema. Não me importo de ser o próximo da fila nem serei o último a abrir essas pernas macias...

A criatura estava tão obcecada por mim e pelo que queria fazer comigo que tinha se esquecido de Kiyo. Ele havia examinado o quarto e vi seus olhos se fixarem em uma alta luminária de ferro. Seus olhos brilharam com um calor obscuro, quase assustador de tão feroz. Como o elementar estava distraído, Kiyo correu até a luminária, mexendo-se, mais uma vez, em uma velocidade inacreditável. Então, em um único movimento, jogou-a no elementar, atingindo-o com a força de um tanque.

Um pedaço grande de gelo se soltou do corpo do elementar, e ele urrou, agoniado. Ferro ou aço sempre feriam os nobres, não importava em qual mundo eles estavam. Me perguntei se Kiyo sabia disso. O elementar partiu para cima dele, e os dois lutaram no chão, rolando de um lado para o outro enquanto se esforçavam para acertar um golpe. Kiyo brigou com selvageria e cada vez que cravava os dedos no monstro, este sibilava de dor.

Agora eu já estava com minha varinha e avancei em direção aos dois. Empunhei-a, fazendo dela uma extensão do meu braço. Como o álcool ainda estava sendo metabolizado por meu corpo e como eu estava fisicamente exausta, sabia que não conseguiria destruir o elementar, mas poderia muito bem mandá-lo de volta para o Outro Mundo.

O ar tremeu ao meu redor e, de novo, senti cheiro de ozônio. O elementar percebeu o que eu estava fazendo e soltou Kiyo para tentar me impedir. Kiyo, porém, não deixou sua presa se libertar assim tão fácil. Fez um movimento para a frente, seu pé, mais uma vez, acertando a criatura — agora nas costas. O elementar, enfraquecido, caiu de joelhos.

Eu costumava expulsar essas criaturas sozinha, mas naquela noite precisava de uma ajudinha divina.

— Com a graça de Hécate, eu expulso você deste mundo. Em nome de Hécate, devolvo você ao seu lugar.

O elementar gritou, furioso, mas já estava se dissolvendo.

— Vá embora daqui e não volte mais, seu canalha maldito. *Vá.*

O elementar se despedaçou em uma explosão de gelo. Alguns dos cristais pegaram de raspão em mim, me cortando a pele. Um espectador poderia ter pensado que a criatura havia sido destruída, mas danifiquei apenas sua manifestação elementar. Ele fora para o Outro Mundo no próprio corpo.

Ouvi o sangue pulsar em minhas orelhas, a adrenalina percorrendo meu corpo inteiro. Mais uma criatura que sabia o meu nome. E, assim como o queres, ela parecia terrivelmente interessada em mim no... sentido bíblico. Eca.

No entanto, eu tinha outros problemas mais urgentes. Me virei devagar para olhar Kiyo, que me observava com o mesmo cuidado, analisando minha postura e a varinha em minha mão.

Kiyo.

O Kiyo misterioso e sexy que havia me seduzido no bar e simplesmente me dado a melhor transa da minha vida.

O mesmo Kiyo que acabara de lutar contra um elementar com mais força e agilidade que eu jamais poderia ter desenvolvido — mais do que qualquer humano poderia ter desenvolvido. Além disso, ele não havia se comportado como um idiota tagarela em estado de choque, reação que grande parte dos humanos teria tido — *deveria ter tido* — perto de um elementar. Ele já havia visto um antes. Sabia o que era aquilo, assim como sabia o que eram minha varinha e meus encantos.

O que antes parecia ser um encontro apaixonado, para mim, de repente, passou a ter uma ponta de vilania. O medo percorria minha espinha enquanto encarávamos um ao outro. Nenhum de nós sabia ao certo o que fazer. As palavras estavam na ponta da minha língua, mas ele perguntou primeiro:

— O que é você?

CAPÍTULO 5

O fato de que estávamos num impasse e completamente nus teria sido hilário sob circunstâncias comuns. No entanto, aquela não era uma circunstância comum, e até mesmo o meu senso de humor pervertido tinha suas limitações.

— Eu? — perguntei com firmeza. — E você? Você não é veterinário. Veterinários aplicam vacinas antirrábicas. Não lutam contra elementares por aí.

Kiyo me olhou com firmeza.

— E web designers não banem elementares para o Outro Mundo.

— É, bem, às vezes faço um bico.

A mais leve sombra de um sorriso cintilou em seu rosto. Ele relaxou um pouco, encontrou as calças e as vestiu. Eu não. Permaneci firme e pronta para atacar. Também fazia um grande esforço para pensar nele apenas como uma possível ameaça e não como o homem com quem eu acabara de transar. É que, se eu pensasse nisso, provavelmente vacilaria. Pior, eu poderia ter que encarar o fato de que tinha acabado de deixar uma criatura do Outro Mundo...

Agora que havia vestido as calças, ele se aproximou de mim.

— Precisamos conversar sobre isso...

— Não. Não chegue nem um pouco mais perto.

Se eu pudesse, teria apontado a varinha como se fosse uma arma.

— O que você vai fazer? Não pode me expulsar. Não vai dar certo.

Hesitei, pensando naquilo. Kiyo parecia tão humano. Eu senti que ele era tão humano. Não vi nada nele que teria percebido em um dos nobres, embora sua agilidade e força fossem sobre-humanas. Sem contar seu vigor profano. Eu deveria ter percebido de cara que isso entregava Kiyo.

— O que você quer de mim? Por que me trouxe para cá?

Suas sobrancelhas se arquearam.

— Pensei que isso estivesse bem claro. Eu queria transar com você.

— Não. Maldito seja! Tem mais por trás disso. O que está acontecendo? O que você está tentando conseguir de mim?

O meu comportamento frio se intensificava cada vez mais.

— Foi alguém que mandou você?

— Escute, Eugenie, abaixe a varinha. Vamos conversar. Vamos resolver isso.

— Pensei que você não pudesse ser expulso — lembrei a ele. — Por que está com medo da varinha? Talvez o Outro Mundo não possa fazer mal a você... Mas e quanto ao Submundo?

Ele não respondeu. Transmiti minha energia para a varinha e senti o ar crepitar de tanto poder. O medo cruzou o rosto de Kiyo. Então ele estava com medo! Era tudo de que eu precisava saber. As palavras para enviá-lo à encruzilhada estavam na ponta da língua, mas, de repente, ele se mexeu com toda aquela agilidade de antes. Kiyo se afastou em direção à porta de correr e, depois de abri-la, fugiu, passando por cima do parapeito da varanda.

Um gritinho escapou da minha boca. Estávamos no terceiro andar. Larguei a varinha e corri até a varanda para procurá-lo lá embaixo. Não tinha como ele sobreviver àquilo sem se machucar.

No entanto, não havia sinal algum dele. Alguns morcegos voaram para cima, sobre o beiral do telhado, e próximo ao lado mais distante do prédio, vi o tremeluzir de faróis. Um coiote uivou ao longe, no deserto, e um gato desapareceu em meio às sombras. Havia vida lá fora, mas não do tipo que eu procurava. Com muitas manobras, me pendurei na lateral da varanda para me certificar de que ele não estava escondido debaixo dela, como os fugitivos costumam fazer nos filmes. Não. Nada.

Olhei de novo para o deserto, me perguntando o que teria acontecido com Kiyo. Talvez ele tivesse "pulado" literalmente para o Outro Mundo. Ele teria que ser um nobre muito poderoso para fazer isso sem um ponto de acesso por perto. Por outro lado, um nobre forte também teria sido capaz de manter uma forma física perfeita neste mundo. Imaginei que, além disso, alguém tão poderoso poderia se passar por humano. Eu nunca encontrei ninguém que fosse tão forte.

Ao caminhar de volta para dentro, me sentei na cama com as pernas cruzadas e me abracei. Os resíduos de gelo deixados pelo elementar haviam derretido e formado pequenas poças. A cama tinha o cheiro de Kiyo e de sexo, e engoli a náusea cada vez mais forte dentro de mim. Meu Deus. O que foi que eu fiz? Será que transei com um monstro? Será que transei exatamente com o tipo de coisa que caço, odeio e mato? Kiyo havia conversado comigo sobre sinceridade, mas tudo parecia ter sido uma grande mentira. Pelo menos o sexo foi seguro.

O pior de tudo é que eu tinha gostado dele. Gostado muito dele. Quando foi que aquilo aconteceu pela última vez? Dean e eu parecíamos namorar e dormir juntos simplesmente porque nenhum de nós tinha coisa melhor para fazer. Com Kiyo, comecei a sentir uma ligação verdadeira. Uma química verdadeira. Sua traição me feriu mais fundo do que eu queria admitir.

Abri os olhos, pensando. Grande parte dos nobres era tecnicamente incapaz demais para passar despercebida no mundo dos humanos, e ainda assim ele havia se saído bem. Estava de carro no bar, e o dispensamos para que eu dirigisse o meu. Também tinha uma carteira e dinheiro para pagar pelas bebidas e pelos preservativos. E se ele estava hospedado em um hotel, só podia ter um cartão de crédito. Os cartões de crédito eram rastreáveis. Se ele tivesse uma vida dupla em nosso mundo, eu seria capaz de descobrir alguma coisa.

Peguei o telefone e disquei o número da recepção.

— Bom dia, sr. Marquez — atendeu uma recepcionista agradável.

Kiyo Marquez. Era um começo.

— Bem, na verdade é a sra. Marquez. Será que você poderia me dizer se meu... marido já pagou pela hospedagem?

Uma pausa enquanto ela checava.

— Já. Ele pagou logo depois de fazer o check-in. E deixou o mesmo cartão para cobrir gastos extras.

— Você pode me dar o número do cartão que ele usou?

Uma pausa longa.

— Lamento, mas não posso dar essa informação a ninguém além do titular do cartão. Se a senhora passar o telefone para o seu marido, posso dizer a ele.

— Ah... Não quero incomodá-lo. Ele está no banho. Eu só queria me certificar de que não estamos gastando no cartão errado.

— Bem... Só posso dizer que é um Visa com final 3011.

Suspirei. Aquilo não ajudaria muito, mas eu duvidava que conseguiria arrancar mais informações daquela mulher.

— Está bem, obrigada.

— Posso ajudá-la em mais alguma coisa?

— É... Você pode me transferir para o serviço de quarto?

Pedi café da manhã por conta de Kiyo e tomei um banho enquanto esperava a refeição chegar. Eu precisava tirar o suor, lavar o cheiro do corpo dele do meu. Quando a comida chegou, mastiguei uma torrada enquanto revistava o quarto em busca de pistas. A carteira de Kiyo estava no bolso das calças, então, já era. Ele não tinha nenhum outro pertence no quarto, a não ser a roupa da noite anterior. Esquadrinhei todas as gavetas e todos os cantos, no caso de ele ter escondido alguma coisa.

O sol já estava bem acima do horizonte quando finalmente deixei o hotel. Assim que cheguei em casa, telefonei para Lara e lhe disse o nome dele. Pedi que visse o que aparecia relacionado ao nome, a Phoenix e a veterinários. Ela era especialista nesse tipo de coisa, mas eu sabia que a pesquisa poderia levar alguns dias. Felizmente, trabalhar em expulsar e destruir é uma boa maneira de aliviar a frustração enquanto se espera.

O meu primeiro trabalho no dia seguinte ao incidente com Kiyo envolvia revistar o banheiro de alguém à procura de um marid. Os marid são um tipo de djim — gênio para a maioria dos americanos — e estão ligados ao elemento água. Como os queres e grande parte dos outros djins, os marid tendem a ocupar algum tipo de objeto. Só que, em vez de uma garrafa ou uma lâmpada, preferem um lugar úmido — como a tubulação de uma pia.

Irritada por ter sido incomodada por um trabalho tão idiota, fiz o círculo no amplo banheiro de azulejos pretos e usei a varinha para arrancar o marid da tubulação. Ele se materializou diante de mim, muito parecido com uma humana, a não ser pela pele pálida como a de um morto e pelo cabelo azul ondulado. Usava um vestido de seda.

Vi que ela ficou tensa, instintivamente pronta para me atacar com seu poder. Então, ela olhou e olhou de novo, me avaliando da cabeça aos pés. Seu rosto tinha uma expressão estranha e, instantes depois, se iluminou com um sorriso bajulador. Ela fez uma pequena reverência.

— Minha senhora — disse ela com grandeza. — Como posso servi-la?

— Não pode — respondi, segurando a varinha.

Ela manteve o sorriso, mas havia tensão nele.

— Claro que posso. Tenho a capacidade de conceder riquezas e outras maravilhas. Posso fazer seus sonhos...

— Pare. Não vou cair nessa.

Os mitos sobre os djins concederem desejos não são inteiramente inventados. Ela não era todo-poderosa, mas, sem dúvida, podia tirar alguns truques da cartola. Diante do perigo, a estratégia mais comum de um djim é tentar barganhar com o inimigo. Infelizmente, os "desejos" que eles concedem raramente saem do jeito que os outros esperam.

Incomodada, ela se afastou em direção à parede. Atingiu o limite do círculo. Olhou ao redor e percebeu que estava cercada. O sorriso desapareceu e foi substituído pelo verdadeiro medo.

— Decerto não há necessidade de violência — disse ela, arregalando os olhos. — Por favor.

Eu a encarei. Quase nunca ouvia criaturas do Outro Mundo implorando por misericórdia. Hesitei. Então, o meu mau humor induzido por Kiyo assumiu o controle. Transmiti minha energia para a varinha, pronta para empurrá-la pela passagem.

Ela sentiu o poder carregar o ar e passou para o modo autodefesa, agora que tinha percebido que suas tramoias não funcionariam. Sua magia minguava dentro do círculo. Me fazia lembrar nevoeiro ou cerração, uma leve umidade preenchendo o ar. Pisquei os olhos, surpresa. Não costumava perceber a magia dessa maneira. Na maioria das vezes sentia o poder do Outro Mundo como um formigamento ou uma pressão. Aquilo era tangível.

Ela notou minha surpresa. Seus olhos se arregalaram com esperança.

— Está vendo? Você não tem motivo para me partir ao meio. Como um chamado para gostar.

Gostar? Fiquei intrigada, mas não hesitei em tirar proveito da distração dela. Sua magia poderia ser mais fraca em meu mundo, mas, ainda assim, eu não queria bater de frente com ela. Era muito mais fácil lidar com ela desse jeito.

Um instante depois, eu já tinha feito minha conexão com o Submundo. Ela ficou ainda mais pálida quando percebeu que eu tinha usado minha varinha para apanhá-la numa armadilha e mais uma vez me implorou misericórdia. Rangendo os dentes, pensei na forma como Kiyo havia me usado e fiquei ainda mais nervosa. Não. Nada de clemência com as criaturas do Outro Mundo.

Ainda assim... Olhando nos olhos dela, me lembrei da sensação de neblina emanada por sua magia. *Como um chamado para gostar.* Eu não sabia o que aquilo significava, mas tinha me atingido. No último segundo possível, decidi, por fim, poupá-la — por assim dizer. Não havia como permitir que ela continuasse neste mundo. Em vez disso, mudei o foco para o Outro Mundo e a mandei inteiramente para lá, sem lhe dar a morte instantânea via Submundo.

Quando tudo acabou, observei o banheiro vazio, me perguntando o que tinha acontecido comigo.

— Estou amolecendo — resmunguei.

Lara levou um tempo, mas achou alguma coisa sobre Kiyo poucos dias depois, no mesmo dia que decidi ir visitar Roland e dar a notícia de que eu iria atrás de Jasmine. Alguma coisa naquele encontro com Kiyo e o elementar no quarto do hotel me fez decidir que eu não podia deixar a pobre menina à mercê do Outro Mundo. Roland não iria gostar, mas não podia me impedir, não mais. Meus poderes tinham superado os dele havia algum tempo. Eu também queria perguntar a Roland sobre meu status recém-descoberto de solteira do ano no Outro Mundo.

Pelo menos, nos últimos dias, desde o encontro com Kiyo, não havia tido outros ataques especificamente contra mim. Wil deixara um milhão de recados com Lara, mas andávamos enrolando o cara. Nesse período tive apenas um punhado de trabalhos pequenos: uma expulsão e alguns exorcismos. Eu quase poderia dizer que tive uma semana fraca. Não aconteceu muita coisa enquanto eu esperava.

O que também não acontecia era a cicatrização dos arranhões em minhas costas. O sangue havia coagulado e formado uma pequena crosta, mas as marcas não desapareciam nem um pouco. Permaneceram vermelhas e pareciam irritadas, embora não doessem. Todas as manhãs eu olhava para elas, na esperança de terem sumido. Nunca sumiam.

Abriguei o pensamento secreto de que se os arranhões desaparecessem, o mesmo ocorreria com os meus sentimentos por Kiyo. Eu não conseguia parar de pensar nele. Passara os dias dando vazão à raiva que sentia dele e, à noite, sonhos escandalosos percorriam minha cabeça, me fazendo acordar com calor e inquieta. Não sabia o que havia de errado comigo. Nunca tinha me sentido daquela forma, principalmente com relação a um cara que representava tudo contra o que eu era.

— Finalmente encontrei um Kiyo Marquez numa clínica veterinária em Phoenix — contou Lara enquanto eu dirigia até a casa de minha mãe. — Tive que ligar para muitos lugares. Disseram que não trabalha lá em tempo integral e está de férias pelas próximas duas semanas. Não consegui mais nada. O endereço e o número do telefone dele não estão na lista.

Agradeci a ela e refleti sobre aquilo. Então, Kiyo não havia mentido totalmente. Ele tinha um trabalho, um trabalho muito humano. No entanto, isso ainda não batia com o que eu havia observado nem com o que eu sabia.

Vi minha mãe se curvar no jardim quando cheguei, me pedindo que entrasse em silêncio para poder falar com Roland em particular. Me deparei com ele na cozinha, quase no mesmo lugar da última vez.

Trocamos cumprimentos e, então, comecei a falar, deixando o assunto de Jasmine por último.

— Outros deles sabem meu nome. Já lutei contra dois que me conheciam como mais do que Odile. Também ouvi falar de um terceiro que sabia quem sou.

— Então os ataques eram especificamente contra você? Como ataques de vingança?

— Um foi. O outro foi por causa de um trabalho. Por quê? Vieram procurar por você quando o seu nome vazou?

— Um pouco. É inconveniente, mas não é o fim do mundo.

— O estranho é que...

— O quê?

— Bom... Eles também têm meio que, tipo, me solicitado...

Meu padrasto arqueou uma das sobrancelhas.

— Para o sexo?

— É.

Sem dúvida, Roland tinha feito todo tipo de coisas sexuais na vida — grande parte delas com minha mãe, por Deus —, mas ele era uma figura paternal o bastante para que eu não me sentisse inteiramente confortável para conversar sobre essas coisas com ele.

— Você sabe como eles são com as humanas. Se algum andou tentando se vingar de você... Bem, o estupro é uma forma muito comum de retaliação.

— Que ótimo. Eu preferiria que eles me espancassem até a morte.

— Não brinque assim — alertou ele. — Se o seu nome acabou de ser descoberto, deve estar em foco agora. Mas imagino que o assédio vá acabar diminuindo com o tempo. É só esperar. Nesse meio-tempo, fique atenta à sua retaguarda. Não que você já não faça isso. Faça o de sempre. Mantenha a cabeça limpa. Permaneça armada o tempo todo. Não beba — disse ele, me lançando um olhar penetrante. — E fique longe do peiote.

Revirei os olhos.

— Qual é? Não faço isso há anos.

Ele deu de ombros.

— Você tem mais alguma coisa para desabafar. Dá para ver nos seus olhos.

— Bem... Por falar em ficar atenta à retaguarda...

Me levantei da cadeira e tirei a blusa folgada e de abotoar que eu usava por cima de uma camiseta. Puxei o cabelo para o lado e me virei para que ele pudesse ver minhas costas.

Ele deu um pequeno grunhido quando viu os arranhões.

— Parece grave. Você se meteu em alguma briga hoje?

— Eles são de quatro dias atrás. Não cicatrizam.

— Doem?

— Não.

— O que causou isso em você?

— Não tenho certeza. Ele parecia humano, mas... Não sei.

Soltei o cabelo e me virei, pondo a blusa de volta.

— Como foi que ele pegou você nesse ângulo e nessa posição? — perguntou Roland, intrigado. — Vocês estavam lutando?

— Bem, isso não tem muita importância — respondi depressa. — Você já viu alguma coisa parecida?

— Não exatamente, mas já vi o bastante para pensar que isso não é normal. Se havia magia suficiente ou o que quer que tenham usado para provocá-los, devem simplesmente levar um tempo para cicatrizar.

Na verdade, aquilo não fez com que me sentisse melhor, mas eu não estava com vontade de falar sobre o meu encontro com Kiyo.

Respirei fundo.

— Tem mais uma coisa.

— Já sei. Você vai atrás da menina.

E lá se foi minha revelação dramática.

— Como é que você sabe?

— Conheço você, Eugenie. Você é uma boba, cabeça-dura, com um ingênuo senso de retidão. Como eu.

Eu não tinha certeza se aquilo era um elogio ou não.

— Então você entende.

Ele balançou a cabeça.

— Ainda assim, é perigoso. E uma burrice. Você atravessa no próprio corpo e...

— E o quê?

Nós dois olhamos como se fôssemos duas crianças culpadas. Minha mãe estava parada na porta, usando um chapéu com uma aba larga e luvas cobertas de terra, testemunhas da jardinagem que praticava. Eu tinha algumas jardineiras lá fora, no meu jardim decorado com pedras que se passava por meu quintal, mas ela mantinha um verdadeiro oásis. Seu cabelo comprido e levemente grisalho caía pelas costas enquanto olhava para nós. O cabelo de minha mãe não tinha o tom avermelhado do meu, e seus olhos eram apenas azuis e não azul-violeta. Apesar disso, todo mundo dizia que éramos parecidas. Eu me perguntava se envelheceria como ela. Esperava que sim, mas provavelmente tingiria todos os fios grisalhos.

— O que você anda tramando, Eugenie? — perguntou ela em tom tranquilo.

— Nada, mamãe. São só hipóteses.

— Vocês estão conversando sobre ir até *lá*. Sei o que isso quer dizer.

— Mãe... — comecei.

— Dee... — começou Roland.

Ela levantou uma das mãos para nos interromper.

— Não. Não quero ouvir. Sabe quanto já me preocupo com você *neste* mundo, Eugenie? E agora você quer ir até a casa deles? E você... — Ela se virou para Roland com os olhos lampejando. — Passei vinte anos me preocupando com você. Ficava acordada, me perguntando qual seria a noite em que você não voltaria para casa. Agradeci a Deus no dia em que você se aposentou, e agora está encorajando Eugenie a...

— Ei, calma, Roland não está me encorajando a nada. Deixe-o fora disso se quiser criticar alguém. É só comigo. Ele não está envolvido.

Meu padrasto se voltou para mim.

— Eugenie, se você insiste em ir, eu também devo ir...

— A mamãe tem razão. A sua luta acabou. Esta é minha.

Minha mãe se voltou para mim.

— Também não é sua! Por que você não pode se preocupar apenas em manter essas coisas longe daqui? Para que ir atrás delas?

Contei a ela. Minha mãe manteve uma expressão orgulhosa e dura durante todo o tempo em que falei, mas pude ver que seus olhos a traíam. A gravidade da situação não se perdia nela, mesmo enquanto suas palavras continuavam a negar essa verdade.

— Você é igual a ele. Digna demais para o próprio bem.

De repente, ela pareceu mais velha do que era.

— Você está compensando alguma falta de atenção na infância, não está? — Lá vinha ela, passando para o modo terapeuta de novo.

— Mãe, a menina tem catorze anos. Quero dizer, quinze, agora. Se fosse uma pessoa sequestrada na região, você concordaria com quaisquer medidas para resgatá-la.

— Eu concordaria com medidas que envolvessem um reforço, não com o fato de você ir sozinha.

— Não tenho reforço.

— Você tem a mim — disse Roland, de repente.

— Não — minha mãe e eu falamos juntas.

Ela se virou para mim e usou a arma mais letal conhecida pela humanidade: a cartada da mamãe.

— Você é minha única filha. Minha querida. Se alguma coisa acontecer com você...

Eu já estava preparada.

— Jasmine é a querida de alguém também, mesmo que a mãe dela tenha morrido. Isso quase piora a situação, na verdade. Ela perdeu os pais. Não tem ninguém. E agora está presa, é prisioneira de algum babaca que pensa que está tudo bem em sequestrar e estuprar meninas.

Minha mãe se retraiu como se eu tivesse lhe dado um tapa. Ela olhou para Roland. Os dois trocaram um daqueles olhares demorados que casais que estão há muito tempo juntos conseguem trocar. Não sei o que eles se disseram, mas ela finalmente desviou o olhar de nós.

— Quando... você conseguir resgatá-la, traga-a até mim. Não importa se são... nobres ou humanos. Ela vai precisar do mesmo tipo de terapia que qualquer outra vítima precisaria.

Eu sabia que ela fazia aquele tipo de tratamento com os pacientes o tempo todo, mas nunca imaginei minha mãe ajudando vítimas dos nobres. Era muita gentileza da parte de alguém que sempre tentou fingir que o Outro Mundo não existe.

— Mãe... — tentei.

Ela balançou a cabeça.

— Não quero saber mais nada sobre isso até que tudo acabe. Agora não posso.

Então, ela nos deixou, voltando para a paz de seu jardim.

— Ela vai se recuperar — disse Roland depois de ficar quieto por um momento. — Ela sempre se recupera.

Obrigado a aceitar o fato de que eu iria atravessar, ele estava entusiasmado demais para me inundar com o máximo possível de informações táticas. Era cada vez mais vertiginoso. Em um determinado momento, depois de eu ter recusado seu terceiro pedido para ir comigo, ele disse:

— Imagino que você vá levar sua *outra* ajuda.

O tom de sua voz mostrava uma ridicularização inegável das palavras “outra ajuda”. Eu sabia que Roland não concordava, mas ele tinha que reconhecer os benefícios.

— Você sabe que eles são úteis.

— Uma granada também é, até explodir na sua mão.

— Eles são melhores do que nada.

Meu padrasto me olhou, zangado, mas não disse mais nada. Em vez disso, discutiu mais logística comigo: onde e quando atravessar e quais armas levar. Concluímos que para mim seria melhor esperar até que a lua estivesse na fase crescente para que eu tivesse um elo mais forte com Hécate. Ela facilitava as transições, principalmente para o Outro Mundo, o que poderia ser útil se eu precisasse bater em retirada. Haveria uma boa lua crescente dali a cerca de quatro dias.

Deixei a casa de minha mãe sem vê-la de novo. Eu esperava que ela não descontasse seus sentimentos em Roland e imaginava o quanto deveria ser chato amar alguém que sempre se envolvia com o perigo. Decidi que se um dia me casasse, escolheria alguém com um emprego normal, que estivesse em casa num horário normal. Como um eletricista. Ou um arquiteto.

Ou um veterinário.

Eca.

Quando entrei no carro para ir embora, me deparei com a coisa mais estranha que já tinha visto.

Uma raposa-vermelha me observava de uma fileira de árvores na parte mais distante da casa dos meus pais. Mais surpreendente do que vê-la me observando tão séria era o fato de que se tratava de uma raposa-vermelha. Elas não eram comuns no sul do Arizona. Era mais provável ver uma raposa-cinzenta ou algum filhote de raposa-do-deserto com cara de bobo. Olhei nos olhos castanho-amarelados daquela raposa e me arrepiei. Coisas estranhas demais andavam acontecendo ultimamente para que eu fosse capaz de me sentir confortável diante de uma raposa à espreita, não importava o quanto ela fosse bonita.

Quando cheguei em casa, percebi que era hora de solicitar a "outra ajuda". Esta era uma das áreas em que o meu caminho tinha se separado do de Roland. Ele fora meu mentor e tinha muitos anos a mais de experiência, mas nós dois sabíamos que eu tinha me tornado mais forte. Ele nunca poderia ter feito o que eu estava prestes a fazer. Se pudesse, teria entendido por que eu contava com esse tipo de assistência.

Fechei a porta do meu quarto, as cortinas e as persianas. A escuridão caiu, então acendi uma vela, deixando-a como minha única fonte de luz. Eu era forte o bastante para fazer uma invocação sem truques, assim como era capaz de expulsar um espírito sem ajuda divina, mas não queria gastar a força extra hoje.

Empunhei a varinha, tocando no cristal de quartzo enfumaçado dela para fortalecer meu elo com o mundo espiritual. Fechei os olhos e foquei no ser que queria. Então, recitei as palavras certas. Costumava improvisar com as palavras quando expulsava criaturas — daí o uso frequente de palavrões —, mas geralmente isso não importava, desde que minha intenção fosse clara. No entanto, para uma invocação como essa, era preciso fazer tudo certo. Eu estava essencialmente recorrendo a um contrato e, como qualquer bom advogado sabe, os detalhes técnicos eram tudo.

Fez um frio congelante no quarto quando terminei o encanto, um tipo de frio diferente do que o elementar havia provocado. Uma pressão meio que redemoinhou ao meu redor e, então, eu soube que não estava mais sozinha. Olhei em volta e o encontrei no canto em que ele costumava aparecer. Uma silhueta escura escondida em meio às sombras. Da escuridão, seus olhos vermelhos brilhavam para mim.

— Estou aqui, minha ama.

CAPÍTULO 6

Tornei a acender a luz.

— E aí, Volusian, como vão as coisas?

Ele deu um passo à frente, piscando os olhos, incomodado pela luz, exatamente como eu esperava que fizesse. Era mais baixo do que eu, muito sólido e com uma forma humanoide, o que indicava uma grande quantidade de poder. Tinha a pele quase brilhante, lisa e preta, e aqueles olhos vermelhos apertados que sempre me enervaram um pouco. As orelhas eram levemente pontudas.

— Estou do mesmo jeito de sempre, ama.

— Sabe, você nunca pergunta como estou. Isso magoa.

Ele respondeu o meu sorriso preguiçoso com um olhar zangado, sofrido e demorado.

— É porque você também está sempre do mesmo jeito. Você tem cheiro de vida, de sangue e de sexo. E de violetas. É um lembrete doloroso de tudo que já fui um dia e de tudo que nunca mais serei de novo.

Ele fez uma pausa, pensativo.

— Na verdade, o cheiro de sexo está mais forte do que o de costume. Minha ama anda... ocupada.

— Você acabou de fazer uma piada?

Eu disse isso em parte para mudar de assunto, mas também para continuar a provocá-lo. Volusian era quase tão desgraçado quanto uma alma pode ser. Eu não sabia o que ele tinha feito quando vivo, mas havia sido ruim o bastante para que alguém o amaldiçoasse e, assim, nunca entrasse no mundo dos mortos. Sua alma nunca encontraria paz alguma. Então ele assombrou o meu mundo e o Outro Mundo, até que o descobri atormentando uma família suburbana.

Volusian era tão poderoso, assim como sua maldição, que não fui forte o bastante para destruí-lo e mandá-lo para o mundo dos mortos. O melhor que pude fazer foi expulsá-lo para o Outro Mundo, mas eu não tinha garantia alguma de que ele não voltaria. Então, fiz a segunda melhor coisa que poderia fazer: eu o escravizei. Ele estava preso a mim até que eu o libertasse ou perdesse o controle. Assim, eu ditava suas ações. Costumava mantê-lo no Outro Mundo até precisar dele. Provocá-lo era uma forma de projetar confiança no meu controle, como se eu não estivesse nem um pouco preocupada. Não podia mostrar fraqueza alguma diante de Volusian. Ele havia deixado perfeitamente claro, diversas vezes, que me mataria de forma horrenda se algum dia se libertasse.

Ele não respondeu ao meu último comentário. Simplesmente me encarou. Era obrigado a responder apenas às perguntas diretas.

— Preciso de um conselho.

— Faço o que minha ama mandar.

Estava implícito *até eu conseguir sufocá-la* no final daquela declaração que aparentava ser subserviente.

— Vou atravessar para o Outro Mundo em breve. Fisicamente.

Aquilo quase o surpreendeu. Quase.

— Minha ama é tola.

— Obrigada. Tenho que encontrar uma menina que algum nobre excitado abduziu.

Ele reconsiderou.

— Minha ama é corajosa e tola.

— Ela foi levada por um cara chamado Aeson. Você o conhece?

— É o rei da Terra dos Amieiros. Poderoso. Muito poderoso.

— Mais forte do que eu?

Volusian permaneceu calado, pensando.

— Os seus poderes não diminuem no Outro Mundo, como acontece com os de alguns humanos. Mesmo assim, Aeson ainda vai estar com força total. A batalha vai ser disputada. Se você fosse lutar contra ele neste mundo, não haveria dúvidas. Ele estaria muito mais fraco.

— Acho que não vou dar conta sozinha. E quanto a você? Vou levar você comigo. Isso vai adiantar?

— Eu tinha medo que minha ama dissesse isso. É claro que vai. Você sabe que meu elo me obriga a protegê-la, não importa o quanto isso me deixa apreensivo.

— Não seja tão pessimista. Encare isso como um trabalho de segurança.

— Não cometa nenhum erro, ama. Posso proteger você agora, mas assim que eu tiver uma oportunidade, arranco a carne do seu corpo e quebro todos os seus ossos. Vou cuidar para que você sofra tanto que irá me implorar para morrer. No entanto, mesmo assim, sua alma não irá encontrar alívio. Vou torturá-la por toda a eternidade.

Ele falava em um tom indiferente, não como uma ameaça, mas simplesmente como a declaração de um fato. Sinceramente, depois da semana de proposições que tive, declarações sobre minha morte iminente eram meio que um renovador retorno à normalidade.

— Mal posso esperar, Volusian — falei, bocejando e me sentando na cama. — Você tem mais alguma coisa construtiva a oferecer? Quero dizer, sobre o resgate da menina.

— Acho que minha ama está... acostumada demais a seguir os meus conselhos, mas você poderia pedir auxílio.

— A quem? Não tenho mais ninguém a quem recorrer.

— Neste mundo você não tem mesmo.

Levei um instante para entender o que ele dizia.

— Não. De jeito nenhum. Não vou pedir ajuda aos nobres nem aos espíritos. E até parece que eles o fariam.

— Eu não teria tanta certeza disso, ama.

Os nobres eram mesquinhos e desonestos. Não tinham consideração por ninguém, a não ser por si mesmos. Eu não iria apelar para um deles de jeito nenhum. Não confiaria em um deles de jeito nenhum.

Volusian me observou. Quando viu que eu não iria responder, disse:

— Foi o que pensei. Minha ama não vai ouvir nada que não queira. Ela é teimosa demais.

— Não sou, não. Estou sempre aberta às coisas.

— Você é quem sabe, ama.

O olhar no rosto de Volusian de alguma forma conseguia ser angelical e, ao mesmo tempo, gritar *sua hipócrita maldita*.

— Está bem — falei, impaciente. — Vou ouvir o que você tem a dizer.

— Há um outro rei, Dorian, que governa a Terra dos Carvalhos. Ele e Aeson se detestam. De forma política, encarada com educação, é claro.

— Isso não me surpreende. O que me surpreende é eles não se voltarem um contra o outro. Mas não quer dizer que ele me apoiaria.

— Acredito que Dorian ficaria muito feliz em ver alguém chegar e destruir Aeson. Principalmente se ele não tiver que fazer isso por conta própria. Ele deve oferecer um grande estímulo para ver você fazer isso.

— "Deve" é a palavra-chave. Então, você sugere que eu simplesmente bata na porta dele e peça ajuda?

Volusian fez que sim com a cabeça.

— Eu já matei ou expulsei alguém do povo dele?

— É provável.

— Então, acho que é "provável" que Dorian me mate no momento em que eu puser os pés nas terras dele. Não posso imaginar que algum nobre iria querer deixar seu maior assassino à porta.

Eu não estava massageando o meu ego naquela afirmação. Assim como as ameaças de morte de Volusian, eu estava apenas declarando um fato. Sabia do valor e da reputação que tinha quando o assunto era o Outro Mundo. Quero dizer, não que eu estivesse atingindo índices de genocídio nem nada. Só tinha marcado mais pontos do que a maioria.

— Dorian tem... um senso de humor estranho. Deve se divertir em receber uma inimiga como você. Ele apreciaria o alvoroço que isso causaria entre os outros.

— Então ele se diverte à minha custa e depois me mata.

Eu não conseguia acreditar que Volusian estava sugerindo um plano como aquele. Ele me odiava, mas também me conhecia. Se ele não fosse se ferrar tanto com isso, eu teria jurado que ele estava aprontando comigo. No entanto, seu elo o obrigava a dar sinceramente o melhor dos conselhos se eu o pedisse.

— Se ele der sua palavra de hospitalidade, é obrigado pela própria honra a manter você a salvo.

— E desde quando um nobre tem palavra? Ou honra?

Volusian me olhou com cuidado.

— Posso ser direto, ama?

— Ao contrário do de sempre?

— Seu ódio pelos nobres impede que você enxergue a verdadeira natureza deles. Você também não enxerga a única coisa que pode ajudá-la a escapar com vida desse esquema louco. Não que eu vá me importar se você for rasgada em tiras de sangue pelo povo de Aeson. Mas independentemente do que você acredita, um nobre dá a própria vida como garantia de sua palavra. Eles cumprem seus juramentos melhor do que os humanos.

Sinceramente, eu não acreditava naquilo. Não importava o quanto eu poderia precisar de ajuda no resgate, não valia a pena. Eu não iria fazer um acordo com o Mal.

— Não. Não vou fazer isso.

Volusian deu de ombros.

— Como minha ama quiser. Não faz diferença você antecipar a própria morte. Afinal, eu não posso morrer mesmo.

Olhei para Volusian, irritada. Ele me encarou de volta. Balançando a cabeça, me levantei para fazer outra invocação.

— Está bem. Se isso é tudo, vou chamar o resto do bando.

Ele hesitou.

— Posso... fazer uma pergunta para a minha ama primeiro?

Me virei, surpresa. Volusian era um modelo ideal do tipo "não-fale-até-que-falem-com-você". Ele só respondia o que lhe perguntavam. Não buscava mais informações. Aquilo era novidade. Uau. Que semana de eventos surpreendentes.

— Claro, pode falar.

— Você não confia em mim.

— Isso não é uma pergunta, mas não, não confio.

— Mesmo assim... veio me pedir conselhos primeiro, antes de falar com os outros. Por quê?

Era uma boa pergunta. Eu estava a ponto de invocar mais dois servos. Também não confiava nos dois, mas eles tinham mais motivos para demonstrar lealdade do que Volusian. Não descreviam minha morte em detalhes com tanta frequência.

— Porque não importa o que mais você seja, é mais inteligente do que eles.

Eu podia ter esticado o assunto, mas não. Realmente, era tudo.

Ele pensou naquilo por muito tempo.

— Minha ama é menos tola do que costuma aparentar.

Acho que foi o mais perto que ele poderia chegar de me agradecer pelo elogio — ou de me fazer um.

Peguei a varinha e invoquei meus outros dois espíritos. Não me importei com velas ou escuridão porque esses dois eram mais fáceis de chamar — ainda mais que eu estava tecnicamente "pedindo" que um deles viesse, e não ordenando.

O frio e a pressão surgiram de novo e, então, duas outras formas apareceram. Volusian deu um passo para trás, com os braços cruzados, sem parecer impressionado. Os dois recém-chegados olharam ao redor e perceberam que eu havia reunido todos eles. Os três nunca interagiam muito na minha frente, mas eu sempre me perguntava se eles se encontravam para tomar um café ou coisa do tipo no Outro Mundo e me zoar. Como quando as pessoas zoam o chefe depois do trabalho, no *happy hour*.

Ainda fingindo manter o controle de forma relaxada e despreocupada, abri uma barrinha e me sentei na cama de novo. Recostada na parede, avaliei minha equipe.

Nandi era menos poderosa do que Volusian, então tinha uma forma menos substancial neste mundo. Ela vinha como uma figura translúcida, opalina, que mal parecia feminina. Séculos antes, tinha sido uma zulu acusada de bruxaria por seu povo. Eles haviam matado Nandi, e, como Volusian, ela fora amaldiçoada para que não encontrasse a paz. Ao contrário do caso de Volusian, eu poderia quebrar essa maldição e enviá-la para a terra da morte. Encontrei Nandi assombrando este mundo, mais assustadora do que perigosa, e a prendi para que ela me servisse em troca, eventualmente, da paz. Exigi três anos de lealdade, e Nandi já tinha cumprido um. Quando completasse os outros dois, eu a deixaria seguir em frente. Enquanto Volusian era sempre calado e sarcástico, Nandi estava sempre triste. Era o retrato de uma alma perdida. Uma autêntica deprimida.

Finn, porém, era uma história completamente diferente. Dos três, só ele parecia feliz em estar ali. Também não era poderoso o bastante para ter uma forma sólida. Transitara para este plano sob uma forma pequena e brilhante, ou quase isso, bem similar a como os humanos concebem os duendes da Disney. Eu não tinha direitos sobre Finn. Ele começou a se aproximar porque me achou divertida. Então, aparecia de tempos em tempos, me acompanhava e costumava vir quando era chamado. Eu tinha o poder de forçá-lo a me servir, porém — por mais que eu odiasse todas as coisas do Outro Mundo — era incapaz de fazê-lo sem motivo. Eu não confiava inteiramente em ninguém que oferecia ajuda tão gratuitamente, mas, por outro lado, Finn nunca tinha me dado razão para duvidar dele. De fato, ele sempre havia sido muito útil. Eu não fazia ideia de qual era a sua história nem se ele também havia sido amaldiçoado. Nunca o pressionei para me dar detalhes.

Seu corpo brilhante se ajeitou sobre minha cômoda.

— E aí, Odile, quais são as novidades? Por que você está com cheiro de sexo? Andou transando? Por que todos nós estamos aqui?

A exposição em excesso ao meu mundo e à televisão fizera com que ele tivesse um domínio maior de nossas gírias do que os outros.

Ignorei as perguntas.

— Ei, Finn. Ei, Nandi.

O espírito feminino mal assentiu em resposta ao cumprimento.

— Então — falei com a minha melhor voz de sala de reunião de diretoria —, tenho certeza de que todos vocês estão se perguntando por que os chamei aqui hoje.

Nenhum deles achou aquilo engraçado, então eu simplesmente prossegui.

— Bem, se preparem: vou fazer uma visita a vocês em breve. Em carne e osso. Uma experiência e tanto.

Nandi não demonstrou absolutamente reação alguma. Finn deu um pulo de tanta empolgação:

— É mesmo? É verdade? Quando? Agora?

Era bom saber que alguém me valorizava. Fiz algumas perguntas e lhes contei a história. Volusian estava encostado na parede, permitindo que sua linguagem corporal me mostrasse que era uma total perda de tempo para ele ter que ouvir aquilo de novo.

O entusiasmo de Finn diminuiu um pouco:

— Ah. Bem. É um gesto de coragem, mas também meio que...

— Uma besteira — disse Nandi em sua típica monotonia deprimente. — Vai acabar em desespero. Um desespero obscuro e amargo. Você vai morrer, e eu nunca vou encontrar a paz. Meu sofrimento não terá fim.

— Nunca pensei que fosse ouvir vocês dois concordarem com Volusian.

Finn deu de ombros.

— É por uma boa causa. Uma causa honesta. Mas você realmente não pode entrar no castelo de Aeson e pegar a menina. Não que eu esteja dizendo que você não é durona o bastante nem nada. Só que vai precisar de um plano. Um plano muito bom. É. Qual é o seu plano?

— Bem... Entrar no castelo e pegar a menina.

Volusian deu um suspiro alto. Era difícil dizer por causa daqueles rasgos vermelhos, mas acho que ele revirou os olhos.

Lancei um olhar bravo para ele.

— Ei, é muito melhor do que o seu plano. Quer compartilhá-lo com o resto da turma?

Foi o que ele fez.

Quando acabou, Finn disse:

— É um bom plano.

Joguei as mãos para o alto.

— Não é, não. É um péssimo plano. Não vou pedir ajuda a um nobre.

— O rei Dorian deve ajudar você — comentou Nandi —, apesar de o mais provável ser que essa ajuda traga apenas um breve lampejo de esperança, o que, então, tornaria nosso último combate muito mais trágico.

— Pare com essa merda de sentimentalismo, Nandi.

Como eu queria que fizessem Prozac para fantasmas.

— De qualquer forma, é uma questão polêmica. Vamos enfrentar Aeson diretamente. E ponto final.

Passei para eles a hora e o local de nosso encontro e exigi que mantivessem o plano em segredo. Tive que confiar que Finn não daria com a língua nos dentes, mas, depois que ele se conformou com o possível fim de minha existência, pareceu bem entusiasmado com a ideia como um todo.

— Tenho mais uma pergunta para todos vocês antes de liberá-los. Na semana passada, três habitantes do Outro Mundo sabiam meu nome. O que está acontecendo? Quantos deles sabem quem eu sou?

Nenhum dos espíritos respondeu de imediato. Por fim, com uma voz de quem parecia não acreditar que eu estava fazendo aquela pergunta, Finn disse:

— Todo mundo. Bem, quase todo mundo. Todo mundo que interessa. Só se tem falado nisso nas últimas semanas. Odile Cisne Negro é Eugenie Markham. Eugenie é Odile.

Encarei os espíritos.

— Todo mundo tem falado sobre isso?

Os três fizeram que sim com a cabeça.

— E nenhum de vocês, *nenhum de vocês*, pensou que valeria a pena chamar minha atenção para isso?

Mais silêncio. Até que Nandi, obrigada a responder qualquer pergunta direta, simplesmente disse:

— Você não perguntou, ama.

— É — concordou Volusian num tom seco. — Se você tivesse nos invocado e perguntado "O meu nome é conhecido no Outro Mundo?", teríamos respondido prontamente.

— Sabichão.

— Obrigado, ama.

— Não foi um elogio — falei, passando uma das mãos pelo cabelo. — Como foi que isso aconteceu?

— Talvez alguém tenha adivinhado — respondeu Finn.

Volusian lançou um olhar cortante para ele.

— Não seja ainda mais bobo do que você já é — disse o espírito negro, que depois se virou para mim. — Nem todas as criaturas vêm para este mundo para lutar contra você. Algumas podem ter espionado. Para alguém discreto, descobrir sua identidade não seria tão difícil.

— Então, o que eles estão dizendo? Que todos vão tentar me matar?

— Alguns vão — respondeu Finn. — Mas a maioria é fraca. Você deve acabar com eles numa luta.

— Infelizmente — acrescentou Volusian.

Que ótimo. As notícias não eram boas. Uma parte de mim esperava que apenas alguns soubessem meu nome, mas agora parecia que minha identidade havia se tornado a fofoca *du jour* no Outro Mundo. Eu me perguntava se valeria a pena encontrar um bruxo local e pôr alguns vigias ao redor da minha casa. Também poderia manter os espíritos em turnos de guarda permanente, mas, na verdade, não sabia se teria paciência para suportar enormes doses de suas idiossincrasias.

— Então está bem. Saiam daqui. Voltem na hora combinada. Ah, e se algum de vocês ouvir qualquer coisa sobre Aeson e a menina que possa ser útil, venha me contar. Não esperem até que eu faça uma pergunta explícita.

Aquelas últimas palavras foram um rosnado.

Finn desapareceu imediatamente, mas Nandi e Volusian me observavam com expectativa.

Suspirei.

— Na carne e no espírito, liberto vocês do serviço até que eu os chame de novo. Partam para o próximo mundo em paz e não voltem antes de minhas invocações.

Os espíritos desapareceram no nada, e fiquei sozinha.

CAPÍTULO 7

Não pude acreditar quando Wil me disse que queria ir também. Por que de repente todo mundo queria entrar no que seria, provavelmente, a viagem mais perigosa da vida de alguém? Eu, com certeza, não queria ir. Por que eles sim? Se ao menos eu pudesse ceder meu lugar...

— Não. Você vai acabar sendo morto — falei, parecendo Roland agora.

— É, mas você disse que, na verdade, eu não iria fisicamente. Apenas em espírito.

— Não importa. O espírito ainda é a sua essência, ainda está ligado à sua existência e ao seu corpo. Se alguém ferir você o bastante, seu corpo também sofre as consequências.

Ele não parecia se importar, o que considerei irônico vindo de um cara que parecia ter tanto medo de todo o resto. Seu último argumento foi que Jasmine estaria assustada e traumatizada e que sua presença a confortaria ao ser levada por mais estranhos. Imaginei que Wil tivesse razão, mas alertei que ele seria apenas um reflexo naquele mundo e que teria pouca semelhança com seu ser humano. Ela poderia não reconhecê-lo. Wil aceitou isso, mas continuou determinado a ir, e decidi que se o cara queria morrer, o problema era dele. Desde que ele não me arrastasse nesse processo.

Também cuidei para que ele me pagasse antecipadamente. Melhor não arriscar.

Quando a noite marcada chegou, levei Tim comigo. Como Wil não poderia ir fisicamente, precisávamos de alguém para tomar conta de seu corpo. Tim lidava com esse tipo de coisa como se fosse a um acampamento de verão, levando barraca, tambor e tudo o mais. Eu disse a Tim que ele era um idiota, mas o cara tinha grandes planos de como, mais tarde, poderia contar às fãs sobre a missão da qual havia participado. Em sua visão das coisas, ele estaria mentindo apenas em parte. Eu poderia ter levado Roland e passado por menos situações absurdas, mas não confiava que meu padrasto não fosse atrás de mim. Então seria Tim mesmo.

Dirigimos para fora da cidade, por estradas sinuosas que serpenteavam pelo deserto. Wil esperava por nós em um ponto isolado, longe das áreas de acesso mais movimentadas. Era uma noite bonita, com as estrelas e a lua clareando o céu e os saguaros, cactos gigantes ali parados, vigiando. Havia alguns outros pontos de acesso entre os mundos que eu poderia ter usado, mas escolhi aquele porque gostava da privacidade e porque era um dos mais fortes. Eu queria gastar o mínimo de força possível na transição, ainda mais que teria o trabalho de levar Wil comigo.

Do jeito que as coisas estavam, tivemos problemas até mesmo para fazê-lo entrar em transe.

— Meu Deus — falei, irritada, observando-o sob a luz fraca. — Quantos cafés você tomou hoje?

Provavelmente ele nem tomava café. Carcinógenos demais, ou coisa parecida.

— Me desculpe — disse ele, tentando permanecer parado. — É que estou muito preocupado com ela.

Wil se deitou sobre um cobertor perto de nossa pequena fogueira, e o cheiro de salva queimada pairava no ar. Tim se recostou perto da barraca com seu iPod, esperto o bastante para me deixar fazer o meu trabalho em paz. Do jeito que Wil continuava se debatendo em movimentos bruscos, eu duvidava que alguma coisa mais fraca do que Valium o acalmaria. Não que isso fosse realmente nos ajudar.

— Tem coiote lá fora? — perguntou ele. — Alguns atacam humanos. Mesmo com a fogueira. Eles podem ter raiva. E as cobras...

— Wil! Você está nos fazendo perder tempo. Se não conseguir se acalmar logo, vou sem você.

A lua crescente já havia atingido o zênite. Eu não queria efetuar a transição muito tempo depois que ela começasse a baixar. Sem saber o que mais poderia fazer, peguei o pêndulo e o segurei diante do rosto de Wil. Não era muito chegada a hipnose, mas ela já havia me dado bons resultados em clientes que precisavam recuperar a alma. Na esperança de que isso funcionasse com ele, comecei a conduzi-lo pelos estágios do inconsciente.

Funcionou. Ou talvez fosse o fato de eu ter ameaçado deixá-lo para trás. Finalmente, o vi cair em um sono consciente, o momento perfeito para que a alma se soltasse do corpo. Segurando a varinha, atraí seu espírito até mim, de modo que ele se prendesse ao meu corpo como energia estática, que podia ser sentida mas não vista. Então, ao relaxar minha consciência, permiti que minha mente se expandisse e tocasse as paredes deste mundo, empurrando seus limites para o Outro Mundo o máximo que podia. Ao expandir, me agarrei à consciência de meu corpo, me esforçando para levá-lo inteiramente para lá. Ao contrário de tantos outros, eu era forte o bastante até mesmo para levar coisas materiais comigo — minhas roupas, minhas armas.

No começo, nada parecia ter acontecido. Então, a paisagem ao meu redor tremeu, quase como se estivéssemos presos em uma miragem por causa do calor. Meus sentidos se obscureceram, fazendo com que eu me sentisse desorientada, e então tudo à minha volta se tornou mais claro. Eu estava sem fôlego, tomada por uma onda de vertigem. Os efeitos passaram logo. Eu era muito boa em atravessar de um mundo para o outro.

— Meu Deus! — suspirou uma voz que parecia vagamente com a de Wil.

Olhei para o lado e vi sua representação no Outro Mundo. Sem ter poderes sequer para atravessar na forma elementar, ele apareceu ao meu lado como qualquer espírito teria aparecido no meu mundo: sem forma definida, translúcido e esfumaçado.

— Você conseguiu! Você realmente nos trouxe para cá.

— Ei, minha vida é servir.

— Na verdade, ama, esse é o nosso trabalho.

Me virei e tentei esconder minha surpresa. Meus servos estavam ali, diante de mim, mas não como eu os conhecia no mundo humano. Neste mundo, o Outro Mundo, eles eram mais corpóreos, estavam em sua forma natural, e não como uma imagem projetada e enviada.

Nandi era alta e rígida, uma mulher negra de cerca de 45 anos. Seu rosto era anguloso e tinha traços fortes, uma beleza magnificente, como a de um falcão. Mechas de cabelo cor de ferro e acinzentadas emolduravam um rosto tão vazio e sem expressão quanto o de sua versão espiritual.

Quanto a Finn, eu esperava que fosse pequeno e parecido com um duende. No entanto, era quase tão alto quanto eu e tinha o cabelo espetado, formando ângulos estranhos, que brilhava como a luz do sol. Seu rosto era coberto de sardas, e o sorriso que ele me deu refletia a diversão que eu costumava perceber quando estávamos juntos no meu plano.

Volusian parecia o mesmo de sempre.

Eu não sabia exatamente o que dizer ao vê-los daquele jeito. Era meio que impressionante. Eles me observavam em silêncio, esperando pelas ordens. Limpei a garganta, tentando parecer arrogante.

— Está bem, vamos logo com isso. Quem sabe o caminho para a casa do cara?

Acabou que todos eles sabiam. Paramos em uma encruzilhada como a que havíamos deixado em meu mundo. O campo à nossa volta era bonito, com uma temperatura amena; um bálsamo no crepúsculo, agradável, mas diferente de Tucson. Nas ruas, havia filas de cerejeiras repletas de flores que deixavam cair pétalas rosadas no chão enquanto a brisa roçava em suas folhas.

— Estamos na Terra das Sorveiras-Bravas, ama — explicou Nandi, com indiferença. — Se seguirmos por esta rua, vamos acabar chegando à região da Terra dos Amieiros, onde o rei Aeson mora.

Dei uma olhada na rua.

— O quê, nada de tijolos amarelos?

Nandi não entendeu a piada.

— Não, a estrada é de terra. A viagem é longa e deve ser feita a pé. Você deve achá-la tediosa e cansativa, mergulhando no sofrimento e desejando nunca ter saído para essa missão.

— Grande incentivo.

Ela olhou para mim, intrigada.

— Não foi um incentivo, ama.

Partimos, e descobri em cerca de cinco minutos que conversar com aquele grupo não fazia sentido. Então, em vez disso, me concentrei em estudar tudo ao meu redor, como qualquer bom soldado faria. Eu já tinha transitado fisicamente algumas vezes, mas nunca tinha ficado por muito tempo. Grande parte dessas viagens era para perseguir espíritos rebeldes. Eu sempre atravessava, fazia o meu trabalho e voltava.

Não dava para acreditar que os habitantes de um lugar tão bonito estavam sempre querendo ir às escondidas para o meu mundo. Os pássaros entoavam uma canção de despedida para o sol que se punha. As paisagens pelas quais passamos eram maravilhosas, com cores lindas, como se uma tela de Thomas Kinkade ganhasse vida. Era quase irreal, como um tecnicolor enlouquecido.

Também havia magia ali. Magia intensa. Que permeava o ar, cada flor, cada pedacinho de grama. E deixava os meus pelos arrepiados. Eu não gostava de magia, não daquele tipo, não da magia que preenchia seres vivos. Aquilo era coisa dos nobres. Os humanos não tinham magia em si. Adquiríamos a magia do mundo, com ferramentas e encantos; não era algo inerente. Senti-la com tanta intensidade no ar me enervava e quase dificultava a respiração.

De repente, atravessamos uma linha invisível e um vento frio passou com força pela minha pele. Havia montinhos de neve nas laterais das ruas — que permaneciam miraculosamente limpas — e cristais de gelo pendiam graciosamente das árvores, como enfeites de Natal.

— Que diabos aconteceu? — perguntei.

— Estamos na Terra dos Salgueiros — disse Finn. — É inverno agora. Quero dizer, aqui.

Olhei para trás. Uma paisagem fria e branca ia tão longe quanto os olhos podiam ver, sem cerejeiras à vista. Me encolhi.

— Temos que ir por aqui? Está congelante.

— Você é a única que está com frio, ama — observou Volusian.

— É — disse Wil, animado. — Não consigo sentir nada. Está muito frio? Aposto que essas suas botas não protegem de hipotermia.

Revirei os olhos. Espíritos idiotas. Todos eles. Vivos ou não.

— Por mais quanto tempo vamos seguir por aqui?

— Vai demorar mais se ficarmos parando — disse Volusian.

Suspirando, eu me arrastava pelo caminho, apertando o casaco. Era o de sempre, o verde-oliva de fustão que ia até o joelho. Eu o havia escolhido principalmente para cobrir meu arsenal, e ele parecia quente demais lá em Tucson. Agora era como se fosse ridiculamente fino. Batendo queixo, segui os espíritos, me concentrando em pôr um pé à frente do outro.

Pouco tempo depois, cruzamos outra fronteira invisível, e uma densa umidade pesou sobre mim, quase como minha sauna. O calor fervia a nosso redor e dessa vez tirei o casaco. Sob a luz que desaparecia, folhas de um verde intenso roçavam umas nas outras e cigarras cantavam nas árvores.

As flores dali eram diferentes das delicadas da Terra das Sorveiras-Bravas. Essas tinham tons mais ricos e intensos e um perfume enjoativo. Os servos me informaram que tínhamos chegado à Terra dos Amieiros. Eu me animei, feliz em saber que ali não era inverno e que estávamos tão perto de nosso objetivo.

Até que voltamos aos vales de árvores rosadas da Terra das Sorveiras-Bravas.

— O que é isso? Estamos andando em círculos?

— Não, ama — disse Nandi. — Este é o caminho para o castelo do rei Aeson.

— Mas acabamos de sair da Terra dos Amieiros. Precisamos voltar.

— Não, a menos que você queira levar dias para chegar lá. O corpo do seu amigo não iria sobreviver por tanto tempo — disse Volusian, inclinando a cabeça em direção à forma etérea de Wil.

— Isso não faz o menor sentido.

— O Outro Mundo não é plano como o seu — explicou Finn. — É difícil perceber para quem ainda não esteve aqui muitas vezes. É mais óbvio quando físico. A terra se dobra sobre si mesma e, às vezes, o que parece mais longe é mais perto. E o que parece mais perto é mais longe. Temos que cortar caminho por aqui para chegar no castelo de Aeson. É estranho, mas é assim.

— Parece um buraco de minhoca — resmunguei enquanto voltava a caminhar.

— As minhocas não se locomovem dessa maneira — disse Nandi.

Tentei explicar o que era um buraco de minhoca e a teoria de alguns físicos de que o espaço poderia se enrugar e dobrar, fazendo com que fosse possível viajar por essas dobras e chegar ao outro lado mais depressa. Logo que falei a palavra "físico", desisti, me dando conta de que estava lutando em uma batalha já perdida.

Logo chegamos à Terra dos Carvalhos. Uma paisagem de tirar o fôlego, com árvores cor de fogo e folhas espalhadas pelo chão, realçadas pelo pôr do sol alaranjado. Ali parecia ser outono. Eu jurava que sentia o cheiro de madeira queimada e de cidra no ar. Outra coisa também chamou minha atenção.

— Ei!

Parei e observei por entre as árvores. Eu tinha acabado de ver uma bela forma alaranjada passar por ali, seguida por um rabo de ponta branca.

— Era aquela raposa de novo. Juro que era.

— Que raposa? — perguntou Finn. — Não estou vendo nada.

— Eu também não vi — acrescentou Wil.

— Por fim, minha ama enlouqueceu — disse Nandi, suspirando.

— Muito antes disso — murmurou Volusian.

— Tinha uma raposa me observando lá no meu mundo... E agora acabei de ver outra.

— O Outro Mundo tem animais exatamente como o seu — disse Finn. — Deve ser uma coincidência.

— E se não for?

— Bem, pode ser um espírito de raposa. Era muito grande? Às vezes, elas...

Volusian gritou, nos alertando, pouco antes de os cavalos chegarem, irrompendo de entre as árvores. Peguei minha arma e meu athame num piscar de olhos, disparando sem hesitar contra o primeiro atacante que vi. Eram doze, homens e mulheres, alguns com armaduras, outros, não. Suas roupas pareciam o que você iria ver se o elenco de *O senhor dos anéis* fosse a uma *rave*. Todos estavam a cavalo. Charmoso e arcaico.

O homem no qual atirei gritou. As balas de aço e a carne de nobre não se dão muito bem. Infelizmente, ele havia mudado de posição no último minuto, então só o acertei no braço. Por meio de minha visão periférica, notei que Volusian emitia uma luz azul trêmula. Torci para que estivesse lutando do meu lado. Um dos cavaleiros veio para cima de mim com uma espada de cobre brilhando de tanta magia. Meu punhal de ferro a deteve e permanecemos presos ali por um instante. O ferro, emblema da tecnologia, lutava contra o metal que ele havia suplantado, mas, no final das contas, sua magia era mais forte. Ele simplesmente continha mais magia e seu manejador tinha mais força bruta.

O cavaleiro me empurrou para trás, e tropecei em alguém que um de meus servos devia ter derrubado. Em um movimento fluido, recuperei o equilíbrio e cortei o homem com o meu punhal. O sangue brotou por sua camisa e o atingi na cabeça. Ele cambaleou e, então, outro golpe o derrubou.

Uma amazona veio para cima de mim. Atirei, e ela tomou um solavanco para trás quando a bala atingiu seu peito. Por baixo de sua blusa, vi uma armadura de couro e me perguntei o quanto ela teria amortecido o impacto. Mirei em outro cavaleiro e, então, uma voz de mulher falou alto:

— Pare, humana. A menos que você queira que seu amigo morra.

Dei uma olhada à minha volta e vi uma mulher alta com cabelos compridos e negros presos em duas tranças. Ela inclinou a cabeça em direção a um jovem que esticava graciosamente o braço para a frente. Sobre a palma daquela mão flutuava o espírito de Wil. Um brilho dourado e viscoso o prendia, fazendo com que parecesse um inseto no âmbar. Eu não tinha a menor ideia de que tipo de magia era aquela, mas sabia que ele estava preso. E que corria risco.

Maldição. Era exatamente por isso que eu não queria que Wil viesse junto. De fato, ele havia conseguido fazer com que nós dois fôssemos mortos.

Olhei ao redor. Sete cavaleiros estavam feridos, inconscientes ou provavelmente mortos. Nada mal para nós quatro, pensei, enquanto avaliava nossas chances de derrotar os últimos cinco. Minha arma ainda estava apontada para o alvo.

A mulher deu um sorrisinho, como se lesse meus pensamentos.

— Você pode matá-lo, mas seu amigo irá morrer antes que o seu olho pisque de novo. E você também.

— O que importa? Você irá nos matar de um jeito ou de outro. Pelo menos assim vou levar companhia para o próximo mundo.

Uma nova voz falou:

— Ninguém vai mandar você para o próximo mundo. Ainda não.

Um dos cavaleiros sem montaria se esforçou para ficar de pé. Presumi que algum dos meus espíritos havia lutado contra ele porque não o reconheci. No entanto... Alguma coisa nele me pareceu vagamente familiar. Cabelos louros, quase brancos, iam até os ombros, e olhos azuis e frios me estudavam com cuidado.

O nobre se aproximou devagar, e um sorriso misterioso tomava seu rosto à medida que chegava mais perto. Eu não sabia quem era e me perguntava que vantagem tática ganharia ou perderia se voltasse a arma para ele. Será que ele era a maior ameaça? Quando o homem estava apenas a alguns passos de distância, seu rosto se iluminou e ele se entregou a gargalhadas fortes e ruidosas.

— Não acredito nisso. Não acredito nisso! O rato veio direto até o gato. Inacreditável.

A mulher de cabelos negros olhou fixamente para ele, irritada.

— Sobre o que você está tagarelando agora, Rurik?

Ele mal conseguia se conter.

— Você sabe quem é ela? O Cisne Negro em carne e osso. Eugenie Markham, bem à nossa porta.

Recuei ao ouvir meu nome verdadeiro, embora soubesse que isso não deveria me surpreender mais.

— Pelos deuses, eu nunca esperaria por isso. Lutei contra a moça há apenas uma semana e agora aqui está ela, se oferecendo para mim.

— Se você considerar enfiar minha arma na sua garganta o mesmo que me oferecer, então estou, acho que sim. — Olhei para ele, curiosa, e nesse momento eu soube. — Foi você. Você era o elementar de gelo do hotel.

Ele fez uma reverência.

— E agora vou terminar o que comecei. Felizmente. A imagem de seu corpo nu assombrou meus sonhos durante muitas noites.

— É mesmo? A única coisa que lembro é de como foi fácil acabar com você.

Rurik sorriu.

— Você vai se lembrar de muito mais quando eu acabar.

Atrás dele, alguns dos outros homens me olhavam com um interesse renovado. Senti meu corpo se enrijecer, apesar de minhas palavras audaciosas.

A mulher de cabelos negros olhou para Rurik com repugnância.

— Se acha que vou permitir que você se renda às suas... perversões aqui, está enganado. Você é tão ruim quanto eles.

— Deixe de ser tão polida, Shaya. Você sabe quem ela é.

— Não importa. Você pode ficar com ela depois, se o rei concordar, mas não vai fazer nada enquanto estivermos na ronda. Na *minha* ronda.

Não interpretei aquilo como solidariedade feminina, mas era melhor do que nada. Eu havia chegado lá esperando uma morte horrível, e não uma bacanal de nobres. Wil poderia ser um caso perdido, mas, se eu atirasse em um dos caras, meus servos provavelmente poderiam causar sérios danos aos outros. Tensionei meu corpo, pronta para atirar.

— Pare — disse Volusian de repente, dando passos para a frente. — Não toque nela.

— Não recebemos ordens de você — respondeu Shaya.

Volusian estava tranquilo.

— Não, mas vocês recebem ordens de seu rei, e minha ama tem negócios a tratar com ele.

Vi os homens estacarem. Fiquei paralisada. Negócios com o rei deles? Ah, isso mesmo. Estávamos na Terra dos Carvalhos, governada por Dorian, o rei que Volusian queria que eu visitasse. De repente, me perguntei se aquele caminho sinuoso que pegamos tinha sido uma manobra dele para nos levar até Dorian. Se era, eu queria saber se ele imaginara a captura como parte do plano.

Shaya olhou para mim com frieza.

— O rei Dorian não tem negócios com ela.

Alguns dos homens olhavam como se duvidassem disso, e entrei naquela, bem como no que Volusian havia dito sobre Dorian antes.

— Você tem tanta certeza assim?

Sorri, mostrando a mesma confiança presunçosa que usava com os servos, ainda que com o coração acelerado. Olhos demais em mim. Era como falar em público.

— Percorri um longo caminho para falar com o rei. Como acha que ele vai reagir se descobrir que você me matou antes que eu pudesse dar o meu recado?

— Diga-me qual é o seu recado — ordenou ela, impaciente.

— Falo apenas com o rei. A sós. Não acho que ele gostaria que você soubesse do que se trata antes dele. Nem de não receber recado algum se você me matar.

— Não vamos matar você — disse Rurik, contente. — Existem várias outras coisas que podemos fazer. Você ainda vai chegar até o rei... em algum momento.

Volusian fixou os olhos vermelhos em Rurik.

— E como acha que Dorian vai se sentir se souber que você esteve com ela antes dele? As preferências do rei são muito... particulares.

Em outra situação, eu teria batido em Volusian. De que lado ele estava mesmo? Que pergunta idiota, como percebi um instante depois. Ele estava do próprio lado. Como sempre.

Todos os nobres pareciam decepcionados, pois realmente queriam matar alguém. A mulher demonstrava o mesmo.

— Eles mataram gente nossa. Não podemos deixar isso impune.

Uma das outras amazonas se aproximou.

— Na verdade, não. Todos ainda estão vivos. Alguns por pouco... Mas se conseguirmos um curandeiro rápido o bastante por aqui, eles irão sobreviver.

Todos vivos? Era demais para a equipe da Eugenie. Eu sabia que os nobres eram mais fortes no próprio mundo, mas aquilo... Não era um bom presságio para o nosso bravo ataque a Aeson e seu povo. Na próxima vez, eu iria mirar no rosto. Duvidava que sobrevivessem a isso.

— Em todo caso, vamos matar o humano fraco — sugeriu um dos outros —, só por diversão. Ainda assim, poderíamos levar a *moça* para o rei.

— O rei irá me oferecer hospitalidade — informei a eles, ainda tensa —, e a todos os meus companheiros. E ficará irritado se vocês matarem um deles. Vai pegar mal para ele.

Eu estava mentindo, e Shaya olhava como se soubesse disso.

— Você parece muito autoconfiante, Odile, mas não estou convencida.

A outra mulher cruzou os braços.

— Precisamos de um curandeiro. Temos que voltar e pedir ajuda agora.

Shaya pensou um pouco e, então, acenou com a cabeça, concordando com firmeza. Designou algumas pessoas para ficarem com os feridos e outras para escoltar a mim e ao meu grupo. Antes, ordenou que me desarmassem. Rurik fez disso um grande espetáculo, me tocando muito mais do que o realmente necessário ao pegar os punhais — pelo cabo, é claro — e a varinha. Quando pôs os dedos em torno da coronha da pistola, um olhar chocado tomou seu rosto, e ele recuou.

— Maldição! — xingou ele, recolhendo a mão. — Isso... Não sei o que é isso. Mas não parece ser... Certo.

Dei um sorriso doce. Agradeci a Deus pelos polímeros. Quase tão eficazes quanto o ferro.

Os olhos da mulher que comandava brilharam.

— Alguém tome a arma dela.

Ninguém se mexeu.

— Está bem, então, um de vocês, espíritos, pegue a arma.

Meus servos não se mexeram.

— Eles não recebem ordens de você — falei, parodiando o que ela havia dito antes.

— Mas recebem de você. Ordene que um deles faça isso agora ou vou arrancar a vida de seu amigo, sem me importar com a ira do rei Dorian.

Estudei a mulher, tentando concluir se ela blefava. De repente, Wil gemeu, sofrendo, quando a aura dourada que o cercava o apertou. Meu Deus, eu esperava que Volusian tivesse razão quanto àquela ideia ridícula de pedir ajuda a Dorian.

— Nandi — falei simplesmente.

Ela deu alguns passos à frente e tomou a pistola. Um dos cavaleiros ofereceu uma capa para que ela pudesse embrulhá-la. Quando a arma já parecia um bebê sufocado, ele a pegou, relutante.

Quanto a mim, fui amarrada e colocada sobre o cavalo de Rurik para seguir até Dorian. Os espíritos não precisavam desse tipo de transporte.

Rurik me abraçou, teoricamente para alcançar as rédeas, mas eu tinha certeza de que ele não precisava tocar meus seios para fazer isso. Ele segurou com mais força.

— Não gostaria que você caísse — explicou.

— Vou arrancar suas bolas na primeira oportunidade que eu tiver — informei.

— Ah — riu Rurik, apressando o cavalo. — Mal posso esperar para que você conheça o rei. Ele vai amar você.

CAPÍTULO 8

A fortificação era uma espécie de cruzamento do castelo da Bela Adormecida com uma igreja gótica. Torres imponentes atingiam alturas impossíveis, criando formas escuras em meio ao céu da noite. Agora, já havíamos perdido a luz, mas ainda pude ver que muitas janelas pareciam conter vitrais. Imaginei que seriam lindas em plena luz do sol. E emoldurando tudo, é claro, estavam aquelas brilhantes árvores amareladas e alaranjadas. Volusian me contara que a estação de cada reino dependia dos caprichos de seu governante e poderia durar períodos extremamente longos. A paisagem era bonita, mas eu não conseguia me imaginar vivendo num lugar onde seria outono eternamente. Alguns diziam que no Arizona era verão para sempre, mas, nesse caso, as pessoas que afirmaram isso, na verdade, não moravam lá. As estações eram sutis, mas estavam ali.

Precisei me lembrar o tempo todo de que não estava em algum tipo de filme excêntrico enquanto Rurik e seus companheiros nos conduziam pelos corredores sinuosos iluminados por tochas. As pessoas passavam lançando olhares curiosos para nós enquanto seguiam aonde quer que fossem em um castelo medieval. Fazer manteiga. Açoitar camponeses. Eu realmente não sabia e não me importava. Só queria sair dali.

— Esperem aqui — disse Rurik quando chegamos a uma porta de carvalho enorme com duas folhas.

— Vou falar com o rei antes de vocês serem levados para a sala do trono.

Uau. Uma sala do trono de verdade. Ele desapareceu depois de passar pelas portas, e alguns guardas nos vigiavam, mas mantinham distância.

— Volusian — falei, em voz baixa —, você nos trouxe para cá de propósito?

— O meu único propósito, ama, é manter você viva. Estar aqui vai aumentar suas chances.

— Você não respondeu à pergunta.

— Você também irá aumentar suas chances se for legal com o rei Dorian — prosseguiu ele.

— Legal? Acabaram de me atacar e de ameaçar me estuprar.

Volusian olhou para mim, exasperado.

— O rei irá recebê-los agora — disse Rurik dramaticamente ao voltar de dentro do cômodo.

Ele segurou a porta aberta para nós passarmos. Trombetas não teriam me surpreendido.

A sala do trono não era o que eu esperava. É claro que havia um tablado com uma poltrona, exatamente como nos filmes, mas o restante do cômodo estava num estado de desleixo. Também havia uma grande passagem que percorria o meio da sala, talvez para danças ou procissões, mas o resto era quase como um saguão. Sofás pequenos, espreguiçadeiras e cadeiras dispostas em torno de mesas baixas, com cálices e travessas de frutas. Homens e mulheres, mais uma vez vestidos em um estilo meio gótico renascentista, se jogaram sobre a mobília e uns sobre os outros, lambiscando as frutas ao acaso enquanto me observavam. Aquilo me fez lembrar da forma como os romanos costumavam jantar.

No entanto, além dos nobres, outros perambulavam por ali. Espíritos e duendes, fadas e fantasmas também estavam presentes, juntamente com uma coleção de criaturas do Outro

Mundo. Os monstros da imaginação humana lado a lado com magos refugiados que haviam imigrado para este mundo.

Então, me perguntei se algum xamã já tinha penetrado tanto na sociedade dos nobres. Me lembrei do alerta de Roland de que eu poderia ser levada direto para o coração do mundo deles. Se ao menos nossa espécie tivesse algum tipo de publicação acadêmica... A *Revista de assassinatos xamanistas e encontros do Outro Mundo*. Eu poderia ter usado essa "pesquisa" para escrever um artigo interessante a ser compartilhado com meus colegas de profissão.

A conversa deu lugar a um zunido em voz baixa enquanto os nobres se curvavam e cochichavam uns com os outros, de olho em mim. Sorrisos maliciosos e carrancas iluminaram seus rostos, e adotei o semblante vazio que costumava usar ao conhecer um novo cliente. Enquanto isso, meu pulso disparou e respirar ficou um pouco difícil.

Volusian seguia perto de mim, de um lado, e Rurik caminhava do outro. Wil e os demais vinham atrás de nós.

— Por que tanta gente? — murmurei para Volusian. — Ele está dando uma festa?

— Dorian é um rei sociável. Gosta de ter as pessoas sempre por perto, provavelmente para zombar delas. Ele mantém uma corte inteira e convida a nobreza regularmente para jantar aqui.

Então paramos. No trono havia um homem, Dorian, como presumi. Ele parecia entediado. Estava curvado sobre um dos braços da poltrona, com um cotovelo apoiado para que pudesse descansar o queixo sobre a mão. Aquilo meio que fez com que ele nos visse por um determinado ângulo. Cabelos ruivos e longos, reminiscentes das árvores lá de fora, emolduravam seu rosto, realçados por todos os tons de vermelho e dourado que se possa imaginar. Ele poderia ser a encarnação do outono. Tinha a pele mais perfeita que eu já havia visto em uma pessoa com uma cabeça ruiva tão vívida: macia, marfim, sem sardas nem rosados. Um poncho de veludo verde como uma floresta cobria calças escuras comuns e uma camisa branca de abotoar folgada. Ele tinha as maçãs do rosto bem-delineadas e traços delicados.

— Ajoelhe-se diante do rei — ordenou Rurik — e vá se acostumando a ficar ajoelhada.

Lancei-lhe um olhar intimidador. Ele sorriu.

— Ficarei feliz em obrigar você — avisou ele.

— Já chega. Deixe a moça em paz — entoou Dorian, lacônico.

Ele não alterou sua postura. Apenas seus olhos demonstraram algum tipo de interesse pelo que acontecia.

— Se ela passou a última hora com você, merece um descanso. Vá se sentar.

A presunção de Rurik deu lugar ao constrangimento, mas ele se curvou diante do trono e se afastou. Com isso, restamos Dorian e eu olhando um para o outro. Ele sorriu.

— Bem, venha aqui. Já que você não vai se ajoelhar, pelo menos quero dar uma boa olhada no "monstro horrível" que me trouxeram. Todos parecem ter muito medo de você. Confesso que, na verdade, não acreditei que fosse você quando me disseram. Pensei que Rurik tivesse se envolvido com cogumelos de novo.

— Sabe quantos de nosso povo ela já matou e baniu à força, Majestade? — perguntou Shaya de algum lugar atrás de mim. — Ela acabou de destruir três em menos de um minuto.

— Já sei. Já sei. Ela é bem assustadora. Deu para perceber — disse Dorian, olhando para mim com expectativa.

Balancei a cabeça.

— Não vou me mexer até você nos oferecer sua hospitalidade.

Aquilo fez com que Dorian se endireitasse na poltrona. Ele continuou sorrindo.

— Ela é inteligente também. Porém, devo admitir que pedir nossa hospitalidade antes de pisar em nosso humilde reino teria sido mais inteligente, já que qualquer um de meus súditos poderia ter atacado vocês — falou ele, dando de ombros. — Mas aqui estamos. Então, me diga, Eugenie, por que... Espere. Você prefere Eugenie ou srta. Markham?

Pensei um pouco.

— Prefiro Odile.

Aquele sorriso estremeceu.

— Ah, ainda estamos apegados a isso, não é? Então, muito bem, *Odile*, me diga: o que traz a inimiga mais temida dos iluminados à minha porta, pedindo hospitalidade? Como você deve imaginar, isso não tem precedentes.

Olhei ao meu redor e vi todas aquelas pessoas observando e ouvindo. *Ignore-os, ignore-os,* uma voz interior sussurrava. *Concentre-se em Dorian por enquanto.*

— Eu realmente não quero falar sobre isso diante dessa plateia barata. Prefiro conversar com você em particular.

— Ah.

Ele falou mais alto para a multidão.

— Ora, ora. Odile quer conversar comigo *em particular*.

Enrubesci, me odiando por ter dito aquilo. Gargalhadas nervosas percorriam a sala e se tornaram mais fortes e confiantes depois que o rei fez o mesmo. Interessante, pensei. Me lembrei dos comentários de Volusian sobre Dorian e da hesitação de seus soldados quanto à sua ira. Aquelas pessoas ali reunidas eram carneirinhos, obviamente, prontos para dançar ou rir ao comando de Dorian, mas, de repente, me perguntei se elas também eram carneirinhos que temiam as extravagâncias de seu caprichoso pastor. Me perguntei se eu deveria ter medo também.

Permaneci em silêncio, sem aceitar a piada de Dorian. Ele se inclinou para a frente, pôs os cotovelos sobre os joelhos, descansando o queixo agora sobre as mãos.

— Se eu lhe oferecer hospitalidade, você deve retribuir de algum jeito. Vou cuidar para que ninguém machuque você em minha casa, mas, em troca, você não pode machucar ninguém sob meu teto.

Olhei para Volusian.

— Você não comentou nada sobre isso.

— Ah, pelo amor de Deus — sibilou ele, mostrando uma rara perda de paciência. — O que você esperava? Aceite antes que sua morte iminente se torne ainda mais iminente e me tire a chance de matar você eu mesmo.

Me virei para Dorian. Não gostava nada do rumo que as coisas estavam tomando. Não gostava de estar num ninho de nobres nem queria estar à mercê de alguém. Por que é mesmo que eu estava ali? Na minha cabeça, invoquei a imagem da pequena Jasmine Delaney, pensando que ela estaria sendo atormentada da mesma forma, na corte de Aeson. Só que estaria sujeita a mais do que apenas zombaria.

— Aceito — falei.

Dorian me olhou em silêncio e, então, assentiu com a cabeça.

— Eu também.

Ele olhou para a multidão.

— Odile Cisne Negro agora está sob a proteção de minha hospitalidade. Qualquer um que encostar um dedo sequer nela terá os dedos cortados e enfiados na própria garganta.

Dorian declarou a ameaça com o mesmo entusiasmo que Volusian teria declarado.

Um zunido se espalhou pela multidão, que não estava inteiramente satisfeita.

— O que vai impedir que ela quebre o juramento? — ouvi alguém resmungar.

Outro falou alto:

— Ela poderia matar todos nós!

Os olhos de Dorian se voltaram para mim.

— Você fazia alguma ideia do monstro dos pesadelos que você é por aqui? As mães dizem aos filhos que Odile Cisne Negro irá pegá-los se eles se comportarem mal.

— Ei, eu não saio à procura de ninguém. Só vou até eles quando eles vêm a mim primeiro.

— Interessante — disse ele, arqueando uma sobrancelha. — Mas se é assim que você gosta, assim vai ser. Sempre admiro as mulheres que sabem o que querem na cama.

— Ei, não foi o que eu...

Eu ainda não tinha me dado conta do quanto nossa gíria havia permeado o mundo dos nobres. O mundo deles era um reflexo do meu; as coisas vazavam.

Dorian me cortou com um gesto.

— Já lhe dei hospitalidade. Agora venha aqui. Quero ver o terror que assombra a escuridão.

Hesitei, tanto por desconfiança quanto por rebeldia diante de seus insultos. Volusian sussurrou no meu ouvido:

— Ele não vai machucar você agora que deu sua palavra.

— Não sei se posso mesmo acreditar nisso.

— Eu acredito — disse o meu servo, com a voz calma e séria. — Sabe que não posso mentir para você.

Me virei para Dorian e subi alguns degraus até parar no mesmo nível em que se encontrava sua poltrona. Olhei para ele de igual para igual.

— Vejam só esses olhos — disse ele, suspirando, feliz. — São como violetas na neve. E você também tem cheiro de violetas.

Por trás de nós, ouvi outra onda de murmúrios da multidão.

— O que os deixou tão agitados agora?

Eles não podiam ouvir nossa conversa.

Os olhos do rei dançavam. Eram castanhos e dourados, da cor das folhas do outono que caíam das árvores.

— Você quebrou o protocolo. Esperavam que você parasse um degrau mais baixo. Em vez disso, você se pôs no mesmo nível que eu. O fato de eu não castigá-la significa que estou tratando você de igual para igual, como a realeza. Você deveria se sentir honrada.

Cruzei os braços.

— Vou me sentir honrada quando tivermos nossa conversa em particular.

Ele fez *shhh* para mim.

— Tão impaciente. Tão humana. Você pediu minha hospitalidade. Não pode esperar não recebê-la agora.

Ele fez um gesto com as mãos e escravos espíritos apareceram, segurando travessas para servir comida. De repente, comecei a pensar na música "Hotel California".

— Já íamos comer quando você apareceu com tanta delicadeza. Jante conosco e, então, teremos quantos "encontros em particular" você quiser.

— Não sou idiota. Não vou comer nada no Outro Mundo. Você devia saber disso.

Ele deu de ombros, ainda esparramado no trono como um gato acomodado.

— Você é quem está perdendo. Já que é assim, pode se sentar e olhar.

Dorian se levantou com graciosidade e me ofereceu a mão. Olhei para ela sem saber o que fazer. Balançando a cabeça e achando graça, ele simplesmente desceu os degraus ao meu lado, sem tocar em mim.

— Onde está o resto do meu grupo?

— Seus escravos e seu amigo humano estão a salvo, garanto. Levamos todos para suas acomodações, já que eles não são convidados de honra na minha mesa, só isso.

Ele gesticulou em direção a uma mesa polida e baixa, um pouco maior do que as outras da sala. Como as demais, estava cercada de cadeiras e poltronas suntuosas estofadas com brocado e veludo. Dorian se acomodou em um pequeno assento para duas pessoas e deu uns tapinhas no lugar ao lado dele.

— Me faz companhia?

Não engrandeci aquilo com uma resposta. Em vez disso, me sentei em uma cadeira perto do sofá dele. Era um assento para uma pessoa apenas. Ninguém poderia se sentar comigo. Logo outros doze se juntaram a nós, inclusive Rurik e Shaya. Ela contou a Dorian que as pessoas que eu havia ferido tinham sido curadas e estavam se recuperando.

Mantendo minha palavra, não comi nada do que foi posto diante de nós, mas confesso que a comida parecia muito boa. Galinhas recém-caçadas e recheadas. Pão quentinho ainda soltando vapor. Sobremesas pelas quais eu teria cometido um assassinato.

Porém, não me entreguei. Uma das primeiras regras do jogo era nunca comer fora do próprio mundo. Não faltavam histórias e lendas sobre os que foram tolos o bastante para ignorar essa precaução.

Os outros convidados se esforçaram muito para fingir que eu não existia, mas Dorian estava fascinado por mim. Pior, ele flertou comigo. Pelo menos ele não era tão grosseiro quanto todos os outros nobres que pareciam cruzar o meu caminho, mas não alimentei nenhuma de suas tentativas — mesmo que algumas fossem charmosas. Absorvi tudo com firmeza, o que parecia deleitá-lo ainda mais. As outras mulheres da mesa eram menos resistentes. Um olhar qualquer, uma palavra qualquer, e elas praticamente se derretiam com volúpia.

De fato, muitas outras pessoas da sala também pareciam se derreter assim. De forma muito explícita. Durante o jantar e depois dele, observei enquanto essas pessoas — em geral, casais, mas, às vezes, mais — tocavam uns aos outros abertamente. Era como estar na escola de novo. Alguns apenas se beijavam. Outros davam uns amassos pesados — uma mão acariciando um seio aqui ou subindo por uma coxa ali. E alguns estavam fazendo... mais. Do outro lado da sala, vi uma mulher subindo em um homem e montando nele, se mexendo para cima e para baixo. Eu tinha quase certeza de que os dois não vestiam nada por baixo das dobras volumosas da saia dela. Em uma mesa perto da nossa, uma mulher estava de joelhos de frente para um homem, fazendo...

Desviei os olhos depressa, voltando-os para a mesa. Dorian estava me olhando, e percebi que ele avaliava cada reação minha. Sob um comando não pronunciado, uma jovem loura e magricela passou para o lugar vazio a seu lado, o que eu havia recusado. Ela pôs uma das pernas sobre o colo dele e o abraçou, beijando seu pescoço. Ele deslizou uma das mãos pela perna dela, levantando a saia e revelando uma pele macia, mas parecia não prestar muita atenção na moça, já que olhava para mim e para os outros convidados.

A não ser pelo amor livre e pelo cenário completamente medieval, havia algo, bem, quase normal naquele lugar. Os nobres com os quais eu já tinha me encontrado estavam sempre causando problemas em meu mundo. Seduzindo humanos. Usando a magia indiscriminadamente. Aquele jantar, porém, era como qualquer outro evento social ou qualquer outra festa. As pessoas se conheciam e tratavam os amigos com ternura. Conversavam sobre amor e crianças e política. É verdade que eles ainda eram estrangeiros e os *outros* para mim, mas eu também quase podia vê-los como humanos. Quase.

Precisando fazer mais do que ficar ali sentada observando, alcancei meu casaco e peguei uma das duas barrinhas que eu tinha levado. Também foi um gesto útil, já que eu estava faminta por ter visto todo aquele banquete à minha volta. Dorian ficou intrigado de imediato.

— O que é isso?

Mostrei a barrinha de chocolate.

— É um doce. Um... chocolate.

Eu realmente não sabia o que mais poderia dizer. Nem mesmo tinha certeza do que havia no chocolate. Nogado? Não fazia a menor ideia de que diabos era feito aquele recheio cremoso. Só sabia que era delicioso.

Dorian olhou, curioso. Parti um pedaço e joguei para ele, que o pegou com habilidade.

— Vossa Majestade — exclamou um dos homens —, não coma isso. Não é seguro.

— Não vai me fazer mal — disse Dorian, repreendendo-o, aborrecido. — E nem comece a falar de veneno, ou vou deixar Bertha, a cozinheira, fazer o que quiser com você de novo.

O homem se calou imediatamente.

Dorian pôs o pedaço na boca e o mastigou, pensativo. Ver as caras que ele fez foi quase hilário. Ele levou um tempo para lidar com toda aquela delícia pegajosa, e cultivei uma irresistível imagem dele com uma bala puxa-puxa.

— Divertido — declarou ele quando terminou. — É feito de quê?

— Não sei. Chocolate e caramelo. Um monte de coisas meio que derretidas e usadas para rechear outra coisa.

Uma mulher com o cabelo castanho e anelado me encarou com um olhar provocador.

— Isso é tão típico deles. Distorcem a natureza e os elementos por causa de suas invenções pervertidas, até não saber mais o que fazem. São uma ofensa ao divino, criando monstruosidades e abominações que não podem controlar.

Eu tinha uma resposta curta e grossa na ponta da língua, mas a engoli. Volusian me aconselhara a ser legal. Sob a luz do comportamento relativamente civilizado que demonstraram no jantar, eu não podia fazer outra coisa, então minha voz permaneceu calma.

— Nossas monstruosidades fazem grandes coisas. Podemos curar doenças que vocês não podem. Temos encanamentos e eletricidade. Temos meios de transporte que fazem seus cavalos parecerem dinossauros.

— Parecerem o quê? — perguntou um dos homens.

— Foi uma analogia ruim — respondi.

Shaya balançou a cabeça.

— Podemos obter muitos desses mesmos resultados com a magia.

— A magia não pôde fazer muito contra a minha arma mais cedo.

— Nossos homens sobreviveram. Só uma humana iria se gabar de sua capacidade de empunhar a morte.

— E você, em particular, teria uma boa razão para isso — comentou Rurik. — Nenhum outro humano matou tantos de nossa espécie, espíritos ou iluminados, quanto você. Você teria me matado na semana passada se tivesse forças. Teria matado nosso povo na floresta hoje se pudesse.

— Nem sempre mato. Até evito fazer isso quando posso. Mas, às vezes, tenho que matar, e quando faço isso... Bem, então é assim que funciona.

Olhares furiosos foram direcionados a mim de todos os lugares da mesa. Apenas Dorian permanecia com uma expressão educadamente curiosa.

— Há rumores de que você já matou gente da própria espécie também — observou ele. — Ter as mãos tão sujas de sangue não faz você perder o sono?

Me recostei na cadeira, como sempre tentando disfarçar as emoções. Aquilo realmente me incomodava, às vezes, mas eu não queria que soubessem disso. Eu não tinha matado muitos humanos — só um punhado, na verdade — e a maioria foi em legítima defesa. Eram humanos que trabalhavam com nobres ou outras criaturas para fazer o mal no meu mundo. Aquilo justificava as mortes de alguma maneira, mas eu nunca conseguia ignorar o fato de estar tirando uma vida. A vida de um humano. Uma vida como a minha. A primeira vez que vi a luz se apagar dos olhos de alguém — arrancada pelas minhas mãos — tive pesadelos durante semanas. Nunca contei isso a Roland, e decerto não contaria àquele grupo.

— Na verdade, Dorian, durmo muito bem, obrigada.

— É *rei Dorian* — sibilou um homem rechonchudo de frente para mim. — Demonstre respeito.

Dorian sorriu. Os outros olharam furiosos por mais tempo.

— Os deuses irão punir uma assassina como você — alertou uma das mulheres.

— Duvido. Não assassino ninguém. Defendo as pessoas. Todos que matei estavam fazendo algum mal para o meu mundo ou, no caso daqueles humanos, ajudando a sua espécie a fazer o mal. Os que simplesmente invadem não mato. Só os mando de volta. Não é o seu mundo, então, protejo o meu. Isso não é crime.

Dorian mandou a loura embora com um gesto rápido e se inclinou sobre o sofá para poder falar comigo mais de perto.

— Mas você sabe que um dia já foi o nosso mundo também.

— Sei. E seus ancestrais o deixaram.

Shaya olhou para mim com as bochechas coradas.

— Fomos forçados a deixar.

Dorian ignorou a explosão de fúria.

— Não tivemos escolha. Um dia, todos nós fomos um só povo. Então, seus ancestrais deixaram o poder interior de lado e buscaram o exterior. Construíram. Dominaram a natureza. Criaram coisas com as próprias mãos e elementos que pensávamos que só a magia era capaz de criar. Alguns até superaram o que a magia era capaz de fazer.

— E o que tem de errado nisso?

— Responda você, Odile. Valeu a pena? Não dá para ter as duas coisas. A capacidade de forçar a "magia" do mundo matou a magia interior. Como consequência, suas vidas se tornaram mais curtas se comparadas às nossas. Sua capacidade de se surpreender pelo que não pode ser provado por números e fatos desapareceu. Logo, o seu povo não terá mais deuses, e sim suas máquinas.

— E apesar de tudo isso — observou Shaya com amargura —, os humanos continuam florescendo. Por que não foram amaldiçoados? Por que se reproduzem como cães e gatos enquanto muitos dos nossos sofrem? Eles são as abominações, e não nós.

— Suas vidas curtas, sua intensa necessidade de criar antes de morrer levam a isso. Seus corpos não têm outra escolha a não ser produzir vida tão prontamente. Não temos essa urgência.

Dorian sorriu.

— Bem, fisicamente temos, mas subconscientemente... nossas almas sabem que temos tempo.

— Essa é outra maravilha da medicina moderna. Podemos ajudar os inférteis.

Dorian franziu a testa de novo, mais curioso do que bravo.

— Esclareça para nós.

Hesitei, me arrependendo de repente do comentário. Da forma mais breve que pude, expliquei sobre a inseminação artificial e sobre a fertilização *in vitro*.

Até mesmo Dorian teve problemas para digerir essa.

— É assim que seus números crescem? — perguntou uma mulher perto de Shaya, sussurrando com uma voz respeitosa.

— Apenas em alguns casos — respondi. — A maioria não precisa disso. Aliás, acho que temos bebês demais.

Ao ver aquelas caras chocadas, me senti um pouco mal por tê-los decepcionado com tudo isso. Afinal, eu era uma grande defensora do respeito à diversidade cultural. No entanto, uma de minhas crenças mais essenciais perdia a força em meio àquela gente. Talvez fosse injusto, mas eu tinha passado a vida aprendendo que eles não eram humanos. Podiam aparentar isso agora, mas não achava que um jantar poderia afetar verdadeiramente meus pontos de vista arraigados.

Shaya balançou a cabeça com uma cara pálida.

— Então foi isso que nos tirou de nosso lar. Essas são as *coisas* que nos forçaram a deixar o lugar de onde viemos para habitar o mundo dos espíritos e das almas perdidas. Perdemos para criaturas pervertidas que procriam com facilidade, estupram e saqueiam a terra em homenagem a seus deuses de metal.

— Vejam, eu lamento se isso decepciona tanto a todos vocês, mas é assim que as coisas são. Vocês perderam. Têm que lidar com isso. Fizeram um bom trabalho lutando, eu acho. Vocês ainda aparecem em muitos contos de fadas e em muitas lendas. *Mas, ainda assim, perderam*. A história é assim. Existem guerras e, infelizmente, no fim das contas, quem ganha e quem perde é mais importante do que quem está certo ou errado.

— Então você está dizendo que o seu povo está errado? — perguntou Dorian, em voz baixa.

— Não — falei com certeza. — De forma alguma.

— Você é muito leal à própria espécie.

— É claro que sou. Sou humana. Quanto a isso, não tenho escolha, ainda mais quando o seu povo não faz outra coisa senão criar problemas para o meu.

— Olhe em torno desta sala. Dentre os aqui reunidos... eu diria que menos de vinte já visitaram seu mundo. E dentre estes, muito poucos "criaram problemas". Você também tem degenerados no seu mundo. No entanto, você não os usaria para definir sua raça inteira como má.

— Não — concordei. — Mas ainda assim eu os puniria. Escute, talvez eu esteja cansada de sua espécie, porém, mais uma vez, os únicos que conheci eram os marginais. É difícil não julgar.

Dorian me encarou por muito tempo, e não consegui interpretá-lo. Parecia que todos os outros teriam me matado na hora se não fossem proibidos por causa da hospitalidade. Eu me perguntava se tinha deixado Dorian furioso o bastante a ponto de ele se arrepender de ter feito o juramento.

Sua expressão pensativa deu lugar àquela preguiçosa e divertida de sempre. Ele se levantou da poltrona, arrastando o poncho. Todos os outros o imitaram imediatamente. Demorei o tempo que precisei para me levantar.

— Agradeço a todos pela noite adorável, mas preciso me retirar agora.

Ele falou em voz alta, de modo que suas palavras fossem além de nossa mesa. A conversa na sala parou.

— Imagino que minha convidada esteja cada vez mais inquieta e ávida por um pouco de privacidade, e detesto desapontar alguém.

Os bajuladores gargalharam, apreciando aquilo, e me preparei para não enrubescer de novo. Dorian olhava para mim enquanto deixávamos o salão devagar.

— Se eu lhe oferecesse minha mão de novo, acho que você não iria aceitá-la, não é?

— Sem chance. Não quero dar ideia para eles.

— Ah. Bem. Receio que seja tarde demais para isso, já que todos viram para onde estamos indo.

Lancei um olhar de advertência para ele.

— E para onde estamos indo?

— Para o lugar onde há mais privacidade entre todos. Meu quarto, é claro.

CAPÍTULO 9

— Para que um quarto? Quero dizer, vocês parecem mais chegados ao sexo em público mesmo.

Dorian indicou para que eu virasse em um corredor que dava para a sua suíte, ala ou o que quer que fosse.

— O que fazemos é natural. Não escondemos isso. Além do mais, na verdade, é bem excitante saber que os outros estão olhando. Você nunca fez isso?

— Desculpe. Não sou exibicionista.

No entanto, logo que pronunciei aquelas palavras, pensei em Kiyo. Tínhamos percorrido o corpo inteiro um do outro no bar e depois transado na varanda. Não chamamos tanta atenção assim, mas poderíamos ter feito isso. O simples fato de pensar naquilo me fez sentir um arrepio — dos bons.

Passamos por outra porta dupla com dois guardas parados do lado de fora. Eles tinham armas, mas eu sabia que era a magia que representava a verdadeira ameaça.

Uma vez que Dorian havia fechado as portas depois de passarmos, me virei e observei o cômodo.

— Meu Deus. Por que você transaria na sala de jantar se pode fazer isso aqui?

— Faço aqui. Faço lá. Sinceramente, não importa. Gosto de variar.

O cômodo se estendia por uma distância que parecia ser de quilômetros, e a parede mais distante era quase toda composta de janelas. Provavelmente tinha uma vista maravilhosa à luz do dia. Tudo, desde a pintura até a cama enorme coberta de cetim, era dourado e vinho. As tochas na parede davam um toque charmoso e quase sensual. De um lado, vi um cômodo que devia ser o toalete, a julgar pela banheira de mármore gigante. Em frente, uma sala de visitas se estendia até o outro lado do quarto. Ele acenou para que eu fosse até lá e me sentasse em uma poltrona decorada com almofadas de veludo.

— Vinho? — ofereceu ele, pegando um decanter de cristal de uma mesinha.

— Você já sabe a resposta.

— Estou certo de que provar um pouquinho não irá lhe fazer mal.

— É. Perséfone pensou que algumas sementes de romã também não fariam mal. Agora ela governa o Submundo.

Ele se serviu de uma taça e se sentou em uma poltrona de frente para a minha.

— Seria tão ruim assim governar este lugar?

— Vou ignorar essa pergunta. Agora, escute, preciso conversar com você sobre um cara chamado Aeson. Ele sequestrou uma menina humana...

Dorian levantou uma das mãos para me fazer parar.

— Nada de negócios ainda.

— Mas preciso levá-la de volta logo...

— Eu vou ajudar você. Juro. Agora, uma hora a mais não vai fazer diferença. Sente-se comigo e vou lhe contar uma história.

— Uma história. Você está falando sério?

— Minha querida Odile, garanto a você que sempre falo sério. Bem, não. Na verdade, isso é mentira. Na maior parte do tempo, não. Mas, agora, por coincidência, sim. Então, acomode-se.

Suspirei, me recostei na poltrona e peguei a outra barrinha. Ao ver que Dorian estava de olho no chocolate, o parti na metade e lhe dei um pedaço. Ele agradeceu com um aceno e comeu o doce com o vinho, algo que pareceu ridículo e quase me fez sorrir.

— Agora, me diga uma coisa. Você já ouviu a história do rei da Tempestade?

— Não. Ele é ou foi um cara real?

— Muito real.

— Então existe uma Terra da Tempestade ou coisa do tipo?

— Não exatamente. Ele governou uma área vasta, mas o título foi mais uma homenagem à sua capacidade de controlar as tempestades e o clima.

— Faz sentido.

Ele deu um meio sorriso.

— Acho que você não se dá conta de quanto isso é importante.

— Na verdade, não. Quero dizer, todos vocês têm algum tipo de magia, não é? Por que não as tempestades?

— Mas controlar as tempestades e o clima é literalmente controlar os elementos. A água. O ar. O fogo do relâmpago. Ver o rei da Tempestade furioso era terrível e impressionante. Ele podia convocar todos os céus para destruir seus inimigos. Poucos de nós têm tanta força. Nunca vi ninguém como ele e já vivi quase dois séculos. Mesmo quando ele atravessava para o mundo dos humanos seus poderes não enfraqueciam.

— Quais são os seus poderes, Dorian?

Aquilo era algo que eu deveria ter procurado saber antes de ficar a sós com ele.

— Posso invocar e controlar materiais que vêm da terra. Poeira. Pedras. Às vezes, magma.

— O magma me parece legal, mas o resto... Bem, desculpe. Não é tão impressionante.

Aqueles olhos dourados brilharam.

— Posso derrubar as pedras de que esta torre foi construída e reduzir o castelo inteiro a uma pilha de entulhos em poucos minutos.

Olhei ao nosso redor.

— Está bem. Isso é impressionante.

— Obrigado. Como eu dizia, com um poder como aquele, o rei da Tempestade inevitavelmente atraiu seguidores. Na época, éramos mais desunidos... Separados em reinos menores. Nossas divisões políticas e geográficas estão sempre mudando. Ele procurou remediar isso. Conquistou e uniu vários governantes menores, tentando reunir todos os iluminados sob o seu comando. Fez um progresso inacreditável.

— Ele foi um bom rei?

Eu estava cada vez mais envolvida, apesar da grande resistência.

— Depende de como você define "bom". Ele era bom em liderar guerras, sem dúvidas. E implacável, uma característica negativa mas às vezes necessária ao governante. Porém, com tanto poder, ele não tinha receio de tomar o que queria, sem se importar com o quanto aquilo poderia ser inconveniente para os outros. Os que o irritavam morriam, indiscutivelmente. Se queria um território, ele o tomava. Se queria uma mulher, ele a tomava. Algumas dessas mulheres achavam que era uma honra, outras eram pegadas à força.

Dorian fez uma pausa e me lançou um olhar estudioso e solidário.

— Algumas eram humanas.

Me endireitei na poltrona.

— Como Aeson faz.

— Infelizmente, sim.

— Infelizmente? Você é um deles. Também deve ter uma queda pelas humanas.

— Claro que tenho. Todos nós temos. E as mulheres, pelos humanos. Todos vocês têm cheiro de almíscar e sexo. Isso grita fertilidade. Incita nossos instintos mais primitivos e básicos a reproduzir. Para um povo que tem cada vez menos filhos, isso tem alguma importância. Então, sim, entendo homens como o rei da Tempestade e Aeson, mas — prosseguiu ele, dando de ombros — nunca estive com uma mulher que não me quisesse, nunca peguei nenhuma à força. Nem mesmo uma humana.

— Você parece ser a minoria.

— Não, como eu disse mais cedo, muito poucos de nós infringem os humanos. Há estupradores no seu mundo. Eles também são muito poucos.

Me mexi e apoiei a cabeça no encosto da poltrona.

— Tem razão. Continue com a história.

Dorian parou por um instante, parecendo surpreso, como se não pudesse acreditar que eu tinha concordado com ele em um ponto. Eu mesma mal conseguia acreditar.

— Muito bem. A ambição do rei da Tempestade se estendeu para além de conquistar este mundo. Ele também queria conquistar o seu.

— Isso é impossível.

— Nem tanto. Queima dentro de todos nós o desejo de voltar à nossa terra natal. Isso levaria muitos a ações extremas. Ele atraiu muito apoio e exércitos dispostos a atravessar em busca desse sonho. Tinha o poder de fazer isso acontecer. Planejou uma invasão em massa no dia de Samhain, formada por iluminados e espíritos.

— E o que aconteceu? É óbvio que não deu certo.

Dorian apoiou o cotovelo de novo, colocando o queixo sobre a mão, como havia feito no trono. Aquele cabelo bonito pendia todo para um lado, como um rio de cobre derretido.

— Vou lhe contar em um instante. Primeiro, eu gostaria da sua opinião sobre tudo isso. O que você acha desse plano dele, considerando suas nobres palavras de outrora sobre conquistadores e como os conquistados devem simplesmente aceitar seu destino? Se as nossas forças derrotassem as suas em uma guerra justa, você aceitaria isso com tanta facilidade?

— Detesto perguntas hipotéticas. — Ele simplesmente sorriu. — Está bem. "Aceitar" é uma coisa estranha. Quero dizer, acho que se nossa infraestrutura e nosso exército fossem destruídos, eu teria que aceitar isso até certo ponto. Eu iria gostar disso? Simplesmente deixaria pra lá? Provavelmente não. Provavelmente eu continuaria lutando. Em busca de alguma forma de mudar as coisas.

— Então, talvez você entenda nossas atitudes com relação a você e ao mundo em que vive.

— É, mas... Por que não deixar pra lá? Vocês têm um mundo perfeito e belo aqui.

— Você está se contradizendo.

— Bem, no cenário que você descreveu nós não temos um novo mundo. Estamos subjugados no seu novo mundo.

— Isso faria diferença?

Olhei para uma das tochas tremeluzentes.

— Não. Provavelmente não. Não sei.

Dorian estava me fazendo ter empatia pelos nobres, e não gostei disso. Me voltei para ele.

— Então, o que aconteceu? Esse rei da Tempestade é alguém que eu deveria caçar?

— Não. Lamentavelmente. Ele já está morto.

Dorian me avaliou por um momento por algum motivo que eu não compreendia.

— Roland Markham o matou.

Me endireitei na poltrona.

— O quê?

— Você não sabia disso.

— Não. Claro que não. Nem tinha ouvido falar desse tal rei da Tempestade até esta noite.

Aquela resposta deixou Dorian pensativo e o fez abandonar por um instante o tom jocoso de costume.

— Isso me surpreende muito. O rei da Tempestade deve ter sido a maior conquista da carreira de Roland Markham. Como é que não sabe? Ele não é seu pai?

— Meu padrasto. Mas foi ele quem me treinou.

Revirei a cabeça, procurando pela informação.

— Não sei por que ele nunca me contou. Quando foi que isso aconteceu?

— Há cerca de treze anos... Talvez catorze.

Foi mais ou menos nessa época que Roland começou a me treinar. Coincidência? Será que a ameaça de invasão das criaturas do Outro Mundo o assustou e o forçou a não atender os desejos de minha mãe?

Como eu não disse nada, Dorian continuou:

— Não é à toa que Roland Markham tem a própria reputação por aqui. Mas alguns dizem que você o superou com as mortes que já provocou.

— Eu queria que vocês não me pintassem como uma vingadora sanguinária.

— O preconceito funciona em ambas as direções.

— É, mas convenhamos: na metade das vezes, eu simplesmente os mando de volta para cá.

— Você mata o bastante para assustar grande parte das pessoas do salão principal.

— Mas não é por isso que você está me contando essa história.

— É verdade — concordou ele, servindo-se de outra taça de vinho. — Você é corajosa, Eugenie Markham. Corajosa, forte e bonita. No entanto, a sua perspectiva e a sua visão do mundo, dos mundos, é falha. Você não nos entende. Não nos comportamos assim devido a uma natureza maligna. Temos motivos para fazer o que fazemos.

— Da mesma forma que eu tenho para fazer o que faço. Não mato porque gosto.

— Bem, isso me admira, mas, sim, entendo o que você quer dizer. Você faz o que faz por lealdade à própria espécie. Quer protegê-los e cuidar para que eles tenham a melhor vida que puderem.

— Esta é a parte em que você diz que faz exatamente a mesma coisa.

Dorian deu uma gargalhada alta, com um som rico e melodioso.

— Eugenie, acabamos de ter um momento de harmonia?

— Você parou de me chamar de Odile — observei, mudando o rumo da conversa.

— Não estamos em público. Isso não importa.

— Tanto faz. Então... quando o rei da Tempestade estava reunindo um exército e seguidores... você era um deles?

A leviandade de Dorian desapareceu.

— Era, sim. Um de seus maiores apoiadores, na verdade.

— Você faria isso de novo? Se tivesse uma oportunidade?

— Sem pensar duas vezes. Eu daria tudo para que sua visão se tornasse realidade. Desde sua morte, abundam profecias e presságios que sussurram sobre outras oportunidades que podem surgir no futuro. Presto atenção em todos eles.

Não reagi.

— No que você está pensando?

— Estou tentando decidir se devo quebrar meu juramento de hospitalidade e matar você.

O bom humor de Dorian voltou.

— Sabe o quanto estou satisfeito por você ter aparecido nesta noite? Fazia anos que eu não me divertia tanto. Mas você não vai me matar. Hoje não, pelo menos, e nem é por causa da promessa.

Olhei para ele de novo, e um sorriso apareceu de repente em meus lábios.

— Ah, é? E por que você tem tanta certeza disso?

— Porque contei a você exatamente como me sinto. Se tivesse mentido e dito que não tenho o menor interesse no mundo dos humanos ou em seguir a visão do rei da Tempestade, você não teria acreditado em mim. Por ter contado a verdade, devo viver mais uma noite. Você pode não gostar de mim, mas acho que com a sinceridade conquistei o seu respeito.

— Pode ser.

De novo, fiquei em silêncio. Dorian parecia incapaz de lidar com aquilo.

— E agora, no que você está pensando?

— Que você quase parece humano.

Ele se inclinou na minha direção, chegando um pouco mais perto do que o que me deixaria confortável.

— Devo me sentir honrado ou insultado?

Dei uma risadinha, arrependida.

— Não sei.

— Você tem um sorriso adorável.

— Ei, não começa com isso. Não importa o quanto você seja sincero ou o quanto eu tenha cheiro de almíscar.

Ele se recostou na poltrona.

— Como quiser.

Eu ainda não conseguia superar a ideia de uma invasão em massa.

— Então, sua postura com relação ao rei da Tempestade é muito comum? Os outros se sentem assim também?

— Alguns, sim; outros, não. Maiwenn, a rainha da Terra dos Salgueiros, acreditava que ele fosse a encarnação do Mal. Ela não se juntaria a ele e achava que seu plano nos levaria à ruína. Outros desistiram depois da derrota do rei da Tempestade. Se ele não conseguisse, ninguém conseguiria. Mas outros... Bem, muitos outros ainda sonham com isso. Inclusive o rei Aeson.

Suspirei.

— Finalmente vamos falar de negócios.

— Já que é preciso. Acredito que você queira tomar essa menina dele.

— Quero, sim.

— E como é que você vai fazer isso? Com os seus escravos e aquele humano?

— É.

Agora Dorian não disse nada.

— Ei, sei que é loucura, mas não tenho escolha.

— E é por isso que você veio até mim.

Assenti com a cabeça e, finalmente, vi o quanto o plano de Volusian era sábio. Se Dorian podia mesmo destruir o castelo, ele seria um ótimo recurso em uma missão de resgate.

— Apesar da minha história convincente sobre proteger minha espécie, você realmente acredita que eu me voltaria contra Aeson.

— Volusian, meu escravo, me contou que vocês dois não se dão bem.

— Ele tem razão. Aeson é um dos nossos líderes mais fortes, mas não gosto da forma como ele governa e lida com seus chamados aliados. No entanto, isso não significa que posso ir até lá com você e me opor a ele abertamente.

— Mas você tinha dito...

— Que iria ajudar. E ainda vou. Só não vou fazer isso pessoalmente.

Quaisquer sentimentos generosos que eu começava a ter por ele desapareceram. Minha voz ficou gélida.

— Está bem. Então, o que você vai fazer?

— Tenho um escravo que foi um dos homens de Aeson. Vou mandá-lo com você como guia.

— O que tem de bom nisso? Os meus espíritos já sabem o caminho.

— Eles não conhecem os caminhos mais discretos. Meu escravo conhece o lugar intimamente. Ele tem muito mais chances de ajudá-los a entrar sem serem vistos. Não sei muito sobre táticas humanas, mas imagino que, até mesmo no seu mundo, agir com sutileza e discrição é mais seguro do que invadir abertamente. Ainda mais quando se está em desvantagem.

Me recostei na poltrona.

— Acho que sim.

— Agora você está fazendo beicinho — provocou ele.

— Não estou, não.

— Não me importo. É charmoso.

— Não é, não.

Ele tocou em meu queixo para virar meu rosto em direção ao dele.

— É, sim. Mas continua sendo descabido. Você teria me ajudado, mesmo que só um pouco, se eu fosse procurá-la desse mesmo jeito?

— Não.

Sequer tentei fingir que seria diferente.

Ele recolheu a mão, ainda sorrindo.

— Estamos todos sendo sinceros nesta noite. Muito bem. Acho que devo apresentar você a Gawyn.

— Espere — falei.

Me levantei, em dúvida. Toda aquela conversa sincera me fizera pensar em Kiyo. A conversa sobre sexo também. Está bem, tudo me fazia pensar em Kiyo ultimamente.

— Você tem mais alguma pergunta?

Estudei Dorian com cuidado. Ele era um dos nobres, mas alguma coisa nesse nosso breve encontro fez com que ele parecesse... Bem, se não exatamente confiável, então, menos não confiável. E realmente, ele era o mais perto que eu poderia chegar de um verdadeiro recurso nobre.

— Tenho, sim.

Tirei o casaco e me virei de costas para ele. Naquele dia, eu não estava de camiseta e tive que tirar totalmente minha blusa de manga comprida. Depois de pensar por um instante, tirei o sutiã também.

— Ah — disse Dorian. — Acho que vou gostar dessa pergunta.

Abracei meus seios, ainda de costas para ele.

— Você está vendo os arranhões?

— Claro.

— Você sabe o que é isso? Acho que foi uma criatura do Outro Mundo quem fez.

Ouvi Dorian se levantar e se aproximar de mim. Momentos depois, seus dedos deslizaram delicadamente pelas marcas, seguindo na direção delas. Ele me tocava lentamente e com consideração, procurando me sentir de verdade. Não devia ter sido erótico — por uma série de razões —, mas foi. Seus dedos percorreram os arranhões até embaixo e depois subiram.

— Não posso dizer o que causou esses arranhões — disse ele, enfim —, mas posso dizer que foram infligidos com magia. Se eu tivesse que arriscar, diria que você foi marcada.

— Como assim, "marcada"?

— Acho que quem quer, ou o que quer, que tenha feito isso o fez para rastrear você. Enquanto essas marcas estiverem no seu corpo, quem as deixou poderá encontrá-la.

Senti um arrepio e não tinha nada a ver com estar despida nem com o fato de que os dedos dele ainda me tocavam.

— Você consegue me livrar dessas marcas?

— Não. Elas devem acabar desaparecendo sozinhas, mas não posso dizer quando. Quem fez isso?

Hesitei.

— Um homem.

Dorian esticou os dedos, de modo que as palmas de suas mãos tocassem minhas costas.

— Eu teria que fazer muita pressão para arranhar você assim, parada aqui. Precisaria estar abraçado com você.

Não respondi.

Senti seu sorriso doce em minha pele e, de alguma forma, ele chegou mais perto.

— Por quê, Eugenie Markham, matadora de nobres? O que foi que você fez?

— Não sei.

Dorian deslizou as mãos por minhas costas até que elas descansaram no meu quadril.

— E isso está matando você, não está? Que você tenha deixado algo que despreza tocá-la dessa maneira. Você gostou?

— Não é da sua conta. E você está perto demais — falei, me virando, ainda com as mãos sobre os seios, e me afastei. — A inspeção acabou.

— Como quiser. Mas não sei se você quer que ela realmente acabe.

— Eu não faço... — parei.

— Com nobres?

Dorian se aproximou de novo, pôs as mãos em meus braços e me deu um abraço mais forte do que o que seria preciso — não que ainda precisasse encostar em mim. Eu devia tê-lo derrubado, mas não fiz isso. Ele era bem mais alto do que eu e teve que se abaixar para diminuir a distância entre nossos rostos. Tinha cheiro de canela.

— Sabe, apesar de sua reputação letal, qualquer homem neste castelo daria o mundo para ser seu amante. Venha para a minha cama nesta noite e eu mesmo levarei você até Aeson. Vou lutar a seu lado.

Inclinei a cabeça para cima a fim de olhar para ele, um pouco tentada. Eu precisava da ajuda. E ele não era de se jogar fora. Mas eu não podia fazer aquilo, não importava o quanto ele tivesse parecido razoável naquela noite. Eu tinha me entregado a Kiyo sem me dar conta. Não podia transar com outro nobre, sabendo exatamente o que ele era. Esse instinto não iria mudar.

— Não. Você tem muitas mulheres lá fora — falei com delicadeza. — Não precisa de mim.

— Nenhuma delas irá conceber como você. Seu corpo promete muitos filhos.

— Improvável. Tomo pílula.

— O quê?

Expliquei tudo para Dorian e, apesar de ele não ter se afastado de mim, vi em seus olhos que queria fazer isso. Ele suspirou.

— Não entendo os humanos. Vocês são abençoados com a fecundidade. No entanto, a evitam.

— O mundo está superpovoado. E não estou pronta para ter um bebê.

— Não entendo os humanos — repetiu ele.

— E cheguei a pensar que tínhamos feito um progresso. Acho que você já pode me soltar.

— A minha oferta ainda está de pé.

Senti minhas sobrancelhas arquearem.

— Mesmo sem a menor chance de gravidez?

— Não menospreze seu charme. Ainda assim, eu dormiria com você por outros motivos.

— Tipo o quê? Além do fato de que você deve dormir com qualquer coisa que seja fêmea.

Ele olhou para baixo e, então, de novo nos meus olhos, me dando a sensação de que eu não estava cobrindo meus seios muito bem.

— Não vou me preocupar em citar o óbvio — disse ele. — Sinceramente, a principal razão... Bem, em uma noite, acho que *devo* ter convencido você de que nem todos os nobres são monstros. *Devo*. Você ainda tem um longo caminho a percorrer. Mas já teve intimidade com um, ou com alguma outra coisa deste mundo, e não consegue parar de pensar nisso. E não que você tenha odiado. Você irá juntar isso com o que viu nesta noite e então, realmente, não saberá o que pensar.

"Quero fazer amor com você enquanto essa indecisão ainda a atormenta, enquanto você ainda não sabe ao certo se sou um deus ou um monstro, ou simplesmente um humano como você. Quero estar com você nesses últimos momentos de vulnerabilidade, quando o seu desejo luta contra seus instintos e cada toque do meu corpo desperta tanto o medo quanto o prazer em você."

— Medo? Você está ameaçando me estuprar como um a cada dois nobres fez ultimamente?

— Não. Já falei. Não pego mulheres à força. Mas não importa. Você virá até mim por escolha própria.

— Improvável.

— Muito provável. Sua natureza está em conflito, Eugenie. Você sente atração por coisas que sabe que não deveria sentir, mesmo que não tenha consciência disso. Gosta de brincar com o perigo. Isso excita você. É por isso que luta contra as criaturas deste mundo com tanta agressividade. É por isso que veio buscar essa menina, apesar de saber o quanto está sendo imprudente. E é por isso que vai voltar para mim. Não vai conseguir se conter. Você quer cruzar essa linha, se colocar em risco, ver até onde pode se permitir ir. Você se protege com tanta selvageria das coisas que teme que a ideia de baixar a guarda e se submeter a excita. Agora, você não vai deixar alguém que odeia, como Rurik, tocar seu corpo, mas e eu? Você não me odeia. Nem um pouco. Sou a mistura perfeita. A forma perfeita, a forma segura, de você se entregar ao que quer.

— Você é louco — falei, me soltando, empurrando-o com as mãos, sem me importar se ele veria meus seios ou não. — E se excita com umas merdas muito loucas.

— Não sou mais louco que os seus desejos.

— Está enganado. Além disso, se eu fosse foder com um de vocês, não seria com alguém que tem planos de dominar o meu mundo.

Ele deu de ombros, me observando enquanto eu vestia minhas roupas de novo.

— Se você está dizendo... Você ainda quer a primeira ajuda que ofereci?

Hesitei. Seu pequeno discurso sobre sexo tinha me deixado nervosa — só que eu não conseguia articular exatamente por quê. Ainda precisava da ajuda de Dorian, não importando a mistura de sentimentos que eu tinha por ele. Aquilo se tornava cada vez mais claro.

— Quero. Ainda vou aceitar o seu escravo.

— Então, vamos apresentar um ao outro.

CAPÍTULO 10

Pelas minhas contas, tínhamos passado pouco mais de duas horas no castelo de Dorian e levado quase meia hora para chegar lá. Aquilo não me agradava. Naquele ritmo, provavelmente não voltaríamos para casa antes da aurora no meu mundo. Se é que conseguiríamos voltar para casa.

O escravo de Dorian, Gawyn, parecia ter uns cem anos. Não, espere. Na verdade, isso seria muito pouco para um nobre. Está bem. Ele parecia ter mil anos. Sei lá. Ele era velho, sem graça e simples. Seu cabelo grisalho ia quase até o tornozelo e, quando o vi mancando, imaginei que levaríamos mais três horas para chegar ao castelo de Aeson, apesar de Dorian e os espíritos terem afirmado que ficava perto dali.

— É um ancião — cochichei no ouvido de Dorian. — E ele parece meio que... fora do ar.

Gawyn passava o tempo todo dizendo a Wil que suas pernas eram adoráveis, embora ele não tivesse perna na forma espiritual. Eu nem sabia ao certo se Gawyn chegara a perceber que Wil era homem.

— Sua mente estará afiada como uma navalha quando ele chegar ao castelo de Aeson. Quanto à agilidade, arranjarei uns cavalos para vocês. Você tem cara de quem sabe montar excepcionalmente bem em uma série de coisas.

Ignorei a insinuação, pensando mais em como fazia anos que eu não montava em um cavalo — isso sem contar quando fui capturada pela última vez. Os cavalos nunca tinham sido grande coisa para mim. Eu não entendia por que garotinhas queriam pôneis. Se eu cavalgasse mais naquela noite, provavelmente ficaria toda dolorida no dia seguinte.

Depois que minhas armas foram devolvidas, partimos. Dorian acenou para nós e disse que estava ansioso por minha próxima visita. Mantive uma atitude profissional, simplesmente lhe agradecendo a ajuda. Acho que isso o deleitou mais do que qualquer outra reação que eu poderia ter tido.

Os cavalos realmente nos deram mais agilidade do que se fôssemos caminhando e eram o melhor que eu poderia esperar em um mundo sem transporte mecânico. Meu cavalo era negro como a meia-noite e tinha uma estrelinha branca no focinho. O de Gawyn era cor de creme e tinha a crina e o rabo brancos. Os espíritos e Wil simplesmente flutuavam atrás de nós.

Na escuridão, quase não percebi que Gawyn me encarava.

— Então, você é Eugenie Markham. O Cisne Negro.

— É o que dizem.

— Conheci seu pai.

— Ah, é?

Eu não me dava ao trabalho de esclarecer que ele era meu padrasto.

— Um grande homem.

— Você acha?

— Certeza absoluta. Sei que alguns não pensam assim... mas, bem, você deveria se orgulhar dele.

— Obrigada. Me orgulho, sim.

Gawyn não disse mais nada, e refleti sobre suas palavras, me sentindo um tanto surpresa. Considerando o que Dorian tinha me contado, eu não esperava que Roland tivesse fãs no Outro Mundo. No entanto, Dorian também comentara que uma tal de — como era mesmo o nome dela? Maiwenn?

— havia se voltado contra o rei da Tempestade. Seus seguidores podiam muito bem ver Roland como um herói.

Depois daquilo, seguimos em silêncio. Às vezes, Finn disparava a falar, animado, sobre a grande festa que Dorian tinha dado. Como antes, cruzamos diversos reinos e também suas variações climáticas. Eu ainda tinha impressão de que andávamos em círculos. Mais de uma vez, Gawyn nos fez parar, coçou a cabeça e murmurou algo para si mesmo. Para mim, aquilo não transmitia a menor confiança. Em determinado momento, ele nos tirou da trilha e nos levou para dentro de uma floresta, e eu esperava que um dos meus servos se pronunciasse caso estivéssemos perdidos. Ali, tudo era tropicalmente agradável e florido. Então, presumi que cavalgávamos pela Terra dos Amieiros de novo. Gawyn parou.

— Chegamos — disse ele.

Olhei ao redor. Insetos noturnos cantavam nas árvores à nossa volta, e o cheiro de terra, de brotos e de plantas em decomposição permeavam o ar. Já estava escuro antes, mas agora o dossel de folhas bloqueava até mesmo a luz das estrelas. Gawyn desceu do cavalo e quase caiu no chão. Comecei a apear para ajudá-lo, mas ele logo se endireitou. Deu alguns passos para a frente e, então, bateu com o pé no chão. Um barulho sólido e duro respondeu. Também desmontei.

— O que é isso?

Volusian, de novo em uma forma com pernas, se aproximou.

— Um tipo de porta. Construída no solo.

— Isso — disse Gawyn, triunfante. — Construída para quando houvesse algum cerco. Mas nunca mais foi usada.

— Ela leva à tal fortaleza de Aeson? — perguntei.

— Ao porão. Dali, umas escadas levam até a cozinha. Da cozinha, você pega a escada dos serviçais...

— Opa. Espere aí.

Eu queria me certificar de que tinha entendido tudo. Volusian emitiu uma chama azul para termos um pouco de luz, e desenhamos um mapa em um ponto desmatado no chão com base nas lembranças de Gawyn. Posso ter duvidado de sua memória, mas ele falava com confiança e conseguiu nos levar até aquele lugar obscuro. Talvez Dorian tivesse razão no lance do "afiada como uma navalha". Quando Gawyn percebeu que tínhamos memorizado as informações para chegar à ala residencial, revelou que não iria conosco. Esperaria ali para contar a Dorian o que seria de nós. Por mim, tudo bem. Eu não considerava Gawyn um recurso de batalha — nem Wil, aliás. Ao contrário do velho, no entanto, o teórico da conspiração dos fantasmas não aceitou muito bem ser deixado para trás.

— Mas já falei. Preciso tranquilizar minha irmã...

— Não — respondi com firmeza. — Deixei você vir até aqui e você quase estragou tudo com aqueles cavaleiros. Agora vai esperar. Se Jasmine estiver assustada, vai ter que aguentar mais um pouco até chegar a você.

Me preocupei com a possibilidade de ter que escravizá-lo — na verdade, eu poderia fazer isso, já que ele estava lá em espírito, e não fisicamente —, mas as coisas não chegaram a esse ponto. Ele acabou cedendo. Então, entrei pelo alçapão, e apenas os meus servos me seguiram.

— Sinceramente — comentou Nandi ao entrarmos em um túnel escuro. — É impressionante o fato de você ainda não ter morrido, ama.

— Bem, espere mais um pouco. A noite é uma criança.

Volusian nos forneceu luz de novo, e deixamos que ela nos guiasse ao longo do túnel revestido de pedra que cheirava a umidade. Em determinado momento, ratos passaram correndo. Finn tinha razão: aparentemente, o Outro Mundo tinha a sua cota de animais e pragas.

Quando o túnel se tornou uma subida, eu soube que tínhamos chegado ao fim. Uma porta de madeira no teto marcava a passagem seguinte. Pedi aos espíritos que fossem em uma forma não substancial. Até então, haviam circulado parecendo muito humanos. Eu precisava que eles se tornassem obscuros agora. Obedientes, os três se transformaram no que parecia uma bela névoa ao meu redor.

Empurrei a porta e escalei para sair, e me encontrei em um pequeno lugar fechado. A névoa criada por Volusian iluminou mais uma vez e consegui ver a silhueta de sacos e caixas. Se Gawyn estivesse certo sobre aquele cômodo anexo à cozinha, aqueles pacotes deveriam conter comida e outros suprimentos. A cerca de seis metros à minha frente, uma entrada foi revelada pela luz que vinha do outro lado. Dei mais uns dez passos e abri a porta com cuidado.

Agora eu estava na cozinha, uma cozinha muito rústica se comparada à minha, mas muito parecida com a que eu tinha visto no castelo de Dorian. Tudo estava calmo.

— Onde está todo mundo? — murmurei.

— É tarde — sussurrou Finn de volta. — Ninguém está com fome agora. E Aeson não é tão festeiro quanto Dorian.

Encontramos a escadaria dos serviçais exatamente onde Gawyn havia dito. Infelizmente, quando abri a porta, me deparei com um criado que descia por ali. Nós nos encaramos de um jeito idiota, e tive poucos segundos para decidir como lidaria com ele. Empunhei tanto a arma quanto o punhal. Com outro estado de espírito, eu teria simplesmente matado. Mas alguma coisa me impediu. Talvez tivesse sido Dorian. Talvez tivesse sido o fato de ter visto seu povo e de ter que admitir que eram mais do que apenas uma gangue sem rosto. Seja lá por quê, escolhi não matar dessa vez. Estendi os braços, agarrei o criado e dei um golpe na cabeça dele com meu punho e a coronha da minha arma. Seus olhos reviraram e ele caiu desmaiado.

Depois de colocá-lo com segurança no porão, seguimos nosso caminho. Não encontramos mais ninguém na escada nem no corredor magnífico para o qual ela havia nos levado. Pilares enormes de pedra sustentavam o teto alto, e ricas pinturas a óleo de várias paisagens transformavam as paredes em mares de cores vivas. Tínhamos chegado à ala residencial, exatamente como Gawyn havia dito. Se a outra informação estivesse certa, encontraríamos Jasmine Delaney atrás de uma das diversas portas enfileiradas ao longo do corredor.

Felizmente, a administração do prédio decidira deixar todos os cômodos desocupados abertos. Ao espiar o interior de alguns deles, pude notar que estavam vazios havia algum tempo. As camas estavam sem colchas e a poeira cobria tudo. Na verdade, apenas duas portas estavam fechadas. De alguma forma, aquilo facilitava o meu trabalho. No entanto, eu teria curtido a expectativa de abrir algumas portas falsas antes do grande desfecho.

Com as armas preparadas, abri a primeira. Dava para um quarto quase maior do que o de Dorian, mas não havia ninguém lá dentro. Tudo estava escuro e quieto. Uma lareira em brasas era a única fonte de luz. Parei por um instante e admirei a tapeçaria das paredes e o dossel sobre a cama. Ela tinha um belo formato, quase circular, e o quarto tinha cômodos adjacentes e pé-direito alto. Fazia o meu quarto parecer um closet.

— Só falta uma — murmurei, chegando para trás.

Viramos no corredor e nos aproximamos da única entrada fechada. A menos que Jasmine estivesse trancada em um calabouço, deveríamos encontrá-la ali, de acordo com o que tínhamos ouvido. Estendi o braço para tocar na maçaneta e, então, hesitei.

— Você abre, Volusian.

Parte da névoa originou uma forma física. Já sólido, Volusian abriu a porta devagar e deu uma olhada lá dentro. Parecia escuro. Comecei a me mover para a frente, mas ele ergueu uma das mãos, em alerta.

— Não, tem alguma coisa...

A luz se acendeu e, de repente, fomos atacados. Tentei recuar e sair de lá, mas alguém me agarrou e me puxou para dentro. Como eu corria risco, os outros servos entraram no cômodo. Eles não tinham escolha, já que eram obrigados a estar sempre atentos à minha segurança.

Era um quarto, como o outro, mas ali havia sete homens munidos de armas e magia. Atirei no que me agarrara, mirando no rosto e no pescoço, agora que eu sabia o pouco efeito que havia obtido no pessoal de Dorian. Derramei sangue e fiz uma sujeira, mas tive certeza de que até mesmo a melhor magia de cura teria dificuldades para consertar aquele cara.

Uma vez livre dele, me virei para o que veio para cima de mim em seguida. Ele foi esperto o bastante para atacar a mão que segurava a arma, tentando neutralizar a ameaça. Eu o cortei com o punhal, que estava na outra mão. Ele recuou ao sentir o ferro, e usei aquela fraqueza momentânea para agarrá-lo e empurrá-lo para a parede com o cotovelo. O homem caiu desmaiado, e um chute certeiro no estômago garantiu que ele continuasse ali.

Vi os espíritos envolvidos na batalha perto de mim, empurrando e lutando com uma força literalmente inumana. Dois outros homens haviam sido derrotados ou mortos, e eles agora lutavam contra um terceiro. Com isso, sobravam dois. Atirei em um que veio para cima de mim. O barulho do disparo reverberou alto no cômodo pequeno. Ele caiu para trás, e atirei de novo, ainda sem confiar na capacidade de cura dos nobres no próprio mundo.

Quando comecei a procurar pelo último homem, ouvi alguém choramingar no lado mais distante do quarto. Me virei e parei. Era ela. Era Jasmine Delaney.

A menina era menor e mais delicada do que eu imaginava. Um vestido longo e branco cobria seu corpo, e ela enrolava as dobras volumosas do tecido em torno de si mesma enquanto se encolhia no canto. Um cabelo liso, louro-avermelhado, quase encobria seu rosto, mas não escondia seus olhos. Eles eram enormes e acinzentados, e estavam repletos de medo. Sobressaíam muito em um rosto pálido e abatido. Ao perceber que eu olhava para ela, Jasmine se encolheu ainda mais.

Uma raiva fervia dentro de mim. E pena. Eu sabia que Jasmine tinha quinze anos, mas, naquele momento, ela parecia ter dez.

Era uma criança. E estava presa ali, tomada contra a vontade. Minha ira se tornou ainda mais quente e feroz. Eu precisava fazer com que seu captor pagasse por aquilo, com que ele soubesse que não podia simplesmente...

Meu momento de emoção me custou caro. Naqueles segundos que passei olhando para ela, perdi o último homem de vista. Senti uma lâmina na garganta e notei que ele passara por trás de mim.

— Se você quiser viver — disse ele —, largue suas armas e detenha seus escravos.

Eu realmente não acreditei que permaneceria viva se fizesse aquilo, mas tinha certeza de que não permaneceria se não o fizesse. Então, fiz o que ele mandou.

No entanto, não estava totalmente claro para mim o que aquele único cara poderia mesmo fazer sozinho. Um instante depois, obtive minha resposta, quando outro homem chegou. De imediato, eu soube que ele era Aeson. Para começar, os outros estavam vestidos com uma espécie de uniforme. Ele, não. Aeson vestia calças cor de vinho enfiadas dentro de botas de cano alto cor de couro preto. Uma camisa de seda preta esvoaçante e brilhosa cobria a parte superior de seu tronco. O cabelo castanho com mechas grisalhas estava preso em um rabo de cavalo curto, e havia um pequeno ornamento de ouro sobre a cabeça. O rosto era alongado e estreito, e a boca, destinada a sorrisos sarcásticos. Arrogante ou não, Dorian nunca usava coroa no próprio castelo, como pude perceber. Não era preciso. Sua realeza era óbvia para todos.

Dois guardas seguiram Aeson e, depois de ver a situação, o rei mandou um deles buscar reforços. E ali estávamos nós, indo de mal a pior.

— Se eu soubesse que você dizimaria meus homens em poucos minutos, teria deixado a tropa inteira aqui em cima — afirmou Aeson.

Ele se inclinou na minha direção e tocou minha bochecha.

— É você mesmo. Eugenie Markham. Não posso acreditar que finalmente estou com você.

Tentei me esquivar daquele toque, mas não tinha como me mexer, não com uma lâmina na minha garganta. Meus servos esperavam, tensos, dispostos a fazer o que quer que eu pedisse. No entanto, temi que soltá-los poderia pôr Jasmine em risco — e a minha garganta também.

— Você já está com ela — disse uma voz trêmula, vinda do corredor. — Cumpri minha palavra. Agora me dê Jasmine.

Mexi os olhos e o encarei, abismada. Wil flutuava na entrada. Devia ter nos seguido, no fim das contas. Ele olhava para Aeson com expectativa. Um sentimento inquietante surgiu dentro de mim, e tudo se encaixou.

— Seu traidor filho da puta!

Ignorando a minha indignação, Wil voltou seus olhos suplicantes para Aeson.

— Por favor. Eu trouxe Eugenie para você. Cumpri minha parte do acordo.

— É — disse Aeson sem sequer olhar para o homem. — Você cumpriu. E vou manter minha palavra. Por enquanto.

Aeson me estudava como se eu fosse algum tipo de tesouro ou artefato. Como se eu fosse a oitava maravilha do mundo. Gostei da massagem no ego, mas os olhos dele estavam me apavorando.

— Aeson — tentou Wil de novo.

— Cale a boca — explodiu o rei, ainda me encarando.

A mão que tocava a minha bochecha deslizou e pegou no meu queixo. Ele sorriu, mas era um sorriso frio, que não combinava com seus olhos. No canto, ouvi Jasmine fazer um barulho de quem estava perturbada.

— Depois desse tempo todo, depois de tanta espera, posso finalmente produzir o herdeiro.

A declaração era tão ridícula que simplesmente bateu em mim e voltou sem ser compreendida.

— Ou você me mata ou me solta. Odeio esses solilóquios idiotas.

O olhar encantado que Aeson tinha no rosto de repente se intensificou, e ele piscou.

— Você... Você não faz a menor ideia, não é?

Como não respondi, ele começou a rir tanto que pensei que lágrimas escorreriam de seus olhos.

— Fiz tantos esforços para ter você, e você nem sabia. Você não sabe mesmo.

— Não sei o quê? — perguntei, impaciente.

— Quem é o seu pai.

Eu realmente não curtia o roteiro à la *Star Wars*.

— Roland Markham é o meu pai. E na próxima vez em que eu o vir, vamos voltar e acabar com você juntos. Se eu não fizer isso agora.

— Na próxima vez em que você o vir, devia perguntar a verdade sobre você e o rei da Tempestade.

— Não tenho nada a ver com o rei da Tempestade.

— Ele é o seu pai, garota. Roland Markham é um assassino e um ladrão. Como é que você pode não saber disso?

Aeson também poderia estar falando uma língua estrangeira.

— Talvez porque você é louco. E porque eu sou humana.

— É mesmo? Engraçado. Você funciona neste mundo tão facilmente quanto os iluminados. Nunca conheci um humano que pudesse fazer isso.

— Talvez eu tenha um dom.

Eu fazia a minha cara de puta corajosa, mas aquelas palavras penetravam em mim. Ouvi dizer que a alma costuma reconhecer a verdade ao ouvi-la, ainda que a mente não. Talvez isso estivesse acontecendo. O meu ser lógico ainda teimava, mas alguma coisa... Alguma coisa nas palavras dele cutucou o fundo da minha mente. Era como se uma imagem estivesse ali, coberta por um véu negro, esperando que eu o levantasse.

— Você tem um dom. Maior do que imagina — disse ele, tirando o cabelo do meu rosto. — Em breve lhe darei o maior dom da sua vida. Vou redimi-la por trair o próprio sangue.

— Cale a boca — falei, me lembrando que o queres também tinha me chamado de traidora do próprio sangue. — Você não sabe o que está dizendo.

— Então por que você está tão pálida? Admita. Você sempre soube. Sempre foi sozinha.

— Todo mundo se sente sozinho.

— Não como você. Mas acalme-se. Não se sentirá sozinha por muito tempo. Eu a levaria para minha cama mesmo que fosse feia, mas agora que vi você...

Havia muitas maneiras de se interromper um discurso louco, mas ser atacado por uma raposa era uma novidade. Eu nem sabia de onde ela tinha vindo. Em um instante, Aeson tagarelava sobre fazer o que quisesse comigo e, no outro, uma raposa-vermelha pulava nele com as garras e os dentes à mostra. Eu nunca tinha pensado em uma raposa como um animal perigoso, mas aquela parecia letal. Ela era do tamanho de um pastor-alemão e partiu para cima de Aeson como se fosse um tanque. Suas garras deixaram arranhões no rosto dele.

O guarda que me segurava me soltou para ajudar o rei, e recuperei minha arma. Atirei no guarda bem na hora que ele estava a ponto de arrancar a raposa de cima de Aeson. Não foi um disparo para matar, mas o distraí, impedindo seu movimento. Agarrei o guarda ferido e o joguei o mais longe possível. Ele se chocou contra uma pilha e atirei de novo. Me virei para Aeson a fim de checar o progresso da raposa, mas ela não estava mais sobre o rei.

Kiyo estava.

Fiquei boquiaberta. Kiyo. O cabelo preto se encaracolava atrás das orelhas e pude ver seus músculos se esforçando enquanto ele lutava contra Aeson, com as mãos em torno do pescoço do rei. As pontas dos dedos de Aeson soltaram fogo, e ouvi Kiyo reagir com um grunhido. Comecei a ir até ele sem pensar com consciência, mas ele gritou para que eu pegasse Jasmine.

Jasmine. É claro. A razão de eu estar ali.

Me forcei a tirar os olhos do rosto pelo qual eu havia ficado obcecada na última semana e me aproximei da menina no canto. Ela não tinha como se afastar ainda mais em direção à parede. No entanto, era o que parecia fazer a cada passo que eu dava.

— Jasmine — falei, me abaixando e tentando parecer gentil apesar do pânico que percorria meu corpo. — Sou uma amiga. Estou aqui para ajudar você...

Com aqueles olhos de dar pena e as feições desgastadas, achei que ia ter dificuldade para levantá-la. O que eu não esperava era que ela pulasse de repente, batendo em mim com as mãos.

— Nããããooo! — gritou ela, e sua voz aguda agredia os meus ouvidos.

Recuei. Não que ela representasse alguma ameaça, mas pelo mal que eu poderia causar a ela.

— Aeson!

Ela correu até os homens que lutavam e começou a bater os punhos nas costas de Kiyo. Imaginei que o efeito fosse o mesmo de uma mosca pousando nele. Kiyo se transformou em raposa e os golpes dela atingiram Aeson. Tentei alcançá-la naquele momento de surpresa, mas ela era pequena e rápida demais. Jasmine escapou de mim e de todo mundo que estava no cômodo e saiu correndo pela porta antes que qualquer um de nós pudesse detê-la.

— Jasmine! — gritei. Meus chamados eram ecoados pelos de Wil enquanto eu corria até a porta. Kiyo e Aeson ainda lutavam, e uma parte de mim notou que Kiyo oscilava entre a forma de raposa e a de humano conforme Aeson usasse a magia do fogo contra ele.

— Eugenie — disse Kiyo, ofegante. — Saia daqui. Agora.

— Jasmine... — comecei a falar.

— A menina se foi, ama — disse Volusian. — O kitsune tem razão. Precisamos sair daqui. Diminua seus danos.

— Não.

Enfiei a cabeça para fora da porta. Jasmine não estava à vista. No entanto, mais de uma dúzia de guardas vindo pelo corredor estava.

— Eugenie! — gritou Kiyo de novo. — Corra!

— É, Filha da Tempestade — riu Aeson, com sangue escorrendo pelo nariz. — Corra para casa. Pergunte a Roland Markham quem é o seu pai.

— Seu canalha...

Eu queria partir para cima dele e ajudar Kiyo, mas Finn me segurou.

— Pule agora. De volta para o seu mundo.

As botas que martelavam pelo corredor estavam quase em cima de nós.

— Não consigo. Daqui, não. Não tenho uma âncora.

— Tem, sim.

Ele olhou para Wil, que estava ali, translúcido e completamente inútil. Se dependesse de mim, eu teria deixado Wil e sua bunda traidora ali para serem destruídos, mas, de repente, ele teve uma utilidade.

Ao ver meu olhar hesitante, Kiyo disse:

— Vou assim que você for. Eles estão aqui!

E estavam mesmo. Os homens chegaram no cômodo. Eu não deveria me importar com o que aconteceria com Kiyo, mas me importei. Queria que ele saísse vivo dali. Queria encontrar Jasmine e levá-la comigo. Mas o melhor que eu podia fazer agora era salvar a minha pele.

Invoquei Hécate e conduzi meus sentidos para longe daquele mundo, alcançando o meu mundo. Enquanto fazia isso, minha energia agarrou um Wil abalado, arrastando seu espírito comigo. Uma transição pesada como aquela, sem uma encruzilhada nem um ponto de acesso, teoricamente poderia me levar para qualquer lugar do mundo dos humanos. Porém, o espírito de Wil estava comigo. Ele não tinha outra escolha senão voltar para o seu corpo físico, lá no deserto de Sonora. Se eu fosse forte o bastante.

— Sigam-me! — gritei para os meus servos.

Ou talvez fosse para Kiyo. Não sei direito.

O mundo mudou, meus sentidos estavam obscuros. Atravessar de um mundo para o outro em um ponto apropriado era como atravessar uma parede feita de plástico. Era fina e requeria esforço, mas você acabava passando. Pular sem um ponto de acesso normal, no entanto...

Bem, era como atravessar uma parede de tijolos.

CAPÍTULO 11

Alguém gritava no deserto, e só percebi que era eu quando Tim correu até mim e me agarrou pelos ombros.

— Meu Deus, Eugenie, o que aconteceu?

Me soltei dele, caí de joelhos e vomitei em um arbusto oportunamente localizado. Aquilo logo deu lugar a ânsias, pois meu corpo estava desgastado demais para parar. Quando tudo finalmente acabou — parecia ter levado horas, mas devem ter sido apenas alguns minutos —, passei as mãos no rosto. Era como se eu tivesse enfiado a cabeça no vidro de uma janela e cortado a pele em tiras. No entanto, quando tirei as mãos do rosto, não havia sangue algum.

Aparentemente convencido de que eu já havia acabado de pôr para fora tudo que tinha no estômago, Tim me deu uma garrafa com água. Esfreguei a boca com as costas de uma das mãos e, então, bebi, ávida. Quando tentei lhe devolver a garrafa, ele balançou a cabeça.

— Pode ficar. O que aconteceu?

— Um choque de transição — respondeu a voz indiferente de Volusian virando-se para mim. — Você atravessou os mundos de forma muito dura e rápida, ama.

— Era para você ter morrido — acrescentou Nandi. — Ou pelo menos ter sido segmentada.

— Segmentada? — perguntou Tim.

Assenti com a cabeça e tomei mais um pouco de água.

— Quando você não é forte o bastante para fazer a coisa funcionar, só o seu espírito volta para cá. O corpo fica no Outro Mundo.

Ele arregalou os olhos.

— E isso mata?

— Pior.

— O que é pior do que a morte? — perguntou uma nova voz.

Nem tão nova assim.

Wil. Eu tinha me esquecido de Wil.

Fiquei de pé e me virei para ele com a arma em punho. Uma parte de mim se perguntava se havia sobrado bala. Eu tinha trocado o cartucho no Outro Mundo uma vez, mas não me lembrava quantas vezes havia atirado nos homens de Aeson.

Tim ficou boquiaberto.

— Eugenie, largue isso!

— Você não sabe o que ele fez. O maldito me apunhalou pelas costas.

Wil, sentado no cobertor sobre o qual havia entrado em transe, ficou paralisado, amedrontado demais para se mexer. Mas não para falar.

— Tive que fazer aquilo. Era o único jeito de resgatar Jasmine.

— E deu muito certo, não é?

Ele parecia quase em prantos.

— Passei um ano sem qualquer chance de resgatar minha irmã, até que aquela fada me fez uma proposta. Disse que se eu conseguisse fazer você atravessar, eles me devolveriam Jasmine. Me desculpe.

Não abaixei a arma.

— *Eu* era a sua única chance de ter Jasmine de volta. Se você não tivesse nos levado para aquela armadilha, já estaríamos com ela aqui agora.

Wil gemeu e enterrou o rosto nas mãos.

— Eu não sabia. Eu não sabia. Só queria tanto que minha irmã voltasse — disse, erguendo depois a cabeça e olhando para mim. — O que aconteceu? Por que Jasmine fugiu? Ela estava assustada?

— Talvez. Mas também pode ser... Como é mesmo o nome? Quando a vítima ajuda o próprio sequestrador? Síndrome de Estocolmo?

— O quê, como Patty Hearst? Não. Jasmine não faria uma coisa dessas.

Eu não tinha tanta certeza disso. Ela era jovem e impressionável, e Aeson me pareceu uma figura bem persuasiva.

— Ele é patético demais para que você o mate — observou Finn depois de estudar Wil por um instante.

— Mesmo assim, não custa fazer isso — disse Volusian. — Mate o rapaz e escravize a alma dele.

Os olhos de Wil arregalaram ainda mais.

— Eugenie! — exclamou Tim, me encarando como se eu fosse louca. — Você não pode estar levando isso a sério.

Provavelmente não. Suspirando, baixei a arma.

— Saia daqui, Wil. Nunca mais quero ver você de novo.

Ele se levantou com dificuldade, cabisbaixo.

— Mas Jasmine...

— Você perdeu a oportunidade. Estragou tudo. Entre no seu carro antes que eu faça uma besteira.

Wil hesitou, com uma expressão suplicante e decepcionada. Então, sem dar uma palavra, seguiu em direção a uma trilha que dava para um estacionamento improvisado. Observei enquanto ele partia, e amargura e raiva ferviam dentro de mim. Ao longe, um trovão ribombou.

— Eugenie... — começou Tim, hesitante, enquanto um vento fraco bagunçava seu cabelo.

— Não quero falar sobre isso. Me leve para casa.

Juntamos as coisas dele e fomos na direção em que Wil tinha seguido.

— Me encontrem na minha casa — ordenei aos meus servos, que logo desapareceram.

Tim teve bom senso o suficiente para me deixar em paz no caminho de volta para casa. Encostei a cabeça na janela, gostando da sensação do vidro frio na minha bochecha fervendo. Tantas coisas haviam acontecido naquela noite que eu não fazia ideia de em que me concentrar primeiro. Jasmine? A traição de Wil? A acusação idiota de Aeson? Kiyo?

Sim. Kiyo devia ser o mais importante, o que queria dizer alguma coisa. Meu coração disparou ao vê-lo de novo. Foi uma bobagem, levando em conta a forma como ele tinha me usado, mas meus sentimentos não pareciam perceber isso ainda. Por quê? Por que ele me afetava tanto, se eu mal o conhecia? Eu não acreditava em amor à primeira vista.

E aquela coisa de raposa? Eu não sabia de nenhum nobre que pudesse fazer aquilo, porém sabia que o Outro Mundo estava repleto de transmorfos. Já tinha lutado contra alguns antes, mas nunca contra uma raposa. Que escolha estranha. Talvez isso explicasse por que ele não parecia um nobre. Devia ser outra coisa. Não era nobre, mas, ainda assim, do Outro Mundo — o que não era muito melhor do que isso.

Saí de perto de Tim logo que chegamos em casa, buscando a solidão do meu quarto. Bem, o máximo de solidão que eu poderia ter com os três espíritos que aguardavam por mim. Me joguei na cama e fiquei encostada na parede. A exaustão percorria meu corpo. Não fiz nem falei nada, só encarei a escuridão. Ouvi um barulho de trovão de novo, mas parecia mais fraco, como se a tempestade tivesse mudado de ideia. Os espíritos simplesmente esperavam e me observavam.

— Me contem o que acabou de acontecer.

— Qual parte? — perguntou Finn depois de um minuto.

— Qualquer uma. Me contem o que o Kiyo é. A raposa.

— Ah — disse Finn, parecendo aliviado por eu ter feito uma pergunta que ele sabia responder. — Kiyo é um kitsune. Um espírito de raposa japonês.

— Roland me ensinou sobre centenas de criaturas mágicas. Nunca ouvi falar de um kitsune.

— Não encontramos muitos deles por aqui — explicou Finn. — E, na verdade, eles não são perigosos.

— Kiyo me pareceu bastante perigoso.

— Eles possuem características animais na forma humana — disse Volusian. — Força. Velocidade. Algum senso de agressividade.

Pensei no sexo com Kiyo. É, aquilo foi bem agressivo. Fechei os olhos.

— Por que ele iria querer me marcar e me seguir?

— Não sei.

Como já era de se esperar.

— Mais alguma coisa que eu deva saber sobre ele? Sobre eles?

— Os kitsune costumam ser fêmeas. Os machos são raros. Talvez o sangue humano de Kiyo tenha influenciado nisso — disse Nandi com sua voz sem emoção.

— Metade humano? Ah, a mãe dele era o kitsune — refleti, me lembrando de quando Kiyo falou sobre os pais.

— Isso mesmo — concordou Finn. — As mulheres costumam ser gostosas pra caramba. Como sereias. Muito sedutoras. Os homens não conseguem ficar longe delas.

— Como se elas fossem uma droga — acrescentou Volusian.

Abri os olhos.

— Ele poderia fazer isso também?

— É possível.

De repente, minha obsessão se tornou menos estranha do que pervertida. Será que Kiyo havia usado algum tipo de poder sexual para me envolver? Era por isso que eu não conseguia parar de pensar nele?

— Acho que metade humano não é tão ruim assim — murmurei, pronunciando as palavras com clareza e espontaneamente.

Eu não havia me deitado com uma criatura inteiramente do Outro Mundo.

— Não mesmo — concordou Finn, alegre. — Ele é exatamente como você.

— Pare com isso — cortei. — Aquilo tudo... O que Aeson falou... É idiotice. Não quero falar sobre isso.

— E, como sempre, você ignora o que não quer ouvir. Ser filha do rei da Tempestade não é pouca coisa — disse Volusian, com os olhos vermelhos me encarando.

— Sua franqueza é tão amável — comentei, com o estômago embrulhado, mas era agora ou nunca. — Está bem, vamos lá. Por que Aeson acha isso?

Nenhum dos espíritos tinha uma resposta imediata. A impressão que eu tive deles era mais de surpresa do que de ignorância.

— Porque você é, ama — disse Nandi, por fim.

— Não sou, não. Sou humana.

Volusian cruzou os braços sobre o peito.

— Você é metade humana, ama. E, como eu disse, o seu preconceito a cega e impede que você enxergue a verdade.

— A acusação de um nobre não é a verdade. Onde estão as provas?

— Provas? Muito bem. Eis as provas: quem é o seu pai?

— Roland.

— Você sabe do que estou falando, ama. Quem é o seu pai biológico?

— Não sei. Não importa. Minha mãe sempre disse que ele era um canalha e que não valeria a pena conhecê-lo.

Volusian me encarou com expectativa.

— Isso não prova nada.

— E os seus poderes? Você supera cada vez mais todos os outros xamãs humanos e tem a mesma força nos dois mundos. Acha que é uma coincidência a xamã mais poderosa da história ter crescido na casa de Roland Markham? Ele tirou você do rei da Tempestade e levou para lá.

— Me tirou de onde? Você está dizendo que nasci no Outro Mundo?

Volusian abaixou a cabeça.

— O rei da Tempestade abduziu sua mãe e fez dela sua amante. Ela deu à luz um filho dele. Você.

— Lamentavelmente, você parece ter muita certeza disso.

— Vi sua mãe quando ela viveu no Outro Mundo. Já vi sua mãe neste mundo. É a mesma mulher.

— Você está mentindo.

— Pelo poder que nos une, você sabe que não estou.

Volusian tinha razão. Ele não podia mentir para mim — pelo menos, não tão abertamente. Eu sabia disso, o que me obrigou a pôr o meu mundo sob outra perspectiva. Aquilo *poderia* explicar por que minha mãe odiava tanto o Outro Mundo. E por que Roland e ela foram tão determinados em instilar aquele ódio em mim, cuidando para que eu nunca tivesse qualquer empatia pelos nobres nem por qualquer outra coisa de lá.

Engoli em seco e percebi que estava quase em prantos. Meu Deus. Isso provavelmente estragaria o espetáculo de força que sempre procurei dar quando estava com aqueles caras. Precisávamos continuar com as perguntas.

— Então, você está dizendo que foi por isso que Roland acabou matando o rei da Tempestade? Para me proteger?

— Entre outras coisas. A invasão do rei da Tempestade era iminente. Ele tinha vindo reivindicar você. Roland Markham o matou. Salvou a sua vida e estragou os planos do rei ao mesmo tempo.

— Então, Dorian falou a ver... Espere aí. Ele sabia! Aquele canalha. Ele ficou ali sentado, me contando aquelas coisas sobre o rei da Tempestade, já sabendo quem eu era!

— Todo mundo sabe quem você é, ama — disse Nandi.

— Só que isso é bem recente — acrescentou Finn ao ver a minha expressão. — Vazou apenas algumas semanas atrás. Quando todo mundo passou a saber o seu verdadeiro nome.

— Como? — perguntei, encarando Volusian, que sabia quem eu era o tempo todo. — Foi você quem contou a eles?

— Não.

— Então, por que você não me contou tudo isso antes? Por que nenhum de vocês me contou quando isso começou?

Os três olhavam para mim fixamente.

— Porque você não perguntou — respondeu Nandi.

— É — concordou Volusian —, se você tivesse perguntado "Sou filha do rei da Tempestade?", ficaríamos satisfeitos em...

— Ah, cale a boca.

Esfreguei os olhos. Eu queria dormir. Queria dormir para sempre e esquecer aquilo tudo. Porém, tinha milhas a percorrer antes de dormir, como no poema de Robert Frost.

— Se todo mundo pensava que o rei da Tempestade era tão legal, por que todos estão vindo atrás de mim? Eu não deveria ser algum tipo de heroína? Em vez disso, querem me matar.

— A maioria não está tentando matá-la. Infelizmente. Eles estão tentando ir para a cama com você, ama.

— Por quê?

— Deve ser por causa da profecia — disse Nandi.

— Profecia — repeti de forma seca. — Que maravilha. Agora tem uma profecia.

— Ama — disse ela, apressada —, se você tivesse nos perguntado se havia uma profecia...

— Já sei. Já sei. O que essa profecia diz? Que sou boa de cama?

Finn hesitou.

— Bem... Ela diz que a visão do rei da Tempestade terá continuidade por meio do primeiro filho de sua filha. E que o mundo dos humanos será reconquistado.

— Você só pode estar brincando.

Meu Deus, como eu queria dormir.

— Quando descobriram que você ainda não tem filhos, todos, bem, todos os homens, quiseram entrar em ação. Ser o pai do herdeiro do rei da Tempestade seria um grande feito.

— Além disso — acrescentou Volusian —, a profecia diz que a filha do rei da Tempestade irá abrir o caminho para o filho. Ser o seu consorte representaria um grande prestígio.

— Ei, não vou abrir caminho para invasão nenhuma. Não que eu acredite em profecias. Não que eu acredite em qualquer coisa que tenha a ver com isso! Na verdade, essa profecia prova o quanto tudo isso é uma idiotice. Eu não me voltaria contra a minha raça.

Juro que Volusian sorriu.

— É, mas, na verdade, qual povo é a sua raça? Agora, sua lealdade está dividida.

Minha ira chamejou.

— Não. Mesmo se isso for verdade e eu for filha do nobre mais foda de todos os tempos, sei a quem sou leal. Sou humana. Me comporto como humana. Não tenho poderes de nobre.

— Como quiser, ama.

— Saiam daqui. Todos vocês. Nada disso é verdade. Vou conversar com meus pais e esclarecer isso.

Volusian fez uma reverência.

— Sábia decisão, ama.

Pronunciei as palavras para mandá-los embora e, então, me deitei. Lá fora, a tempestade havia se acalmado, mas a dentro de mim era devastadora. Eu queria desativar meus sentimentos. Queria esquecer tudo aquilo porque não era verdade. Não podia ser. Eu queria tomar um dos comprimidos para dormir que o médico havia receitado, mas não precisava dos conselhos de Roland para saber o quanto isso seria estúpido da minha parte. Se todos os nobres de repente ficaram excitados para me engravidar, eu não poderia baixar a guarda.

Não era para eu conseguir dormir. Não depois de lutar contra os nobres e ver uma menina correr de volta para eles. Não depois de saber que minha transa de uma noite tinha sido com um kitsune. Não depois de descobrir que eu poderia muito bem ser uma coisa que detestava. Uma coisa que me fazia questionar tudo em que sempre acreditei.

Não, realmente não era para eu conseguir dormir, mas meu corpo falou mais alto quando o cansaço o percorreu. Meu corpo sabia que eu havia passado a noite inteira acordada, que tinha lutado e sido ferida. E o mais importante: sabia que minha luta ainda não tinha acabado. Estava longe disso.

CAPÍTULO 12

Finalmente criei coragem para ir visitar minha mãe e Roland alguns dias depois. Tim ia passar o dia fora, mas parecia que tinha assado alguma coisa naquela manhã. Encontrei um prato de bolinhos de amêndoas com sementes de papoula em cima da mesa da cozinha e peguei dois para comer no caminho.

Minha capacidade de pensar com clareza havia melhorado depois de um pouco de descanso, mas a raiva e a dor realmente não tinham passado. Ainda me sentia traída, e não só por Wil. Na melhor das hipóteses, seria mais fácil perdoar Wil do que qualquer outra pessoa. Ele não havia guardado um segredo por tantos anos. Suas atitudes foram abertas e desesperadas. Não tinham sido tão ardilosas quanto as de Kiyo, minha mãe e Roland.

Quando cheguei, não me dei ao trabalho de tocar a campainha. A porta da frente estava aberta e a empurrei, batendo-a com força depois de passar.

— Genie? — ouvi minha mãe chamar. — É você?

Caminhei sobre o piso de madeira, meus sapatos ecoando na entrada. Mamãe e Roland estavam sentados na cozinha, almoçando. A mesa estava posta com pão, frios e condimentos variados. Tudo parecia tão normal. Tão pacífico e inocente. Minha mãe se levantou quando me viu.

— Graças a Deus você está de volta sã e salva. Eu estava tão... O que aconteceu?

Eu amava tanto aqueles dois, mas, ao vê-los, minha fúria aumentou, talvez porque eu realmente os amasse muito. Por um instante, não consegui pôr as palavras para fora. Apenas olhei para eles, para o rosto de um e de outro.

— Eugenie? — perguntou ela, hesitante.

— Quem é o meu pai? — cobrei dela. — Eu nasci no Outro Mundo?

Vi minha mãe empalidecer e seus olhos escuros se arregalarem de medo. Num instante, Roland se levantou para ficar ao lado dela.

— Eugenie, escute...

O olhar no rosto dele disse muito.

— Meu Deus. É mesmo verdade.

Vi que ele abriu a boca para protestar, mas, depois, pensou melhor.

— Como foi que você descobriu?

Sinceridade, finalmente.

— O Outro Mundo inteiro já sabe. Todo mundo sabe. Parece que sou a próxima na linha de sucessão a dominar o mundo.

— Isso não é verdade — disse meu padrasto. — Esqueça isso. Você não é como eles.

— Mas sou um deles, não é? Pelo menos metade?

— Apenas no sangue. Todo o resto... Bem, para todos os efeitos, você é humana. Não tem nada a ver com eles.

— A não ser pelo fato de matá-los e bani-los. Como é que você pôde me preparar para isso... Se sou...?

Um deles. Era o que eu queria dizer. Mas não consegui pôr as palavras para fora.

— Porque você tem talento para isso. Um talento do qual precisamos. Você sabe o que eles são capazes de fazer.

— É. E você cuidou para que eu soubesse, me contando todas aquelas histórias horríveis enquanto eu crescia. No entanto, tem muito mais do que isso. Eles são estranhos, sim, mas nem todos são maus.

De repente, minha mãe se meteu na conversa com olhos selvagens e assustados.

— São, sim! Você não sabe do que está falando. Quando foi que teve essa revelação? Faz um dia? Uma semana? Vivi com eles durante três anos, Eugenie. *Três anos* — disse ela, agora sussurrando. — Três anos e nunca encontrei um nobre decente. Ninguém disposto a me ajudar. Ninguém que me libertasse de Tirigan.

— De quem?

— Do rei da Tempestade — disse Roland. — Esse é o nome dele. *Era* o nome dele.

— Dizem que você salvou minha mãe dele.

Ele assentiu com a cabeça.

— Eu estava lá, perseguindo um gênio da água quando ouvi rumores sobre a captura de uma humana. Fui investigar e encontrei você e ela. Você era um bebê. Tirei as duas de lá e escondi vocês.

— Mas Dorian... Alguém que conheci... Disse que o rei da Tempestade veio nos procurar.

— Veio mesmo. E encontrou.

Franzi a testa. Pelo que Dorian disse, eu devia estar no começo da adolescência na época.

— Não me lembro disso.

Roland assentiu com a cabeça de novo.

— Quando o rei da Tempestade estava próximo o bastante, podia alcançar e chamar você. Mandava que você fosse até ele. Quando a encontrei, você estava no deserto, bem perto de uma encruzilhada. Você tinha caminhado quilômetros de distância para chegar até ele.

— Não me lembro disso — repeti.

De alguma forma, o que Roland me contava agora era mais louco do que eu tinha ouvido no castelo de Aeson.

— A magia dele conversava com a sua. O rei da Tempestade queria levá-la de volta, e você lutou contra ele. Você foi atingida por um raio durante a luta.

— Espere aí. Eu *acho* que me lembraria disso.

— Não. Hipnotizei você e reprimi isso. Matei o rei da Tempestade, mas a sua magia, Eugenie, ainda estava desperta. Depois de ter visto o que eu vi, tive medo de que você não conseguisse controlá-la e de que, em vez disso, ela controlasse você.

— Não tenho magia alguma. Pelo menos, nenhuma magia de nobre.

— Não que você saiba. Ela está escondida. Fiz você se esquecer dela. Depois disso, comecei a ensinar a arte a você, na esperança de protegê-la. Depois do rei da Tempestade, eu não tinha como saber se outros viriam nem se mais alguém poderia despertar ou atrair você. Precisava lhe dar as ferramentas de que você iria precisar para se defender — explicou ele, parecendo cansado de repente. — Nunca imaginei quão bem você se daria com elas.

Me senti tão cansada quanto ele parecia estar, apesar de ter dormido tanto. Puxei uma cadeira e me sentei. Os dois continuaram de pé. Então quer dizer que conheci o rei da Tempestade? Respondi aos chamados dele? E fui atingida por um raio? Aquilo era interessante porque, em várias culturas, os xamãs são chamados à própria arte por meio de algum evento traumático. Ser atingido por um raio, na verdade, é um dos mais comuns. Muitos índios xamãs locais — céticos com relação aos diversos xamãs brancos da Nova Era — não me consideravam autêntica, já que eu não havia tido uma iniciação tão profunda. Só que eu tive. Um ponto para mim.

— Você me fez esquecer. Entrou na minha cabeça e me fez esquecer. Durante esse tempo todo... vocês dois sabiam e nunca me contaram.

— Queríamos proteger você — disse ele.

— E depois? Vocês acharam que eu nunca iria descobrir? — perguntei com a voz mais alterada de novo. — Tive que ouvir isso dos nobres. Preferia ter ouvido de vocês.

Minha mãe fechou os olhos, e uma lágrima escorreu por seu rosto. Roland olhava para mim com calma.

— Olhando em retrospecto, sim, teria sido melhor. Mas nunca imaginamos que isso viria à tona.

— Mas veio — falei num tom amargo. — Todo mundo já sabe. E agora todos querem uma parte da profecia. E de mim.

— Que profecia?

Contei a eles. Quando acabei, minha mãe se sentou e enterrou o rosto nas mãos, chorando baixinho. Pude ouvi-la murmurar:

— Vai acontecer com a minha filha. Vai acontecer com a minha filha também.

Roland pôs uma das mãos no ombro dela.

— Não dê muito crédito às profecias dos nobres. Eles inventam uma nova a cada dia.

— Não importa. Se eles acreditam nisso, ainda virão atrás de mim.

— Você deveria ficar aqui conosco. Vou ajudar a protegê-la.

Me levantei, olhando para minha mãe. Eu não deixaria que ela ficasse exposta aos nobres mais uma vez.

— Não. Esse problema é meu. E não me levem a mal — falei, sentindo que começava a engasgar —, mas não quero ver vocês por um tempo. Acho que suas intenções foram boas, mas... preciso... Não sei. Preciso pensar.

— Eugenie...

Vi uma dor genuína no rosto dele. Os soluços de minha mãe ficaram mais altos.

Desviei o olhar dos dois. De repente, eu não conseguia mais ficar ali.

— Tenho que ir.

Roland ainda estava atrás de mim, me chamando, quando saí correndo da casa deles. Porém, eu precisava me afastar ou iria acabar dizendo alguma idiotice. Não queria magoá-los, muito embora eu deva ter feito isso. Mas eles me magoaram também, e todos nós precisávamos lidar com a situação.

Enquanto eu abria a porta do carro, olhei para a frente e vi uma raposa-vermelha me observando do mesmo lugar da última vez.

Dei alguns passos na direção dele, chegando perto, mas não perto demais.

— Vá embora! — gritei.

Ele me encarou, imóvel.

— Estou falando sério. Não vou conversar com você. Você é tão canalha quanto todos os outros.

Ele se deitou, apoiando o queixo sobre as patas cruzadas enquanto continuava a me olhar com seriedade.

— Não me importa o quanto você é bonito, está bem? Não quero mais saber de você.

Uma mulher que cuidava do jardim da casa ao lado me olhou, intrigada. Dei as costas para a raposa, entrei no carro e fui para casa. No entanto, no caminho, não pude deixar de sentir alívio por Kiyo ter sobrevivido. Sinceramente não sabia se ele sobreviveria. Por mais forte e feroz que Kiyo fosse, Aeson lançou fogo nele. A pergunta era: será que Kiyo simplesmente tinha escapado? Ou será que tinha conseguido matar o rei? O que teria acontecido com Jasmine?

Tim ainda não havia voltado quando cheguei. Então, decidi que não queria sair de casa naquele dia nem fingir que estava fazendo qualquer coisa produtiva. Queria ir para a sauna, usar pijama e assistir porcarias na tevê, comendo barrinhas de chocolate. Parecia um plano muito sólido, e comecei a colocá-lo em prática.

Vinte minutos depois, fiquei imersa no calor do vapor, coberta de umidade. O calor era ótimo para relaxar os músculos, embora eu só tenha percebido o quanto havia me machucado. Pelo menos tinha conseguido sair viva de tudo aquilo. Isso era o verdadeiro milagre, levando em conta o desastre que a noite anterior acabou se tornando.

Não queria pensar muito naquilo nem na mamãe e no Roland, mas era difícil não fazê-lo. Uma parte de mim ainda acreditava — ainda esperava — que tudo fosse um engano. Afinal de contas, não eram apenas as palavras de todos? É claro que, de alguma forma, eu duvidava que meus pais tivessem inventado tudo aquilo. Mas, de verdade: onde é que estava o exame de DNA? E as fotografias que serviriam de prova? Eu não tinha nada palpável. Nada que me fizesse ver para crer.

A não ser as lembranças. As lembranças que Roland havia encoberto para me proteger. O hipnotismo não era raro em nossa linha de trabalho. Era apenas outro estado de inconsciência. Os xamãs que serviam como líderes religiosos e curandeiros usavam técnicas parecidas em seus seguidores e pacientes para curar o corpo e a mente. Roland e eu, como "xamãs freelancers", realmente não precisávamos muito disso. Nosso contato com o mundo espiritual costumava ser mais físico e direto. No entanto, eu já tinha praticado algumas curas e resgates de almas, então sabia o básico.

Apoiei a cabeça na parede, fechei os olhos e pensei na tatuagem de Selene nas minhas costas. Ela era a minha ligação com a terra, a base do meu corpo, da minha alma e da minha mente neste mundo. Me concentrei em sua imagem e no que ela representava e então, aos poucos, alterei o estado de minha mente. Em vez de passar para outro plano, fui para dentro de mim, voltei aos recônditos mais profundos de mim mesma e às partes enterradas no meu inconsciente.

Não deve ter levado muito tempo, mas, naquele estado, tudo era cuidadosamente devagar. Passei os olhos por várias partes de mim, tanto por lembranças quanto por verdades escondidas. Tudo que me fazia ser Eugenie Markham. Me concentrei no raio, na esperança de que isso chamasse minha atenção. De certo, ser atingida por um raio não era algo que pudesse permanecer enterrado para sempre.

Ali. Uma leve cutucada. Mergulhei atrás dela, tentando agarrá-la e também a lembrança à qual ela estava relacionada. Era difícil. A imagem era escorregadia, como se eu tentasse segurar um peixe. Toda vez que eu pensava que tinha conseguido pegá-la, ela escapava. Roland tinha feito um bom trabalho. Me preparei e lutei contra as camadas, me debatendo e lutando até...

Acordei na cama.

Mas não era a cama da minha casa. Era uma cama diferente, menor, coberta por um edredom cor-de-rosa. A cama da minha infância. Eu estava ali, deitada, olhando para o teto repleto de estrelas que brilham no escuro exatamente como as que tenho agora que sou adulta. Estava no meio da noite, e eu não conseguia dormir. Eu tinha insônia, como agora. Naquele tempo, no entanto, era diferente. Alguma coisa além da mente agitada me mantinha acordada. Em algum lugar, lá fora, eu ouvia uma voz me chamar. Não, não era bem uma voz, e sim algo que me atraía. Algo que eu não conseguia ignorar.

Saí da cama, enfiei os pés num par de tênis sujos e vesti um casaco leve por cima do pijama. No corredor, a porta do quarto da mamãe e de Roland estava fechada. Passei por ali silenciosamente, desci as escadas e saí.

Lá fora, o ar ainda estava quente. Era o auge do verão. Mais cedo, a temperatura girava em torno de 38 graus. E mesmo agora, havia caído para apenas uns 27. Desci a rua tranquila de nossa vizinhança, passando por todas as casas e todos os carros que me eram familiares. A cada passo, o chamado ficava mais forte. Segui em frente. Meus pés se mexiam por conta própria. O chamado me levou para longe de nossa rua, de nosso bairro e até mesmo do pequeno subúrbio no qual vivíamos. Saí das ruas principais e segui por trilhas que nem sabia que existiam.

Então, depois de quase duas horas, parei. Não sabia onde estava. No deserto, obviamente, já que ele e as montanhas eram tudo que cercava Tucson. Os sopés das colinas eram mais amplos do que os da região de minha casa, então devo ter ido para o norte. Do contrário, não haveria características diferentes. Figueiras-da-barbária e saguaros se espalhavam ao meu redor, observando em silêncio e com cuidado.

De repente, senti o ar ficar carregado. Havia uma presença ali. Uma pessoa. Me virei e vi um homem de pé, me observando, bem mais alto do que eu, com meus doze anos de idade. Suas características eram indistintas. Eu não conseguia decifrá-las, por mais que tentasse. Ele era apenas uma forma negra, crepitando de tanto poder.

— Eugenie...

Dei três passos para trás, mas ele estendeu a mão para mim.

— Eugenie...

Me livrei da força que havia me levado até ali. Desesperada, percebi que deveria fugir o mais rápido possível. Porém, eu não sabia mais o caminho de volta. As trilhas pelas quais segui eram obscuras. Me afastei um pouco mais, mas ele sempre me seguia, fazendo sinal para que eu me aproximasse. Tropecei e caí. Tentei me levantar, ainda olhando para ele, mas agora estava de pé, bem perto de mim. Em meio à sua figura indefinida, pude identificar uma coroa prateada e roxa brilhando em sua cabeça.

— Venha — disse ele, estendendo o braço para me ajudar a levantar. — Está na hora de ir.

Eu estava presa. Desamparada, presa e sem opções. Nunca tinha sentido tanto desespero quando jovem. Isso me aterrorizou. Foi então que decidi que se sobrevivesse àquilo iria cuidar para que nunca mais me sentisse tão amedrontada de novo. Sua mão tocou meu ombro, e gritei. Enquanto gritava, uma parte de mim alcançou além do meu corpo e se agarrou ao poder à nossa volta...

Pisquei.

O vapor formava redemoinhos ao meu redor na sauna, e tive uma vertigem. Havia passado muito tempo ali. Era de se admirar que eu não tivesse desmaiado. Me levantei e precisei me apoiar na parede e fechar os olhos. Meu coração estava acelerado por causa da visão, a visão que finalmente me convenceu de que tudo era verdade. Eu sabia — tinha certeza absoluta — que o homem obscuro era o rei da Tempestade, era o meu pai. Pude sentir isso dentro de mim. Na minha alma.

Abalada, me sentei de novo, pois precisava de mais alguns instantes para refletir sobre aquilo tudo e me situar.

No entanto, quanto mais eu permanecia ali, sentada, mais me desesperava. O rei da Tempestade era mesmo o meu pai. E quanto ao resto da minha vida... Bem, as coisas iam mal. E só iam piorar. Todos aqueles nobres excitados queriam me engravidar. O resto provavelmente ainda queria me matar. Eu nunca mais teria um momento de paz de novo.

Pouco tempo havia se passado enquanto eu ruminava tudo isso, me sentindo cada vez mais deprimida — e também exausta. Eu estava esgotada, apática demais para me importar com qualquer coisa. Para que tudo aquilo? Eu havia destratado meus pais naquele dia. E abandonado Jasmine Delaney. Não tinha mais nada pelo que esperar a não ser passar o resto da vida lutando e fugindo. E, para ser sincera, por que eu deveria me dar ao trabalho de continuar lutando? Nada importava. Não tinha jeito. Era melhor simplesmente atravessar para o Outro Mundo e me entregar. Pelo menos isso acabaria com a agonia de...

Abri os olhos e me sentei, endireitando o corpo. O que havia de errado comigo? As coisas iam mal, mas aquilo... Aquilo não era natural.

Pisquei depressa, tentando me concentrar enquanto respirava fundo. Ali estava ela. Eu podia senti-la. Uma escuridão densa e despercebida me envolvia. Ela me tocava, rastejando ao longo de minha pele. Tentava me enfraquecer, sugar toda a minha energia. Toda a minha esperança.

Me levantei, já sem vertigem, peguei o roupão no cabide e o vesti. Devagar, abri a porta da sauna e enfiei a cabeça para fora. Não vi nada de desconcertante, mas aquele sentimento de desânimo continuava a me rodear. A luz parecia mais fraca. O fim da tarde estava mais escuro do que deveria. Passei um tempo com os olhos meio fechados, tentando desfazer a ilusão, já que era isso o que estava acontecendo.

Saí da sauna e tentei descobrir qual era a fonte de tudo aquilo. A sauna ficava no meio da minha casa. Era só virar à esquerda para ir para a cozinha e para a sala de estar e à direita para seguir em direção ao banheiro e aos quartos. Minhas armas estavam no quarto. Era onde eu queria estar. Porém, se a coisa estivesse na frente da casa, eu não gostaria de virar minhas costas para ela. Por fim, me arrisquei a pôr as costas na parede da entrada e deslizar assim em direção ao meu quarto. A distância não era longa, mas, como eu tinha que percorrer centímetro por centímetro, ela parecia ter quilômetros. Com cuidado, passei pela porta fechada do quarto de Tim, agradecida por ele não estar ali. Tim sabia de minhas aventuras xamanistas, mas isso não significava que eu queria que ele ficasse exposto a elas.

Em seguida, veio o banheiro. É, o único banheiro. O problema das casinhas charmosas era a parte do "casinhas". Eu amava todo o resto naquele lugar, mas na próxima vez cuidaria para que houvesse um banheiro para cada morador. Tim e eu tivemos algumas discussões desagradáveis quando...

Uma mão tentou me alcançar, vinda do banheiro escuro, mas a vi surgir pela visão periférica, me abaixei e rastejei pelo corredor enquanto ele se mexia. Um Homem Cinza. Aquela era uma das minhas três explicações mais prováveis para a zona de pessimismo que minha casa havia se tornado. Os Homens Cinza tinham uma aura de desespero ao seu redor e se alimentavam de energia física e sentimentos bons.

Aquele homem era, bem, cinza, é claro. Além disso, tinha formas mais ou menos humanas, olhos escuros e cabelos brancos que cresciam irregularmente. Ele estava até mesmo vestido, o que considerei algo a mais, já que os outros monstros e, às vezes, os nobres na forma elementar costumavam vir de tanga ou completamente nus, dependendo da força que tinham. Levando em conta o que todos queriam fazer comigo, fiquei muito feliz com a sua genitália coberta.

Tentei correr até o quarto, mas aquele braço comprido me alcançou e me agarrou pelo cabelo. Gritei enquanto ele me puxava para perto de si, me apertando contra o próprio corpo. Pelo menos não disse nada sugestivo. Os Homens Cinza pareciam ser tipos fortes e calados. Porém, o jeito como aquele pelejava com o meu roupão deixou poucas dúvidas sobre o que queria fazer. Tentei me libertar me debatendo em seus braços fortes, mas só consegui afrouxar ainda mais o roupão. Xingando, decidi que, já que eu não conseguia escapar, iria pelo menos adiar seus gestos amorosos. Ergui o joelho com força e o atingi na virilha.

Seus braços se afrouxaram, e ele gemia enquanto colocava uma das mãos entre as pernas. Me soltei, ainda tentando chegar ao quarto. Ignorando a dor, ele correu na minha direção e conseguiu me impedir de chegar. Agarrou meus dois ombros e me jogou contra a parede, de modo que eu ficasse de frente para ela. Usou-a para me prender, enquanto me segurava com um dos braços e me pressionava contra ela. O outro tentava tirar o roupão.

Senti sua língua lamber meu pescoço, mas a verdadeira natureza nojenta daquilo não conseguia penetrar em mim. Eu estava no modo sobrevivência agora. Lutei contra ele, na esperança de impedi-lo de tirar as calças. Ficar pendurada e presa daquele jeito me dava poucas opções de fuga. Passei as mãos pela parede, tateando, tentando encontrar alguma coisa — qualquer coisa — que pudesse ser usada como arma.

Meus dedos esbarraram em um espelhinho decorativo que tinha sido da minha avó. Ele não era muito grande, mas a moldura tinha o formato de sol — com raios pontudos de metal. E não era só isso: eram raios de prata. Tirei o espelho da parede e o segurei com a mão esquerda, que não era a mais habilidosa, mas era nela que eu usava o meu anel de ametista. A ametista podia ir além da magia e do glamour e focar as minhas intenções. Não era tão boa quanto uma varinha, mas tinha que servir. Me concentrei na pedra e deixei que minha energia passasse para ela. A ametista a amplificou e enviou para a moldura de prata. No movimento mais fluido que pude fazer — levando em conta que estava meio imobilizada —, bati com o espelho para trás, direcionando-o para todo pedaço de carne que conseguia encontrar.

O Homem Cinza gritou, e senti um cheiro de queimado. Ele me soltou e eu me virei, sem perder tempo, apesar de ter percebido, preocupada, que tinha enviado mais energia para aqueles raios de prata do que deveria ser capaz de fazer. O espelho havia agarrado em um dos lados do tronco do homem e fumegava. A prata não iria matá-lo, mas tê-la alojada ali era bem grave. Ele tentou alcançá-la com os dedos, hesitante, pois sabia que precisaria tocá-la para arrancá-la. Corri para o quarto.

O Homem Cinza estava apenas alguns segundos atrás de mim, mas era tudo de que eu precisava para me armar lá dentro. Ele entrou correndo, me seguindo, mas, dessa vez, eu estava pronta para atacar. Usei o punhal de prata para desenhar o símbolo da morte em seu peito, arrancando um grito sofrido dele. O ferro era o mal dos nobres, mas, por alguma razão, a prata feria todas as outras criaturas do Outro Mundo. Eu não sabia por quê, mas também não questionava. Ainda mais algo comprovadamente tão útil.

Ferido ou não, ele me empurrou para trás. Caí na cama, e minha cabeça fez barulho quando bateu na parede. Aquilo me deixou mais lenta, mas eu já tinha começado a estabelecer um elo com o além. Estendi os braços, toquei o mundo da morte e enviei a conexão pela varinha. Ela tocou o Homem Cinza e o sugou. Ele lutou contra ela, se debatendo, como se a ação física pudesse vencer a sucção. Não podia. Um instante depois, ele sumiu.

Quase que de imediato, o feitiço de desespero que impregnava minha casa desapareceu. Foi como emergir das profundezas. Eu podia respirar de novo. Relaxei os ombros e o corpo. Queria encostar a cabeça na parede, mas sabia que a sensação não seria tão boa depois da batida forte que eu havia sofrido.

Ouvi um estrondo vindo da frente da minha casa, como se tivessem chutado a porta para abri-la. Me endireitei depressa, pronta para mais uma rodada de adrenalina quando ouvi passos ao longo do corredor. Eu já estava pegando a arma quando uma voz familiar gritou:

— Eugenie?

Relaxei — só um pouco — e observei enquanto Kiyo irrompia no quarto.

CAPÍTULO 13

— Você está atrasado — falei, tentando me comportar como se o meu roupão não estivesse jogado no chão do corredor.

Kiyo olhou ao redor, e não pude evitar um pequeno suspiro de prazer. Cada pedaço dele estava carregado e pronto, e aquele corpo musculoso estava em posição de ataque. Seus olhos escuros abrigavam uma expressão dura e selvagem enquanto procuravam ameaças. Kiyo era magnífico. Ele parecia ser capaz de destruir um exército com uma das mãos em um instante. Me cobri com os braços e não foi por frio nem por modéstia.

— Eu estava passando pela entrada da sua garagem e senti uma coisa... Uma coisa sombria.

Seu corpo relaxou, e a ferocidade animal de seus olhos deu lugar a uma sensualidade misteriosa enquanto ele parecia notar, naquele instante, que eu estava nua.

— Era um Homem Cinza. Ele teve que ir embora. Tinha um compromisso com Perséfone.

Os lábios de Kiyo se transformaram num sorriso.

— Você estava no banho?

— Na sauna. Enfiei um espelho pontudo nele.

— Boa.

Olhamos um para o outro, e uma tensão densa crescia entre nós.

— Bem — falei, por fim. — Obrigada por vir conferir. Pode ir agora.

— Eugenie...

Minha confusão e meu desejo se esconderam apropriadamente atrás da minha indignação.

— Não tenho nada para falar com você. Não quero falar nada com você. Fora daqui.

— Não até eu explicar tudo.

— Tudo o quê? Que você queria me engravidar, como todo mundo?

Ele piscou, claramente surpreso.

— Eu? O quê? Não. Claro que não. Pelo amor de Deus! Usei camisinha.

— É. Eu sei. Eu estava lá também — falei, notando o tom enfadonho e irracional de minha voz. — Então, que outro motivo você teria para fazer isso?

Seus olhos percorreram meu corpo e, então, voltaram para o meu rosto.

— O que você acha?

Engoli em seco, tentando ignorar o calor emanado por onde seus olhos haviam me examinado.

— Está bem. Já entendi como funciona. Mas você não pode ficar aí parado e me dizer que foi coincidência você estar naquele bar.

— Não, não foi — disse ele, simplesmente.

Eu esperava mais.

— Só isso?

Ele suspirou e se encostou na parede.

— Uma amiga me pediu para encontrar e marcar você para que pudéssemos rastreá-la. Eu não sabia por quê. Na época, não fazia ideia de quem você era.

— O quê? Alguém mandou você dormir comigo?

— Er... Não. Isso foi... um improviso meu. Eu poderia ter marcado você de outras formas — disse ele, dando um sorriso sincero. — Mas você é bonita e charmosa demais.

— Ei! Não use essa magia de sexo de raposa em mim. Isso já me causou problemas demais. Quem mandou você fazer isso? Me marcar?

O sorriso galanteador desapareceu. Silêncio.

— Escute, você deveria ser um grande defensor da sinceridade. Se não vai mais interpretar esse papel, vou chutar a sua bunda para fora daqui.

Um olhar de deleite tremeluziu em seu rosto.

— Acho que eu iria gostar disso.

Ele fez uma pausa. Finalmente e disse:

— Ninguém que você conheça. O nome dela é Maiwenn.

— A rainha da Terra dos Salgueiros — falei, satisfeita em ver que ele ficou surpreso. — Sei mais sobre os nobres do que você imagina.

— Parece que sim. Quando ela descobriu quem você era, quis observá-la para saber como se sentia com relação ao seu pa... à profecia do rei da Tempestade.

Encarei-o com incredulidade.

— Você realmente ainda tem dúvida sobre isso? Acha que quero ver os nobres dominarem o mundo?

— Não, na verdade não. Mas Maiwenn queria saber a sua posição com certeza. Ela se opôs ao rei da Tempestade antes e não deseja ver uma invasão. Prefere apostar as fichas no Outro Mundo, permanecer lá e fazer dele o próprio lar.

— Que moça esperta — falei num tom amargo. — Eu gostaria que todos os nobres ficassem por lá.

— Não critique o Outro Mundo. Ele tem seu charme.

— É mesmo? Então você se considera um deles?

— Me considero parte dos dois mundos. É quem eu sou. É quem você é também.

— Não. Não sou parte daquele mundo — falei, olhando para trás dele, sem ver nada, me sentindo cansada de repente. — Às vezes, nem me sinto parte deste.

Ele percorreu a distância entre nós e se sentou na cama. Aqueles olhos escuros brilharam, preocupados.

— Não diga isso.

Virei o rosto para que ele não visse os meus olhos se encherem d'água.

— Não sei mais o que está acontecendo. Tudo... Tudo mudou. Não posso virar uma esquina sem que alguém queira me estuprar. Não posso confiar nas pessoas que amo — falei, olhando de novo para ele. — Não posso confiar em você.

Ele estendeu a mão e tocou meu rosto.

— Pode, sim, Eugenie. Não dormi com você para engravidá-la. Nem dormi com você só porque você é gostosa, apesar de isso ser um motivo e tanto. Gostei de você. Ainda gosto. Quero ter algo com você.

Ele desceu a mão pelo pescoço, pelo ombro e, então, pelo braço. Seus dedos percorreram delicadamente o desenho da cobra de Hécate. Fiquei toda arrepiada.

— Não me olhe assim. Não quero engravidar.

— A tecnologia contraceptiva é uma maravilha.

— Não posso me envolver com você.

— Por que não?

As palavras me machucaram ao saírem:

— Porque... Por causa do que você é...

A mão se afastou.

— Sou o mesmo...

— Eu sei. Eu sei. O mesmo que eu. Kiyo, você tem que entender... Tenho que enfrentar muita coisa agora. Simplesmente... Bem, simplesmente não posso. Ainda não. Talvez...

Olhei para ele, para aquele rosto gentil e inteligente, para aquele corpo em chamas tão perto do meu.

— Talvez um dia...

Alguma expressão em meu rosto deve ter entregado os meus sentimentos, o sentimento de que, por mais que eu estivesse apavorada por me aproximar de Kiyo, ainda gostava dele e o queria. O velho sorriso malicioso apareceu, e ele pegou meu queixo. Pressionou os lábios contra a minha bochecha.

— Então, me deixe ser seu amigo — sussurrou.

Fechei os olhos e deixei seu calor me envolver.

— Meus amigos não respiram tão perto da minha orelha assim.

— Vamos ser amigos especiais.

— Kiyo...

Ele se afastou um pouco, ainda sorrindo.

— É sério, Eugenie. Mesmo não podendo ser amantes, ainda quero continuar na sua vida. Quero ajudar você a enfrentar isso. Quero proteger você.

Enrijeci o corpo, e meu velho lado irritadiço se mostrou em meio ao miasma emocional.

— Não preciso de proteção.

— Tem ideia do quanto as coisas ainda vão piorar para você?

— Enfrentei tudo até agora. Vou continuar enfrentando.

— Meu Deus. Você é impressionante — disse ele, admirado. — Mas também é irritante e difícil. Deixe alguém te ajudar. Me deixe te ajudar.

Olhei para a frente, com dureza. A expressão no rosto de Kiyo mudou.

— Eles virão atrás de você! Acha que posso ficar de braços cruzados enquanto estão tentando te machucar e estuprar?

O calor de sua voz me abalou. Ele não estava bravo comigo. Estava bravo *por mim*. Kiyo me olhou de um jeito que ninguém nunca tinha me olhado antes, uma expressão que dizia que eu significava muito para ele e de quem seria capaz de ir até o inferno para me proteger. Tamanha intensidade me envolveu. Me excitou. Me assustou. Eu não sabia o que fazer com isso.

Mais uma vez, ele interpretou o que meu rosto dizia. Só que dessa vez me puxou e apertou seu corpo no meu. Não o impedi.

— Me deixe te ajudar — repetiu ele.

— Como? Você mora a uma hora e meia daqui.

Ele encostou o rosto no meu cabelo.

— Posso ir trabalhar e voltar para cá todos os dias.

— Ah, pelo amor de...

— Estou falando sério. Sei que não posso passar o tempo todo com você, mas vou fazer tudo o que puder.

— Você vai me seguir como um guarda-costas ou algo do tipo?

— Posso fazer isso em forma de raposa, se você se sentir melhor.

Soltei uma gargalhada contra minha vontade, apertando-o com ainda mais força. Eu sabia que não devíamos ficar grudados naquele tipo de abraço, mas, sinceramente... Depois de tudo o que havia acontecido, aquilo era reconfortante. E excitante também. Mas, principalmente, reconfortante.

— E como é que é isso?

— Isso o quê?

— Ser uma raposa. É estranho?

— Não sei. Sempre fui assim. É o único jeito que conheço.

— É, mas... Por que não permanecer na forma humana o tempo todo?

— Sou mais forte como raposa. É útil numa luta.

— Você não é tão imprestável como humano.

— As mulheres acham as raposas bonitas.

— Nem tanto — murmurei e, em seguida, senti que ele sorriu.

— É uma boa forma de deixar nossos instintos assumirem o controle.

— Que instintos?

Em um único movimento, ele me deitou na cama. Suas mãos seguravam as minhas sobre o colchão enquanto seu corpo pressionava o meu. Aqueles lábios estavam a apenas alguns milímetros dos meus.

— Todos — rosnou ele.

Minha respiração estava ofegante, e uma voz gritava do fundo de minha mente: *Ei! Você lembra que não quer se envolver com pessoas do Outro Mundo?* Eu sabia que aquela voz tinha razão, mas era meio difícil prestar atenção nela enquanto o meu corpo derretia sob o dele e sua mão deslizava pela lateral do meu seio.

— Acho que amigos não se deitam assim uns com os outros.

— Eu sei — disse ele.

— Nem guarda-costas.

— Eu sei.

— Nem veterinários.

— Disso, eu discordo.

Ele pressionou a boca contra a minha. Foi intenso e ávido e furioso e maravilhoso. Eu não conseguia pensar nem fazer nada de coerente naquele momento, apenas deixar que ele me beijasse.

Então, Kiyo me soltou. Ele se sentou e pude ver seu corpo tremer. Seus olhos ainda estavam sedentos e ardiam de desejo, e havia uma luta visível dentro dele, uma guerra entre duas metades. Uma delas deve ter vencido, porque ele respirou fundo, e aquela necessidade animal esmoreceu... um pouco.

— Preciso ir — disse ele, por fim. — Tenho que trabalhar daqui a duas horas.

— Está bem.

Ficamos nos encarando durante um bom tempo. Peguei um lençol para cobrir parte do meu corpo. Um sorriso iluminou seu rosto.

— Obrigado. Isso ajuda.

Ele se levantou e seguiu em direção à porta.

— Ei, você se importaria de conhecer Maiwenn? Ela quer conversar com você pessoalmente, ver como você é.

— Você me parece muito íntimo dela — falei.

As palavras saíram num tom mais afiado do que eu pretendia, mas ele não se alterou.

— Maiwenn é uma grande amiga. E acredito em suas filosofias. Ela quer que ambos os mundos permaneçam intactos. Como eu. Pode se tornar uma grande amiga sua também.

— Ela é forte o bastante para vir até aqui?

Ele assentiu.

— Se Maiwenn vier, podemos nos encontrar. Não estou muito a fim de ir até lá tão cedo.

— Vou falar com ela.

Ele deu alguns passos para o lado de fora e, dessa vez, eu o chamei:

— Ei... Kiyo.

— O que foi?

— Toda essa gente e essas... coisas estão vindo atrás de mim porque acham que vou ser a mãe do Damien ou algo do tipo... Mas, sinceramente, você acredita que tem alguma verdade nisso? Acha mesmo que essa profecia pode se tornar realidade? Roland, o meu padrasto, disse que o Outro Mundo está cheio de profecias.

— E está mesmo — disse Kiyo, devagar, franzindo levemente a testa enquanto pensava. — Grande parte não se realiza. Mas muitas, sim. Muito mais do que você imagina, tendo crescido aqui. O que acontece com as profecias é que... Bem, às vezes, as pessoas não sabem interpretá-las. Ou, na tentativa de evitá-las, acabam fazendo com que se cumpram.

Senti um calafrio, meio que desejando que ele tivesse dito simplesmente que as profecias são uma besteira.

— Você está falando de casos como o de Édipo e de como seu pai se livrou dele para combater a profecia?

— Exatamente. Aquilo acabou fazendo com que a profecia se cumprisse.

Ao ver meu olhar sombrio, ele sorriu.

— Ei, não se preocupe com isso. Já falei que grande parte não se cumpre. E, além disso, você não está tentando ter filhos, então, não tem com o que se preocupar. Concentre-se no agora.

Dei um sorriso hesitante, na esperança de que ele estivesse certo.

— Obrigada.

Kiyo olhou nos meus olhos por alguns segundos antes de sair do quarto e voltou um instante depois com meu espelho queimado. Ele o colocou sobre a cômoda, encarando-o, insatisfeito.

— Lamento não ter chegado mais cedo...

— Ei — falei, tentando bancar a corajosa —, eu já disse que sei me cuidar.

Aqueles olhos escuros brilharam.

— Sei disso. Você é uma mulher perigosa.

Eu não sabia se ele se referia às minhas habilidades na luta ou a outra coisa.

Quando Kiyo foi embora, me deitei na cama, suspirando, pensando que talvez passasse uma semana sem me mexer. As coisas estavam cada vez mais estranhas.

De repente, senti uma leve pressão no quarto. Me sentei, endireitando o corpo. Olhos vermelhos me observavam de um canto mais escuro.

— Volusian? Não chamei você.

— Você nos deu permissão para vir se ficássemos sabendo de mais alguma coisa.

— É, acho que dei. Mas, na verdade, não pensei que algum de vocês fosse me escutar. O que aconteceu?

— Vim para contar que o interesse do Outro Mundo por você aumentou.

Olhei para ele com desdém por um instante e, então, apontei para o punhal ensanguentado que tinha usado no Homem Cinza.

— Nossa, você acha mesmo?

Ele balançou a cabeça.

— Estou falando de mais do que esses ataques dispersos. Antes, os outros estavam interessados em você simplesmente por causa da sua hereditariedade. Agora, depois que viram você... Alguns estão ainda mais excitados. Acham você... atraente.

Eu poderia dizer que aquela ideia o intrigava.

— Que ótimo. Agora sou fértil *e* gostosa. E então, o que isso quer dizer? Devo me preparar para ataques diários?

— Estão mais para... ataques organizados.

— Grupos?

— Pior.

— Pior do que grupos de homens querendo transar comigo? O quê?

— Por enquanto, só as criaturas e os nobres que podem atravessar fisicamente ou como elementares irão tentar. Mas faltam poucas semanas para o Beltane, ama. Quando as portas se abrem...

— Meu Deus — respirei fundo. — Tudo que tiver um pau virá me procurar.

Volusian não se deu ao trabalho de reagir. Porém, como eu não disse mais nada, ele perguntou:

— O que você vai fazer?

— O que você acha? O mesmo que tenho feito. Lutar contra eles.

Volusian ficou quieto, mas senti que ele desaprovava.

— O que mais você espera que eu faça? Me submeta a isso?

— Espero que você não fique de braços cruzados, esperando pelo inevitável. Você pode ser capturada a qualquer momento. Ficar sempre na defensiva não irá levar a lugar nenhum. Vai acabar aparecendo alguém com mais poder do que você.

Ri sem achar nada daquilo engraçado.

— Então o quê? Parto para o ataque? Mergulho de cabeça e simplesmente começo a lutar contra nobres e espíritos aleatoriamente?

— Não. Comece a reivindicar sua hereditariedade. Você é atacada porque deixa que façam isso, porque chuta um e espera pelo próximo. Faz de si mesma uma vítima, mas é a filha do rei da Tempestade. Na época dele, seu governo se expandia mais do que o de qualquer um dos monarcas de hoje. Agora, seu reino pode não existir mais, mas seu legado faz de você alguém da realeza. Se você agisse como tal, não seria atacada de forma tão descarada.

— Duvido que deixariam de querer ser o pai do herdeiro da filha do rei da Tempestade só porque passei a ter o título de rainha ou princesa.

— Ainda iriam querer você, mas fariam isso de um jeito diferente. Eles se aproximariam de você com respeito. Tentariam conquistá-la. Agora, só a tratam com indiferença. Eles a tratam como a vítima, como o pedaço de carne que você se permitiu tornar.

Eu realmente não gostava da ideia de um bando de nobres me trazendo flores e chocolates, mas aquilo era melhor do que ser estuprada.

— É, mas, deixando as brincadeiras de lado, não posso simplesmente ir até lá e dizer: "Ei, sou filha do rei da Tempestade, me tratem com respeito."

— Bem — disse ele, secamente. — Já seria um começo. No entanto, você irá deixar clara a sua ligação com ele principalmente quando parar de usar essas coisas — afirmou Volusian, apontando para as minhas armas. — Elas fazem de você uma humana.

— Eu sou humana.

— Metade humana. Se quiser ser respeitada como um dos nobres, precisa fazê-los lembrar quem você é. Precisa usar o poder que existe dentro de você e o legado de seu pai.

Pensei no que Roland dissera sobre como ele havia enterrado o meu poder de propósito. Imagens breves da visão me vieram à mente, de como eu tentei alcançar o poder logo antes de ele acabar.

— Não. Não vou usar a magia dos nobres.

Volusian suspirou e, então, apontou para o espelho queimado.

— Ama, por que você usou isso como uma arma?

— Porque um Homem Cinza me pegou desarmada.

— Se você tivesse pleno controle da própria magia, não teria precisado de arma alguma. Poderia ter destruído esse homem logo que invadiu sua casa.

Puxei o lençol para cima e me abracei. Pensar num poder como aquele me aterrorizava... No entanto, bem no fundo, eu reconhecia que isso me atraía. Não gostava mais de ser indefesa aos 26 anos do que quando tinha doze. Volusian percebeu isso.

— Sua verdadeira natureza sabe que tenho razão. Ela deseja ser reconhecida.

— Se eu me render a essa natureza, me tornarei nobre.

— Você nunca será inteiramente nobre nem inteiramente humana. E tem que aceitar isso. Deve ficar com o melhor de cada.

— Mesmo que eu quisesse fazer isso — falei, engolindo em seco, ainda sem saber ao certo se queria o tipo de poder a que Volusian se referia —, não saberia nem como alcançá-lo. Roland não pode me ensinar a magia dos nobres.

— Então, você terá que encontrar um professor nobre.

— E onde é que vou encontrar um que não queira tentar me estuprar primeiro? Não tenho nenhum amigo por lá.

— Não mesmo? — perguntou ele, me olhando com expectativa.

— Você está falando de Dorian.

— Dentre todos os governantes do Outro Mundo de hoje, só ele ordenou que seu povo a deixasse em paz.

— É sério? Mas por quê? Ele mesmo me disse que queria ver acontecer a invasão que o rei da Tempestade planejava.

— A maioria acha que o rei Dorian deu essa ordem simplesmente porque quer você para ele. Eu, porém, desconfio de que ele deva estar agindo sob algum senso de altruísmo ridículo e por causa do próprio orgulho. É claro que alguns súditos não irão respeitar o aviso, mas, ainda assim, serão a minoria dentre os que irão atacar você. Como Aeson e seus seguidores, por exemplo.

Aparentemente, depois de tudo, Aeson estava vivo. Eu tinha me esquecido de perguntar a Kiyo sobre isso depois de todo aquele outro drama.

— Ainda assim... Dorian fez uma tentativa, não é?

Pensei em nosso encontro. Dentre todos os nobres, foi com ele que me senti quase à vontade, o que era surpreendente, levando em conta o quanto Dorian era estranho. Além do mais, ele tinha me ajudado.

— Mas sei que Dorian também quer transar comigo. Ele não fez disso um segredo.

— É claro que quer. E é por isso que ele vai te ajudar. Dorian vai te ajudar porque acha que isso vai levá-la até a cama dele. E porque estar mais próximo de você irá impressionar tanto seus rivais quanto seus aliados. Todos vão pensar que vocês são amantes, mesmo se não forem. Ele vai gostar disso.

Você vai voltar para mim. Não vai conseguir se conter.

Senti um calafrio, e Volusian continuou:

— Você também irá ganhar com isso. Vá até ele de igual para igual, e ele irá tratá-la como tal. Sua atitude será meio caminho andado para influenciar os outros.

— Se eu fizer isso, terei percorrido um longo caminho, de temida pelos nobres até parceira de um deles por razões políticas. É um salto e tanto.

— Na verdade, não. Não se você levar em conta aonde já chegou desde a viagem ao castelo de Aeson.

— Isso é amenizar as coisas — falei, esfregando os olhos. — Sei lá, Volusian. Ainda não sei se estou preparada para me aproximar de Dorian. Preciso pensar.

— Como minha ama quiser. Mas a aconselho a pensar depressa. Decida antes do Beltane. Ficar do lado de Dorian lhe trará benefícios políticos e fortalecerá sua magia.

— Anotado. Obrigada por me manter informada. E pelo conselho.

Ele fez uma reverência, e me levantei para mandá-lo de volta. Antes de fazer isso, não pude deixar de provocá-lo. Afinal, eu ainda estava nua.

— Ei, Volusian, você não andou me espiando, não é?

Ele me olhou com a mesma cara sem graça de sempre.

— Garanto a você, ama, que a única coisa que sua carne nua desperta em mim é a lembrança de como será fácil rasgá-la.

Dei uma gargalhada. Se não fosse pelo fato de Volusian estar realmente falando sério, ele seria muito engraçado.

CAPÍTULO 14

Vi Kiyo algumas vezes na semana seguinte. Em uma delas, eu estava fora, a trabalho, fazendo um exorcismo que acabou sendo uma armadilha. Na casa aonde fui não tinha nenhum espírito, e sim um asag: uma criatura demoníaca que tinha o corpo parecido com uma pedra. Kiyo havia aparecido no meio da luta e, embora eu acreditasse que tinha tudo sob controle, sua ajuda sem dúvida acelerou o processo. Ao contrário de mim, ele não usou arma nenhuma e contou apenas com seu corpo e com sua força física. Ver seus movimentos me deixava quase hipnotizada, como se eu admirasse um dançarino.

As outras aparições de Kiyo foram parecidas. Ele surgia quando era preciso e, então, recuava se eu quisesse. Certa vez, relutante, aceitei almoçar com Kiyo depois de uma luta. Ele me observou o tempo todo com aqueles olhos ávidos. Porém, no mais, tudo era amigável e tranquilo entre nós. Era como quando nos conhecemos no bar, só conversas alegres e engraçadas e uma grande afinidade — intensificadas pela tensão sexual que fervia entre nós.

Em todas as outras vezes que o vi, ele me seguiu como raposa. E por mais que eu detestasse admitir... Ele tinha razão. Era bem bonito.

Minha vida estava agitada. Enquanto antes eu costumava ter apenas um ou dois trabalhos por semana, agora tinha pelo menos um por dia. Aparentemente, os nobres e outras criaturas haviam se dado conta de que não precisavam mais me procurar, já que eu iria até eles se incomodassem o humano certo. Era no mínimo irritante — e exaustivo. É claro que, como essas lutas aconteciam por meio de clientes e de contratos de trabalho, eu recebia por elas. Foram algumas semanas muito ricas, mas eu me sentia um pouco mal, já que os clientes jamais precisariam me pagar se não fosse por minha causa.

Algumas semanas antes do Beltane, acordei exausta e com dores no corpo. Eu havia tido dois trabalhos e uma luta "não programada" na noite anterior. Enquanto observava o teto e a maneira como a luz do sol do fim da manhã penetrava com formatos interessantes pelas cortinas, me perguntei, ainda sonolenta, se seria capaz de continuar assim. Eu perderia para o Outro Mundo não por me deparar com uma criatura qualquer, mas simplesmente pela própria fadiga.

Me arrastei até a cozinha e não encontrei nenhuma contribuição do Tim para o café da manhã. Ele deve ter passado a noite com uma de suas fãs. Obrigada a fazer o próprio café da manhã, pus duas massas pré-prontas recheadas de chocolate na torradeira e preparei o café enquanto eles esquentavam. Olhei para a mesa e vi que havia quatro chamadas não atendidas no meu celular. Eu tinha passado a desligar o telefone porque as ligações eram sempre da Lara, e eu não estava mais com vontade de recebê-las. Ela iria me oferecer mais um trabalho ou dizer que Wil Delaney havia deixado outro recado.

Eu já estava na metade do segundo doce quando minha mãe apareceu. Não nos víamos desde aquela conversa. Por um instante, pensei em não deixá-la entrar, mas logo descartei a ideia.

Afinal, ela era minha mãe. E me amava. Não importava o que havia acontecido, eu não podia me desvencilhar dessa verdade intrínseca. Era ela quem passava antisséptico nos meus arranhões quando eu era pequena — e também quando já não era tão pequena — e tentava, sem o menor sucesso, despertar em mim o interesse por compras e maquiagem na adolescência. Tentava me proteger das verdades feias que todo mundo precisa descobrir quando cresce. Tentava me proteger do caminho ao qual Roland havia me levado. E agora parecia tentar me proteger do meu passado.

Olhando em retrospecto, eu tentei encaixar as peças do que minha mãe dizia nas raras ocasiões em que eu conseguia fazer com que ela admitisse a existência do meu pai biológico. *Você está muito melhor sem ele. Ele não era o tipo de homem com quem se pode contar. Não tínhamos um relacionamento saudável quando estávamos juntos. Era muita emoção, muita intensidade... Mas foi melhor ter acabado. Ele se foi — simplesmente aceite que ele nunca fará parte de sua vida.*

Percebi que ela nunca mentiu, embora eu tenha interpretado a história de uma forma completamente diferente. Para mim, os dois haviam tido um relacionamento tumultuado, no qual suas emoções a cegavam. Devido a todas as coisas ruins que ela insinuava sobre o caráter de meu pai, simplesmente imaginei que, um dia, ele havia se levantado e partido, incapaz de lidar com as responsabilidades que cuidar de mim exigia. Eu nem desconfiava do quanto ele me queria de volta.

Ofereci à minha mãe uma cadeira para se sentar ao mesmo tempo em que lhe entreguei uma xícara de café. Ela a segurou com as duas mãos, entrelaçando os dedos, nervosa. Naquele dia, estava de trança e usava uma blusa vermelha.

— Você me parece cansada — disse ela depois de um longo silêncio.

Sorri. Aquela era uma fala típica de mãe.

— É. A semana tem sido agitada.

— Você tem dormido direito?

— Tenho dormido. Mais ou menos. O problema é que, quando estou acordada, tenho muita coisa para fazer.

Ela ergueu a cabeça e olhou nos meus olhos como se tivesse medo do que iria encontrar.

— Muita coisa para fazer... Por causa...?

— É — respondi, sabendo do que ela estava falando.

Minha mãe voltou os olhos para baixo.

— Me desculpe. Me desculpe por tudo isso.

Mergulhei um pedaço de doce no café.

— Você não tem culpa. Não escolheu ir para o Outro Mundo.

— Não... Mas você tinha razão outro dia. Errei em esconder isso de você.

— Fui dura demais naquele dia.

— Não — disse ela, com os olhos arregalados e tristes encontrando os meus. — Acho que pensei... que se eu escondesse isso de você, talvez pudesse fazer com que desaparecesse. Que se eu fingisse o bastante, seria como se isso nunca tivesse acontecido. Que eu poderia esquecer também.

Eu não gostava de ver minha mãe triste. Acho que ninguém gosta, a não ser que a pessoa esteja tentando se vingar por ter sido injustiçada e traumatizada na infância. Talvez eu tivesse sido injustiçada até certo ponto, mas, pensando bem, isso não se comparava ao que acontecera com ela. Eu sabia que ela era mais velha quando fora abduzida, mas, na minha cabeça, podia ver minha mãe como Jasmine: jovem e assustada. Com base nas histórias que eu tinha ouvido antes de saber que era filha do rei da Tempestade, sempre havia encarado minha concepção como o resultado de um caso tórrido do qual o filho da puta do meu pai fugiu um tempo depois. Porém, não se tratava disso de jeito nenhum. A verdade era pior. Eu era filha de um estupro, gerada pela violência e pela dominação.

— Toda vez que você me vê... faço você se lembrar dele? Do que aconteceu?

A compaixão tomou seu rosto.

— Não, minha querida. Você é a melhor coisa da minha vida. Não pense assim.

— Eu pareço com ele em alguma coisa? Todo mundo diz que puxei a você.

Ela me estudou como se procurasse a resposta, mas eu sabia que ela já deveria saber.

— O seu cabelo parece um pouco com o dele. Mas principalmente... Seus olhos. Você tem os olhos do seu pai. Os olhos dele pareciam... — Ela hesitou, limpando a garganta antes de continuar. — Eles sempre mudavam. Passavam por todos os tons de azul e cinza que se possa imaginar, dependendo do humor. Azul-celeste quando estava feliz. Azul quase negro, preocupado. Um tom de cinza profundo quando estava nervoso ou antes de partir para a luta.

— E os olhos dele ficavam violeta? — perguntei.

— Quando ele estava... excitado.

Eu nunca tinha ouvido minha mãe usar essa palavra antes. Pode ter sido engraçado, mas me fez pensar em acrescentar uma dose de uísque no café. Meu Deus. Eu tinha os olhos da cor dos do meu pai quando ele estava a fim. Tanta gente elogiava meus olhos e, no entanto, para a minha mãe, eles traziam lembranças que não tinham nada de excitantes, no que dizia respeito a ela mesma.

— Desculpe, mamãe.

Estendi o braço e peguei na mão dela. Foi nosso primeiro contato físico depois que agi de modo intempestivo na casa dela.

— Deve ter sido horrível... Mas houve... Houve algum momento, mesmo que tenham sido poucos, em que você foi feliz? Ou pelo menos não tão infeliz?

Com certeza... Com certeza houvera um momento que não tenha sido só de ódio e mágoas entre meus pais. Com certeza eu não poderia ter sido concebida e nascida em meio a tanta escuridão. Tinha que haver alguma coisa. Talvez ele a tivesse feito sorrir, nem que fosse só por uma vez. Ou talvez ele tenha dado algum presente a ela... Como um colar recuperado depois de algum saque ou de uma pilhagem. Eu não sabia. Alguma coisa. Qualquer coisa.

— Não — respondeu ela, rouca. — Odiei tudo. Cada segundo.

Engoli em seco, com um nó na garganta e, de repente, não conseguia parar de pensar em Jasmine. Jasmine. Mais de cinco anos mais jovem do que minha mãe quando ela passou por isso. E Jasmine era submetida às mesmas coisas. Também precisava passar por esses momentos de agonia. Talvez o seu afeto equivocado por Aeson fosse a única maneira de lidar com isso. Talvez fosse melhor do que sofrer o tempo todo. Eu não sabia. Fechei os olhos por um instante. Tudo que eu podia ver era a minha mãe como Jasmine e Jasmine como minha mãe.

Abri os olhos.

— Não resgatamos Jasmine.

Lembrei que ainda não tinha contado isso à minha mãe quando fui até sua casa para conversar. Mencionei brevemente os detalhes essenciais. Ela empalidecia enquanto eu falava, e sua ferida aberta tocou alguma coisa dentro de mim. Jasmine como minha mãe. Minha mãe como Jasmine.

— Meu Deus — sussurrou ela quando terminei.

— É, eu...

Um frio percorreu meu corpo. Um leve formigamento elétrico cutucava minha pele.

— O que foi? — perguntou minha mãe, vendo que eu havia tensionado o corpo.

— Você não está sentindo? Esse frio?

Ela me olhou, intrigada.

— Não. Você está bem?

Me levantei. Minha mãe não sentia aquilo porque, na verdade, não era físico. Era algo que ia além da percepção humana normal. Sobre a bancada, estavam meus punhais, minha arma e a varinha. Agora, eu não ia a parte alguma da casa sem minhas armas, nem mesmo ao banheiro. Também não dormia mais com roupas muito delicadas. A camiseta que eu usava ainda era de um tecido fino e rendada, mas as calças do pijama eram de algodão com um elástico resistente na cintura. Pendurei o roupão na cadeira e avaliei meu armamento.

Eu sabia que não era um nobre. Era um espírito ou um demônio. Então, prata, e não ferro. A Glock já estava munida de um cartucho de prata, mas sua eficácia era questionável se o espírito fosse pouco substancial. Com cuidado, pus a arma na cintura e, depois, peguei o punhal de prata e a varinha.

— Fique aqui, mamãe.

— Eugenie, o que...

— É só ficar aqui — mandei. — Vá para debaixo da mesa.

Ela olhou para a minha cara e obedeceu. Acho que não dava para ser vítima de sequestro de seres do Outro Mundo e esposa de xamã sem saber quando levar essas coisas muito a sério.

Me mexi devagar e disfarçadamente em direção à sala de estar porque lá era o centro da sensação. Não ouvi barulho algum, mas o silêncio gritava mais alto do que qualquer som. Apoiei as costas na parede, deslizando por ela para dar uma olhada na virada do corredor. Nada.

O que quer que fosse não poderia me machucar e permanecer invisível. Teria que se tornar substancial para causar qualquer dano real. O estranho era que um espírito também não conseguiria me engravidar, não como os nobres ou alguns monstros. Os espíritos estavam mortos, e pronto. Ter um deles atrás de mim era estranho.

Esperei, encostada na extremidade da entrada enquanto espiava a sala de estar. O que quer que fosse acontecer, seria ali. Era como um vórtice. Uma força fluía tanto para dentro quanto para fora daquele ponto.

Alguma coisa gelada pegou de raspão em meu braço e, então, uma mão se materializou, me agarrando. Meus reflexos estavam a postos, e cortei o punho do espírito com o athame que estava na outra mão. O espírito era substancial o suficiente para sentir os efeitos do metal, e a força do punhal ia além do desconforto palpável.

O espírito — uma coisa cinza, que parecia uma bruxa — recuou. No entanto, em seguida, senti mais mãos frias atrás de mim e olhei depressa. Mais cinco espíritos — mais do que eu já tinha derrotado de uma só vez. Me virei, mas a posição do meu primeiro agressor era melhor, e ele me segurou com força. Não me libertei inteiramente dos braços dele. Me debati sem parar e atingi por acidente uma mesinha com um jarro de cerâmica. Ele caiu no chão, espalhando cacos pontudos azul-esverdeados.

O espírito me empurrou contra a parede e apertou minha garganta com as mãos esqueléticas, me encarando com olhos vazios e escuros. Ele flutuava, de modo que enquanto me prendia na parede, permanecia fora do alcance do punhal. No entanto, não estava fora do alcance da varinha.

Seus companheiros fantasmagóricos se aproximaram devagar e nos cercaram enquanto meu oxigênio começava a acabar. Vi estrelas escuras e me esforcei para me concentrar no que precisava fazer.

— Cuidado para não matar a moça — alertou um dos observadores.

Hécate, eu rezava mentalmente, *abra os portões*. Prestes a desmaiar, senti a cobra no meu braço formigar. Usei aquela força, permitindo que os limites mais distantes de minha mente tocassem o Outro Mundo. Me tornei o portão: uma passagem que percorria minha alma, passava pela cobra e ia até a varinha. As mãos que me enforcavam não me permitiriam falar, mas as palavras para a expulsão queimavam na minha mente. Foi o suficiente.

A força da varinha se estendeu até o espírito que me segurava. Ele percebeu tarde demais o que acontecia e desapareceu, dando um grito sofrido. Um de seus companheiros começou a se mexer na minha direção e foi sugado, junto com o outro. Os outros quatro mantiveram distância. Enquanto isso, eu havia me afastado o máximo possível. Tinha que abrir os portões de novo, mas meu corpo avisava que eu precisava esperar um momento para me recuperar antes de partir para a segunda rodada. A parte da minha garganta que o espírito havia apertado doía por dentro e por fora, e a sala girava enquanto eu cambaleava. Respirei fundo, tremendo, na tentativa de recuperar o que tinha perdido.

Mais dois espíritos vieram para cima de mim, mas dessa vez hesitaram um pouco, mantendo ainda algum espaço entre nós. Eles me cercaram, como se fossem dançarinos ou boxeadores, e cada um ali determinaria o que o outro iria fazer. Foi então que minha mãe surgiu da cozinha, segurando meu punhal de ferro. Ela gritou e o cravou nas costas de um dos outros espíritos, rasgando-as. O ferro feria os nobres — e não os espíritos. Tudo que ela fez foi irritá-lo. Ele se virou um pouco e, com um único gesto casual, deu-lhe um golpe com as costas da mão forte o bastante para jogá-la na parede mais distante. Ela bateu na parede e deslizou para baixo, transformando-se num monte imóvel.

Gritei, furiosa, atacando os espíritos à minha volta. Emoções fortes são melhores para os ataques físicos, mas não para os mentais, e perdi qualquer ligação que tivesse estabelecido com o Outro Mundo. O athame fez algum estrago em um dos espíritos, mas o outro escapou. Ele me atingiu com força, me empurrando para cima do home theater. As pontas se enfiaram nas minhas costas, mas a adrenalina que percorria no meu corpo impediu que eu sentisse a dor. Naquele momento.

Murmurei outro encantamento para Hécate e senti seu poder se intensificar de novo. O espírito que havia me jogado ali flutuou para a frente. Os portões se abriram, e o mandei embora. Poucos instantes depois, seu companheiro ferido o seguiu. Com isso, restavam dois.

Um deles deu um rasante, tentando me alcançar. Me abaixei quando ele passou e me joguei no chão, rolando e rastejando para escapar. Minha conexão com o Outro Mundo havia se perdido de novo, e precisava recuperá-la. Eu dizia a mim mesma para me concentrar, mas, então, vi minha mãe caída no canto da sala. Não consegui ignorar aquilo. Fui atrás do espírito de novo, e ele sibilou com raiva enquanto o punhal era cravado na parte superior de seu corpo. No entanto, me descuidei e dei a uma de suas mãos abertura para agarrar a minha, a que segurava a varinha, e me jogar contra a parede. A varinha caiu. Um instante depois, a outra mão do espírito torceu meu outro punho até que eu largasse o athame. O último espírito flutuou e se aproximou da parede para me cercar. As paredes estavam começando a me irritar.

Agora eles tinham me pegado. Eu estava presa, indefesa e ferida. No entanto, não sabia exatamente o que poderiam fazer. Mais cedo, estavam preocupados em não me matar. Ainda assim, não podiam ter nenhum interesse romântico por mim. O que eles poderiam...

A porta da frente se abriu, e um elementar entrou. Dentre todas as coisas, justo um elementar de lama. Seu corpo era muito sólido, muito humano e muito macho. Pedaços de barro se soltavam dele e caíam no meu tapete.

Renovei meus esforços em vão para escapar dos espíritos. As palavras de Volusian voltaram para me assombrar. *Estão mais para ataques organizados*. Os espíritos não podiam transar comigo, mas o nobre elementar sim. Ele mandou seus servos para me dominar primeiro. Esperto.

— Onde estão os outros? — perguntou o elementar com um olhar abismado e quase cômico no rosto enquanto percorria a sala inteira.

— Ela baniu todos eles, amo — sussurrou um dos espíritos.

— Você é mesmo letal, não é? — perguntou o elementar, se aproximando. — Não acreditei nas histórias que ouvi. Pensei que mandar os seis seria um exagero. Achei que até você teria seus limites.

Ri para ele com escárnio.

— Não me venha falar de limites. Você nem consegue atravessar para este mundo em sua forma plena.

Um olhar de desagrado cruzou aquela cara barrenta e gotejante. O poder era uma questão de orgulho entre os nobres. Sua incapacidade de atravessar de forma plena devia ser um assunto delicado. E me estuprar era, sem dúvida, uma maneira de compensar todos os tipos de deficiência.

— Isso não importa — disse ele. — Depois que eu gerar o herdeiro do rei da Tempestade, todos os nobres atravessarão para este mundo e prostrarão a raça humana.

— Está bem, sr. Velho Testamento. Sinceramente, não posso acreditar que você tenha usado "gerar" e "prostrar" na mesma frase.

— Tão corajosa e tão impetuosa. No entanto, isso não... ai!

Não consegui libertar a parte superior do meu corpo, mas o elementar estava tão perto que dei um impulso para cima e o chutei. Mirei na virilha, como havia feito com o Homem Cinza, mas, em vez disso, acertei a coxa. O espírito que me vigiava prendeu minhas pernas.

O elementar estreitou os olhos.

— Você dificulta as coisas. Seria muito mais fácil se você se entregasse.

— Pode esperar sentado.

— Ela vai se entregar, amo — entoou um espírito. — A mãe dela está ali, caída no chão.

Enrijeci.

— Não toque nela.

O elementar se virou e caminhou em direção à minha mãe. Quase com delicadeza, ele se abaixou e a pegou no colo.

— Ela ainda está viva.

— Deixe minha mãe em paz, seu canalha! — gritei.

Fiz tanta força que parecia que meus braços seriam arrancados dos ombros.

— Solte a moça — ordenou o elementar.

— Amo...

— Solte a moça. Ela não vai fazer nada porque sabe que se der um passo sequer nessa direção — disse ele, deslizando a mão barrenta até o pescoço da minha mãe, deixando um rastro de lama por onde passava —, quebro o pescoço desta mulher.

Os espíritos me soltaram. Não me mexi.

— Vou matar você — falei, com a voz rouca por causa da asfixia e de tanto gritar. — Vou rasgar você em pedacinhos antes de mandá-lo para o inferno.

— Improvável. Você não fará isso se quiser que sua mãe sobreviva. Venha — disse ele a um de seus servos. — Pegue a mulher.

Houve uma troca, e agora um espírito segurava minha mãe.

— Se Odile Cisne Negro representar algum tipo de ameaça, mate esta mulher.

— Odile Cisne Negro sempre representa uma ameaça — disse o espírito com uma voz inexpressiva e sem sarcasmo.

Aparentemente, os servos daquele elementar tinham um senso de humor tão bom quanto o dos meus.

— Você sabe do que estou falando! — esbravejou o elementar.

Ele se aproximou de mim, de modo que apenas alguns centímetros nos separassem.

— Agora... Vou deixar você viver. Vou deixar sua mãe viver. E tudo o que você tem a fazer é não lutar enquanto faço o que vim fazer aqui. Quando eu terminar, partiremos em paz. Entendeu?

Raiva e fúria se alastravam em mim e pude sentir as lágrimas queimando no canto dos olhos. Eu queria esticar os braços e arrancar os olhos dele. Queria chutar a virilha até que ninguém mais fosse capaz de dizer que se tratava de um homem. Queria entregá-lo a Perséfone como uma pilha de partes de um corpo.

Mas eu estava assustada. Muito assustada por saber que, se eu piscasse errado, eles matariam minha mãe. Ela já pendia dos braços do espírito, completamente incapaz, como se fosse uma boneca de pano. Pelo que eu sabia, minha mãe já podia estar morta, mas alguma coisa me dizia que não. Como tinha chance de estar viva, não dava para arriscar.

Então, assenti com a cabeça, concordando com o elementar, e uma lágrima escorreu ao fazê-lo.

— Que bom — disse o elementar, aliviado. Percebi que ele tinha tanto medo de mim quanto eu dele. — Agora, tire a roupa.

Senti o gosto de bile na garganta. Não conseguia mais inalar oxigênio suficiente. Era como se o ar estivesse pesado à minha volta. Outra lágrima escorreu e, devagar, abaixei as calças do pijama, retirando a arma que não tinha sido capaz de usar. Por um instante, passou pela minha cabeça que eu provavelmente conseguiria atirar no elementar bem naquele momento, mas não seria rápida o bastante para salvar minha mãe.

E o que importava? Se ele estivesse falando a verdade, eu ainda sairia viva se conseguisse suportar aquilo. Eu estava tomando pílula. Provavelmente não conseguiria me engravidar. Só teria que me deitar ali, passiva, enquanto aquele grande monte de lama antropomórfico fazia o que quisesse comigo. Podia ter sido pior. Talvez.

Olhei para ele, imaginando aquelas mãos no meu corpo. O ar ficou ainda mais pesado, dificultando a respiração. O ambiente parecia ter ficado mais escuro, como quando o espírito havia quase me sufocado, e me perguntei se iria desmaiar. Quem sabe assim fosse mais fácil. Menos coisas para lembrar.

— Tire o resto — disse ele, impaciente, também com dificuldade para respirar.

Toquei as laterais da calcinha com os dedos. Eu havia escolhido uma cinza, lisa, de algodão, muito confortável e que parecia um biquíni. Era bonita, mas nada sexy. E não combinava com a camiseta rosa. É claro que, para o elementar, o que eu vestia não importava. Um desejo explícito iluminou seu rosto. Olhei para aquele corpo granuloso e sem forma e me esforcei muito para não chorar. Eu sabia o que tinha que fazer, mas não queria. Oh, Deus. Oh, Selene. Não queria que ele me tocasse. Não queria que ele pressionasse o corpo contra o meu. Senti náuseas e o estômago embrulhado, e me perguntava, desesperada, onde Kiyo estaria. Sabia que ele não podia me seguir 24 horas por dia, sete dias por semana, e, de repente, me arrependi de ter zombado de sua proteção. Queria que estivesse ali agora. Precisava dele. Nunca tinha me sentido tão indefesa na vida, nem mesmo naquelas lembranças perdidas de muito tempo atrás. Não gostava daquela sensação.

Quando eu estava prestes a abaixar a calcinha, um barulho de madeira batendo em vidro fez com que todos se assustassem. O elementar se virou e olhou ao redor, e segui o olhar dele. A porta da frente estava aberta, e o vento havia derrubado um porta-retrato sobre a mesa de centro. Era um vento forte, que continuava soprando, espalhando papéis e outros objetos pela casa. No entanto, lá fora, a luz do sol e o céu azul do fim de primavera não revelavam aquela agitação.

— O que...? — começou o elementar.

Aquele barulho alto meio que tinha me tirado do estado de raiva e de medo, e, de repente, pude observar os detalhes com mais precisão. Conseguia ver tudo com mais clareza. O ar realmente estava pesado, e o ambiente estava mesmo mais escuro. Eu não tinha imaginado essas coisas. O vento furioso ficava mais forte ou mais fraco de acordo com a minha respiração. Uma luz brilhante acabou com a escuridão, e todos nós exclamamos assombrados enquanto ela dançava de um objeto para o outro. Ao mesmo tempo, um barulho ensurdecedor de trovão tomou a sala, forte demais para o pequeno espaço. Tapei os ouvidos e me joguei no chão.

O elementar se virou para mim.

— Faça isso parar.

— O que...?

— Isso vem de você! Pare ou irá matar todos nós.

Olhei ao redor e percebi que ele tinha razão. Eu não conseguia explicar, mas tinha a ver com tudo que acontecia ali. A umidade cada vez maior. O vento que varria tudo à nossa volta, espalhando as coisas. A eletricidade que deixava o ar mais carregado.

Eu conseguia sentir aquilo, mas não sabia o que fazer. *Você vem de mim*, eu dizia, mas nada acontecia. Não era como tentar controlar a força com uma varinha ou um punhal. Aquilo estava tão dentro quanto fora de mim. Eu não conseguia impedir, assim como não conseguia me impedir de sentir alegria, mágoa ou ódio.

O vento ficou mais forte e sua fúria aumentou. Um caco de vidro pontudo voou e atingiu meu rosto.

— Não consigo controlar isso — sussurrei. — Não consigo.

O elementar parecia estar em pânico. E os espíritos também. Se poucos instantes antes eu me sentia fraca e indefesa, o medo deles fez o meu passar. O medo deles alimentava a minha raiva, e a raiva alimentava a tempestade cada vez mais forte. Na verdade, eu não conseguia controlar a tempestade, mas ela se expandia por minha causa. Mais alguma coisa bateu no meu ombro e, um instante depois, quase não consegui desviar de um livro que voava na minha direção.

Não conseguia controlar aquilo. Não sabia como. Não sabia de nada, a não ser que eu queria viver e que minha mãe vivesse também.

A escuridão formava um redemoinho em volta de todos enquanto uma grande massa de nuvens tomava a sala. Mais raios estouravam aqui e ali, aleatoriamente. O elementar tinha razão. Eu iria matar um...

Um raio atingiu o espírito que segurava minha mãe, jogando-a no chão. Ele gritava sem parar. Era o som mais horrível que eu já tinha escutado. Era mais do que uma toada de sinos fúnebre, mais do que um choro de tortura. Tapei os ouvidos de novo, observando enquanto o espírito brilhava tão forte que poderia cegar alguém. Então, ele ficou preto e, depois, não era mais nada.

O elementar se afastou de mim, deixando transparecer um medo palpável. O formigamento que percorria minha pele me contou o que ele iria fazer. O elementar estava com tanto medo que iria tentar atravessar de volta para o Outro Mundo. Bem ali, bem naquele momento, sem encruzilhadas. Fazer isso quase tinha me rasgado toda. Não tinha como ele fazer o mesmo, ainda mais não tendo conseguido sequer vir para este mundo em sua forma natural.

No entanto, o elementar não parecia se importar com isso e, de repente, entrei em pânico. E se conseguisse? E se, por algum milagre, escapasse? Não podia deixá-lo fugir, não depois do que ele havia feito, não depois do que havia tentado fazer. Minha necessidade, minha ansiedade... Ambas aumentaram, mas eu não tinha como direcioná-las. Naquela loucura, eu não fazia ideia do que havia acontecido com minhas armas. Um raio partiu uma caixa de som perto de mim, e o ruído me fez ficar surda de um ouvido.

Mais raios tremeluziam tão fortes e rápidos que eu não conseguia distinguir a realidade da ilusão de ótica. Em algum lugar, ouvi o elementar gritar, mais alto do que o trovão, embora não conseguisse mais vê-lo. Não era tão horrível quanto o choro do espírito, mas, ainda assim, fez minha pele arrepiar. Um raio atingiu novamente alguma coisa perto de mim, e pedaços pontudos do que quer que fosse voaram, batendo no meu braço.

Percebi que iria morrer. Com o espírito. Com o elementar. Com minha mãe. Quem poderia imaginar que os espíritos que eu acabara de banir para o Outro Mundo seriam os sortudos?

Enterrei o rosto nas mãos, tentando me proteger do que eu havia criado. Não adiantou. Era quase como se os raios e as nuvens existissem tanto na minha cabeça quanto na sala. Fechei os olhos com mais força, com tanta força que chegaram a doer. Mas nada mudou. O vento rugia contra mim, e o trovão sacudia a casa. Dominando tudo aquilo estava a escuridão — e a luz —, à medida que o trovão e o raio iam e vinham.

Escuridão, luz.

Escuridão, luz.

Escuridão.

CAPÍTULO 15

Não importa a sua idade nem o quanto você é forte. Nada, absolutamente nada, jamais poderá substituir sua mãe cuidando de você quando está doente.

Senti uma toalha fria e úmida tocar minha testa, e o som de um sussurro familiar mal penetrava no meu cérebro fatigado. Abri os olhos e vi os mesmos raios de sol de formatos interessantes entrarem pela cortina e tocarem o teto do quarto. Só que, dessa vez, sua posição havia mudado, e eles tinham cores mais fortes e um tom de laranja mais escuro.

O sussurro parou abruptamente.

— Eugenie?

— Mamãe — falei com a voz rouca.

Minha garganta parecia rasgada e ferida.

Minha mãe passou para um lugar onde eu pudesse vê-la, com uma expressão muito preocupada. Eu não podia acreditar. Ela parecia quase completamente normal. O cabelo estava um pouco desgrenhado, como se tivesse ventado muito, e pude ver alguns hematomas. A não ser por isso, ela parecia bem e não parecia que havia acabado de passar por um ataque paranormal e, em seguida, por um redemoinho induzido por magia. Por apenas um instante, questionei minhas lembranças. Será que eu tinha imaginado o que aconteceu? Teria sido um truque ou uma visão?

Não. Eu me sentia uma merda. Nenhuma ilusão poderia ter causado aquela dor.

— Você está bem? — perguntei, em dúvida.

Ela assentiu.

— Estou. E você?

Hesitante, tentei estabelecer contato com os músculos do meu corpo. Eles disseram para deixá-los em paz, porra.

— Com dor.

Minha mãe ajustou a toalha na minha cabeça, deixando-a alguns centímetros mais perfeita. Quando se inclinou, uma mecha do cabelo deslizou para a frente, e pude ver marcas de lama em seu pescoço. Não. Definitivamente, aquilo não era a minha imaginação.

— Telefonei para Roland. Ele estava em Flagstaff com Bill. Agora está vindo para cá. Deve chegar daqui a algumas horas.

— Mãe... Como foi que você se recuperou?

— Do que você está falando?

— Você estava muito machucada por causa daqueles espíritos. Não se lembra?

— Fui um pouco sacudida, mas nada de grave. Nada que se compare ao seu caso. — Ela franziu a testa e deu um pequeno suspiro. — Meu Deus, como eu gostaria que você fosse advogada em vez disso. Ou quem sabe farmacêutica.

— Do que você se lembra?

— Não muito — admitiu ela. — Lembro de ter ido atrás de uma daquelas... criaturas. Depois disso, tudo está embaçado. Devo ter entrado em pânico. Sua sala está... Bem, vai precisar de ajuda.

Fechei os olhos, me sentindo cansada. Minha sala provavelmente iria precisar ser demolida e reconstruída sem reaproveitar nada. Isso sem falar no estado do resto da casa. Ela podia entrar em colapso a qualquer momento. Meu quarto até que parecia um tanto normal. Algumas coisas estavam derrubadas, mas deviam ter caído por acaso, devido a rajadas de vento.

— Tem umas pessoas aqui, querendo ver você.

Abri os olhos.

— Quem?

— Ninguém que eu conheça. Um homem e uma mulher.

— O homem é uma raposa?

Ela me encarou, confusa.

— Uma raposa? Ele é muito bonito, sim, mas, querida... Talvez eu deva despachá-los. Você ainda não me parece melhor.

— Não, não, quero falar com eles.

Eu tive o pressentimento de que as peças que faltavam sobre o que havia acontecido durante e depois da tempestade estavam com Kiyo.

— E preciso conversar com eles... em particular.

Minha mãe pareceu ficar magoada.

— Não é pessoal. São negócios.

Ela começou a discutir e, então, balançou a cabeça e se levantou.

— Vou chamar os dois.

Quando ela saiu, criei coragem para fazer uma breve avaliação da minha aparência. Eu ainda usava minhas roupas íntimas e o pijama. A camiseta, principalmente, estava rasgada e suja. Puxei a coberta para cima, quase até o pescoço, e passei a mão no cabelo e no rosto. Senti mais sujeira na pele e a crosta formada por uma ferida na bochecha, me fazendo lembrar vagamente o pedaço de alguma coisa que voou e me cortou. Meu cabelo estava todo grudado. Tentei ajeitá-lo, mas minha mãe voltou com Kiyo e uma mulher estranha.

— Vou estar na cozinha, se você precisar de mim — disse minha mãe, protetora.

Fechou a porta depois de passar, fazendo um barulho.

A cara de Kiyo disse tudo de que eu precisava saber sobre minha aparência.

— Você tem que ver o estado do outro cara — falei.

Um pequeno sorriso surgiu em seu rosto.

— Já vi. Ele está despedaçado no outro quarto.

— Ah.

Ele gesticulou em direção à mulher.

— Eugenie, esta é Maiwenn, a rainha da Terra dos Salgueiros.

Me mexi, surpresa. Ela não parecia uma rainha dos Salgueiros. É claro que não sei bem o que esperava — talvez alguma coisa como Glinda, a Bruxa Boa, de *O mágico de Oz*. Aquela mulher, porém, parecia a Barbie Surfista. Sua pele refletia um bronzeado intenso. O cabelo louro platinado ia até a cintura, ondulado como o de uma supermodelo. Os olhos eram da cor do mar no verão, num tom verde-azulado, e com cílios longos. Ela estava com um vestido azul simples, um pouco fora de moda, mas nada que gritasse "Sou rainha das fadas". O vestido era mais largo do que as roupas justas das quais as outras nobres pareciam ser a favor, mas, ainda assim, era bonito. A sensação de estar com uma aparência inadequada aumentou dez vezes.

— Prazer em conhecê-la — falei.

Pude ouvir a hesitação em minha voz. Kiyo podia jurar que ela tinha bom caráter, mas eu ainda era muito apreensiva com relação aos nobres, monarcas ou não.

— Igualmente — disse ela com uma voz agradável e doce, e um rosto sereno. — Lamento não ter podido curar você também.

— Também? Então... Foi você? Você curou minha mãe? Ela não se lembra de nada...

Maiwenn assentiu com a cabeça.

— Eu não tinha poder para curar as duas. Ela estava com ferimentos mais graves. Além disso, na sua idade e com essa resistência, e com o seu sangue, bem, pensei que você teria mais facilidade para se recuperar.

Pensei nas dores que percorriam meu corpo. Mais facilidade? Devia ser um termo subjetivo.

— Você fez a escolha certa. Obrigada. Vou ficar bem.

Kiyo enfiou as mãos nos bolsos e se encostou na parede.

— Eugenie não gosta de admitir suas fraquezas. É um de seus traços mais charmosos.

Lancei um olhar para ele, e Maiwenn deu um sorriso leve e educado.

— Não tem nada de errado nisso — disse ela, se aproximando de mim e estendendo uma das mãos em direção ao meu rosto. — Acho que tenho força o bastante para realizar uma pequena cura. Posso?

Fiz que sim com a cabeça sem saber ao certo com o que concordava.

Ela tocou minha bochecha com as pontas dos dedos, frios como gelo mas delicados. Um formigamento percorreu meu corpo, e ela se afastou de repente, parecendo pálida e cansada. Kiyo tentou ajudar quando a rainha cambaleou, mas ela fez sinal para ele se afastar.

— Pronto. Assim não vai ficar marcado.

Meus dedos examinaram o lugar que ela havia tocado. A crosta formada pela ferida desaparecera.

— Muito obrigada.

Fez-se silêncio, e olhei para o rosto de um e de outro. Como eu estava na cama e os dois circulavam por ali de forma tão casual, não me senti em um encontro com uma rainha de verdade. Tudo era tão informal.

— O que aconteceu?

Os dois trocaram olhares incertos.

— Na verdade, não temos certeza — disse ele. — Tanto você quanto sua mãe estavam inconscientes. O elementar estava morto, e sua sala... parece bem mal.

— Mas... Foi só isso?

As sobrancelhas de Kiyo arquearam.

— E o que mais poderia ser?

— Não havia tempestade quando vocês chegaram?

Os dois trocaram olhares conspirativos de novo, e alguma coisa na solidariedade deles me irritou.

— Conte o que você consegue lembrar — disse Maiwenn.

Fiz isso, começando pelo ataque dos espíritos e concluindo com a tempestade.

Nenhum dos dois falou quando terminei. Kiyo suspirou.

— O que foi? — perguntei, exigindo uma resposta. — O que aconteceu? É óbvio que vocês sabem.

— É complicado.

— Tudo anda complicado ultimamente. Vou adivinhar. Era magia, não era? O poder que herdei do rei da Tempestade?

Ele não respondeu. Ela, sim.

— É. Parece que ele foi passado para você, no fim das contas.

— Posso detê-lo? Mantê-lo trancado para ele não vir à tona de novo?

— Acho que não. Você deve ser capaz de enterrá-lo para que ele não seja usado conscientemente, mas... Como ele está aí, deve emergir de novo quando suas emoções permitirem. Você terá resultados desastrosos se não aprender a controlá-lo.

— Não quero isso.

Senti um calafrio ao me lembrar daquela escuridão horrível e dos raios letais. Preocupada, pensei no que Volusian havia me dito, que abraçar minha magia poderia me proteger e também às pessoas que eu amava. Nervosa, olhei para Maiwenn, odiando o que estava prestes a perguntar.

— Mas também não quero machucar ninguém. Você pode me ensinar a usar esse poder? Ou pelo menos a controlar isso?

Kiyo arregalou os olhos.

— Eugenie, não...

— O que você espera que eu faça? — perguntei, exigindo uma resposta.

A expressão no rosto dele refletia o que eu sentia por dentro.

— Não que eu queira fazer isso. Mas você viu o que aconteceu. Destruí minha casa. E o que é pior, quase matei minha mãe. E a mim mesma também.

Ele suspirou, mas não discutiu. Maiwenn olhou para ele, tranquila.

— Ela tem razão.

— Eu sei. Mas não preciso gostar da ideia.

— Não sei se posso ensinar isso a você — murmurou ela, se virando para mim. — A sua magia, a magia da tempestade, é um tipo de poder muito físico e exterior. O poder de curar é mais interior. Menos agressivo. O básico será o mesmo, mas provavelmente teremos que encontrar um professor com poderes parecidos com os seus.

Como alguém que possa evocar partes da terra e destruir castelos inteiros, pensei. Não falei isso. Kiyo e eu podíamos ser "amigos", mas logo soube que ele não iria gostar que eu me aproximasse de Dorian.

— Kiyo disse que você é contra essa coisa de invasão, que você não apoiava o rei da Tempestade.

— É verdade. E, em parte, é por isso que eu queria conhecer você. Estou feliz por ter sobrevivido hoje, Eugenie Markham, mas... A possibilidade de a profecia se concretizar me deixa alarmada. Passei anos acreditando que o rei da Tempestade não tinha filhos. Sua existência causa todo tipo de complicação.

Foi então que me veio à mente que Maiwenn teria passado a dormir melhor se eu tivesse sido morta naquele dia.

— É mesmo verdade? — perguntou ela. — Você não tem a menor intenção de cumprir a profecia?

— É claro que não.

— Virar as costas para tanto poder não deve ser fácil. Até mesmo agora, você está levando a magia dele em conta.

— É por necessidade. Não é o que eu quero. Além do mais, nada disso tem a ver com poder. Tem a ver com manter meu mundo a salvo. Você está se esquecendo de que, até poucas semanas atrás, eu não sabia de absolutamente nada disso. Em quase tudo, com exceção do fato de eu ter provocado uma tempestade, ainda me considero humana. Não vou permitir que algum exército domine ou destrua a minha raça.

— Está vendo? — perguntou Kiyo a ela. — Foi o que eu disse.

Eu ainda podia ver a dúvida no rosto de Maiwenn.

— Estou falando sério. Não quero provocar o começo de uma era horrível de dominação dos nobres. E, com certeza absoluta, não quero ser o brinquedinho de todos os caras nobres. E mesmo que o pior aconteça — prossegui, sentindo um calafrio e lembrando o quanto o elementar chegou perto —, bem, existem maneiras de garantir que eu não engravide nem permaneça grávida — comentei, sem ter vontade de entrar na logística da coisa com ela. — Porém, espero poder simplesmente continuar evitando isso. Não pretendo pular na cama de alguém tão cedo.

Uma compaixão tomou o lugar das dúvidas de Maiwenn.

— É. Lamento profundamente pelo que você passou. Isso me causa um grande desgosto. Para falar a verdade, não consigo imaginar uma coisa dessas. Você superou sua reputação de destemida. Eu não teria conseguido enfrentar tudo isso com tanta coragem.

Pensei mais uma vez no pavor que me tomou quando o elementar conseguiu me prender. As lágrimas. O desespero. Eu não sabia o quanto havia sido corajosa.

Então, os olhos de Kiyo encontraram os meus e, enquanto Maiwenn parecia distraída, pensando em algo, acho que ele deve ter percebido, por um instante, um pouco da emoção que eu sentia. Uma afeição ardia em seu rosto, e me entreguei a ela. O momento foi desfeito quando uma voz alta gritou de fora do meu quarto.

— Que merda é essa que aconteceu aqui? Não vou limpar isso de jeito nenhum!

Kiyo se endireitou, alarmado, mas o tranquilizei.

— Não se preocupe. É só o cara que mora comigo.

E não deu outra. Tim apareceu, tomado de indignação. Ele estava com calças de camurça e um colete sobre o peito nu. Penas enfeitavam seu cabelo preto. Colares de contas tilintavam no pescoço. Ele ficou de queixo caído quando me viu.

— Meu Deus, Eugenie. Você está bem?

Comecei a falar sobre "o estado do outro cara" e, então, optei pela simplicidade:

— Estou.

Ele apontou para trás.

— A sala está em ruínas.

— Eu sei. Não se preocupe. Vou arrumar tudo.

— O que aconteceu?

— É melhor você não saber. Tim, estes são Kiyo e Maiwenn.

Tim lembrou de erguer a mão direita em um cumprimento do tipo "Olá, homem branco".

— Sou Timothy Cavalo Vermelho. Que o Grande Espírito sorria para vocês.

Essa última parte parecia ser para Maiwenn em especial. Ela deu um sorriso formal. Kiyo parecia oscilar entre o hilário e o desgosto.

Depois dos cumprimentos, Tim se aproximou de mim, balançando a cabeça em sinal de reprovação.

— Você está metida em alguma merda louca.

— Talvez você queira procurar outro lugar para ficar — falei, séria. — Não acho que aqui seja seguro.

— Você está brincando, não é? Nunca vou encontrar um acordo melhor do que esse. E o que tem de mais em uma ou outra morte e um pouco de destruição?

— Tim...

Seu rosto ficou mais sóbrio.

— Não se preocupe, Eug. Sei o que você faz. Se as coisas esquentarem, eu saio.

— Você viu o estado da sala? Isso é esquentar muito.

— É, mas desde que a casa continue de pé...

— Você é mais difícil do que eu.

Lembrei que deveria encontrar um bruxo para pôr uns guardiões em volta da minha casa. Tinha esquecido. Em vez disso, eu mesma tinha criado alguns, mas eles não eram muito fortes, como a recente invasão deixou claro. Um bruxo não conseguiria manter todas as ameaças do lado de fora, mas faria um trabalho melhor do que o meu.

Tim sorriu.

— Também não vamos nos empolgar. Bom, acho que interrompi vocês. Você quer alguma coisa? Uma sopa de galinha? Massagem nos pés?

— Você pode me trazer uma barrinha. E ver se o meu CD do Def Leppard sobreviveu ao campo de batalha.

— Não tenha tanta esperança assim quanto ao CD.

Ele se despediu dos outros e saiu.

— Que homem estranho — disse Maiwenn.

— Você não faz ideia.

No entanto, enquanto Tim e eu tínhamos nossa conversa descontraída, percebi que Maiwenn e Kiyo cochichavam um com o outro, no canto do quarto. Ela tinha colocado uma das mãos no braço dele enquanto os dois conversavam e havia algo quase... íntimo naqueles dois ali, juntos. Como se ficassem à vontade em estar no espaço um do outro. Muito à vontade. Me lembrei de como Kiyo a apoiava com determinação e de ter alegado que trabalhava com ela porque acreditava na causa. Mas será que era isso mesmo? Ou era mais? Ela era uma "grande amiga". Os dois estavam mais afastados um do outro agora, mas um ciúme feio queimou em meu peito.

Maiwenn finalmente parou de olhar para ele e me deu um sorrisinho preocupado.

— Não quero ser indelicada, mas... Não estou me sentindo bem e preciso voltar para casa.

— Sem problemas. Obrigada por ter vindo e... Muito obrigada por ter curado minha mãe.

Maiwenn assentiu com a cabeça, e pude ver que ela realmente não estava bem. Um cansaço tomou aqueles olhos adoráveis.

— Fiquei feliz com isso. E satisfeita por termos conseguido conversar. Você não faz ideia do quanto me sinto aliviada por saber a sua posição. Farei o que puder para evitar que os outros tentem... tomar certas liberdades com você.

As pontas dos dedos de Kiyo acariciaram o braço dela para fazê-la parar, e observei aquele contato com um olhar crítico.

— Me espere lá fora.

Ela assentiu e, então, saiu do quarto com toda aquela beleza dourada. Kiyo se aproximou da minha cama e se sentou, deslizando uma das mãos pelo meu rosto.

— Fico contente por você estar bem. Quando entrei aqui... Pensei que você tinha morrido.

— Sou dura de matar — falei com delicadeza.

Ele sorriu, balançando a cabeça, exasperado.

— Eu acredito.

Kiyo esticou o braço para baixo, pegou minha mão e a levou aos lábios, com os olhos nos meus. Permaneceu ali por um instante, e minha pele queimou onde ele me beijou. Então, com cuidado e delicadeza, pôs minha mão de volta na cama, entrelaçando os dedos nos meus.

— Vou me certificar de que ela atravesse bem e depois volto para ficar com você.

— Você vai cuidar de mim? Massagear meus pés e me dar sopa de galinha?

— Tudo o que você quiser — prometeu ele. — É o que os amigos fazem — disse ele, beijando minha mão de novo e, então, se levantando. — Volto daqui a alguns minutos.

Eu ainda podia sentir onde Kiyo havia me beijado, mas, pela primeira vez, minha paixão por ele ficou para depois. Eu estava pensando na conversa que acabara de ter. Aquilo ainda me incomodava, mas falei sério. Aprender a magia dos nobres era a coisa mais assustadora — além de ser estuprada por um elementar de lama — que eu poderia imaginar agora. No entanto, eu não queria mais tempestades na minha sala, nenhuma tempestade que eu fosse incapaz de controlar.

E, por isso, achei que valeria a pena. Aquilo significava controlar meu poder com mais firmeza. Sabia a quem teria que recorrer para obter esse controle, e isso já abrigava seu próprio conjunto de temores. Porém, eram males necessários. Eu não tinha escolha.

Então, enquanto eu esperava Kiyo voltar, comecei a mentalizar uma lista de coisas para fazer. Invocar Volusian. Planejar estratégias. Comprar sandálias de salto alto...

CAPÍTULO 16

Passei o resto daquele dia e grande parte do dia seguinte dormindo. Só o essencial me fez sair da cama — comida, banheiro, um telefonema e um encontro com Volusian depois que Kiyo foi para Phoenix.

Naquele segundo dia, eu cochilava perto da hora do jantar quando Tim me acordou com uma voz irritada, vinda da sala.

— Não! Não quero saber. Ela precisa dormir, está bem? Vou dar o recado, mas pare de telefonar.

Eu já tinha ouvido Tim usar aquele tom apenas com algumas pessoas. Então fazia uma boa ideia de com quem ele falava. Por alguma razão, apesar de nunca terem se encontrado, Tim e Lara se odiavam. Vesti o roupão depressa, me arrastei até a sala e vi que ele falava ao celular. O único progresso que havíamos feito na limpeza até aquele momento foi meio que abrir um caminho entre os escombros. Tim afastou o aparelho do rosto.

— É aquela vaca da sua secretária. Eu não teria atendido se ela não parasse de ligar o tempo todo. Já disse a ela que você não pode...

Estendi o braço, pedindo o telefone.

— Tudo bem. Preciso falar com ela.

Me olhando com cara de bravo, Tim me entregou o aparelho.

— O babaca do seu colega acabou de me chamar de vaca? — perguntou Lara, exigindo uma resposta. — Ele não tem o direito...

— Deixa pra lá — mandei. — Me conta o que está acontecendo.

— Bem, recebi o seu recado. As sandálias chegaram?

— Chegaram. São lindas. E o bruxo?

— Já marquei. Ele vai pôr os guardiões na sua casa hoje à noite e precisa que você o deixe entrar.

— Não tem problema. Não vou estar aqui, mas Tim vai.

— Está bem. Tem mais uma coisa...

— O quê?

Uma pausa longa.

— Bem, acho que não ouvi direito essa parte da mensagem. Você parecia dizer que precisava de um vestido também.

— E preciso mesmo.

Silêncio.

— Qual é o problema? Não falei o meu tamanho?

— Falou, sim. É que... Um vestido? Quero dizer, você já me pediu para arranjar coisas bem estranhas antes. E ainda estou preocupada por causa daquela vez da nitroglicerina. Mas isso é tão inesperado, mesmo vindo de você.

— Ah, pode parar. É só cuidar disso para mim.

Eu também não estava a fim de usar o vestido, mas Volusian havia insistido durante a sessão de estratégias que tivemos mais cedo, na beira da cama. Se as coisas dessem certo com Dorian, eu passaria o Beltane em uma festa no Outro Mundo em vez de esperar por um ataque neste. Volusian insistiu para que eu começasse a me preparar. Que tempos são esses em que vivemos quando espíritos escravizados dão conselhos sobre moda?

— Algum pedido especial?

— Nada de dama de honra nem de baile de formatura. Pense em um coquetel. Simples. Mas elegante.

— Sexy?

— Moderadamente.

— Que cor?

— Qualquer uma que seja bonita.

— Está bem. Entendi. Resolvo isso até a semana que vem. Ah, Wil Delaney telefonou de novo.

— Você não precisa mais me avisar. Já dou isso por certo.

— Então você não vai retornar a ligação?

— Não.

Desligamos, e entrei no banho. A véspera do Beltane, a grande noite, se aproximava depressa. Aquele era o dia do aquecimento. A noite em que fiz um trato com o mal.

Depois de desenterrar meu secador empoeirado, sequei e escovei o cabelo até ele ficar brilhoso. Eu não costumava usar maquiagem — não tinha paciência —, mas um pouco de base caía bem para esconder os hematomas do meu rosto depois da luta do dia anterior. Como eu já tinha cílios escuros, achava o rímel desnecessário, mas quando combinado com uma sombra esfumaçada, realmente os fazia parecerem maiores. Um pouco mais de batom e eu mal me reconhecia. Não fiquei com cara de vadia nem nada, mas, sem dúvida, fazia muito tempo que eu não me produzia tanto.

Pensei em usar uma saia, mas não conseguiria ir tão longe. Em vez disso, optei pelo jeans justo e pelas sandálias de salto alto novas. A camiseta que escolhi era verde-oliva, da mesma cor do meu casaco de fustão, com alças finas que deviam cair um pouco dos ombros. Cada alça tinha um pequeno franzido na ponta, assim como o decote em forma de concha que deixava uma parte do espaço entre os seios à mostra.

Ao me avaliar no espelho, não pude evitar um suspiro, lamentando. Naquele dia, eu estava mais bonita do que quando conheci Kiyo. Se ele ao menos pudesse me ver agora... Passei um pouco de perfume, peguei o casaco e as armas, e segui em direção à porta. Tim quase caiu da cadeira quando me viu.

— O que você está fazendo? Vai sair? Não pode fazer isso! Não depois do que aconteceu ontem.

— Já estou me sentindo melhor — menti.

Na verdade, era mentira apenas em parte. Eu estava bem? Não. Eu estava melhor do que no dia anterior? Sim.

— Você é louca.

— Me desculpe. Tenho negócios que não podem esperar.

— Vestida assim? — perguntou ele, com ceticismo.

Ignorei Tim e dirigi até o portal no deserto. A transição para o Outro Mundo foi um pouco dura devido ao meu estado físico enfraquecido, mas consegui. Volusian e Nandi esperavam por mim na encruzilhada quando cheguei. Finn não teve vontade de aparecer. Aquela era uma das desvantagens de não tê-lo escravizado. Seguimos pela estrada.

Durante a caminhada, logo me dei conta de que usar salto alto tinha sido a *pior* ideia de todos os tempos. Tirei as sandálias e as carreguei até o fim. Se eu passasse a ver Dorian com frequência, teria que deixar uma âncora no castelo dele para facilitar as travessias.

— Não entre no castelo de Dorian sem pedir hospitalidade primeiro — alertou Volusian. — Vão desarmá-la antes de entrar. Você não vai querer passar por isso sem proteção.

Concordei, embora não gostasse da ideia de ser desarmada.

Dessa vez, ninguém preparou uma emboscada, e praticamente caminhei até os portões sem qualquer incidente. Os guardas me reconheceram e adotaram uma postura defensiva, apontando as armas.

— Nossa ama vem em paz — disse Nandi, num tom triste. — Ela gostaria de falar com o rei dos Carvalhos e pedir sua hospitalidade.

— Vocês acham que somos idiotas? — perguntou um dos guardas, me observando, bem atento.

— Não exatamente — respondi. — Mas acho que vocês estavam aqui na última vez e viram que não causei problema algum. Talvez também tenham notado que passei um bom tempo no quarto do rei. Acreditem, ele vai querer me ver.

Os guardas consultaram uns aos outros e, por fim, enviaram um dos seus lá para dentro. Ele voltou poucos minutos depois, admitiu minha entrada e me conferiu hospitalidade — depois de eles terem, de fato, me desarmado. Me conduziram pelo mesmo corredor de antes, mas não até a porta da sala do trono. Em vez disso, viramos aqui e ali, cada vez mais no interior do castelo, até pararmos diante de portas de vidro que davam para algum tipo de jardim ou pátio.

— Nosso senhor está lá fora — explicou um dos guardas, prestes a abrir as portas.

Volusian o impediu.

— Faça com que um arauto anuncie a chegada de minha ama. Ela não é mais uma prisioneira. E use os títulos dela.

O guarda hesitou, olhou para mim e, então, chamou um arauto. Momentos depois, um homem corpulento, vestido dos pés à cabeça com um veludo azul-esverdeado, adentrou o cômodo depressa. Ele olhou para mim e engoliu em seco, nervoso, antes de abrir as portas. Havia um punhado de nobres com roupas elegantes lá fora, nos jardins, observando nossa entrada.

— Vossa Majestade, apresento Eugenie Markham, conhecida como Odile Cisne Negro, filha de Tirigan, o rei da Tempestade.

Fiz uma careta. Caramba. Não sabia que tinha tanta coisa emendada no meu nome agora.

A conversa geral foi interrompida. Aparentemente, eu já deveria ter me acostumado com o fato de que provocava esse efeito quando comparecia a eventos sociais no Outro Mundo.

Do lado de dentro, eu esperava um pequeno jardim, tipo um pátio, mas aquele parecia sem fim. A grama ainda estava verde, mas grande parte das árvores tinha folhas laranja, amarelas e vermelhas. Nenhuma tinha aquele tom marrom, das que estão morrendo no fim do outono. Aquelas exibiam nuances perfeitas e belas que se podia ver no melhor da estação. Macieiras grandes e carregadas de frutas preenchiam os cantos e, no ar, eu podia sentir um leve aroma de fogo e especiarias. Ali, era mais cedo do que quando saí de Tucson. O fim da tarde dava lugar ao crepúsculo, e o céu estava pintado de tons dourados e cor-de-rosa que competiam com o esplendor das folhas. Tochas em postes altos haviam sido colocadas para iluminar o jardim.

O grupo se separou, e Dorian andou para a frente a passos largos. O cabelo vermelho balançava, e, sobre uma camisa simples e calças, ele usava uma peça de roupa parecida com um roupão, feita de cetim cor de vinho e brocados dourados. Me aproximei dele, e nos encontramos na metade do caminho. Meus espíritos esperavam perto da porta.

— Ora, ora. Que surpresa adorável. Não pensei que veria você de novo tão cedo.

Dorian estendeu o braço em direção à minha mão e, dessa vez, deixei que ele a pegasse. Uma satisfação maliciosa brilhou em seus olhos diante daquela pequena concessão, e eu soube que já tinha despertado sua curiosidade.

— Espero que não se importe por ter aparecido assim.

Dorian beijou as costas da minha mão, exatamente como Kiyo havia feito no dia anterior. Só que o beijo não era tanto do tipo *espero que você melhore logo*; estava mais para *imagine meus lábios em outros lugares*.

— De forma alguma — disse ele, afastando os lábios de minha mão e entrelaçando os dedos nos meus. — Venha. Junte-se a nós.

Reconheci um casal de nobres ali parado que estava no jantar. As outras duas pessoas circulando pareciam criados e esperavam ansiosamente com longos bastões nas mãos. Dei uma olhada neles e, então, nos arcos de madeira fincados por toda a grama.

— Croqué? Vocês estão jogando croqué?

O rosto de Dorian exibiu um sorriso.

— Estamos. Você joga?

— Faz muito tempo que não jogo.

Os nobres jogavam croqué? Quem poderia imaginar? Acho que era tecnologicamente simples em termos de jogos. Fazia mais sentido eles jogarem isso do que videogame.

— Você gostaria de jogar agora?

Balancei a cabeça.

— Vocês já estão no meio de uma partida. Vou só olhar.

— Como quiser.

Dorian pegou um taco oferecido por um dos criados. Ao observar enquanto ele armava uma jogada, percebi que sua intenção era acertar a própria bola e eliminar a de um adversário que estava perto de um arco. Uma leve brisa agitou seu cabelo e as dobras do roupão, e ele precisou de um instante para tirar o tecido do caminho. Quando Dorian por fim acertou a própria bola, ela se afastou e passou consideravelmente longe da de seu adversário.

— Ah, bem. Essa foi por pouco. Quase acertei. Você não acha, Muran?

Muran, um magricela com roupas cor de alfazema, deu um pulo ao notar que o rei se dirigia a ele.

— É... Acho, s-s-sim, Majestade. Por muito pouco. O senhor quase acertou.

Dorian revirou os olhos.

— Nada disso. Foi uma jogada abominável, seu miserável. Deixe a lady Markham jogar na sua vez. Dê o seu bastão a ela.

Agora fui eu quem pulou. *Lady* Markham?

O tal Muran, porém, praticamente jogou aquela coisa em mim. Hesitante, me aproximei da bola dele. Tinha quase certeza de que estava com uns dez anos quando joguei croqué pela última vez, enquanto visitava uma das tias de minha mãe na Virgínia.

Me lembrei de Dorian ajeitando o roupão e fiz uma pausa para tirar o casaco. Uma criada se aproximou imediatamente para pegá-lo, dobrando-o com cuidado sobre os braços. Voltei à bola e ao bastão, avaliando a jogada. Coloquei o cabelo para trás de um dos ombros e bati. A bola meio que deslizou, meio que rolou pela grama e passou por um dos arcos.

— Que beleza — ouvi Dorian dizer.

Olhei para trás e para ele, mas vi que ele não observava bola alguma. Seus olhos passeavam pelo meu corpo. Tentei devolver o bastão para o pobre Muran, mas Dorian não queria nem saber disso. Ele me fez terminar o jogo no lugar de Muran. Enquanto jogávamos, percebi algo muito peculiar: Dorian era um péssimo jogador — ruim demais para ser sincera. Era óbvio que fingia, mas seus súditos não se atreviam a fazer melhor do que o rei. Então, eles também fingiam o próprio tipo de jogo intimidado. Ver aquilo era cômico. Me senti em uma cena de *Alice no País das Maravilhas*. Sem receio de vencer, joguei normalmente. Mesmo com dores musculares e sem praticar, venci com muita facilidade.

Dorian não podia ter ficado mais feliz. Ele bateu uma mão na outra, rindo.

— Excelente. Esta foi a melhor partida que joguei em anos. Essas ovelhas não vão saber mais o que fazer — disse ele, olhando para os companheiros de jogo, gesticulando para que eles entrassem. — Vão, vão, seu pastor está cansado de todos vocês.

Observei enquanto eles saíam.

— Você realmente não trata seus súditos... com respeito.

— Porque eles não merecem respeito algum. Você viu o comportamento absurdo deles durante o jogo? Agora imagine isso acontecendo a cada segundo, todos os dias de sua vida. Fazer parte da realeza é assim: viver na corte em meio a bajuladores. Feliz de você que ainda não tem um trono de verdade. Isso se resume a dar sorrisos bobos e a pensamento grupal.

Quase notei um toque de amargura em sua voz delicada. Quase.

Uma criada me devolveu o casaco, e Dorian se dirigiu a ela e a alguns guardas.

— A lady Markham e eu vamos dar um passeio pelo lado leste do pomar agora. Como ela está vestida para fazer negócios, imagino que queira conversar comigo a sós. Sigam-nos, mas mantenham distância.

Dorian se virou e me ofereceu o braço mais uma vez, me conduzindo por um dos caminhos sinuosos do jardim, até um pomar repleto de macieiras. Como as outras árvores, aquelas estavam repletas de frutas. Outras maçãs estavam caídas no chão, redondas e vermelhas, esperando para serem comidas.

Quando estávamos a sós o bastante, falei:

— Não estou vestida para fazer negócios, não com essas sandálias. Eu estava vestida para negócios na última vez que estive aqui.

Ele me olhou de soslaio por um bom tempo.

— As mulheres que aparecem por aqui, tão adoráveis quanto você, depois de mal digerir a minha presença da última vez, não vêm por prazer. E sim para fazer negócios.

— Você é um cínico.

— Sou pragmático. Porém, para fazer negócios ou por prazer, aqui está você — disse ele, suspirando, feliz. — Realmente gostaria que mais de nossas mulheres usassem calças como essas. As guerreiras normalmente usam, mas as delas estão longe de serem tão justas.

— Obrigada... Eu acho.

Continuamos caminhando num ritmo agradável enquanto o céu ficava laranja e escarlate.

— Então imagino que tenha mudado de outras formas desde a última vez que nos encontramos. O simples fato de você ter vindo aqui de maneira tão apropriada demonstra isso.

— É — falei, apertando os olhos. — Acontece que não gostei de você ter me contado aquela historinha sobre o rei da Tempestade sabendo o tempo todo que eu não sabia o que estava acontecendo.

— Cruel, talvez. Mas também divertido, se você estivesse no meu lugar. Além do mais, de certa maneira, lhe prestei um serviço. Forneci o contexto necessário, lady Markham.

— Não diga "lady Markham". É estranho.

— Preciso chamar você de alguma coisa. Nossas regras de etiqueta comuns não apresentam nada que sirva exatamente para a sua situação. Você é a filha de um rei sem reino. Faz parte da realeza, mas não é tão real. Então, nos referimos a você como a um nobre.

— Bem, então use isso apenas em público. Ou me chame de Odile.

— Que tal Eugenie?

— Está bem.

Fez-se um silêncio entre nós. O pomar parecia não ter fim.

— Você já quer me contar por que está aqui? Ou devo pensar em outras amenidades para conversarmos?

Reprimi uma gargalhada. Dorian fazia o estilo extravagante e espalhafatoso, mas não era bobo.

— Preciso de um favor seu.

— Ah, então você veio a negócios, afinal.

Parei de andar, e Dorian também. Ele abaixou a cabeça para me olhar e esperou, paciente, com um semblante agradável e neutro. Tremi quando outra brisa passou por nós. Ele pegou o casaco dos meus braços e me ajudou a vesti-lo.

Me abracei, grata pelo calor do casaco. Estava frio para ser sexy.

— Invoquei uma tempestade ontem.

— É mesmo? — perguntou ele com uma voz menos leviana e mais calculista. — O que aconteceu?

Contei a história a Dorian, exatamente como havia feito com Maiwenn e Kiyo.

— No que você estava pensando quando isso aconteceu?

No começo, pensei que ele estava me criticando. Como quando alguém faz uma besteira e a mãe pergunta: "Você enlouqueceu? No que estava pensando?"

— Como me senti? O que passava pela minha cabeça?

Ele assentiu.

— Não sei. Acho que passei por várias sensações. Quando tudo começou... Quero dizer, me senti da mesma forma que em qualquer outro ataque. Planejei o que ia fazer, me concentrei para banir as criaturas. Mas depois que minha mãe foi envolvida... comecei a me perder.

— E quando Corwyn prendeu você?

— Quem?

— O elementar. Ele era um dos homens de Aeson. Os espíritos que você baniu voltaram contando histórias. Porém, imagino que ninguém tenha ouvido essa parte, já que você não deixou testemunhas.

— Me senti... Amedrontada. Fraca. Indefesa.

— Você não me parece ser alguém que costuma sentir medo.

— Na verdade, não é bem assim. Tenho medo o tempo todo. É uma estupidez não ter. Como é aquele ditado? Só os mortos não têm medo? Ou seria esperança? Sei lá. Àquela altura, com toda certeza, eu também não tinha esperança alguma. Senti que não tinha escolha.

— Então você escolheu a única coisa que lhe restava.

— Não escolhi isso exatamente. Não de forma consciente.

— Não. Mas, às vezes, nossas almas e as partes secretas de nossas mentes sabem do que precisamos.

Ele caminhou até um enorme e protetor bordo. Presumi que ele também tivesse cores maravilhosas, mas a escuridão iminente nos impedia de ver. Dorian tirou o roupão, o estendeu no chão e se sentou, deixando um lugar ao seu lado. Um instante depois, também me sentei.

— Então, o que você veio me pedir, Eugenie Markham?

— Você já sabe. Posso ouvir na sua voz.

— E lá se vai meu subterfúgio para dar uma de astucioso.

— Preciso que você me ensine a usar a magia. Para ela não dominar tudo de novo. Não quero matar alguém da próxima vez que estiver apavorada.

— Ou — acrescentou ele — você pode simplesmente querer usá-la para matar alguém. De propósito. É isso.

— Talvez — admiti, sentindo um calafrio. — Não sei.

Dorian não falou logo em seguida. A escuridão à nossa volta ficou mais intensa.

— O que você fez com Corwyn foi muito parecido com usar um tijolo para matar um inseto, quando métodos muito mais simples e melhores teriam bastado. As tempestades que você pode invocar são grandiosas e absolutamente poderosas. Os deuses sabem que seu pai fez bom uso delas. Mas acho que você vai descobrir que o seu verdadeiro poder é controlar os elementos mais simples da tempestade. Uma criança pode jogar tinta na tela; um mestre trabalha com pinceladas mais elaboradas. Você aprende as coisas pequenas e, então, a tempestade será algo natural.

Respirei fundo.

— E então, você pode me ensinar? Você *vai* me ensinar?

Mesmo no escuro, eu sabia que ele tinha aquele sorriso lacônico no rosto.

— Se alguém tivesse me contado durante nosso último encontro que teríamos essa conversa, eu o teria açoitado por insolência.

— Não tenho mais ninguém a quem recorrer. Maiwenn me ofereceu ajuda, mas ela não tem...

— Maiwenn? — interrompeu ele, com um tom que me surpreendeu. — Quando foi que você conversou com ela?

— Depois do ataque.

Expliquei as circunstâncias de nosso encontro. Como ele não respondeu, fiquei na defensiva:

— Não tem nada de errado nisso. Até que é bom ter alguém ao meu lado que não queira me engravidar nem dominar o mundo.

— E é exatamente por isso que você não deve confiar nela. Quero ver o nascimento do herdeiro do rei da Tempestade. Por isso, tenho um bom motivo para garantir que você continue viva. Ela não.

Me lembrei de ter pensado que Maiwenn teria muito menos com o que se preocupar se eu tivesse morrido naquele ataque.

— Ela não me pareceu tão sinistra — argumentei, hesitando.

De repente, um pensamento me veio à cabeça. Se a nobre filosofia de Maiwenn envolvia me matar, será que Kiyo estaria com ela nisso?

— Os sinistros nunca parecem ser o que são.

— Você só está tentando me trazer para o seu lado.

— Bem, é claro. Eu tentaria fazer isso estando ela envolvida ou não.

Suspirei. No fim das contas, tudo não passava de posicionamentos e tramas. Acima de qualquer outra coisa, Dorian ainda era um dos nobres.

— Talvez vir até aqui tenha sido um erro.

— Vir até aqui foi a coisa mais inteligente que você já fez até agora. Então me diga, o que você vai me dar para que eu ensine como controlar o seu poder?

— Você não faz nada de graça, não é?

— Ah, por favor, não me venha com esse ar superior. Na última vez, ajudei sem pedir nada em troca. E, agora, aqui está você de novo me pedindo mais. Você exige muito dos nobres que considera tão gananciosos.

— Está bem — falei, me encostando um pouco na árvore. — Se você me ajudar... Vou deixar... Vou deixar as pessoas pensarem que estamos, você sabe...

Houve uma pausa. Então, a gargalhada calorosa de Dorian ecoou pelo pomar.

— Dormindo juntos? Você realmente alegrou minha noite. Isso não é justo. Não é nem um pouco justo.

Enrubesci no escuro, furiosa.

— Assim você estará à frente de Aeson. Ele vai pensar que estou disposta a dar a você o que ele tentou pegar à força.

— E durante esse tempo todo, eu, na verdade, não vou ter nada, a não ser relances tentadores de você em trajes como esse.

— Posso me cobrir mais se fizer diferença.

— O que faria diferença seria você dormir comigo de verdade.

— Isso também não é justo. Não por algumas aulas de magia.

— Algumas?

Dorian riu de novo, e sua voz carregava o tipo de incredulidade que parecia mais diverti-lo do que irritá-lo. Meu Deus. Não havia nada que incomodasse esse cara?

— Minha querida, vamos precisar de mais do que "algumas" aulas para domar essa tempestade dentro de você. O trocadilho foi proposital. Ainda mais com esse seu temperamento. Isso vai dificultar a concentração.

Fiquei indignada.

— Ei, venho me concentrando desde criança. Posso esvaziar minha mente no meio de uma luta para banir espíritos. Entro em transe em poucos segundos.

— Talvez — admitiu ele, contrariado. — Mas, ainda sim, não sei ao certo se isso é justo. Você vai ter mais do que aulas. Ao acreditarem que você é minha "amante", as pessoas hesitarão em atacá-la. O seu status irá aumentar muito.

— Meu Deus. Você não deixa passar nada, não é? Parece que Volusian e eu temos muito que aprender sobre subterfúgios também.

— Quem?

— Meu escravo.

— Ah. O sombrio com olhos vermelhos?

— É.

Dorian fez um barulho com a língua, desaprovando.

— Ele é tão perigoso quanto poderoso. Você é corajosa por ficar com ele.

— Eu sei. Não consegui mandá-lo para o Submundo. Então, o escravizei.

— Se eu ajudar você, nós dois provavelmente conseguiremos mandá-lo embora.

Aquela ideia me impressionou. Com Volusian no mundo da morte, seria muito mais seguro para mim.

Como se lesse meus pensamentos, Dorian acrescentou:

— As coisas vão ficar muito ruins se um dia ele se libertar de você.

— Eu sei. Ele me diz isso regularmente. Em detalhes. Mesmo assim... Ele tem sido útil. Acho que vou mantê-lo aqui por enquanto.

Permanecemos quietos na escuridão de novo. Eu me dei conta de que já devia ter passado da hora do jantar no castelo. Um dos motivos para eu aparecer no Outro Mundo àquela hora era ser convidada para o jantar. Com o orgulho que os nobres tinham de oferecer hospitalidade, Volusian pensou que Dorian ficaria satisfeito em exibir seus recursos, ainda mais que ser metade nobre significava poder comer com segurança naquele mundo agora. Finalmente uma vantagem legítima em toda aquela insanidade. Dei um meio sorriso, imaginando um salão repleto de nobres famintos, batendo a prataria na mesa. Como todos dançavam conforme o humor de Dorian, porém, eu não tinha a menor dúvida de que eles esperariam horas se fosse necessário.

— Se você vai fingir que é minha amante, vai precisar fazer mais do que afirmar isso. Você já viu o quanto somos liberais e como demonstramos nosso afeto em público. Se você ficar a metros de distância de mim, ninguém vai acreditar.

Fiquei paralisada. De repente, me lembrei do outro jantar. Não havia considerado tudo o que aquilo poderia implicar.

Ele deu uma risadinha, um som baixo e perigoso ao meu lado.

— Ah, você não tinha pensado nisso, não é?

Dorian tinha razão. Eu pensei que, se nós dois nos enfiássemos no quarto dele e tivéssemos as aulas ali, já seria bastante convincente. No entanto, agora, eu precisava me imaginar sentada em seu colo, deixando que ele me tocasse e me beijasse. Essa imagem não era nada agradável. Ele era um dos nobres — os seres que, até então, eu havia vigiado com cuidado e perseguido a vida toda. Descobrir a verdadeira natureza de Kiyo fora um choque para mim, algo que, aos poucos, eu começava a aceitar. Como é que eu poderia lidar com alguém inteiramente do Outro Mundo?

No entanto... Quanto mais tempo eu passava com Dorian, mais fácil se tornava pensar nele apenas como uma pessoa. Estranho ou não, alguma coisa fazia com que eu me sentisse quase confortável em sua companhia. Então, sim. Eu poderia encarar isso. Talvez. Eram só alguns amassos, certo? Não era sexo. E isso não era pequeno diante da garantia de que eu não rasgaria mais ninguém em pedaços sem querer?

— Não vou chupar você nem nada — avisei, usando a irreverência para encobrir meu desconforto.

Dorian riu de novo.

— Isso é triste, mas seria um exagero. Você é humana o bastante para que eles esperem um pouco de modéstia de sua parte.

Pequenas bênçãos.

— Combinado. Cumpro a minha metade do acordo se você cumprir a sua.

— Pensando bem, acho que, na verdade, estou fazendo três quartos do trabalho aqui. Mas está combinado. Aceito mesmo assim. Devemos apertar a mão um do outro? Não é assim que os humanos selam um acordo?

Estendi minha mão no escuro, e Dorian a pegou. De repente, ele me puxou e me beijou. Me afastei imediatamente, chocada.

— Ei!

— O quê? Você não espera que o nosso primeiro beijo seja em público, não é? Queremos ser convincentes, lembra?

— Você é um canalha sujo, sabia?

— Se você realmente acredita nisso, talvez ache melhor arranjar outro professor.

Pensei naquilo. Então, tombei o corpo para frente e tentei encontrar seus lábios no escuro. Não percebi que estava tremendo até as mãos dele apertarem meus braços.

— Relaxe, Eugenie. Não vai doer.

Respirei fundo e me acalmei. Nossos lábios se encontraram. Os dele me lembraram pétalas de flores, macios e aveludados. Enquanto Kiyo tinha tudo a ver com agressividade e paixão animal, Dorian parecia ter mais a ver com... precisão. De repente, lembrei a metáfora sobre a diferença entre jogar tinta em uma tela e dar pinceladas elaboradas.

Não me entenda mal; Dorian não era exatamente doce e casto. Havia calor naqueles lábios macios. Parecia querer prolongar a experiência, quase me insultando, tanto que eu já me encontrava impaciente e ansiosa quando a língua dele, por fim, se mexeu por entre os meus lábios. Ele a enfiou um pouco mais na minha boca, e o beijo ficou cada vez mais intenso. Dorian tinha cheiro de canela e cidra, como todas as coisas boas em uma noite de outono. Finalmente, ele se afastou.

— Você ainda tem medo de mim — observou ele, se divertindo com o fato, como era de costume. — Seu corpo não relaxa.

— É.

Engoli em seco. Foi bom. O tipo de bom que envia calor para o corpo todo e faz os dedos dos pés — e outras partes — se contraírem. Meu medo, porém, era maior do que tudo aquilo, um medo dos nobres e do que é diferente que eu ainda não conseguia derrubar. Era uma combinação estranha. Uma mistura de prazer físico com medo. Muito diferente de como havia sido com Kiyo — prazer físico com uma enorme sensação de química e de afeto mútuo que abrangia tudo, apesar do receio por ele ser metade kitsune.

— Não consigo evitar. Isso tudo ainda é estranho para mim. Parte de mim diz que está errado. É difícil mudar tudo no que sempre acreditei da noite para o dia, sabe?

— Você quer voltar atrás no acordo?

Balancei a cabeça.

— Não volto atrás nos meus acordos.

Pude sentir que Dorian sorria na escuridão. Ele se aproximou e me beijou outra vez.

CAPÍTULO 17

Admiravelmente, Dorian não abusou muito de mim naquela noite. Passou o jantar pegando na minha mão ou me abraçando, e fez pouco mais do que isso. Como havia me alertado num momento de tranquilidade, qualquer um poderia mostrar as carnes de forma descarada. O que realmente sugeria intimidade era como uma pessoa interagia com a outra e o que sua linguagem corporal dizia. Então me preparei para parecer confortável e feliz em sua presença, e, pelas expressões de choque nos rostos das pessoas, acho que fizemos um trabalho muito convincente.

Depois, Dorian me levou para o quarto, parecendo presunçoso e arrogante para os que observavam. Porém, quando chegamos lá, ele realmente deu a primeira aula. Para ser sincera, fiquei um pouco decepcionada. Eu estava pronta para alguma coisa impressionante. O que tive foi uma aula tranquila, com muita prática de meditação e concentração. Ele alegou que, se eu não conseguisse controlar a própria mente, não conseguiria controlar o poder.

Então, passei as poucas horas seguintes trabalhando nisso e descobri que o meu maior desafio era não entrar em transe nem fazer uma viagem astral. Esses comportamentos me vinham de forma tão automática em momentos de tranquilidade que eu vacilava o tempo todo. O tipo de meditação que ele queria que eu fizesse envolvia voltar meus sentidos para o exterior em vez de para o interior, o que me parecia estranho, já que eu pensava que a magia vinha de dentro.

Finalmente a aula terminou, e Dorian me deu um anel de ouro pesado no qual ele havia depositado parte da própria essência. Era uma âncora. Agora, se ele deixasse o Outro Mundo por um ponto de acesso, poderia transitar para o meu sem aparecer em um ponto correspondente. Simplesmente viajaria para onde o anel estivesse. Aquilo evitaria que nós perdêssemos tempo sem necessidade ao atravessar.

Também significava que ele planejava dar algumas aulas no meu mundo. Eu me sentia confusa com relação a isso. Sem dúvida seria mais conveniente para mim. Porém, o fato de Dorian poder até mesmo pular com uma âncora como aquela indicava o quanto ele era poderoso. Perceber isso era um pouco desconcertante, assim como imaginá-lo no mundo dos humanos. No entanto, ao estar lá, seus poderes iriam enfraquecer. Ele seria mais seguro — ou, mais propriamente, a humanidade estaria mais segura.

Depois que voltei para casa, os dias seguintes foram mais do mesmo: lutas, lutas e mais lutas. No entanto, como Dorian havia previsto, parte do movimento caiu. Eu preferia acreditar que era porque a minha reputação estava assustando os pretendentes. O mais provável era que a minha ligação com o rei dos Carvalhos fizesse com que os agressores pensassem duas vezes antes de incorrer em implicações políticas.

Acabou que eu também tive que lidar com algumas consequências dessa aliança, e que tinham a ver com Kiyo.

— Você está dormindo com Dorian?

Kiyo estava parado na entrada, com o cabelo escuro iluminado por trás pelo sol do fim da tarde. Usava um jaleco branco com KIYOTAKA MARQUEZ, DMV gravado no bolso. Deve ter vindo direto do trabalho.

— As boas notícias se espalham depressa — falei. — Venha. Entre.

Ofereci a Kiyo uma bebida e uma cadeira na mesa da cozinha, mas ele simplesmente andava de um lado para o outro, inquieto. Parecia um lobo ou um cão de guarda. Eu não sabia nada sobre o comportamento das raposas.

— E então?

Me servi de uma xícara de café e lancei um olhar desafiador para ele.

— Não use esse tom comigo. Você não tem nada a ver com o que faço.

Kiyo parou de andar de um lado para o outro, e sua expressão parecia ter se amenizado.

— Você tem razão. Não mesmo.

Não foi exatamente um pedido de desculpas, mas chegou perto. Me sentei em uma cadeira, dobrando as pernas de forma que elas ficassem embaixo de mim.

— Então está bem. Não. Não estou dormindo com ele.

Seu rosto permaneceu do mesmo jeito, mas vi um grande alívio brilhar em seus olhos. Tinha consciência de que aquilo era insignificante, mas saber que ele andava com ciúme fez com que um calor queimasse dentro de mim.

Kiyo pegou uma cadeira, a virou e se sentou de modo que pudesse apoiar o queixo no encosto.

— Então, por que essas histórias?

Contei tudo. Quando terminei, ele fechou os olhos e expirou. Um instante depois, abriu os olhos.

— Não sei o que me incomoda mais: você recorrer à magia ou ao Dorian.

Apontei para trás de mim.

— Você viu a minha sala? Não vou ser a responsável por infligir o Furacão Eugenie a Tucson.

Aquilo o fez sorrir.

— Tucson já enfrenta o Furacão Eugenie com frequência. Mas, sim, entendo seus motivos. O que me preocupa... Sei lá. Na verdade, não uso a magia, mas passei metade da minha vida perto de quem usa. Vi como ela afeta as pessoas. Como ela pode controlá-las.

— Você está questionando o meu autocontrole? Ou a minha força?

— Não — respondeu ele, com toda seriedade. — Você é uma das pessoas mais fortes que conheço. Mas o rei da Tempestade... Eu o vi uma vez quando era pequeno. Ele era... Bem, vamos colocar as coisas assim: Dorian, Aeson e Maiwenn são fortes. Se comparados a outros nobres, são como tochas ao lado de velas. Mas o seu pai... estava mais para uma fogueira. Não dá para usar esse tipo de poder e sair ileso.

— Agradeço pelo conselho, Gandalf, mas não sei se tenho escolha.

— Acho que não. Só não quero ver você mudar. É isso. Gosto de você do jeito que você é.

Um sorriso passou por seus lábios e, então, desapareceu:

— E quanto a trabalhar com Dorian... Bem, isso só piora a situação.

— Parece que você está com ciúme.

— Claro que estou — respondeu ele, sem hesitar, nem um pouco envergonhado ao admitir o que sentia. — Mas ele também tem sede de poder. E quer ver a conquista do rei da Tempestade acontecer. De alguma forma, duvido que ele se contente em ter você como amante de mentirinha por muito tempo.

— Bem, ei, lembre-se de que eu também tenho uma escolha nesse caso. Além disso, a tecnologia contraceptiva é uma maravilha, não é?

— Claro. Mas Maiwenn disse...

— Já sei. Já sei. Todo tipo de coisas sábias e convincentes.

Kiyo me olhou, receoso.

— O que isso quer dizer?

— Nada. Só que acho engraçado você vir conversar comigo sobre Dorian quando...

— Quando o quê?

Coloquei minha xícara de café sobre a mesa e o encarei:

— Sinceridade de novo?

Ele me encarou de volta sem piscar:

— Sempre.

— Vocês dois me pareceram... mais do que amigos. Existe alguma coisa entre vocês? Um romance, quero dizer.

— Não.

A resposta veio imediata e segura. Reconsiderei:

— Existia alguma coisa?

— Não existe mais — disse ele depois de um momento.

— Sei.

Desviei meus olhos dos dele e senti uma onda de ciúme me percorrer enquanto minha mente cruel imaginava Kiyo e aquela linda mulher juntos.

— Acabou, Eugenie. Já faz um tempo. Agora somos apenas amigos. É isso.

Olhei para a frente, nos olhos dele.

— Da mesma forma que você e eu somos amigos?

Seus lábios se mexeram, maliciosos, e vi a temperatura em seus olhos aumentar.

— Você pode chamar como quiser, mas acho que nós dois sabemos que não somos "só amigos".

Não, eu achava que não. E, de repente, depois de passar tanto tempo com ele e de ter dado uns amassos em alguém completamente nobre, o fato de Kiyo ser um kitsune já não era mais um problema. As linhas que organizavam minha vida estavam todas borradas. Isso me assustava porque eu queria Kiyo e, de repente, não tinha mais desculpas no meu caminho. E sinceramente, como percebi, era muito mais fácil ter desculpas para dar. As desculpas significavam que você não precisava se dar ao trabalho de se abrir para alguém e se tornar vulnerável. Se eu realmente quisesse ficar perto de Kiyo e com ele agora, teria que enxergar além do sexo. O sexo era fácil — ainda mais com ele. O difícil seria me lembrar de como era me aproximar de alguém e confiar nele.

Desviei meus olhos dos de Kiyo, pois não queria que ele visse o medo em meu rosto, mas ele já tinha percebido. Não sei o que havia com Kiyo, mas, às vezes, ele parecia me conhecer melhor do que eu mesma.

Kiyo se levantou, foi para trás de mim e massageou os pontos de tensão que eu tinha no pescoço e nos ombros.

— Eugenie — foi tudo o que ele disse, com uma voz carinhosa.

Relaxei nas mãos dele e fechei os olhos.

— Não sei como fazer isso.

Eu me referia a ele e a mim, mas, levando em conta o resto da minha vida, aquela declaração poderia se aplicar a muitas coisas.

— Bem, para começar, paramos de discutir. Vamos deixar essas coisas pra lá e sair.

— Agora? Tipo um encontro?

— Claro.

— Só isso? Tão fácil assim?

— Por enquanto é. E, na verdade, é tão fácil ou tão difícil quanto nós escolhemos que seja.

Saímos no carro de Kiyo, um Spider 69 muito legal, para um dos meus restaurantes favoritos: o Cozinha Indiana da Índia. O nome parecia redundante, mas a última parte era um acréscimo necessário, levando-se em conta todos os restaurantes que não serviam comida indiana autêntica.

A tensão entre nós se desfez — o clima hostil, pelo menos —, embora ele tenha refletido um momento e perguntado:

— Está bem, preciso saber. É verdade que você beijou Dorian?

Dei um sorriso enigmático:

— É tão fácil ou tão difícil quanto nós escolhemos que seja.

Ele suspirou.

Após o jantar, Kiyo dirigiu para fora da cidade, mas não disse aonde íamos. Depois de quase quarenta minutos, subimos e contornamos um morro enorme. Ele encontrou uma área com outros carros, mas viu que não havia mais vagas. Isso o forçou a voltar lá para baixo e estacionar a uma distância considerável. A luz do fim da tarde dava lugar à noite plena, e foi difícil encontrar a trilha para subir o morro sem iluminação. Ele pegou na minha mão com delicadeza para me guiar. Seus dedos eram quentes, e ele a apertava com firmeza e segurança.

Levamos quase meia hora de caminhada até a trilha, por fim, culminar em uma pequena clareira. Escondi minha perplexidade. O lugar estava repleto de pessoas, e a maioria ajeitava os telescópios ou erguia a cabeça para observar o céu claro e cheio de estrelas.

— Li sobre isso no jornal — explicou Kiyo. — É um grupo de astronomia amador que deixa as pessoas se aproximarem e passarem um tempo aqui.

Não deu outra. Ali, todos ficaram mais do que felizes em nos deixar observar o céu pelos telescópios. Eles nos indicaram pontos especialmente interessantes e contaram histórias sobre as constelações. Já tinha ouvido falar sobre muitas delas, mas gostei de ouvi-las de novo.

O tempo estava perfeito para esse tipo de coisa. Quente o bastante para que não fosse preciso usar um casaco (embora eu usasse um para esconder as armas) e tão perfeitamente claro que dava para esquecer que existia poluição. O observatório Flandrau, na universidade, tinha exibições fantásticas, mas adorei a natureza casual daquela noite.

Enquanto eu ouvia um homem mais velho falar sobre a galáxia de Andrômeda, pensei no quanto nossa existência era realmente vasta. Havia tanto sobre ela que não sabíamos. O mundo exterior, o universo, expandindo para sempre. De acordo com tudo o que eu sabia, o mundo interior dos espíritos tinha a mesma extensão. Eu sabia da existência de apenas três mundos: o mundo em que nós vivemos, o mundo em que os mortos vivem e o Outro Mundo, que abrange tudo entre um e outro. Muitos xamãs acreditavam que o mundo divino estava além de tudo isso e que era um mundo de Deus ou de deuses que nós nem podíamos imaginar. Ao olhar para cima, para a chuva de estrelas, de repente me senti muito pequena no grande esquema das coisas, com ou sem profecia.

Kiyo veio para o meu lado, e senti seu braço roçar no meu. Meu corpo registrou com exatidão o ponto onde nos tocamos, como algum tipo de sistema de rastreamento militar. Ele atraiu meus olhos, e sorrimos um para o outro. Me senti em paz, feliz e quase delirante. Naquele momento, tudo estava bem no mundo entre nós. Talvez eu nunca entendesse o que unia duas pessoas. Talvez fosse como tentar compreender o universo. Não dá para medir nada nele. O universo simplesmente existe, e você segue o seu caminho por ele da melhor forma possível.

— Obrigada — agradeci a ele mais tarde, enquanto descíamos o morro para pegar o carro. — Foi maravilhoso.

— Vi o telescópio na sua casa... Bem, o que restou dele.

— É mesmo.

Passar um tempo lá em cima meio que me tirou da realidade. Eu tinha esquecido que minha casa estava um desastre.

— O meu não se compara a nenhum desses. Talvez eu tenha que arranjar um melhor agora.

Passamos pelos outros carros e finalmente chegamos ao fim da longa trilha de volta para o carro. Havia esfriado um pouco, mas ainda estava agradável do lado de fora. Kiyo franziu o nariz enquanto caminhávamos.

— Está com um cheiro de... peixe morto aqui.

Inspirei fundo.

— Não estou sentindo cheiro de nada.

— Considere-se uma pessoa de sorte. Você também não deve ter sentido o cheiro das pessoas que não tomaram banho lá em cima.

Dei uma gargalhada.

— Me lembrei de como você sentiu o cheiro do meu perfume naquela noite no bar. Achei isso uma loucura. Então um superolfato é outra vantagem de ser um kitsune?

Ele balançou a cabeça.

— Depende do cheiro.

Entramos no carro. Ele começou a pôr a chave na ignição, mas decidiu vestir o casaco.

— Você pode pegar o meu casaco para mim? Está atrás do meu banco.

Desafivelei o cinto de segurança e me virei, praticamente me pendurando entre os dois bancos para alcançar o casaco. Ele estava amassado, no chão.

— Meu Deus — ouvi Kiyo dizer.

— Você está olhando para a minha bunda?

— Ela está praticamente na minha cara.

Consegui pegar o casaco problemático e tentei voltar para o banco do carona, mas Kiyo me pegou e me puxou para o colo dele. Aquilo me fez virar numa posição estranha, e me contorci para acomodar as pernas. Por fim, acabei meio que montando nele.

— Não consigo acreditar que você tenha dado um sermão mais cedo sobre os perigos de se perder o controle — critiquei.

As mãos de Kiyo deslizaram até a bunda que ele tanto admirava.

— E o que você esperava que eu fizesse?

— Ei, não estou reclamando. Só estou surpresa. Só isso.

— Deve ser a raposa que tenho dentro de mim.

— Nunca ouvi essa desculpa antes.

— Não, é verdade. Você ficaria impressionada se soubesse o quanto os instintos são simples. E fortes. Às vezes tenho que lutar para não pular em cima de todas as mulheres que vejo. E também sempre quero comer. É como se eu tivesse um medo paranoico de que, se não estocar agora, posso passar fome mais tarde, quando o inverno chegar. É muito estranho.

E também era interessante. Porém, com minhas pernas abraçando a cintura de Kiyo, percebi que aquela conversa estava nos fazendo perder um tempo perfeito para amassos gostosos. Desafivelei o cinto de segurança dele e, então, coloquei minhas mãos em seu peito. Me inclinei para a frente e o beijei, me puxando ainda mais para o colo dele. Suas mãos me apertaram mais.

— Pensei que você não quisesse se envolver com um kitsune.

— Bem... Acontece que acho as raposas bonitas.

Me contorci para sair de dentro do casaco e tirar a camiseta que estava por baixo. Não foi fácil fazer nenhuma das duas coisas com o volante atrás de mim. Me levantei um pouco, apoiada sobre os joelhos, pondo os seios perto do rosto dele. Sua boca cobriu o meu decote de beijos enquanto suas mãos tentavam tirar o sutiã.

Enquanto isso, minhas mãos desabotoavam as calças dele. Estiquei o braço e deslizei a mão para dentro da cueca dele.

— Eugenie... — disse Kiyo, ofegante, conseguindo combinar um tom de alerta com um extremamente excitado. — Estamos sem camisinha.

Enfiei a mão mais fundo na cueca, me excitando com a ideia de não haver nada entre nós.

— A pílula, lembra? Além do mais, a tecnologia contraceptiva é uma...

De repente, o carro tombou perigosamente para o lado oposto ao que estávamos sentados. Minhas costas bateram no volante e meio que caímos para o outro lado. Kiyo me abraçou, me puxando para junto de si na tentativa de me proteger com seu corpo e de evitar que eu caísse. Acho que não devia ter soltado o cinto de segurança dele antes. Felizmente, o carro não capotou totalmente e, um instante depois, o lado em que estávamos bateu de volta no chão numa colisão de deixar o queixo caído.

— Que mer... comecei.

No escuro, eu mal podia ver os olhos arregalados de Kiyo, olhando fixamente pelo para-brisa para alguma coisa atrás de mim.

— Acho melhor sairmos do carro — disse ele em voz baixa, exatamente no momento em que alguma coisa pesada e sólida batia no capô atrás de mim. Ouvi os faróis quebrarem. O carro inteiro tremeu.

Kiyo não precisou falar duas vezes. Chutamos a porta do lado do motorista para abri-la, e me arrastei para fora. Senti um cheiro de peixe podre. Kiyo começou a sair logo depois de mim e, de repente, o carro foi erguido pela ponta da frente e se chocou de novo contra o chão. Os vidros e a lataria estalaram, e o movimento jogou Kiyo de volta para dentro do carro. O para-brisa trincou como uma teia de aranha.

Um medo por ele me percorreu, quando finalmente vi o responsável por tudo aquilo. Aí um medo por mim me percorreu.

Parecia um dos fuath, pensei. Um fachan, possivelmente. Se fosse, ele estava longe de casa, já que era nativo da Irlanda e da Escócia. No entanto, o Outro Mundo havia se tornado tão globalizado quanto o mundo dos humanos, e realmente nunca dava para saber o que poderia surgir onde.

Ele parecia com o que se poderia obter se o Pé Grande transasse com um ciclope, sua cria se mudasse para o extremo sul e se miscigenasse por mais ou menos um século. Tinha quase dois metros e meio de altura e cada parte de seu corpo todo musculoso era coberta de pelos — um emaranhado de pelos fedidos que precisava de uma boa lavagem. Um olho gigante, cuja cor era indeterminada sob a luz das estrelas, me observava. Uma terceira mão saía estranhamente do lado direto do peito da criatura e uma perna extra brotava de seu quadril. A perna não parecia ajudá-lo a andar. Eu me perguntava se ela e o braço extra tinham alguma função ou se estavam ali apenas para causar efeito.

Ao me ver, ele largou o carro e começou a andar para a frente devagar, com movimentos esquisitos. Eu esperava que Kiyo fosse capaz de sair agora. Tentei pegar minha arma e descobri que ela não estava lá. Filho da puta. Ela deve ter caído do coldre durante o agarramento com Kiyo ou quando o carro tombou.

— Pegue a minha arma! — gritei em direção ao carro.

Enquanto isso, dei alguns passos para trás, por precaução, pensando em como lidar com o fachan. Os fachan, apesar de habitarem a Terra, são originários do Outro Mundo. Por isso, poderiam ser banidos de volta. Também atravessaram para este mundo em uma forma física, ou seja, podiam ser mortos. Eu estava com os dois punhais no cinto. O de prata seria mais eficaz, mas o de ferro faria algum estrago também. Certo. Eu só precisaria conseguir usar um dos dois enquanto evitava que ele se tornasse muito abusado comigo. Sem problemas.

O fachan mexeu um de seus braços longos e quase estranhos para cima de mim e o interceptei, metendo o athame de prata na mão dele. Enfiei o máximo que pude, atravessando tendões e ossos. A criatura gritou e puxou a mão de volta. Minha mão ainda segurava o cabo, mas o bicho se mexeu rápido e forte demais. Levou o punhal junto. Merda.

— Kiyo! — gritei.

Peguei o punhal de ferro e o arremessei para a direita do fachan, o lado oposto ao do carro. O fachan era maior, e eu era menor e, portanto, mais rápida... certo? Minha lâmina serpenteou e cravou fundo na carne macia do estômago dele. Dessa vez, tomei o cuidado de trazer o athame de volta antes que o fachan se mexesse e pegasse esse também. O sangue, que parecia preto sob a luz fraca, brilhou onde eu o havia cortado. Estabeleci uma certa distância entre nós. Eu só precisava deixar aquela criatura um pouco mais lenta e conseguir tempo para bani-la.

O fachan, porém, não ficava mais lento. Ele não parecia feliz com os ferimentos, mas continuava vindo para cima de mim. Mantive a distância entre nós, tentando machucá-lo sem ficar a seu alcance. Era um tanto difícil, já que os braços dele pareciam ser do tamanho do meu corpo.

Ele estendeu o punho que não estava ferido, e eu o atingi, aproveitando a oportunidade para lhe arrancar sangue de novo. Enquanto eu fazia isso, algo me veio à cabeça. Se o soco dele tivesse acertado algo, teria feito um grande estrago. Um estrago muito grande. Ele não tivera propósito, a não ser infligir dor com o máximo de força bruta possível. Eu entendia a vantagem tática de me deixar inconsciente antes do sexo, mas, se estivesse em coma — ou morta —, a profecia poderia se complicar um pouco.

Minha lâmina pegou o fachan de novo e, em seguida, dei um chute preciso na lateral dele, me esquivando no último segundo. Logo desenvolvemos uma pequena dança. Seus braços longos e musculosos se mexiam na minha direção, e eu dava passos para um lado e para o outro para cortar ou chutar. Levando em conta que a minha luta contra o elementar de lama havia sido dois dias antes e que eu ainda não estava no auge da minha forma física, achei que aquela minha performance nem fora tão pobre.

Pelo menos não até eu me mexer devagar demais e ele me atingir com a ponta da mão — a mão extra. Ela não era inútil no fim das contas.

O soco pegou de raspão, mas voei para trás, em direção ao carro, caí no teto e, em seguida, no para-brisa. O vidro — já trincado — se despedaçou com o impacto, e uma dor aguda e excruciante queimou pela lateral da minha barriga quando bati. A pele daquela região ainda estava descoberta, já que eu havia tirado a roupa dentro carro. Sentia minha cabeça como se um personagem de desenho animado tivesse jogado uma bigorna sobre ela, e, por alguns segundos, não consegui comandar meu corpo.

O fachan cambaleou na minha direção, balançando seus membros e músculos protuberantes, e não tive para onde ir. Ele me pegou pelos ombros e me levantou. Eu soube naqueles poucos segundos em câmera lenta que ele iria me jogar no chão e que eu morreria. Do jeito que foi, o solavanco e o movimento para cima fizeram o meu cérebro confuso gritar.

De repente, a cabeça do fachan tombou para trás, e um olhar de agonia tomou seu rosto. As mãos que me agarravam me soltaram, e caí sobre o capô. Doeu muito menos do que doeria se ele terminasse o que estava prestes a fazer, mas, ainda assim, doeu. Tentei me sentar logo e ver o que havia acontecido, mas tudo girava.

Um lobo atacava o fachan. Não, não era um lobo. As cores e o formato não batiam. Aquele animal tinha as orelhas mais definidas e o rabo empinado, com a ponta branca. Era uma raposa. Kiyo. No entanto, ele estava maior do nunca e foi por isso que o confundi com um lobo. Era enorme, musculoso e poderoso, e seus dentes rasgavam as costas do fachan.

O fachan se virou e jogou Kiyo longe. Kiyo recebeu aquilo com graça: caiu, rolou e, então, voltou para as costas da criatura. Eu queria ser capaz de fazer isso.

Eu ainda me sentia um lixo, mas minha visão já tinha se acertado. Olhei para dentro do carro e vi que minha arma havia escorregado pelo banco do carona e caído entre ele e a porta. Mais além, eu ouvia socos e rosnados enquanto Kiyo e o fachan lutavam.

Devagar, comecei a engatinhar para dentro do carro, com cuidado para evitar os cacos de vidro remanescentes do para-brisa. Não me saí muito bem e raspei algumas partes do corpo em pontas afiadas. Elas rasgavam minha pele. Pior, pouco pude fazer para proteger minhas mãos quando fui obrigada a rastejar sobre os cacos que cobriam o painel.

Finalmente consegui entrar no carro e recuperar a arma. Eu a peguei, dei um jeito de chegar até o banco do motorista e mirei no fachan que ainda lutava com Kiyo. Só que minha mão mal conseguia apontar a arma. Aquilo não era nada bom. Mudei de posição e segurei a Glock com as duas mãos. Meus braços ainda tremiam, mas era mais estável agora.

Observei enquanto os dois iam de um lado para o outro e se atacavam, em movimentos rápidos. Rápidos demais, eu temia. Era provável que eu acabasse acertando Kiyo em meio a tudo aquilo. Mas tinha que tentar. Até então, nada havia ferido aquela coisa. Não era possível detê-la. Eu não queria tentar bani-la com força total, ainda mais porque nunca conseguiria chegar perto o bastante para pôr o símbolo da morte no fachan e acelerar sua passagem para o Outro Mundo. Por isso, precisava que ele fosse ferido para ficar mais fácil mandá-lo embora.

Mirei e esperei por uma oportunidade, por um alvo amplo no fachan. Ali. A bala atingiu suas costas, e ele tomou um solavanco, surpreso. Aquilo o deixou lento o suficiente. Atirei de novo. Continuei atirando até descarregar o cartucho inteiro nele. O fachan fez barulhos horríveis e cambaleou um pouco. Eu meio que esperava que ele ainda viesse para cima de mim, mas, então, Kiyo, a Raposa Gigante, pulou em seu peito e o derrubou no chão, rasgando com os dentes o que parecia ser a garganta do fachan. Eca.

Minha varinha estava no carro. Troquei a arma por ela e invoquei Hécate, me concentrando na cobra enrolada em meu braço. Minha mente deixou este mundo para abrir os portões, e me mirei no espírito do fachan. Minha energia, por meio da varinha, o agarrou e abriu um buraco entre o Outro Mundo e o meu. Foi mais difícil do que o de costume. "Mente sobre a matéria" podia ser o adágio, mas a mente estava relutante em obedecer quando o corpo estava tão enfraquecido e a cabeça havia batido em um para-brisa.

Meu caminho para o Outro Mundo estava limpo, mas, então, ao ver que o fachan começava a se levantar, apesar dos maus-tratos de Kiyo, decidi que ele não deveria voltar. Então, forcei minha mente para além do Outro Mundo, empurrando os portões do mundo da morte. Senti a borboleta de Perséfone queimar em meu braço enquanto eu me ligava ao seu domínio. O fachan rosnou ao reconhecer o puxão. Ele resistiu, e seu corpo e seu espírito representavam um oponente formidável para mim.

Me concentrei ainda mais, fazendo com que cada pedaço meu o empurrasse pelos portões negros. Pedi — não, implorei — que Perséfone o levasse.

Finalmente, ele atravessou, e seu corpo se desintegrou enquanto o Submundo sugava seu espírito.

Só que o Submundo puxava mais do que apenas o fachan.

Fiz tanta força que o meu espírito havia tocado mais no mundo da morte do que eu costumava permitir. No meu estado de fraqueza, minha concentração não foi tão precisa para me manter fora. Minha mente parecia ser sugada por um tornado e tive a impressão de que mãos fantasmagóricas e esqueléticas me puxavam.

— Não, não, não, não!

Se aquelas palavras estavam na minha cabeça ou na minha boca, eu não sabia.

Lutei contra as mãos, tentando me segurar em alguma coisa do mundo dos humanos. Eu iria até mesmo para o Outro Mundo. Lá, ainda poderia sobreviver. Porém, do mundo da morte, não tinha volta. Metade de mim rezava para Hécate me puxar de volta pelos portões enquanto a outra metade rezava para Perséfone bloquear a minha passagem para o mundo dos mortos.

Por fim, caí para trás, com um ruído, e meu espírito retornou com firmeza para o meu corpo. Meus sentidos físicos e mentais queimavam. Quase de imediato, tombei para a frente, incapaz de me manter de pé. Só a minha mão no volante me impediu de cair do carro.

Senti náuseas e tontura, e partes do meu corpo doíam demais para que eu pudesse contá-las. Kiyo, ainda como raposa, parou ao meu lado, e seus olhos brilhantes me observavam com toda a seriedade.

— Ei — falei, estendendo a mão, hesitante.

O pelo de Kiyo era macio como seda. Acariciei-o com cuidado; minha coordenação motora ainda não tinha voltado ao normal. Aqueles pelos macios tocavam minha pele como o mais leve dos beijos.

— Foi um truque e tanto. Como foi que você fez isso?

Ele não respondeu nem mudou de forma, simplesmente esfregou o focinho na minha mão. Sorri, mas, então, me senti cansada demais para continuar com o braço erguido. Deixei a mão pender para o lado e senti algo úmido e pegajoso. Puxei o braço para cima e vi que meus dedos estavam cobertos de sangue escuro e brilhante.

— Nossa, cara — murmurei.

O mundo começou a girar de novo. Pontos negros dançavam à minha frente.

— Precisamos... ir... para algum lugar. Faça alguma coisa. Volte para a forma humana. Não posso dirigir.

Ele continuou me olhando sério e atento.

— É verdade. Por que você não está se transformando? Está ferido?

Ele apoiou o queixo nos meus joelhos, e o acariciei de novo, muito embora sujasse de sangue aquele pelo brilhante. Não entendia por que Kiyo não se transformava. Será que ele não conseguia me ouvir naquela forma? Não, ele sempre havia me entendido antes.

Bem, já que ele não ia me ajudar, eu precisava de alguém que o fizesse. Tinha um celular em algum lugar do carro. Eu poderia ligar para Roland ou Tim. Mas onde estava o telefone? Eu não conseguia subir no banco de trás, não naquele estado. Será que as raposas sabiam buscar e trazer?

Talvez eu pudesse invocar um espírito para me ajudar. Volusian, não. Não assim. Mas quem sabe Finn? Quais eram as palavras? Como é que eu o chamava mesmo? De repente, pensar ficou difícil demais.

— Me ajude... — suspirei para Kiyo. — Por que você não me ajuda?

Agora, pontos brancos dançavam com os pretos. Fechei os olhos, e melhorou.

— Vou me deitar — falei com ele, me esticando. — Só por um minuto, está bem?

Apoiei a cabeça no banco do carona, me deitando numa posição perpendicular aos assentos.

Ouvi um gemido baixo, quase como o de um cachorro. Ele deve ter ficado sobre as patas traseiras porque, em seguida, senti umas patas e uma cabeça perto do meu joelho.

— Por que você não me ajuda? — perguntei de novo, sentindo as lágrimas escorrendo pelos meus olhos. — Preciso de você.

Ouvi o gemido de novo, muito triste e pesaroso. Estendi minha mão e toquei o pelo macio. Apertei os fios como se eles pudessem me manter viva. Então, meus dedos afrouxaram e deslizaram enquanto minha mão caía.

CAPÍTULO 18

Foi como um *déjà-vu*. Duas lutas, dois apagões e duas "manhãs seguintes" de volta na minha cama. Que tédio!

Só que dessa vez eu não estava sozinha. Senti a presença de Kiyo ali comigo antes de abrir os olhos. Reconheci seu cheiro e o jeito como seus braços me envolviam. Eles me abraçavam com delicadeza agora, e não com a ferocidade que costumava tomá-lo.

— Você não desiste — murmurei, piscando para espantar o sono. — Mesmo ferido, ainda tenta me levar para cama.

— Já levei.

Kiyo estava deitado de lado, me olhando. Sorrindo, passou a mão pelo meu cabelo, colocando-o para trás.

— Fiquei tão preocupado com você.

Me aninhei nele, me lembrando, aos poucos, do que havia acontecido na noite anterior.

— Também fiquei preocupada com você. O que aconteceu? Por que você não se transformou de volta?

— Me transformei, sim... em algum momento.

Bem, aquilo era óbvio. Aguardei, na expectativa, precisando ouvir mais.

— Ser um kitsune não se resume ao ato extraordinário de me transformar em raposa. É mais do que isso. Tipo... Também posso me transformar em... sei lá... um deus raposa. Não. Não é isso. Não sei como descrever.

— Uma super-raposa?

A risada suave de Kiyo vibrou contra a minha testa, e ele me deu um beijo ali.

— Também não é isso. As raposas do Outro Mundo são como as progenitoras das raposas mortais deste mundo. São mais fortes, mais poderosas e mais selvagens. Posso me transformar numa dessas, mas, para fazer isso... quase tenho que abrir mão do meu lado humano. Elas são animais demais, muito... sei lá, primitivas. Quando me transformo numa raposa-vermelha comum, ainda me torno quase igual ao que sou agora, a menos que permaneça muito tempo naquela forma. Aí, as partes humanas começam a desaparecer. Mas para ser a sua "super-raposa", já desapareço em uma única transformação. Posso me agarrar a apenas alguns instintos humanos, como o de ter que lutar contra aquela coisa para te proteger.

Absorvi tudo aquilo, franzindo a testa.

— Mas isso não explica por que você não se transformou de volta.

— Leva tempo para entrar e sair daquela forma. A transformação é mais do que física. Preciso abdicar da minha natureza humana para entrar e da minha natureza de raposa para sair. As duas são difíceis. Foi por isso que levei um tempo para começar a ajudar. Precisei fazer um chamado rápido, apesar de ter deixado você indefesa. Pensei que faria mais estragos daquele jeito.

— É, você fez um ótimo trabalho. Mas com certeza me assustou.

Fiquei em silêncio, relembrando aqueles momentos terríveis de incerteza enquanto meu corpo inteiro sangrava.

— E quando foi que você finalmente se transformou de volta?

— Não muito tempo depois de você ter desmaiado, eu acho.

— Isso explica por que ainda estou viva.

Ele assentiu.

— Você perdeu muito sangue. E precisou de dez pontos.

Pisquei os olhos.

— Você me levou ao médico?

Ele sorriu.

— Pode apostar que sim.

Levei um momento para entender. Empurrei as cobertas e levantei a saia de uma das minhas camisolas mais picantes e menos usadas — como fui parar nela mesmo? — e vi os pontos pretos se destacando na minha pele, em direção à lateral da minha barriga.

— Foi você que fez isso? — perguntei, exclamando. — Você me deu os pontos? Sem um médico?

— Eu *sou* médico. Faço isso o tempo todo.

— É... Em gatos e cachorros. Não em pessoas.

— É a mesma coisa. Também somos animais.

Olhei para os pontos, preocupada. A pele em torno deles estava avermelhada.

— O material foi todo esterilizado?

Ele emitiu um som com a garganta, fazendo pouco caso.

— É claro que sim. Os padrões são os mesmos. Vamos, pare de se preocupar. Era isso ou deixar você sangrar até a morte no carro. Usei um kit que tinha no porta-malas.

— Como você conseguiu luz suficiente naquele lugar?

— A luz do teto ainda estava funcionando.

Eu não podia acreditar que ele havia me dado pontos dentro de um carro esmagado, com um kit de veterinário. O cúmulo da improvisação.

— O carro pegou?

— Mais ou menos... Consegui chegar na estrada antes de ele morrer. Achei o seu celular e liguei para Tim.

— Coitado do Tim. Quando contei que era xamã, acho que ele pensou que isso era tão falso quanto sua imitação de índio.

— Espere aí. Ele não é índio de verdade? Faz tempo que tento descobrir de que tribo ele veio.

— Ele é da tribo de Tim Warkoski. É ridículo, mas...

O ar do quarto pesou e senti uma pressão cada vez mais forte. Tive que piscar algumas vezes para ter certeza de que a luz trêmula à nossa volta não era coisa da minha cabeça.

Kiyo se levantou com cuidado e alerta.

A pressão desapareceu abruptamente. Uma passagem do Outro Mundo se abriu diante de nós e, de repente, vi Dorian em pé sobre uma mesinha no canto. Como já era de se esperar, ela se quebrou por causa do peso dele, fazendo um barulho horrível.

Admiravelmente, Dorian escapou do desastre com muita graciosidade, pousando os dois pés no chão com leveza. Estremeci ao ver o anel que servia como âncora, caído em meio aos entulhos. Eu o havia posto sobre a mesa, sem pensar nas consequências de Dorian chegar exatamente onde ele estava.

— Que diabos... — Kiyo tentou sair da cama, mas eu estava em seu caminho. Pus a mão no peito dele para contê-lo.

— Não. Tudo bem. Dorian veio até aqui para a nossa segunda aula. Meu Deus... Não acredito que já está na hora.

Eu havia perdido muito tempo desde o carro.

Dorian estava com as roupas simples e bonitas de sempre, coberto por outro roupão elaborado. Esse era preto e de cetim, com arremates prateados e pequenas pérolas irregulares. Se as circunstâncias o surpreenderam ele não demonstrou. Manteve sua típica expressão, indiferente e sardônica. Seu sorriso mudou enquanto ele olhava para nós.

— Posso voltar mais tarde se for conveniente. Detesto interromper.

— Não, não — falei, apressada, me sentando e passando as pernas por cima da beirada da cama, num movimento desconfortável que repuxou a pele em torno dos pontos. — Só estávamos... descansando.

Dorian arqueou uma sobrancelha.

— Você descansa vestida assim?

Olhei para baixo e enrubesci. Eu havia usado aquilo só uma vez, quando passei um fim de semana com Dean no México. A camisola era verde-clara, com arremates no busto e na bainha de flores cor-de-rosa minúsculas e folhas verdes elaboradas. A barra da roupa, que ia até a metade da coxa, era de chiffon transparente. Lembrete para mim mesma: nunca mais deixar Kiyo me vestir, mesmo se eu estiver inconsciente.

Tim escolheu aquele momento para entrar no quarto, atraído pelo barulho.

— Eug, o que...

Ele ficou boquiaberto — e não foi só por minha causa. Olhei ao redor, para todos nós: eu com minha camisola, Kiyo com o peito nu, Dorian com seu roupão extravagante e Tim com suas vestes nativas.

— Meu Deus — murmurei, me levantando —, parecemos os integrantes do Village People.

Peguei um roupão felpudo para me cobrir, pensando em como eu andava seminua nos últimos tempos. Tim continuou olhando fixamente, com uma cara chocada de quem acabou de pegar os pais transando.

— Tudo bem — falei.

Ainda assim, ele não se mexeu, e acenei com uma das mãos na frente de seu rosto.

— Ei, acorda. Será que dá para você preparar o café da manhã?

Ele piscou.

— São três horas da tarde.

Lancei a Tim um olhar de súplica. A familiaridade daquele gesto pareceu tê-lo atingido para voltar ao normal. Tim nunca resistia. Era isso ou, então, ele sentia me dever comida por não pagar aluguel.

— O que você quer?

— Ovos e torrada.

— Torrada saudável ou não?

Pensei um pouco.

— Saudável.

— Os seus... amigos vão comer também?

Olhei para os outros dois.

— Eu adoraria — respondeu Dorian com uma meia reverência cordial. — Obrigado.

— Faminto — disse Kiyo, ainda encarando Dorian com os olhos semicerrados.

— Muito obrigada, Tim. Você é o melhor — falei, praticamente o empurrando porta afora.

— Que homem encantador — comentou Dorian num tom educado.

Ele olhou ao redor.

— E que quarto encantador.

Além da mesa quebrada, o cômodo tinha uma pilha de roupas sujas, a cadeira de vime, uma maleta com munição, uma cômoda, uma pequena escrivaninha com o meu laptop e um quebra-cabeça da Torre Eiffel montado pela metade. O quarto não era muito espaçoso, então as coisas ficavam entulhadas. Tudo aquilo parecia quinquilharia se comparado à opulência do quarto de Dorian.

Kiyo também se levantou da cama, vestindo apenas jeans, e perguntou:

— Você quer me dizer mais uma vez o que está acontecendo?

— Já falei.

Abri minha cômoda e peguei uma calça jeans e uma blusa que dizia VOU DAR A VOCÊ UM MOTIVO PARA CHORAR.

— É a nossa segunda aula.

— Ela não pode ter a aula hoje — disse Kiyo a Dorian. — Se envolveu em uma luta ontem à noite.

— A menos que eu esteja enganado, ela se envolve em uma luta toda noite.

— Essa foi pesada. Ela está ferida. Você não viu os pontos?

— Meus humildes olhos tinham coisas melhores com que se ocuparem do que os pontos dela.

— Ei, vocês dois — falei, nervosa. — Ainda estou aqui, sabiam? Parem de falar de mim na terceira pessoa.

Kiyo se aproximou e tocou meu braço.

— Eugenie, isso é loucura. Você precisa voltar para a cama.

— A aula de hoje não irá exigir esforços físicos — disse Dorian com polidez.

— Aí, está vendo? — falei. — Preciso continuar com o nosso acordo.

Kiyo desviou o olhar sombrio de mim e o voltou para Dorian.

— O seu "acordo" não parece muito bom. Pensei que isso fosse manter seus pretendentes estupradores longe de você.

Eu havia me virado de costas para eles, aberto o roupão e começado a vestir o jeans. Fiquei paralisada, pensando.

— O fachan não estava tentado me estuprar — falei, devagar. — Ele queria me matar.

— Tem certeza?

— Ele tentou me fazer atravessar o para-brisa. Isso não é muito romântico.

— Um fachan? — perguntou Dorian.

Me livrei do roupão e da camisola, e vesti a blusa pela cabeça antes de me virar e olhar para os dois. Contei a Dorian uma versão resumida do que havia acontecido.

Ele estava apoiado em minha escrivaninha. Então, se ergueu e caminhou até a janela, com as mãos para trás.

— Um fachan — disse Dorian, pensativo. — Aqui. Curioso.

— Na verdade, não. Não se compararmos isso a tudo o que já aconteceu comigo — lembrei a ele.

Dorian apontou para fora da janela.

— Você mora num deserto. Fachan gostam de massas d'água. Você tem muitos inimigos, minha querida, mas duvido que algum fachan a odiaria o bastante para aparecer aqui por livre e espontânea vontade.

— O que você quer dizer com isso? — perguntou Kiyo.

— Que alguém se meteu em problemas consideráveis para atraí-lo até aqui. Alguém que tenha muito poder ou simplesmente uma afinidade com criaturas aquáticas.

— Quem poderia fazer isso? — perguntei.

— Inúmeras pessoas. Maiwenn, por exemplo.

Kiyo deu alguns passos perigosos em direção a Dorian.

— Maiwenn não fez isso.

Dorian sorriu, sem se alterar pela presença intimidadora de Kiyo. Os dois eram da mesma altura, mas Dorian tinha um porte mais esbelto e elegante, e Kiyo era mais musculoso, com ombros largos.

— Você deve ter razão — disse Dorian depois de momentos de tensão e silêncio. — Principalmente porque ela anda tão enfraquecida nos últimos tempos.

O rosto de Kiyo ficou ainda mais sombrio.

Eu olhava para um e para o outro, preocupada, sem saber ao certo em que estava metida.

— Vocês dois já se conhecem?

Dorian estendeu a mão para Kiyo, calmo e sereno.

— Já ouvi falar de você, mas acho que ainda não fomos devidamente apresentados. Sou Dorian, o rei da Terra dos Carvalhos.

Kiyo apertou a mão dele, contrariado.

— Sei quem você é.

— Este é Kiyo — falei.

— É um prazer conhecê-lo. Você é um... kitsune.

Dorian disse a palavra em um tom estranho. Não foi exatamente desrespeitoso, mas demonstrava com clareza que não o tratava de igual para igual.

Agarrei os braços dos dois e os levei para fora.

— Nada de disputas nem de provocações. Venham. Tim vai levar apenas cinco minutos para preparar o café.

Qualquer que fosse o antagonismo existente entre Kiyo e Dorian, eles deram uma trégua enquanto o rei nobre se divertia com o resto da minha casa. Dorian era como uma criança, incapaz de não tocar em tudo. Bem, tudo que não era feito de plástico nem de ferro fundido. Minha sala era um verdadeiro País das Maravilhas, com tudo convenientemente empilhado em montes desorganizados para ele explorar.

— Para que serve isso?

Dorian segurava uma mola rosa fluorescente, jogando-a de uma mão para a outra de modo que não precisasse tocar no plástico por muito tempo. A impressão que eu tinha era a de que os nobres podiam encostar nas substâncias tabus por pouco tempo com um desconforto mínimo. A exposição prolongada a elas gerava um desconforto muito maior. Era só carregar determinados objetos com poder, e isso poderia matá-los.

— Na verdade, esta mola não serve para nada — concluí. — Você só meio que... brinca com ela quando está entediado.

Ele a jogava de uma mão para a outra, observando os arcos que ela formava ao fazer o movimento.

— Me deixe olhar isso — falei.

Segurei a mola, fechando os olhos. Minha concentração tinha voltado agora que a dor excruciante havia passado. Me concentrei no brinquedo, coloquei um pouco de minha essência nele e o devolvi para Dorian.

— Embrulhe isso e leve com você. Vai ser a minha âncora.

Ele sorriu. Com tantas outras distrações, acabamos tendo que arrastá-lo até a mesa da cozinha quando o café ficou pronto.

— Você nunca esteve no mundo dos humanos antes? — perguntei depois que nos sentamos.

— Lá vem você, acreditando que todos nós simplesmente vagamos por aqui sem um bom motivo.

— Então não esteve.

— Bem, na verdade já passei férias aqui várias vezes. Não nesse lugar desolado, é claro, mas em várias outras regiões bonitas.

Revirei os olhos e taquei manteiga na torrada. Ela era feita de um pão gostoso e nutritivo, cheio de trigo integral e um zilhão de outros grãos. Dava para usar aquilo como lixa.

Coloquei açúcar e creme no meu café, dando goladas para empurrar o comprimido de analgésico que tomei. Eu podia não estar mais morrendo, mas meu corpo estava repleto de dores e pontos de tensão. Achava que não conseguiria enfrentar lutas de grande magnitude a cada dois dias.

Quando aquela coisa toda de profecia veio à tona, cheguei a brincar que preferia atentados à minha vida a ataques sexuais. Eu realmente não acreditava mais nisso. Pelo menos, quando os caras do mal me queriam sem roupa, eu conseguia ganhar um tempo. O fachan, no entanto, não tivera outra intenção senão me esmagar. E havia feito um ótimo trabalho. Nunca tinha lutado contra algo tão sólido antes. Grande parte de meus combates, antes de tudo começar, era contra espíritos e elementares. Eu podia destruí-los sem me esforçar muito. Já o fachan era muito mais forte. O exército de espíritos do outro dia também fora novidade.

As palavras de Dorian vieram à minha cabeça. O fachan havia sido mandado com um propósito. Mas por quem? Por um dos muitos ressentidos com Odile? Alguém como Maiwenn que queria que a profecia não se cumprisse? A própria Maiwenn? Essa última ideia me incomodava. Ela parecia mais ou menos confiável, apesar de sua personalidade insípida. Caso se tornasse inimiga, isso geraria graves atritos entre mim e Kiyo.

Terminamos o café, e Dorian anunciou que teríamos que ir lá para fora para ter nossa aula. Olhei para ele e para o sol escaldante, e vi um desastre iminente para aquela pele perfeita e branca como alabastro. Já imaginando que Dorian não iria querer usar meu protetor solar de baunilha, desenterrei para ele um chapéu de algodão com abas amplas do Tim que parecia só um pouco ridículo.

— Você vai ser capaz de fazer isso? — perguntei, levando Dorian até o quintal, nos fundos.

Tim havia saído para praticar bateria, mas Kiyo nos acompanhou, ainda atento.

— É que sua magia é mais fraca deste lado — prossegui.

Dorian dobrou seu roupão elegante sobre uma cadeira lá de fora.

— Não sou eu quem precisa usar a magia. E, na verdade, duvido que você irá usá-la. Não do jeito que está pensando. É... Essa área vai funcionar melhor do que eu esperava.

Dorian observou o quintal e o pequeno espaço sem grama cercado por um muro de estuque. Pegou outra cadeira e a acomodou perto do meio do quintal, de frente para a casa, e gesticulou para mim. Me sentei.

— E agora? Mais meditação?

Ele balançou a cabeça.

— Agora precisamos de uma tigela com água.

— Kiyo, você pode pegar para mim? Tem uma tigela grande de cerâmica no fundo de um dos armários.

Kiyo aquiesceu em silêncio, olhando como se o fato de ele nos deixar sozinhos por um minuto sequer fosse fazer com que Dorian tentasse alguma coisa. Achei toda aquela proteção adorável, ainda que um pouco exagerada.

Então, Dorian realmente tentou algo.

— O que são essas coisas? — perguntei.

— Pense nelas como... ferramentas de aprendizado.

Ele havia retirado um punhado de cordões de seda de cores diferentes do fundo dos bolsos do roupão.

— O que você... Não. Você não está falando sério.

Ele havia passado para trás da minha cadeira e agarrado minhas mãos. Me debati.

— Você está tentando me amarrar?

— Não para propósitos sinistros. Garanto a você. No entanto, se você quiser experimentá-los mais tarde, ficarei feliz em lhe mostrar todos os seus vários usos. Por enquanto, simplesmente confie em mim quando digo que estes cordões serão úteis.

Continuei olhando para os cordões, desconfiada. Ele balançou a cabeça, sorrindo. Foi para trás de mim e deslizou as mãos pelos meus braços com delicadeza.

— Você ainda não confia em mim. Mas, ao mesmo tempo, confia. Que mistura interessante. Você tem medo, mas quer se ligar a mim. Lembra o que eu disse na noite em que nos conhecemos? — Ele se ajoelhou, falando em voz baixa no meu ouvido. — É exatamente assim que vai ser quando você vier para a minha cama. Você vai se render. E isso irá assustá-la, mas também a deixará exultante.

— Acho que você está imaginando mais do que o que existe em nosso caso fingido. E realmente não me vejo exultante depois de ter sido amarrada.

— Já experimentou?

Os dedos de Dorian deslizaram para cima devagar, até as mangas da minha blusa, como se fossem borboletas em minha pele. Foi... bom. Mexi os ombros, afastando-o.

— Não. E não preciso experimentar. Além do mais, quaisquer que sejam suas intenções pervertidas, elas não me interessam. Estou envolvida com Kiyo.

— Ah. Claro que está. Pelo que ouço falar, ele sempre "está envolvido".

Enrijeci o corpo.

— Não tente causar problemas.

— Não estou tentando nada dessa natureza. Apenas declarando um fato. Um homem com sangue humano é tão atraente para as nossas mulheres quanto você é para os nossos homens.

— Ele já me contou sobre Maiwenn.

— Sei. E o que ele disse?

— A verdade. Os dois tiveram alguma coisa e agora não têm mais.

— Ah. E isso não incomoda você? Ainda mais levando em consideração que provavelmente ela irá tentar matar você um dia?

Me virei o máximo que pude e o encarei.

— Estou falando sério: não tente arranjar briga. Confio em Kiyo e gosto de Maiwenn. Fim de papo. Agora, se você for mesmo me amarrar, acabe logo com isso.

Dorian se levantou, e a sensualidade deixou sua voz quando ele começou a me amarrar.

— Eu nunca sonharia em arranjar uma briga. A sua raposa de estimação quebraria o meu pescoço se eu sequer olhasse errado para você.

— Não aja como se tivesse medo dele. Você pode supostamente deixar construções em ruínas.

Relaxei no encosto da cadeira e deixei que Dorian amarrasse minhas mãos juntas para trás. Ele levou um bom tempo para fazer isso, como se estivesse tecendo ou trançando os cordões.

— Eugenie, você está dizendo que apostaria em mim numa briga? Estou tocado. Muito tocado. No entanto, já ouvi falar que as raposas têm garras muito afiadas. A propósito, como estão os arranhões nas suas costas?

Kiyo chegou bem naquela hora, trazendo a tigela com água. Ele ficou paralisado quando viu Dorian amarrar um cordão acima dos meus seios, em torno dos braços.

— O que é isso?

— Um despertar — respondeu Dorian.

— Tudo bem — falei. — Coloque a tigela ali.

Kiyo fez o que pedi e, então, parou ao meu lado com os braços cruzados, de olho no rei nobre.

Mais uma vez, Dorian não se apressou ao amarrar a parte superior do meu corpo. Ele usou vários cordões e, capaz de ver melhor agora, percebi que, de fato, os havia tecido de forma complexa. Estética e funcional.

— Pronto.

Dorian deu um último nó apertado, se levantou e observou o próprio trabalho.

— Nada mal. Parece que, no fim das contas, não esqueci como dar um nó decente. Só mais uma coisa, e podemos começar.

"Só mais uma coisa" era uma venda.

— Nem pensar — falei.

— Eugenie, minha querida, seus protestos indignados são adoráveis, mas só nos atrasam. Se você quer que eu a ajude, então me deixe fazer isso. Se não, me leve para um desses lugares onde as humanas usam roupas reveladoras e logo perdem a virtude por causa do álcool.

Deixei Dorian me vendar, perturbada. Eu confiava em Kiyo e meio que confiava em Dorian, mas os nós já tinham mexido comigo. Não gostava de ficar presa nem sob o controle de alguém. O mundo ficou escuro quando o pano cobriu meus olhos.

— Isso tudo está me dando uma sensação ruim — disse Kiyo, ali perto.

— Pelo contrário — retrucou Dorian. — Isso me dá uma sensação muito agradável e calorosa. Mas acho que devemos voltar logo para a aula, não é?

— Esta é a parte em que você explica a fantasia? — perguntei. — Ou quando descubro que você fez isso só para se divertir?

— Não, não. Por mais hilário que fosse, tenho meus motivos. Agora vou pegar essa tigela com água que Kato trouxe com tanta gentileza...

— É Kiyo — veio a reação irritada.

— Mil desculpas. Bem, vou pôr a tigela em algum lugar desta miniatura de deserto e você me diz onde ela está.

— Ah. Entendi. Tenho que, tipo, trabalhar meus sentidos não visuais? Ouvir onde você pôs a tigela?

— Você não vai usar absolutamente nenhum sentido físico.

Ouvi Dorian se afastar e presumi que ele estivesse com a água, mas não consegui dizer onde ele a havia deixado. Ele andou de um lado para o outro e em círculos, chutando pedras e arrastando os sapatos para que eu não fizesse ideia de quando ele havia voltado para perto de mim. Quando Dorian falou de novo, suas palavras foram ditas bem perto do meu ouvido, mais uma vez.

— Se você tivesse liberdade e estivesse apenas com a venda, teria uma tendência a se mexer e a usar alguma coisa, *qualquer coisa*, para encontrar a água. Você se viraria, farejaria o ar, enfim. Agora você precisa aceitar que não tem nada disso. Não pode contar com o que costuma contar. Está presa e sem poderes. Mais ou menos. Entregue-se a isso. Abra-se para qualquer coisa que vier. Encontre a água.

— Como?

— Alcance-a. Recorra a algum sentido que não sejam os cinco mais comuns. Lembre-se dos exercícios que fizemos da última vez, sobre alcançar além de si mesma. Neste mundo, não no espiritual.

— Pensei que a magia fosse inata. Não é isso o que diferencia um humano de um nobre?

— Ela é inata. E a sua magia interior invoca e controla tempestades. Para fazer isso, você tem que invocar e controlar os elementos apropriados. E para *isso*, precisa ser capaz de encontrá-los. Assim, você deve se concentrar no exterior.

— E como é que eu faço isso?

— Apenas concentre-se. Mas relaxe também. Pense na água. Em como você a sente, em como ela é. Expanda a sua consciência para fora e ao seu redor, mas não entre em transe nem deixe seu espírito sair. Isso seria trapaça.

— Quanto tempo leva?

— O tempo de que você precisar.

Dorian se afastou, e fiquei ali, sentada, esperando por alguma revelação. Está bem. Em algum lugar ao meu redor havia uma tigela com água. E alguma coisa dentro de mim deveria ser capaz de senti-la. Não teria acreditado em nada disso se a sala, do outro lado da porta do quintal, não fosse uma prova de meus poderes sobrenaturais. Porém, não precisei pensar para provocar aquela tempestade. Agora era diferente.

Tudo que senti no começo foi o meu corpo. Os nós de Dorian não me machucavam, mas eram apertados. O corte onde levei os pontos doía um pouco. Minha nuca também. Os músculos da minha perna estavam desgastados e inflamados. Devagar, fiz um inventário de cada parte de mim, avaliando seu estado. Pude sentir as batidas do meu coração e a estabilidade de minha respiração.

Depois disso, comecei a me concentrar nas coisas ao meu redor. Ouvi alguém, talvez Dorian, puxar uma cadeira e se sentar. Um avião passou acima da minha cabeça fazendo barulho. Um dos vizinhos tinha um alimentador de pássaros, e os pardais costumavam chilrear e brigar em volta dele. Os pios mais altos dos pássaros menos melódicos soavam ao longe. Minha rua tinha poucas casas e quase nenhum trânsito, no entanto, a mais ou menos um quarteirão dali, alguém deu partida num carro e saiu.

Pensei na água. Ela se tornava mais atraente à medida que o sol ficava mais forte. Eu havia passado protetor solar e me agradeci por isso. Ainda assim, dava para sentir o suor pingando do meu corpo. A água seria fria e refrescante. Na casa da minha mãe tinha uma piscina e, de repente, eu não queria outra coisa senão mergulhar naquela superfície azul e cristalina.

Pensei na tigela com água, imaginando sua temperatura fresca e a umidade em minha pele. Tentei senti-la, chamá-la.

— Ali — falei, por fim.

Não sabia quanto tempo havia passado. Era pouco.

— Onde? — perguntou Dorian.

— Quatro horas.

— O quê?

— Ela quer dizer ali — ouvi Kiyo falar, presumindo que ele estivesse indicando um ponto mais ou menos a sudeste da cadeira.

— Não — disse Dorian.

— O quê?

— Lamento.

— Cheguei perto?

— Não.

— Nem um pouco?

— Não.

— Que merda! Me tire daqui — falei, lutando contra as cordas.

— Dificilmente — disse Dorian, com uma voz levemente surpresa. — Precisamos tentar de novo.

— Deus do céu! Isso é ainda mais chato do que a meditação — resmunguei. — Posso pelo menos tomar alguma coisa?

Ele hesitou.

— Na verdade, acho que suas chances irão aumentar se você estiver com sede.

— Ah, qual é...

— Vamos lá — disse Dorian.

Ouvi quando ele se levantou e deu algumas voltas de novo e, mais uma vez, não consegui dizer onde a tigela tinha ido parar.

Quando Dorian voltou para a cadeira, tentei de novo. Mais tempo se passou enquanto eu me concentrava com toda a força. Em determinado momento, ouvi alguém se levantar e seguir em direção à porta.

— Quem é?

— Eu — respondeu Dorian. — Estou entediado.

— O quê? Você é o meu professor.

— O kitsune vai me chamar se você precisar de mim.

— Não acredito nisso — falei quando ele saiu.

— Ei, a ideia foi sua — disse Kiyo.

Ouvi Kiyo se mexer na cadeira, passando para uma posição mais confortável.

Eu estava prestes a tentar mais uma vez quando Dorian voltou para o quintal.

— Ali. Nove horas.

Kiyo deve ter apontado de novo, agora à minha esquerda.

— Não — disse Dorian.

Ele me fez tentar outra vez e, a essa altura, eu já estava furiosa. Meus pobres músculos, que já tinham enfrentado o bastante, estavam travados por causa da falta de movimento. O calor era insuportável. Para piorar, Kiyo perguntou se Dorian queria tomar alguma coisa e entrou. Quando voltou, ouvi alguém abrir uma garrafa de refrigerante e encher dois copos.

Depois disso, os dois começaram uma conversa casual.

— Eugenie vai ao meu baile do Beltane — explicou Dorian — como minha convidada especial.

— Parece ótimo.

— Seu entusiasmo é palpável.

— É que não sou chegado a esse tipo de coisa. Só isso.

— Que pena. Porque, se você quisesse ir, eu ficaria feliz em estender o convite.

— Não quero dar trabalho.

— Não é trabalho algum. Você poderia vir com Eugenie. Sempre preparo algo especial para os acompanhantes e criados dos dignitários.

— Vocês dois querem calar a boca? — pedi. — Estou trabalhando aqui.

Eles ficaram em silêncio.

Água. Água. Eu precisava daquela maldita água para que Dorian me desamarrasse e eu pudesse voltar para o ar-condicionado. E, depois, tomar um galão com água. Talvez dois ou três. Na verdade, quando eu encontrasse aquela tigela idiota a derrubaria sobre minha cabeça.

O suor se acumulava na costura da minha blusa e nos pontos em que os nós e a venda eram pressionados contra a minha pele. O protetor já devia ter saído por causa do suor, e eu me queimaria. Como se meu corpo já não tivesse passado por tanta coisa. Onde estava a maldita água? Por que eu não conseguia encontrá-la?

Pensei de novo na piscina da minha mãe e prometi que lhe faria uma visita no dia seguinte. Meu Deus, estava tão quente. Eu só queria me refrescar. Água, água, água. Eu me sentia impotente. Parecia um daqueles índios Lakotas que dançavam ao sol, onde o excesso de calor provocava alucinações. Talvez eu pudesse imaginar a água.

Suspirei e, então, de alguma forma, senti algo frio me tocar. Aquilo atenuou o calor. Me endireitei o máximo que pude. Será que eu tinha conseguido? Era assim que eu me sentiria ao tocar a água? Na terceira vez é que tinha graça. Sim. Ali estava ela de novo. Com um ar frio e úmido soprando em mim, vindo do leste. Eu podia sentir a umidade à minha volta, como na sauna.

Inclinei a cabeça na direção de onde vinha o ar fresco.

— Consegui. Três horas.

— Não.

— Não o caramba!

Ouvi Dorian se levantar. Ele suspirou.

— Acho melhor desistirmos por hoje.

— Mas eu juro que consegui! Pude sentir. Estava pensando tanto na água.

— Eu sei que estava.

Ele tirou a venda, e olhei para cima. Uma onda de nuvens cor de chumbo riscava o céu. Um vento vindo do leste soprava em mim — não era imaginação, no fim das contas — cada vez mais forte. Pingos de chuva espessos e pesados caíam ao nosso redor, fazendo barulho ao tocar o chão.

Água, finalmente.

CAPÍTULO 19

Dorian não chegou nem perto de ficar tão impressionado com a tempestade quanto deveria.

— Você não conseguiu controlar a tempestade — disse ele. — Isso não lhe fez bem algum. Até dominar as coisas pequenas, você nunca irá controlar as grandes. Elas é que vão controlar você.

Ele não parecia decepcionado. Simplesmente demonstrou a paciência infinita e a postura agradável de sempre. Ainda encantado com o mundo dos humanos, queria que nós o levássemos até a cidade e lhe mostrássemos coisas divertidas — principalmente as mulheres pouco inibidas mencionadas antes. Tendo em conta que uma volta de carro literalmente o mataria, em vez de sair pedimos pizza.

Dava para ver que ele ficou meio que desapontado, mas, ainda assim, gostou da experiência. Dorian se deleitava com tudo, como percebi. Bem, exceto pelos momentos de extremo tédio que pareciam aborrecê-lo. No entanto, mesmo nessas horas, ele ainda conseguia encontrar algum motivo para fazer uma brincadeira. Eu não conhecia muita gente assim.

Nos vimos mais uma vez naquela semana, só que no castelo dele. Dorian me fez repetir aquela experiência chata com a água mais cinco vezes, mas os resultados foram exatamente os mesmos. Pelo menos dessa vez não invoquei tempestade alguma. Quando perguntei se poderíamos fazer outra coisa na aula seguinte, ele riu e me mandou de volta para casa.

Um dia antes do baile, criei coragem para fazer uma coisa na qual vinha pensando havia muito tempo: visitar Wil Delaney.

Ele ainda deixava recados com Lara quase a cada dois dias, mas não foi isso que me fez ir vê-lo de novo. Desde a visita da minha mãe, não fui capaz de me livrar da imagem dela trancada, infeliz e sozinha no castelo do rei da Tempestade. A dor dessa imagem se transferiu para as impressões que eu tinha de Jasmine, e não importava o quanto a menina se mostrara relutante em deixar aquele lugar, eu sabia que, ainda assim, ela era uma vítima. Eu queria fazer alguma coisa — qualquer coisa — para ajudá-la, mas não fazia ideia de por onde começar nem mesmo de como fazer isso, levando em conta o desastre da última vez. Conversar com Wil de novo parecia um começo um tanto razoável.

Kiyo foi comigo, dirigindo um carro alugado, já que seu pobre Spider não estava em condições de ser usado. Esse era um Toyota Camry novinho que me parecia muito bom, embora, obviamente, o deixasse muito estressado.

Quando batemos à porta, Wil não atendeu de imediato.

— Você tem certeza de que ele está aqui? — perguntou Kiyo.

— Sim. Acho que ele nunca sai. Provavelmente estamos passando por algum scanner térmico ou algo do tipo.

Kiyo me olhou, intrigado.

— É só esperar — avisei.

Um minuto depois, a infinidade de trancas e ferrolhos foi aberta, e o rosto de Wil apareceu.

— Meu Deus — disse ele, ofegante, se animando. — Você voltou. Espere aí. Quem é esse?

— Um amigo. Agora nos deixe entrar.

Hesitante, Wil olhou para Kiyo e, por fim, abriu a porta um pouco mais. Quando entramos, pude ver pela expressão de Kiyo que ele tinha a mesma impressão que eu diante da estranheza da casa de Wil. Ele parou de frente para uma revista aberta sobre a mesa de centro. A manchete enorme de um artigo dizia: ESTÃO USANDO O SEU DNA PARA RASTREAR VOCÊ! USE UMA REDE DE CABELO QUANDO SAIR DE CASA!

— Eu sabia que você iria aparecer — balbuciou Wil, nos conduzindo até a cozinha. — Quando vamos voltar?

— Não sei se vamos, Wil.

— Então, por que...

Ergui a mão para que ele se calasse.

— Agora eu só quero conversar. Só isso.

Seu rosto se entristeceu, mas ele assentiu e se aproximou da geladeira.

— Vocês querem tomar alguma coisa?

— Claro. O que você tem?

Ele abriu a geladeira. Lá, havia uns dez jarros d'água, cujas etiquetas garantiam ultraultraultrapurificação e refinamento contra impurezas.

— Água — respondeu ele. — Grande parte dos refrigerantes está cheia de...

— Água está bom.

Ele serviu três copos e se sentou conosco, me olhando com expectativa.

— Quero saber mais sobre Jasmine — expliquei. — Se um dia formos capazes de voltar lá...

Mais uma vez, aquele rosto pálido me veio à cabeça. Engoli em seco.

— Não vai ser nada bom para nós se ela não quiser vir embora. Tem alguma coisa sobre ela... Alguma coisa que você possa nos contar que explique um pouco aquela reação?

A luz do entusiasmo deixou seus olhos, dando lugar a algo sóbrio e triste.

— Não sei. Quero dizer, acho que metade dos motivos tem a ver com ela ter catorze anos, sabe? Não que ela já tivesse parecido tão impressionável. Acho que pode ter sofrido uma lavagem cerebral. Há muita documentação sobre o assunto.

O governo faz isso o tempo todo. Imagino que até mesmo as fadas tenham técnicas de condicionamento...

Wil começou a criticar o assunto, e senti a mão de Kiyo tocar minha perna sob a mesa, me apertando levemente. Não era algo tão sexual e estava mais para *Em que diabos você nos meteu?*

Mantive uma cara de paisagem o tempo todo e, por fim, interrompi a palestra de Wil.

— Você pode nos dar alguma informação sobre ela? Como... O que ela fazia? Do que gostava? Do que não gostava? Se tivermos ideia de como ela é, isso pode nos ajudar a entendê-la melhor.

— Bem — disse ele, duvidoso. — Posso mostrar o quarto dela para vocês.

Wil nos conduziu pelo interior da casa, tão escuro quanto a cozinha, até um quartinho que cheirava a poeira e a falta de uso. Provavelmente num grande sacrifício das próprias crenças, ele acendeu a luz. Durante meio segundo, me senti aliviada pelo fato de o quarto de Jasmine não refletir a existência enlouquecida de Wil. Parecia o quarto de uma adolescente normal.

No começo.

Então, vi quadros de fadas.

Eles estavam intercalados com outras aerografias de imagens fantasiosas — unicórnios e cenários de sonhos —, mas as fadas eram, definitivamente, o tema dominante espalhado pelas paredes cor-de-rosa do quarto. As imagens não eram representações precisas dos nobres, que são muito parecidos com os humanos, e mostravam mais o que a cultura popular entendia como fada: um ser pequeno e alado que brinca com flores e vaga-lumes. Esses seres realmente existiam no Outro Mundo, embora, tecnicamente, fossem duendes.

— Você não pensou que isso fosse relevante? — perguntei, respirando fundo e olhando ao redor.

— Isso é bobagem — disse Wil, sem dar muita importância. — Coisa de menina. Ela sempre gostou dessas coisas, desde pequena.

Entrei um pouco mais no quarto e me ajoelhei diante de uma estante de livros. J.R.R. Tolkien. C.S. Lewis. J.K. Rowling. Mais e mais títulos sobre fantasia. Um santuário do escapismo.

Olhando ao redor, Kiyo parecia pensar a mesma coisa que eu:

— Você tem alguma foto? De alguma amiga dela?

Wil balançou a cabeça.

— Ela não tinha muitos amigos.

Ele se sentou na cama rosa toda desfeita e encontrou um pequeno álbum no chão.

— Aqui estão algumas fotos.

Kiyo e eu nos sentamos perto dele. O álbum era um tipo de registro da infância de Jasmine. Havia algumas fotografias de quando ela era bebê e outras de quando era uma menininha. Wil aparecia em muitas delas, mas vimos poucas de seus pais. Me lembrei dos comentários amargos que ele fizera sobre a ausência crônica deles. Também encontramos algumas fotografias de Jasmine com outras crianças, mas, à medida que ela crescia, isso se tornou mais raro. Aquelas fotos, em grande parte, pareciam singelos instantâneos que alguém — provavelmente Wil — havia tirado enquanto ela estava ocupada com alguma coisa. Uma das imagens mostrava Jasmine agachada com um livro. Em outra, ela estava deitada numa rede no quintal enquanto a luz do sol iluminava seu cabelo louro meio cor de morango. Naquela última, ela havia notado a presença do fotógrafo e olhado para a câmera com um sorriso triste e doce.

— O que ela fazia para se divertir? — perguntei quando Wil fechou o álbum. — Passatempos? Esportes?

Ele gesticulou em direção à estante.

— Ela gostava de ler, é óbvio. E de ficar lá fora. Saía para dar uma volta e, às vezes, plantava flores. Não era muito chegada a esportes nem a nada do tipo.

— Jasmine deve ter passado um tempo com alguém — comentei. — Você não disse que ela estava em uma festa quando foi levada?

— É... Na verdade, isso foi meio que uma surpresa. Mas Jasmine fazia coisas assim de vez em quando. Não sempre. Às vezes. Quero dizer, às vezes ela também fazia algumas coisas comigo. Uma vez, fomos para a Disneylândia. Também via filmes. Porém, na maior parte do tempo, ficava sozinha.

— Você sabe por quê?

— Não. Acho... Acho que Jasmine tinha dificuldade de se relacionar com crianças da idade dela. Era esperta e sempre estava um tanto à frente de seu tempo.

A voz de Wil era saudosa, e percebi que não importava o quanto poderia ser instável de algumas formas, ele realmente amava a irmã e sentia sua falta.

— Jasmine era tão reclusa assim antes de seus pais morrerem? — perguntou Kiyo com delicadeza.

— Sim. Ela sempre foi assim.

Depois de investigar o quarto um pouco mais, finalmente fomos embora. Wil me pressionou para saber o que eu iria fazer com relação à irmã, mas não tive o que lhe responder.

— Bem — disse Kiyo depois de alguns minutos de silêncio na estrada —, foi deprimente.

Não respondi logo em seguida. Olhava fixamente para a estrada à nossa frente.

— Eugenie? Você está bem?

— Não. Na verdade, não. — Suspirei. — Coitada dessa menina.

— Mas agora tudo está começando a fazer mais sentido, não é?

— É. Isolada do mundo real, Jasmine passou a viver num mundo de fantasias. Então, de repente, Aeson dá a ela a oportunidade de realmente viver nesse mundo.

Kiyo assentiu com a cabeça, concordando.

— É claro que abdução e estupro não eram bem o que ela vislumbrava ao fugir para o reino das fadas.

Mantive o olhar fixo por mais algum tempo.

— Ela me faz lembrar de mim mesma.

Kiyo me olhou com ironia.

— Você mergulhou em um mundo de faz de conta que esperava que se tornasse real?

— Não. Mas eu também evitava as pessoas. Acho que tive mais amigos do que ela, mas sempre tive problemas para me relacionar. A coisa piorou quando Roland fez de mim sua aprendiza. É difícil ficar empolgada com as *boy bands* quando estamos aprendendo a exorcizar fantasmas.

— Quanto a isso acho que você não perdeu nada.

Recompensei Kiyo com um sorriso enquanto continuava pensando.

— Apesar de não ter tido muitos amigos, sempre quis ter. Sempre quis ser notada. Se Jasmine também se sente assim, deve gostar de ser amante de Aeson, por mais que seja doentio. Ele deve cobrir a menina de atenção.

— Você tem razão... Mas me pergunto se é mais do que isso.

— Como?

— Acho que muitos adolescentes se sentem desconectados às vezes, como se ninguém os entendesse. Quero dizer, me senti assim muitas vezes. Não sei se teria recebido o que aconteceu com ela como algum tipo de salvação.

— Nem eu. Acho que cada um lida com isso de um jeito diferente. Eu passei a me dedicar a atividades solitárias. Correr. Nadar.

— Quebra-cabeças?

— Ei — falei. — Como você sabe disso?

— É que você tem uns cem no seu armário.

Dei uma gargalhada e, então, reconsiderei algo que ele havia acabado de dizer.

— Como foi para você? Crescer? Você sabia desde o começo o que era, não sabia?

— É. Meus pais nunca fizeram disso um segredo. Os dois aceitavam que eram de mundos diferentes, literalmente, e não lutavam contra isso. Crescer com essa dualidade meio que se tornou natural. Como eu disse antes, gosto dos dois mundos, e é por isso que não quero que este seja conquistado. É claro que, várias vezes na vida, principalmente quando eu era jovem e temperamental, fiquei irritado com meus pais. Então, jurava que seria só kitsune ou só humano, dependendo de quem tinha me enchido o saco.

— Sua ansiedade na adolescência deve ter sido terrível — provoquei.

— Você não faz ideia.

— Seus pais ainda estão juntos?

— Não. Ainda são amigos. Minha mãe se instalou no Outro Mundo de vez quando fiquei mais velho. Nos vemos de tempos em tempos. Isso partiu o coração do meu pai. Ele era louco por ela. Mas se casou de novo e parece estar melhor.

Me recostei no banco.

— Agora que sei o que sou... Eu meio que gostaria de ter descoberto antes. Gostaria de ter desenvolvido minha magia mais cedo para poder deixar o castelo de Aeson em ruínas e trazer Jasmine de volta.

— Você não sabe se realmente pode fazer isso — alertou ele. — É metade humana. Pode não ter todo o poder que seu pai tinha.

— Você tem tudo o que a sua mãe tem?

Ele hesitou.

— Tenho.

— Não posso deixar Jasmine lá. Não sabendo do que sei. Mas não faço ideia de como trazê-la de volta.

Kiyo esticou o braço e apertou minha mão.

— Vamos pensar em alguma coisa. Não se preocupe.

Foi um pouco reconfortante, mas acho que nós dois sabíamos que aquela era uma declaração vazia e gentil que dizemos para fazer com que alguém se sinta melhor. Duvidava que ele tivesse ideias melhores de como trazer Jasmine de volta.

Kiyo não tinha que trabalhar até a manhã seguinte. Então resolvemos caminhar no cânion Sabino. O cansaço físico parecia uma boa maneira de esquecer meninas abduzidas. E foi mesmo. A temperatura beirava os quarenta graus, e estávamos exaustos e suados quando finalmente percorremos a descida no caminho de volta, bebendo a água das garrafas com avidez.

Vi Kiyo me observar em determinado momento, quando paramos para descansar. Havia uma expressão contente, de admiração, em seu rosto, e não era apenas sexual, para variar.

— O que foi? — perguntei.

— O seu cabelo. Nunca tinha me dado conta do quanto ele é ruivo. O sol o ilumina como se fosse uma chama.

— E isso é bom?

— Muito bom.

O olhar confortável em seu rosto mudou, e vi emergir o brilho do desejo que me era familiar. Não falamos muito depois disso. O resto de nossa caminhada e, em seguida, a volta para casa foi em silêncio, mas o ar queimava entre nós, mais quente do que qualquer coisa que sentíamos por fora.

Tim não estava em nenhum lugar quando chegamos. Que bom. Liguei o chuveiro, doida para me livrar do suor e da poeira, e Kiyo entrou no banho comigo.

— Estamos aqui para nos lavar — avisei.

— Claro — disse ele, me erguendo e me encostando na parede.

A água caía sobre nós dois enquanto nos beijávamos, tocávamos e tentávamos fazer algo parecido com tomar banho. Não sei se fizemos um bom trabalho. Acho que algumas partes foram muito mais ensaboadas do que outras.

Não teria me importado de transar no chuveiro, mas não tínhamos camisinhas ali. Às vezes eu pensava que o controle de natalidade duplo era um exagero. Em oito anos eu nunca havia tido problemas com a pílula. Porém, sabíamos o quanto os riscos eram altos. Uma camisinha não era pedir muito.

Nos jogamos na minha cama, ainda um pouco ensaboados e escorregadios. Ele pôs a camisinha em uns dois segundos, e eu fui para cima dele. Aparentemente, as preliminares não desempenhavam um papel muito importante em nosso relacionamento. As mãos dele agarraram meu quadril, me detendo por um instante.

— Você tomou a pílula hoje?

— Tomei, tomei — garanti.

Kiyo relaxou e me soltou, deixando que eu me mexesse um pouco mais para baixo e o trouxesse para dentro de mim. Um som doce, meio gemido, meio suspiro escapou de seus lábios. Ele abriu os olhos e sorriu.

— Você é... a coisa mais certa do meu mundo.

Sorri de volta, sabendo exatamente o que ele queria dizer. Nos sentíamos bem juntos, sentíamos que estávamos fazendo a coisa certa, como se a tensão do mês anterior não tivesse existido. Estávamos onde devíamos estar. Recomeçando de onde tínhamos parado, logo depois de nossa primeira noite juntos.

As mãos de Kiyo agarraram meus quadris, e suas unhas tocavam minhas costas enquanto meu corpo se mexia para cima e para baixo. Uma onda de apreensão percorria meu corpo sempre que aqueles dedos chegavam perto das minhas costas, mas ele continuou sob controle. Os arranhões finalmente estavam cicatrizando, ainda que fosse aos poucos.

Kiyo me deixou ficar por cima durante apenas um ou dois minutos, até que me deitou de bruços, e me pegou naquela posição. Tudo era agressividade e paixão furiosa. Dissimulada, tentei trocar de posição, mas ele me puxou de volta, se divertindo. Talvez fosse aquela coisa de raposa ou simplesmente sua natureza humana, mas algo nele gostava de dominar. Decidi não lutar contra isso, ocupada demais, flutuando no êxtase e no fogo de tê-lo se mexendo dentro de mim.

Quando Kiyo terminou, rolou para o lado e me puxou para junto dele. Feliz, enterrei o rosto em seu corpo, absorvendo seu cheiro e me sentindo inebriada. Abraçados um ao outro, ouvimos nossa respiração irregular se acalmar. Pela primeira vez em um bom tempo, me senti segura e em paz. As coisas estavam exatamente como deviam ser.

Ele passou aquela noite comigo, e nossos corpos se enrolaram um no outro na escuridão. Meu corpo retomou os velhos hábitos ruins, e me peguei deitada, acordada, muito tempo depois de ele ter adormecido. Me virava de um lado para o outro, contando as estrelas do teto e tentando forçar minha mente a se acalmar.

Parece que me esforcei demais porque minha mente entrou em transe, deixando o plano da consciência alerta, mas sem adormecer por completo. Ao perceber isso, comecei a mudar de planos para sair do transe, até que uma imagem me veio à cabeça, uma imagem que me era familiar, de uma área infértil que não reconheci e uma figura sombria e coroada de pé, bem mais alta do que eu.

A lembrança que eu havia começado a ter na sauna voltou, inundando minha mente. Me vi olhando para cima, para o rei da Tempestade. O medo estava lá, o medo de não conseguir escapar e de ele me levar embora.

Então, exatamente como antes, alcancei algo tão interior quanto exterior. Um poder me percorreu, e o ar ficou mais espesso. Nuvens negras se formaram do nada, encobrindo o céu. Fracos trovões ecoavam ao nosso redor. Eu ainda não conseguia ver o rosto dele naquela lembrança, mas podia sentir seu deleite.

— Você vai tentar lutar contra mim, pequena?

Um poder diferente crescia à nossa volta à medida que ele reunia a própria magia.

— Gosto da sua atitude, apesar de você lutar em uma batalha perdida. Pelo menos por enquanto. Venha comigo, e vou lhe mostrar como usar seus dons de verdade.

Com delicadeza, ele empurrou seu poder na minha direção, tentando deter o meu. Absorvi mais de minha magia, permitindo que ela me percorresse. Queimava, mas era maravilhoso. Impressionante. Diferente de tudo o que eu já tinha sentido antes ou do que poderia ter concebido. Eu era mais do que humana naquele momento, mais do que Eugenie Markham, mais do que um deus. Aquilo me preenchia, mas, mesmo assim, eu não conseguia controlar. Ainda não. Um raio chamejou sobre nós, imediatamente seguido por um trovão.

O rei da Tempestade ainda me pressionava. Acho que não chegava a ser uma adversária, mas ele não esperava aquele combate todo. Tentei concentrar meu poder, dominá-lo e usá-lo contra o rei. Porém, ele era escorregadio. Eu não conseguia segurá-lo. Um raio tremeluziu de novo, e estendi minha mente para agarrá-lo, tentando atingir e derrubar o rei da Tempestade.

Só que minha mira foi ruim. Em vez disso, o raio me atingiu.

Gritei. Uma dor percorria meu corpo, me rasgando, quando me tornei a condutora do raio, seu meio de atingir a terra. No entanto, ele não podia me matar. Não podia nem me machucar tanto assim. Eu e a tempestade éramos uma só, e a magia que eu havia invocado era a minha. Ela atingiu meu corpo, terrível e magnífica, uma dor que queimava entrelaçada com o prazer, um êxtase que eu nunca queria largar...

Me sentei na cama, buscando ar. Num instante, Kiyo estava ao meu lado, perguntando o que havia de errado. Não pude responder logo. Aquele poder furioso e exultante estava estampado na minha lembrança. No entanto, mesmo ali, sentada, eu podia sentir a lembrança desaparecendo e a sensação recordada indo com ela. Uma parte de mim a chamava, querendo que ela ficasse. Mas estava partindo.

— Eugenie?

Acho que era a centésima vez que ele dizia meu nome.

— O que aconteceu?

— Tive um sonho — murmurei, fechando os olhos.

Mesmo depois de aquela magia ter desaparecido — por anos, na verdade —, meu corpo arrepiava de tanto deleite. Eu me sentia viva e meu corpo formigava, consciente tanto de si quanto do mundo ao seu redor. Abri os olhos e me virei para Kiyo, apoiando as mãos nos braços dele, cravando as unhas em sua pele.

— O que... mmm.

As palavras dele foram sufocadas pelo meu beijo. Minha boca tocou a dele com tanta ferocidade que senti gosto de sangue na parte de seu lábio onde eu havia mordido. Num instante, senti seu desejo animal reagir ao meu, quando suas mãos agarraram meu quadril e tentaram me puxar para baixo.

Porém, eu já estava empurrando Kiyo para baixo, para ficar por cima.

— Não lute contra mim nisso — rosnei, cravando minhas unhas nele.

Kiyo sorriu. Acho que pensou que eu estava brincando, mal sabendo do poder e da agressividade que de repente me percorriam. Suas mãos deslizaram até meus punhos. Ele os agarrou com força e rolou meu corpo, pressionando todo o seu peso contra mim.

— Um pouco de luta não faz mal — provocou ele.

— Não.

Minhas palavras foram ferozes. Não podiam ser desafiadas. Ainda envolvida com o poder do sonho, surpreendi aos dois e rolei o corpo *dele*. Foi muito parecido com quando transamos mais cedo naquele dia, só que agora os papéis estavam invertidos. Minha força me impressionou.

— Não lute contra mim — repeti, com a voz baixa e perigosa.

Seus olhos se arregalaram na escuridão, perto de mim. Houve apenas a pausa de um piscar de olhos.

— Tudo o que você quiser.

Ele parecia excitado e divertido, mas também havia uma ponta de nervosismo ali.

Fervendo e exultante, mexi a boca e o quadril para baixo. Suspiramos quando o puxei para dentro de mim. Sem camisinha nem nada. Me arrepiei com aquele contato, cada vez mais excitada só de pensar que ele sentia diretamente o meu corpo e o quanto eu estava molhada. Pele com pele. Talvez devesse ter me mexido mais devagar, para ele curtir as novas sensações, mas meu corpo era impaciente demais. Cavalguei sobre Kiyo tão feroz quanto ele havia sido comigo mais cedo. Algo dentro de mim precisava reafirmar minha dominação e reclamá-lo como meu. Minhas unhas lhe arrancaram sangue, e ele exclamava cada vez que nossos quadris se chocavam um contra o outro.

Me senti poderosa. No controle. Como se eu pudesse fazer qualquer coisa e conquistar qualquer um. O calor e a exaltação do orgasmo começaram a aumentar dentro do meu corpo e uma pequena parte de mim se perguntava se eu me excitava por tê-lo puxado para dentro de mim ou simplesmente pelo entusiasmo da dominação. E se fosse a última hipótese, sobre quem eu exercia meu controle? Kiyo? Rei da Tempestade?

O êxtase nas partes baixas do meu corpo se tornou mais intenso e urgente. Deixei aquela especulação persistente de lado e me entreguei aos meus desejos mais egoístas. Olhei fixamente para Kiyo. Ele me olhava como se mal me reconhecesse.

— Meu — falei, suspirando e contendo meu orgasmo. — Bem agora, neste exato momento, você é meu.

Kiyo deu um gemido interrompido de prazer, com a cabeça tombada para trás.

Eu já estava no limite. Não conseguiria segurar meu corpo por muito mais tempo. Não *queria* segurar por muito mais tempo. Era a poderosa ali. Estava pegando o que queria. Porém, primeiro, precisava me certificar de que ele soubesse disso.

— Diga — mandei entre um suspiro e outro. — Diga que você é meu. Diga isso e deixo você gozar. Vou deixar você gozar dentro de mim. Vou deixar você explodir dentro de mim.

— Eugenie... — gemeu ele quando comecei a diminuir o ritmo.

— Você é meu — falei de novo.

Aquela adorável agonia entre minhas coxas era quase demais para eu suportar. Eu iria perdê-la.

Kiyo, porém, perdeu o controle primeiro.

— Isso... Isso. Eugenie. Sou seu.

O poder daquela admissão excitou tanto o meu físico quanto minha mente. Exclamando, tombei a cabeça para trás quando gozei. Não precisei ver a cara de Kiyo para saber que ele estava gozando também. Eu podia sentir isso na forma como seu corpo tinha espasmos dentro do meu. Apertei Kiyo com ainda mais força e ganhei outro gemido de prazer dele e outro orgasmo para mim. Foi glorioso. Nós dois trememos com a força de nossas reações.

Quando finalmente nos separamos, suados e ofegantes, nenhum dos dois conseguiu dar uma palavra. Então, Kiyo deitou a cabeça em meu peito, como se procurasse conforto e proteção.

— Seu — murmurou ele, por fim, logo antes de adormecer.

CAPÍTULO 20

Voltei a ser uma mera mortal na manhã seguinte. As últimas lembranças de magia permaneciam apenas teoricamente, e não nos sentimentos. Eu queria tentar explicar o sonho-lembrança para Kiyo, como finalmente recordei o que aconteceu entre mim e o rei da Tempestade antes de Roland o matar. Porém, não sabia como fazer isso. Mal compreendia a magia em si e achava quase impossível reviver aquele sentimento aterrorizante, ainda que glorioso.

Além disso, eu tinha outras coisas com que me preocupar. Era véspera do Beltane.

Fiquei ocupada quase desde que o dia raiou. O Beltane — ou o Primeiro de Maio — prenuncia o retorno da vida no ano. Muitas culturas europeias o consideram o auge da fertilidade e da concepção. Aparentemente, muitas criaturas do Outro Mundo também. Como no Dia das Bruxas — ou Samhain —, os portões entre os mundos se abrem, facilitando a passagem tanto dos humanos quanto das criaturas do Outro Mundo. A meia-noite do primeiro dia de maio era a abertura principal, mas as passagens aumentavam constantemente ao longo do dia 30 de abril.

Como minha presença na festa de Dorian naquela noite era do conhecimento de todos, muitos devem ter decidido arriscar a sorte antes que eu deixasse o mundo dos humanos.

Felizmente, grande parte desses mesmos nobres e dos vários tipos de criatura era daqueles que não poderiam ter atravessado sob circunstâncias normais. Isso significava que eram consideravelmente mais fracos e, portanto, era mais fácil bani-los ou destruí-los. No entanto, por terem vindo em fluxo contínuo, também se tornaram um incômodo enorme e desgastante.

Cheguei em casa por volta da hora do jantar, não muito antes da hora em que deveria aparecer no Outro Mundo. Depressa, me livrei das roupas suadas e tomei um banho muito rápido. Em seguida, consegui fazer uma maquiagem que competia com a anterior, mas acabou levando tempo. Com poucos minutos, enfiei o vestido que Lara havia conseguido para mim e penteei meu cabelo ensopado, com pressa. Não havia mais o que fazer com ele. Passei um pouco de creme para evitar que alguns fios arrepiassem e, então, parti para o deserto.

Dorian foi sábio e colocou minha âncora em forma de mola em um lugar mais seguro do que uma mesa frágil. Apareci em um pequeno cômodo onde um criado aguardava a minha chegada. Ele fez uma reverência cortês e, em seguida, me levou direto para o quarto de Dorian. Lá dentro estava um pandemônio.

Criados e criadas entravam e saíam depressa, fazendo só Deus sabia o quê. Dorian estava parado em frente a um espelho gigante, se admirando num roupão azul-celeste. Um homem corpulento andava de um lado para o outro com mais uma dúzia de roupões pendurados no braço. Percebi que era o mesmo cujo lugar eu havia tomado no croqué.

— Eugenie Markham — anunciou o criado que me acompanhava.

Dorian me deu uma meia olhada.

— Lady Markham, que prazer... Meus bons deuses. Ela está usando bege.

Olhei para mim mesma. Lara havia arranjado um vestido de seda justo, de um tom que tinha chamado de "champanhe":

um marfim quente com traços dourados. Eu não teria imaginado que a cor me cairia bem, mas ela parecia me conhecer melhor do que eu mesma. O corpete sem alças era franzido e decorado com algumas pérolas iridescentes que pretendiam imitar botões, descendo pelo meio. Da cintura para baixo, a saia caía como uma cascata, em dobras suaves e brilhantes. O vestido se ajustava à minha silhueta e se alargava um pouco apenas nos calcanhares.

— É champanhe — corrigi. — E o que tem de errado com essa cor?

— Nada. É linda — disse Dorian, se virando, preocupado, para seu criado. — Não vai combinar com nenhum desses, Muran. — O que mais nós temos?

Muran mordeu os lábios.

— Tem o verde de veludo, Majestade. Os acabamentos são nesse tom. Com uma camisa marfim, ficaria estonteante.

Dorian fez uma careta.

— Seda ou cetim seria melhor. Pegue-o mesmo assim e veja se estamos nos esquecendo de mais alguma coisa. Ah, e mande alguém para fazer o cabelo da lady Markham.

— O que tem de errado com o meu cabelo?

— Nada se você estivesse esparramada na minha cama depois de uma noite de paixão.

Uma jovem se aproximou depressa, e Dorian mexeu a cabeça em minha direção.

— Cuide disso para ela, Nia.

Nia, uma coisinha minúscula com pele cor de oliva, fez uma reverência para mim e me conduziu ao salão onde Dorian e eu conversamos pela primeira vez. Não consegui ver o que ela fez, mas seus dedos trabalharam em meu cabelo com tanta habilidade e complexidade quanto os de Dorian quando me amarrou os cordões. Até então, tinha feito um penteado com uma cabeleireira apenas uma vez e havia sido para um casamento no qual uma amiga cruel me pedira para usar tafetá laranja. Aquele episódio ainda me fazia acordar com pesadelos.

Um leve formigamento percorria minha pele de vez em quando, enquanto Nia trabalhava, e percebi que ela usava magia para moldar meu cabelo. Imaginei que fosse mais prático do que um modelador de cachos, mas... caramba! Que decepção devia ser descobrir que você tem a magia equivalente à cosmetologia enquanto outros nobres tinham o dom de curar e a habilidade de deixar construções em ruínas.

— Pronto, madame.

Ela me levou a um espelho, nervosa, avaliando minha reação. Tranças espalhadas por minha cabeça iam até a parte de trás, onde o resto estava preso em um rabo de cavalo no alto. Ela tinha alisado e cacheado grande parte dos fios que pendiam, mas havia algumas tranças minúsculas aqui e ali. Mechas longas e lisas emolduravam meu rosto, levemente cacheadas nas pontas. Lindas rosas de marfim escuro e violetas enfeitavam algumas tranças.

— Uau — falei.

Nia esfregou uma mão na outra.

— A madame gostou?

— Muito.

Nia sorriu, feliz. Com o corpo delicado e a pele lisa, ela parecia ter uns dezesseis anos, mas, na verdade, poderia ostentar um século.

— Eu não sabia como as humanas costumam usar o cabelo.

Sorri e acariciei o braço dela.

— Está maravilhoso.

Nia parecia estar pronta para explodir de alegria e me lembrei de como os criados de Dorian sempre se apresentavam ansiosos para obedecerem a suas ordens. Será que eu inspirava tal lealdade? Ou medo?

Então, Dorian entrou depressa no cômodo, resplendoroso em um roupão de seda verde como uma floresta. As bordas continham um desenho complexo em tons de marfim, castanho-avermelhado e dourado, realçados pelas calças pretas e a camisa marfim que ele usava por baixo.

— Bem melhor — disse ele, pegando a minha mão. — Venha, estamos atrasados.

Muran e alguns outros nos seguiram enquanto íamos para o salão do trono. Dorian não chegou a correr, mas uma urgência marcava seus movimentos.

— Por que a pressa? — perguntei. — Eles não esperam por cada capricho seu?

— Com certeza. Mas preciso estar lá antes de os outros monarcas chegarem ou vamos provocar complicações na etiqueta. Todos vão se curvar quando entrarmos, mas os outros monarcas não precisam fazer isso. Se eles chegarem lá antes de mim, vai ser estranho.

— O que você quer dizer com "curvar"? Isso significa que...

Um arauto empurrou as portas com força e anunciou em voz alta:

— Sua Majestade, o rei Dorian da Casa de Arcádia, invocador da terra, protetor da Terra dos Carvalhos, abençoado pelos deuses.

— Caramba! — sussurrei.

Dorian apertou minha mão.

— ...com Eugenie Markham, chamada Odile Cisne Negro, filha de Tirigan, o rei da Tempestade.

Não achava que um dia fosse me acostumar com aqueles títulos, mas minha perplexidade desapareceu diante do que aconteceu logo depois. Todos ali se viraram para nós e se ajoelharam, baixando a cabeça. Em seguida, um silêncio mortal. Devagar, quase sem tirar os pés do chão, percorremos o corredor central. Tentei olhar sempre para a frente, e não para o mar de reverências.

Civilizações se ergueram e caíram durante o tempo que levamos para chegar ao trono. Quando chegamos, Dorian nos deixou de frente para os presentes e fez um pequeno gesto indefinível. Não sei como os outros viram isso com a cabeça tão abaixada, mas todos se levantaram, e o zumbido de vida e de música logo voltou. As pessoas se mexiam de novo, passeando e rindo. Criados se apressavam de um lado para o outro com bebidas e bandejas. Poderia ter sido uma festa de humanos qualquer, a não ser por um ou outro troll ou fantasma tomando vinho. Os homens usavam variações do estilo renascentista de que Dorian parecia gostar, mas os vestidos das mulheres iam desde os diversos tipos de mangas boca de sino e veludo até fazendas finas e peças à la Grécia Antiga.

— E agora, minha querida, temos que nos separar.

Desviei o olhar da multidão de convidados.

— Do que você está falando?

Ele acenou com a mão.

— Estes são os membros mais importantes da nobreza do meu reino, sem contar os dos outros. Tenho que me misturar com eles, ouvir as conversas bobas, agir como se eu me importasse. Você sabe como é.

Entrei em pânico quando olhei de novo para todos aqueles rostos de nobres.

— Por que não posso ir com você? Quero dizer, combinamos e tudo mais.

— Porque se eu passar a noite toda de braços dados com você, vou parecer possessivo e inseguro. Deixar você sozinha mostra que tenho total confiança em que você irá embora comigo nesta noite, independentemente de outras solicitações.

— Meu Deus... Vão dar em cima de mim a noite toda.

Ele riu.

— Não se preocupe. É só o que vão fazer. A menos que você queira mais do que isso. Qualquer um que a tocasse contra a sua vontade despertaria a ira da minha guarda inteira, sem falar dos convidados. Seria um insulto chocante.

— E, ainda assim, eu poderia me deitar com qualquer um se quisesse.

— Claro que sim. Você é livre para escolher.

— Isso não seria um insulto à sua virilidade ou algo do tipo?

— Um pouco. Mas, então, eu simplesmente levaria umas cinco mulheres para a minha cama e me compensaria bem depressa.

— Caramba. Acho que vou atrapalhar você.

— Não se preocupe. Me recupero amanhã, depois que você for embora.

Engoli em seco e olhei ao redor. As piadas eram incapazes de atenuar minha ansiedade.

— Eu nem conheço ninguém.

Dorian me virou de frente para ele e me deu um beijo suave nos lábios. Tive que fazer um trabalho com minha consciência para manter o corpo relaxado. Ainda ficava chocada cada vez que ele fazia aquilo.

— Então, você só precisa conhecê-los — disse ele.

Dorian deu passos lentos e relaxados em direção ao primeiro grupo de pessoas que viu, e ouvi uma agitação e cumprimentos exaltados quando se aproximou. Me sentindo ridícula e sem graça, me perguntei para onde deveria ir e com quem deveria conversar. Realmente não era chegada a grandes festas. Passava tempo demais sozinha para saber como interagir. Isso sem levar em conta que aqueles eram todos habitantes do Outro Mundo. Duas de minhas fobias mais profundas misturadas em uma noite longa.

— Vinho? — perguntou uma criada que apareceu de repente ao meu lado.

— Sim, por favor.

Agarrei uma das taças da bandeja que ela oferecia e tomei depressa um gole de vinho tinto frutado e doce. Escolhi uma direção ao acaso, dei cinco passos e fui imediatamente abordada por um nobre de veludo vermelho. Ele tinha o cabelo preto e a barba muito bem-aparada.

— Lady Markham — disse ele, entusiasmado, pegando minha mão desocupada e a beijando. — É um prazer conhecê-la, finalmente. Sou Marcus, lorde de Danzia, na Terra das Sorveiras-Bravas.

— Oi — falei, sabendo que não me lembraria mais daquele nome depois que fosse embora.

Ele continuou segurando minha mão, e seus olhos me percorreram da cabeça aos pés. De repente, desejei que o vestido não fosse tão justo nem tão decotado.

— Devo dizer — murmurou ele — que já havia ouvido falar de sua beleza, mas tais relatos são insignificantes se comparados à realidade.

— Obrigada.

Tentei soltar minha mão, mas ele a segurava com firmeza.

— A nobreza de minha família se estende até a migração para este mundo. Somos conhecidos por nossos guerreiros impetuosos. A magia corre forte por nosso sangue, normalmente invocando um dos elementos. Minhas inclinações estão relacionadas ao controle do ar.

Como se fosse para enfatizar o comentário, de repente, senti uma leve brisa soprar em meus braços.

— Meus sucessores herdarão um espólio vasto. Os membros de minha família sempre serviram como conselheiros da realeza. Agora, sou amigo íntimo de Katrice, a rainha das Sorveiras-Bravas. Ela é uma aliada poderosa.

Foi então que percebi que ele exibia sua linhagem para mim, com rapidez e eficiência, assim como um criador deve apresentar os certificados de um cão premiado. Abri a boca, pronta para dizer que não estava interessada, mas ele não parava de falar.

— Alguns homens temeriam ter uma consorte guerreira. Procurariam controlá-la e tomar seu poder em benefício próprio — disse ele, inclinando a cabeça de forma muito sugestiva para onde Dorian conversava com uma mulher alta, negra e esbelta. — Eu não. Não a usaria para expandir meus limites. A senhora governaria ao meu lado, de igual para igual, compartilhando a orientação de nossos filhos.

Caramba. Aquele nem era o nosso primeiro encontro. Consegui libertar minha mão da dele.

— Obrigada, mas isso tudo é meio que repentino. Porém, foi ótimo conversar com o senhor.

Uma ansiedade inundou seu rosto.

— Mas ainda nem lhe contei sobre minha reputação de amante...

— Preciso estar em outro lugar agora. Lamento.

Dei dois passos para trás, me virei e quase colidi com outro homem. Além dele, outros tentavam permanecer ali sem serem notados. Percebi que, na verdade, este só estava esperando que eu rejeitasse Marcus. Dirigiu um sorriso atraente para mim.

— Lady Markham, é um prazer conhecê-la, finalmente...

Eu meio que perdi a noção do tempo depois daquilo. Não consegui sair daquele lugar, e meu vinho permaneceu esquecido. Enquanto ouvia educadamente as ofertas de cada um, me diverti ao pensar no quanto eu poderia forçar os limites da regra de hospitalidade sem ter problemas com Dorian. No entanto, não importava o quanto os caras eram irritantes, reprimi meus instintos rebeldes e mantive o bom comportamento.

Depois de algumas horas, avistei Shaya, a mulher de cabelo preto que havia me capturado naquela primeira noite. Ela caminhava sozinha pelo salão. Despachei o pretendente do momento, me libertei do candidato seguinte e me apressei para alcançá-la.

— Ei, Shaya, como vão as coisas?

Shaya me olhou, perplexa, o que não era de se surpreender, levando em conta que eu não havia falado com ela desde a captura. Seu vestido era de um veludo azul quase negro, com uma saia longa, mangas justas e gola alta. Eu não entendia seu histórico por completo, mas, aparentemente, ela era a filha mais jovem de algum nobre e havia acabado em uma carreira militar como parte da guarda de Dorian.

— Lady Markham — respondeu ela, com uma curiosidade moderada no rosto. — O que posso fazer pela senhora?

— Nada. Só pensei que pudéssemos... você sabe, conversar.

Uma sobrancelha se ergueu. Ela deu uma olhada na ávida multidão de homens e voltou os olhos para mim com um meio sorriso.

— Parece que a senhora já tem muitos convidados com quem conversar.

— Por favor — sussurrei. — Sei que não somos amigas, mas converse comigo como se fôssemos. Só por um minuto. Não aguento mais. Preciso de um pouco de sossego. Estou tão cansada de ouvir esses caras falarem do quanto seu patrimônio é grande... Isso sem contar outras coisas.

Ela deu uma gargalhada agradável e doce. Então, envolveu o braço no meu e me conduziu pelo salão, como se fôssemos, de fato, amigas.

— Ouvi umas histórias sobre as coisas que você enfrentou. E, no entanto, no fim das contas, é um bando de membros da nobreza desesperados que a deixa abalada.

Ela me concedeu alguns minutos de solidariedade, e conversamos sobre amenidades. Enquanto isso, percebi que ela era realmente engraçada. E inteligente. E... legal. Em nosso primeiro encontro, eu tinha rejeitado Shaya, pensando ser uma nobre puritana e uma vaca. Minha atitude havia sido alimentada, por um lado, por minha captura e, por outro, pelo antagonismo no jantar. Porém, ali estava ela, me fazendo companhia como qualquer outra pessoa, além de comentários astutos e perspicazes.

— Preciso ir. Rurik está procurando por mim— disse ela, por fim, me soltando.

Shaya sorriu de novo, divertida e solidária.

— Aguente um pouco mais. Eles não passam de um incômodo.

Balancei a cabeça.

— Eles são tão francos e diretos. É estranho.

Certa vez, Kiyo e eu zombamos das pretensões dos encontros, mas, naquele momento, um pouco menos de sinceridade teria seu encanto.

— Então seja franca também. Se você for legal demais, pensarão que têm chances e tentarão outra vez. Agora a grande maioria a considera parte da alta nobreza. Eles já esperam alguma arrogância de sua parte. Não vão pensar que é rude.

Agradeci a Shaya e a observei enquanto partia, quando senti um tapinha no ombro. Suspirei. Era hora de enfrentar os lobos de novo.

Ou uma raposa, como acabou sendo.

— Ei — falei. — Belo traje.

Kiyo estava diante de mim em um lindo smoking feito sob medida, e suas linhas pretas e brancas se destacavam num grande contraste com o fluxo de cores dos outros homens.

— Vesti para você. Imaginei que pudesse querer variar, sair do veludo e da seda. E quanto a você... — disse ele, me avaliando rapidamente com seus olhos misteriosos. — Ouvi dizer que muitos caras estão babando no seu vestido hoje.

— Você já está aqui há muito tempo? E não veio falar comigo?

Ele sorriu.

— Você parecia muito ocupada.

— Bem, agora fique comigo. Talvez me deixem em paz se pensarem que estou com alguém.

Encontramos um banco de dois lugares encostado em uma parede, cheio de almofadas cobertas de brocados. Suspirei e encostei a cabeça no ombro de Kiyo. Ele me abraçou.

— Eu preferia estar lá fora, patrulhando, como costumo fazer nesta data. Lutar contra espíritos e tudo mais está longe de ser tão exaustivo quanto isso.

— Então, Tucson está desprotegida, não é?

— Roland está cuidando disso, para a angústia de minha mãe. Só espero ter atraído grande parte do movimento para cá, em vez de para lá.

Permanecemos quietos por um tempo, observando a festa. Ela me fez lembrar o bar. Sozinha sem estar sozinha. Como em qualquer outra festa, as pessoas ficavam mais bêbadas à medida que a noite avançava. Aquele contato sexual descarado aparecia cada vez mais, e inúmeras pessoas dançavam onde quer que encontrassem espaço. Davam passos largos e graciosos, reminiscentes dos estilos de dança de salão que eu conhecia.

— Andei pensando... na noite passada.

Olhei para ele.

— É. Também já pensei nisso algumas vezes.

— Você estava... Não sei. Eu nunca tinha te visto daquele jeito. Não que já tivéssemos feito aquilo tantas vezes assim, mas... Uau. Você me marcou muito.

— E isso é ruim?

Ele sorriu.

— Não, acho que não — disse ele, deslizando os dedos pelo meu queixo e levantando meu rosto. — Mas o que aconteceu? Como foi que um pesadelo trouxe aquilo à tona?

Virei o rosto.

— Não foi exatamente um pesadelo.

— Então o que foi?

— Só um sonho... ou uma lembrança. Era sobre o meu pai. E magia.

— O que aconteceu?

— Eu... Bem, é difícil explicar.

— Eugenie...

Continuei me comportando com leveza e alegria.

— Esqueça isso. Pelo menos esta noite, está bem? Não é uma boa hora. Podemos conversar mais tarde.

Kiyo hesitou e, então, assentiu. Aproximei meu rosto do seu, e ele acariciou minha testa com a boca, deslizando até a bochecha. Fechei os olhos e suspirei, relaxando enquanto os lábios dele desciam delicadamente pela lateral do meu pescoço. Nos viramos um para o outro, e nossas bocas se atraíram com uma força invisível. Enquanto nos beijávamos, me esqueci de todas as propostas loucas daquela noite. Era apenas isso. Kiyo e eu.

— Nada de amassos — avisei, vendo sua mão se mexer dissimuladamente em direção a áreas proibidas. — Não quero saber quantas pessoas estão fazendo isso. Nem quanta importância não damos a isso.

— Então vamos para algum lugar mais reservado — murmurou ele, beijando meu ombro.

— Não posso. Você sabe que tenho que ir embora com Dorian. Não vai acontecer nada — acrescentei, vendo que ele estava boquiaberto. — É só para manter as aparências. Podemos ficar juntos amanhã.

Ele pensou um pouco e concordou.

— Está bem. Mas vou lhe dar uma bela despedida esta noite.

Ele se inclinou, e continuamos nos beijando mais um pouco até que uma voz disse:

— Os deuses sabem que já vi algumas coisas estranhas na vida, mas nunca imaginei que encontraria um kitsune tentando se tornar o rei de todos nós.

Olhamos para a frente, surpresos. Não esperava outro pretendente enquanto estava claramente ocupada com Kiyo.

Aeson estava ali.

CAPÍTULO 21

Me levantei depressa, e uma ira percorria meu corpo enquanto olhava fixamente para aquele homem convencido. Ele tinha uma coroa pesada e decorada com joias no topo da cabeça, sobre os cabelos castanhos, e usava um traje de gala justo, de cetim preto.

— Não me olhe assim, lady Markham — disse ele em uma voz tão prazerosa quanto hostil. — Dorian não irá protegê-la se causar problemas em seu reino, não importa se for uma amante vantajosa.

— Está bem. Então vou ter que matar você em outro lugar.

— Seu plano não funcionou tão bem da última vez.

— Nem o seu.

Aeson me olhou com malícia.

— Esse vestido é muito bonito, sabe? Ele deixa transparecer cada parte do seu corpo maravilhosamente.

Cruzei os braços por instinto.

— Não me faça perder tempo com seus elogios.

— Só estou fazendo a minha oferta pelo seu corpo, exatamente como todos os outros aqui.

— É? Você não prestou atenção? Nenhum elogio dos outros funcionou.

— Eles são sanguessugas e fidalgotes insignificantes disputando poder — disse Aeson com um sorriso de escárnio. — O consenso é que você recusou todos simplesmente porque ainda não foi abordada por alguém que valha a pena — prosseguiu ele, lançando um olhar penetrante para Kiyo.

— Ou talvez porque eu esteja com Dorian. Não que isso faça alguma diferença. Eu foderia com aquele trowe ali antes de chegar perto de você.

— Acho que gostaria de ver isso. Ainda mais que a cabeça dele bate nos seus joelhos.

— Se esta é a parte em que você me diz o quanto é bem-dotado, me poupe. Não há nada que você possa dizer que me faça chegar perto da sua cama. Então, desista e vá embora.

As feições de Aeson se enrijeceram. Um sorriso frio e sardônico brotou em seus lábios.

— Acho que não posso argumentar contra isso. Não que eu me importe. Não vou passar a noite sozinho.

Ele deu alguns passos para o lado e gesticulou com a cabeça. Acompanhei o movimento, atravessando o salão com os olhos. Jasmine Delaney estava de pé, num grupo de nobres. Ela nos observava, com um olhar que não podia ser interpretado. Um vestido longo e pesado, com brocados e joias, adornava suas formas delicadas, e seus olhos acinzentados pareciam ainda maiores do que na última vez.

Cerrei os punhos, lembrando a cara da minha mãe quando descreveu seu cativeiro. A fotografia tirada por Wil de uma menina solitária, perdida em seu mundo de fantasias, circulava por minha mente.

— Eu *vou* matar você, seu canalha. Mas, antes, vou cuidar para que você me implore para fazer isso — falei, parecendo Volusian.

— Eugenie — murmurou Kiyo, tocando meu pulso com uma das mãos.

Sua voz era firme e cautelosa. Parecia temer que eu fizesse alguma besteira. Era bom mesmo ter medo.

Aeson parecia despreocupado:

— Essas medidas são extremas, você não acha? Ainda mais quando existem outras muito mais simples.

— Como o quê?

Ele deu de ombros.

— Vou entregar a menina a você esta noite.

— Me deixe adivinhar. Se eu for viver com você no lugar dela?

— Nada de compromissos desse tipo. Venha passar apenas o Beltane comigo. Uma noite, e tanto você quanto ela serão livres. Não é uma oferta ruim, até porque ainda há muitos homens lá fora tramando para ter você por um período mais longo. Levando em conta as outras porcarias que se aproximaram de você, poderia ter sido bem pior. Sou poderoso. Rico. Influente. Um consorte que vale a pena.

Olhei para Aeson da cabeça aos pés, de soslaio para Jasmine, que ainda nos observava, e de novo para ele.

— Acho que prefiro só matar você.

Ele fez uma reverência debochada para mim, com o rosto ainda duro.

— Estou ansioso pela tentativa.

Aeson começou a se afastar e, então, olhou para Kiyo, pensativo.

— Acho que você poderia escolher homens piores para serem o pai do seu filho. Esse aí já provou que pode fazer isso.

Aeson saiu de perto de nós depressa e voltou para o seu grupo. Colocando um braço possessivo ao redor de Jasmine, ele se inclinou e a beijou com força, pressionando seu corpo contra o dela. Com a diferença de altura entre os dois, ele parecia molestar uma criancinha — o que, supus, era o que ele fazia. A puberdade que se dane.

A ira que aquela visão inspirou em mim se solidificou como gelo quando me virei para Kiyo. O olhar em seu rosto fez meu estômago embrulhar.

— Do que ele estava falando?

Kiyo começou a abrir a boca e, então, fez uma pausa, parecendo reconsiderar o que queria dizer. Minha incredulidade explodiu.

— Kiyo! Esta é a parte em que você fala que Aeson só diz merda e que você não faz ideia do que ele está falando!

— Eugenie... — começou ele, devagar.

— Meu Deus.

Fiquei de costas para ele. O gelo dentro de mim derreteu e me deixou enjoada.

— Você tem um filho e nunca me disse. Você tem um filho por aí.

— Não. Ainda não.

Me virei de novo.

— Que diabos isso quer... — parei. — Maiwenn. Maiwenn está grávida.

Pobre Maiwenn. Pobre, doente e fraca Maiwenn. Eu tinha ouvido vários comentários sobre o estado dela e nunca questionei isso. Era um sinal do quanto eu havia passado o último mês distraída. Os nobres não adoeciam. Poderiam morrer em uma batalha, morrer por causa de um ferimento infeccionado ou de velhice. Então era isso.

Mesmo agora, olhando ao redor do salão, vi Maiwenn sentada, conversando com outras pessoas. Ela sorria, mas parecia pálida apesar do bronzeado. Seu vestido era folgado e volumoso. O que ela havia usado na minha casa era parecido, apesar de não ser de seda. Ela não andava mostrando o corpo.

— Você devia ter me contado — sussurrei.

— É — disse ele, simplesmente. — Eu devia.

— Você devia ter me contado! — repeti em uma voz alta e tensa. Grande parte do barulho do salão encobriu meu grito, mas algumas pessoas ali perto nos olharam, curiosas.

— Shh — fez Kiyo, pegando em meu braço e me puxando de volta para a parede. — Eu estava esperando o momento certo. As coisas andavam tão incertas entre nós. Eu queria ter uma base estável antes de lhe contar.

— E você chegou a pensar que me contar agora poderia ajudar a construir essa “base estável”? O que aconteceu com toda aquela retórica sobre sinceridade?

— E como é que você teria recebido a notícia? — perguntou ele em voz baixa. — Já foi difícil para você saber que ela e eu ficamos juntos por um tempo.

— Não foi, não.

— Eugenie, vejo isso no seu rosto sempre que o nome dela é mencionado.

— Não interessa. Isso é importante.

Kiyo balançou a cabeça.

— Aconteceu no passado. Não estamos mais juntos. Somos amigos agora. Você e eu estamos juntos.

— E daí? Você não vai ter nada com essa criança porque vocês não estão mais juntos?

— Não! Claro que não. Vou cuidar da criança e apoiar Maiwenn no que for preciso.

— Então isso não é passado — disparei. — É o seu futuro. E o *meu* futuro também se você tiver planos de ficar comigo.

O rosto de Kiyo ficou ainda mais sóbrio do que já estava.

— Você tem razão — disse ele depois de demorar algum tempo. — Eu errei. Me desculpe. Pensei estar te protegendo.

Dei uma risada áspera que beirou perigosamente um soluço.

— É. Todo mundo quer me proteger ultimamente. Meus pais também fizeram isso. Vocês acham que se eu não ouvir as coisas ruins elas não vão mais existir. Mas quer saber? Elas ainda existem, *sim*, e eu acabo ficando sabendo, *sim*. E peço a Deus que tivesse ouvido antes essas coisas das pessoas que amo.

Me virei e comecei a me afastar. Kiyo agarrou meu ombro. Tentei escapar das mãos dele.

— Não encosta em mim — avisei. — Acabamos por aqui.

— Do que você está falando?

— Do que você acha? Pensa que vou sorrir e perdoar tudo isso? Eu mal posso perdoar meus pais, e conheço os dois a vida toda. Conheço você há menos de um mês. Isso não conta muito.

Ele recuou. A mão que estava no meu ombro se afastou.

— Entendi — disse ele, duro, com o rosto obscurecendo. — Então acho que acabamos por aqui.

— É.

Ficamos ali, encarando um ao outro, e, onde o calor um dia queimou entre nós, restava apenas um abismo solitário. Me virei e atravessei o salão, furiosa como uma tempestade, sem nem saber para onde ia. Homens ávidos se aproximaram de mim, mas passei por todos, mostrando a arrogância que Shaya disse que esperavam de mim. Simplesmente não podia encará-los agora.

Era demais. Tudo aquilo. As propostas loucas. Meu suposto legado. Aeson e Jasmine. Maiwenn e Kiyo.

Meu Deus, Kiyo. Por que ele tinha feito isso comigo? Eu havia tentado riscá-lo da minha vida depois de nossa primeira noite juntos, e Kiyo tinha me feito me importar com ele de novo. Agora, doía em dobro. As palavras da noite anterior voltaram para mim.

Você é meu.

Aparentemente não.

Parei no meio da pista de dança tumultuada sem fazer a menor ideia de onde ia. Fiquei desorientada e esqueci para que lado era a saída. O trono estava ali, então isso queria dizer...

— E aí, Odile? Que festa!

Minhas tentativas de me orientar foram interrompidas quando Finn se aproximou. Eu ainda não havia me adaptado a vê-lo em sua forma mais parecida com a de um humano, a do Outro Mundo.

— Finn! Preciso que você me tire daqui.

Ele franziu a testa.

— Você ainda não pode ir embora. A etiqueta diz...

— Foda-se a etiqueta — rosnei. — Me tire daqui. Quero ficar sozinha.

Seu semblante alegre de sempre desapareceu.

— Claro. Venha.

Ele me levou não em direção às portas principais, e sim para uma pequena passagem escondida perto de um canto. Cheiros deliciosos vinham lá de dentro. Aquele era algum tipo de caminho para os fundos da cozinha. Vários criados apressados nos olharam, admirados, enquanto passávamos pelos corredores, virando para um lado e para o outro, e pelas fileiras de fornos. Finn, porém, seguia com propósito, sem perder o ritmo. As pessoas tendem a não questionar se pensarem que você sabe aonde vai.

Finn acenou e gesticulou para que eu entrasse em uma pequena alcova distante do movimento dos cozinheiros. Ganchos com capas e casacos encobriam as paredes, e percebi que o cômodo devia ser usado pelos criados para deixar seus objetos pessoais. Havia um pequeno banco abaixo dos ganchos.

— Aqui está bom? — perguntou Finn.

— Está. Obrigada. Pode ir agora.

Me sentei e me abracei.

— Mas eu não devia...

— Vá embora, Finn — falei, ouvindo as lágrimas em minha voz. — Por favor.

Ele me olhou com uma expressão pesarosa, quase magoada e, então, saiu.

As lágrimas levaram um bom tempo para vir e, mesmo assim, chegaram muito relutantes. Só algumas escorreram pelo meu rosto. Eu havia me sentido desamparada diante do elementar de lama, mas esse era um tipo de desamparo diferente. Um desamparo com consequências mentais, e não físicas.

Meu coração doía por dentro por causa de Kiyo, e meu estômago queimava de tanta fúria por causa de Aeson. Nenhuma das indisposições parecia ter remédio.

Não sei por quanto tempo fiquei ali até Dorian chegar. Consegui ver apenas a sua silhueta com a visão periférica, mas o cheiro de canela o entregou. Ele passou um bom tempo sentado ao meu lado, sem dizer nada. Então, senti as pontas de seus dedos percorrerem meu rosto com delicadeza e enxugarem uma das lágrimas.

— O que posso fazer por você? — perguntou ele.

— Nada. A menos que você me deixe quebrar o acordo de hospitalidade e fazer algum estrago.

— Ah, minha querida, se isso fosse possível, eu já teria estrangulado vários membros da minha nobreza para não ser mais obrigado a ouvir a conversa fiada e idiota deles.

— Então por que ser rei?

— Não sei bem se existe um motivo. A comida, talvez.

— Você faz piada sobre tudo.

— A vida é dura demais para eu não fazer.

— É, acho que sim.

Permanecemos em silêncio até Dorian chamar alguém pelo nome. Um instante depois, um criado pequeno e desorientado apareceu.

— Traga-nos um pouco daquele bolo de chocolate que Bertha fez. Duas fatias.

O homem se apressou.

— Não estou com fome — murmurei.

— Você vai ficar.

O bolo chegou. Era um daqueles tipos sem farinha. Então estava mais para chocolate de bolo do que para bolo de chocolate. Uma calda de framboesa formava um lago ao redor do bolo. Me peguei saboreando cada pedaço.

— Está melhor? — perguntou Dorian.

— Estou.

— Você viu? Falei que era a comida.

Coloquei o prato no chão e tentei dar voz a uma ideia que, aos poucos, impregnava as profundezas da minha mente. Uma ideia que nunca teria ousado emergir se eu não estivesse tão furiosa com Aeson e Kiyo naquela noite. De fato, fora a proposta absurda de Aeson que me fizera lembrar disso.

— Dorian?

— O que foi?

— Quando nos conhecemos... você me disse que se eu dormisse com você me ajudaria a resgatar Jasmine. Esta proposta ainda está de pé?

O primeiro olhar surpreso que vi Dorian dar atravessou seu rosto. Me senti um tanto orgulhosa quando percebi que finalmente o havia pegado desprevenido.

— Minha nossa — disse ele, em voz baixa. — Isso foi inesperado. Muito inesperado. Quer dizer que o desespero e a fúria conseguem o que o meu charme não consegue, não é?

Minhas bochechas ficaram coradas.

— Bem, não... Não é como...

— Não — disse ele, abruptamente. — A proposta não está mais de pé.

— Mas pensei que...

— Vi você se desentender com Aeson e com o kitsune. Não quero você na minha cama por causa de algum enganoso senso de vingança contra os dois.

De certa forma ele tinha razão, como percebi. Esse era o meu jeito de me vingar dos dois. De Aeson por exibir Jasmine. E de Kiyo por partir meu coração.

— Por favor — falei. — Vou fazer isso. E-eu não me importo. E de qualquer maneira... preciso resgatar Jasmine. Não aguento mais saber que ela está com ele.

Dorian ficou quieto por um bom tempo. Finalmente disse:

— Está bem.

Virei de repente a cabeça em sua direção.

— Você está falando sério?

— Certamente. Vamos voltar para o meu quarto e ver como você se sai.

— Ver como...? O que isso quer dizer? O acordo depende de eu ser boa na cama?

Ele sorriu.

— Vou pedir a Nia para levá-la. Preciso me misturar um pouco mais e me juntarei a você em breve.

Nia chegou como num passe de mágica e fez exatamente o que Dorian havia dito. Quando fiquei sozinha em sua câmara enorme, andei de um lado para o outro, inquieta, tentando me convencer a transar com alguém inteiramente nobre. Seria fácil. Nada demais. Eu só precisava me deitar ali. Os nobres não transmitiam doenças, como os humanos. Eu não poderia engravidar. Uma noite, e eu finalmente me vingaria daquele canalha do Aeson e daquele seu olhar presunçoso. E, sim, Dorian tinha razão: eu me vingaria de Kiyo também. Quem diria... Talvez dormir com Dorian preenchesse o buraco terrível e doloroso que a traição de Kiyo havia deixado em mim.

— Admirando a vista? — perguntou Dorian quando, enfim, entrou no quarto.

Eu estava de pé, perto de uma janela panorâmica enorme, olhando fixamente para o meu reflexo no vidro escuro.

— Nunca estive aqui à luz do dia. Nunca vi como é.

— É adorável. Você vai ver quando amanhecer.

Imaginei que sim. Dorian tirou o roupão pesado, pegou uma taça de vinho e se esparramou na pilha de travesseiros sobre a cama. O movimento não se parecia muito com o de alguém que estava prestes a transar. Estava mais para uma expressão de cansaço. Ele parecia muito comum. Muito humano.

— Você me parece cansado — falei, me encostando na coluna da cama, observando-o.

Dorian expirou profundamente.

— Entreter os admiradores é um trabalho duro. Como, sem dúvida, você pôde comprovar. Como foi a sua primeira festa real? Me conte com quem conversou. Sua noite deve ter sido mais tediosa do que a minha.

Com cuidado, me sentei na beirada da cama e lhe narrei minha noite. Dei minhas opiniões e o máximo de detalhes possível sobre as várias propostas que recebi. Os nomes me fugiam à memória, mas Dorian conseguiu identificar os culpados com muita facilidade com base nas informações. Ele riu tanto de meus relatos e minhas opiniões que pensei que chegaria a chorar.

Levantando-se graciosamente, ele deslizou sobre a colcha de cetim para se sentar ao meu lado.

— Coitadinha de você. Não me admira que goste de nos perseguir e de nos caçar. No entanto, confesso que depois de minhas experiências igualmente fúteis desta noite, devo ter alguns nomes para lhe dar.

— Você não deveria dizer essas coisas.

Ele balançou a cabeça e deu uma gargalhada.

— Passe bastante tempo aqui e você irá dizê-las também.

Aqueles olhos dourados e verdes me observavam, brilhando tanto de afeto quanto de desejo. Por um momento, quase acreditei que Dorian me quisesse por *mim* mesma e não por causa da minha fertilidade humana nem por causa da minha ligação com a profecia.

Ele me puxou pela nuca e me beijou, e não tive mais tempo para fazer perguntas. Agora, já tínhamos nos beijado muito, e seus lábios ainda abrigavam aquela maciez da seda, a precisão cautelosa e o controle. Eu havia me acostumado e aquilo aqueceu cada parte do meu corpo. Porém, a conclusão inevitável daquela noite estava diante de mim. Meus lábios quase vacilaram, mas ainda foram capazes de beijá-lo. Eu conseguiria fazer isso. Seria fácil... não?

Dorian me deitou na cama com delicadeza, ainda me beijando enquanto acomodava o corpo parcialmente sobre o meu. O calor e o peso de Dorian desencadearam algo prazeroso dentro de mim, até mesmo enquanto uma parte do meu cérebro, de repente, começou a me alfinetar por causa de Kiyo e a se lembrar de cada coisa ruim que me ensinaram sobre os nobres. Minha respiração acelerou, mas não de paixão. *Não, não,* eu me torturava, forçando meu corpo a não ficar tenso. *É o Dorian. Não há nada a temer*. Mas eu estava com medo. Aquilo não parecia certo. Eu não poderia me deixar fazer isso, muito embora soubesse que não havia razão para não fazê-lo. Agora eu andava com nobres. Tinha títulos. Queria aprender a magia deles. Queria matar Aeson. E ainda assim, de alguma forma, uma parte de mim se recusava a se entregar a esse...

Dorian se afastou de mim e se sentou.

— É como eu pensava. Você realmente não quer fazer isso. Tem medo de mim.

Me ergui um pouco, apoiada sobre o cotovelo. Engoli em seco e tentei respirar de forma mais estável.

— Uma vez você não disse que queria que eu tivesse medo?

— Não este tipo de medo. Além disso, seu coração está um pouco confuso esta noite.

Dorian se levantou da cama e se serviu de outra taça de vinho. Tomou um gole e se aproximou da janela, encarando o nada, exatamente como eu havia feito mais cedo.

— O-o que você está fazendo?

— Já falei antes. Não fico com mulheres que não me querem.

Continuou de costas para mim, mas sua voz ainda tinha aquele tom despreocupado. Como se tudo não passasse de uma grande brincadeira. Eu me perguntava se ele estava decepcionado. Não consegui interpretá-lo de jeito nenhum.

— Ei, espere... — falei, me levantando da cama e agarrando o braço dele, quase derramando o vinho. — O que você está dizendo? Temos que fazer isso. Juro que não importa. Quero fazer isso. De verdade.

— Talvez. Você não olha para mim como olha para o kitsune, mas já senti o seu desejo antes. No entanto, é algo fugaz, e isso não pode ganhar da parte de você que diz para não se submeter a um dos iluminados.

— Talvez possamos ignorar essa parte.

Ele riu e tocou meu rosto.

— Adoro você, sabia? Estou tão feliz por tê-la conhecido.

Engoli em seco, ansiosa e desesperada.

— Por favor, Dorian, quero resgatar Jasmine. Temos que fazer isso.

— Não vamos fazer nada assim. Lamento, mas hoje não.

Ele se afastou e se sentou na cama, perto da cabeceira, exatamente como havia feito antes.

— No entanto, vou fazer um acordo com você. Vamos adiar o que combinamos para quando você estiver pronta. Em troca desse período de graça, acrescento a advertência de que não vamos atrás de Aeson até que você tenha feito o devido progresso em sua magia.

Pensei em nossas últimas aulas desanimadoras.

— Isso pode levar um tempo...

— Então, que leve um tempo. É sério. Se você quiser tudo que puder obter para derrotá-lo, é melhor saber algo sobre o seu poder, ainda que seja pouco. Suas armas são fortes, mas, se você as perde... já era.

Queria me opor a ele, dizer que não poderia esperar tanto. Foda-se a magia. Foda-se minha resistência puritana. Devíamos transar logo e pegar Jasmine de volta.

Porém, eu sabia que Dorian tinha razão. Em todos os sentidos. Ele não merecia meu corpo sem que minha mente estivesse voltada para isso, e eu realmente precisava de cada vantagem que pudesse obter.

— Bem, então... podemos praticar hoje? Já que mais nada vai acontecer?

Se eu me distraísse, talvez parasse de sofrer por causa de Kiyo.

— Você não se preocupa em ter um pouco de tato, não é? Então, muito bem. Vamos ver o que conseguimos fazer.

Arrastei uma cadeira para o meio do quarto enquanto Dorian apanhava mais alguns cordões de seu estoque sem fim.

— Bege e violeta — disse ele, segurando-os. — Para combinar com seu vestido.

— É champanhe.

Dessa vez, Dorian não amarrou minhas mãos, mas prendeu meu tronco todo. De novo, usou arranjos complexos enquanto trabalhava, integrando tranças e tramas únicas. A seda roxa cobria meus seios em linhas cruzadas, e cada vez que a mão dele esbarrava em alguma parte sensível, um arrepio secreto percorria meu corpo. O que havia de errado comigo? Se eu tinha estas reações físicas, então por que não conseguia transar com ele?

A amarração levou um bom tempo, como sempre. Aquilo me deixava tão impaciente, mas era claro que Dorian gostava disso. Ele trabalhava com uma paciência infinita, cuidadoso a cada trançado e nó. Quando finalmente terminou, se levantou e me observou, exatamente como havia feito nas duas outras vezes.

— Muito bom — comentou ele, me absorvendo com os olhos.

Um pensamento estranho me veio à mente enquanto estava ali sentada. Deixei por vontade própria que ele fizesse aquilo comigo, mas, na verdade, era um gesto de fé. Meus braços podiam estar soltos. Porém, quando ele ficou ali, parado à minha frente, percebi o quanto eu estava vulnerável. Como eu estava totalmente sob seu poder se ele quisesse abusar disso.

Mas não abusou. Nunca. Depois de Dorian me vendar, ouvi enquanto buscava o jarro d'água no outro cômodo e o trazia. Uma vez que o jarro parecia estar escondido, ele voltou para a cama. Ouvi a cama ranger sob o peso de seu corpo e o som de mais vinho sendo servido.

— Ao ataque — disse ele.

Me concentrei exatamente como havia feito nas duas últimas aulas. Minha mente se expandiu, alcançando o cômodo, tentando encontrar a água com a qual eu supostamente tinha afinidade. Repeti os mesmos exercícios, visualizando a umidade, o toque e o sabor da água.

No entanto, quando apontei para onde pensei que o jarro estivesse, Dorian me disse que eu estava enganada.

Então tentei de novo. Mais três vezes, para ser precisa. Fracassei em cada uma delas.

Ouvi Dorian bocejar.

— Você quer encerrar por hoje? Me atrevo a dizer que esta cama é grande o bastante para nós dois dormirmos com castidade. Ou, se você desejar, não me importo de dormir no sofá do outro cômodo.

— Não — falei, teimando. — Quero tentar de novo.

— Como você quiser.

Mais uma vez, me forcei a passar por tudo aquilo, odiando e, no entanto, queimando de necessidade. Eu queria fazer aquilo. Queria controlar o poder. Podia ter fracassado no sexo naquela noite, mas não fracassaria na...

— Está lá — falei, de repente.

— Onde?

Apontei e, com a mão esticada, quase pude sentir algo molhado. Era tão fácil. Como não pude notar isso antes?

— Bem ao seu lado. Muito perto. Se você ainda estiver deitado na cama, eu diria que está... na direção do seu cotovelo. Talvez em cima da mesa.

Ele ficou quieto.

— E então? Acertei, não foi?

— Procure no resto do quarto.

Minha esperança se esmigalhou.

— Errei de novo.

— Simplesmente procure. Veja se a água está em algum outro lugar.

Eu não entendia o jogo de Dorian. Por que ele era tão vago? Eu havia encontrado o jarro ou não?

Porém, tentei de novo, alcançando o cômodo. Aquele ponto perto dele pulsava, chamando a atenção dos meus sentidos. A água estava lá. Eu sabia disso. Então para que tudo aquilo?

De repente, outro ponto me atraiu. Tentei alcançá-lo sem usar as mãos dessa vez, e a mesma pulsação forte respondeu. E com aquela sensação veio um leve formigamento, apenas uma centelha, mas sussurrava sobre o poder que eu havia sentido no sonho-lembrança.

— Está bem. Perto da porta. No chão, eu acho.

— Isso mesmo.

A resposta foi surpreendentemente simples e clara. Sem piadas ou jogos.

— Está certo? Eu acertei? Mesmo? Você não está me enganando para podermos ir para a cama?

Ouvi a risada em voz baixa enquanto Dorian ia até a porta e, então, se aproximava de mim. Ele pegou minha mão e a mergulhou no jarro de cerâmica, e eu senti a água fresca escorrer pela minha mão. Dei uma gargalhada, entusiasmada e me sentindo capaz. Tive vontade de espirrá-la em nós dois.

— Então, o que foi que encontrei na primeira vez? Ao lado da cama? Pelo jeito que você reagiu, deve ter sido alguma coisa.

— De fato, era, sim.

Ele levou o jarro embora, foi em direção à cama e voltou até mim. Senti seu braço se mexer na minha direção e, então, o cheiro de algo forte e frutado chegou ao meu nariz.

— O vinho — percebi. — Encontrei o vinho.

— Isso. O que também é notável, levando em conta que eu já havia tomado quase tudo — disse ele, pondo o decanter sobre a mesa e retirando minha venda. — Agora, minha querida, está na hora de ir para a cama.

Dorian se ajoelhou diante de mim e começou o processo entediante de desfazer todas aquelas amarrações e todos aqueles nós. Mexi minhas mãos livres.

— Quer ajuda?

Dorian balançou a cabeça. Pude sentir o cheiro de vinho nele.

— Não. Deixe-me com meus passatempos simples, por favor.

— Você está bêbado?

— Provavelmente.

Ele trabalhou de forma constante para me libertar dos cordões. Seus dedos estavam um pouco menos precisos do que antes. Mais uma vez, senti aquele arrepio estranho por estar tão presa.

Finalmente livre, me levantei e me estiquei.

— Posso tomar um pouco?

Eu queria celebrar e, depois de semanas de bom comportamento, percebi que poderia beber ali com segurança. O engraçado é que agora o lugar mais seguro para mim era o castelo de um nobre.

Dorian ergueu o decanter. Restava apenas uma taça. Ele olhou para o vinho, desaprovando aquilo por um momento e, então, tirou a camisa. Perplexa, observei enquanto ele ia até a porta e enfiava a cabeça para fora.

— Pois não, sire? — perguntou uma voz.

— Precisamos de mais vinho! — declarou Dorian em uma voz explosiva. — Lady Markham e eu temos muito que fazer nesta noite.

— Agora mesmo, Vossa Majestade!

— Depressa, homem. Você não faz ideia do quanto ela é exigente. Mal posso mantê-la satisfeita assim.

Ouvi o barulho de botas batendo no chão de pedra. Dorian fechou a porta e se virou para mim.

— Seu vinho chegará em breve e, sem dúvida, minha proeza será proclamada no castelo inteiro.

Revirei os olhos diante de seu espetáculo.

— Então quer dizer que passei no teste?

— O quê?

— Você disse que eu teria que fazer algum progresso na magia antes que pudéssemos buscar Jasmine.

— Ah. Isso. Bem, não foi exatamente um progresso.

— Pro inferno que não foi.

Ele se sentou perto de mim na cama.

— Você encontrou a água. Agora precisa fazer alguma coisa com ela. Seus inimigos não ficarão impressionados quando você informar a eles que há um lago logo depois do próximo morro.

Suspirei. Que ótimo.

— Então, qual é o próximo passo?

— Na próxima vez, você deve fazer a água vir até você.

— Bem, pelo menos isso parece mais interessante.

— Na verdade, não. Faremos exatamente a mesma coisa, só que você fica sentada, tentando fazer com que a água se mexa.

— Você é o professor mais chato de todos os tempos.

Ele sorriu e me deu um beijo rápido na bochecha, enquanto alguém batia na porta.

— Tudo depende do que você quer que eu lhe ensine.

CAPÍTULO 22

No dia seguinte, não dei todos os detalhes a Lara. Contei apenas que tinha terminado com um cara.

— Sorvete — aconselhou ela pelo telefone. — Bastante sorvete. E tequila. Esse é o segredo.

— Não posso beber muito agora.

— Bem, então talvez você deva tomar um daqueles sorvetes com sabor de licor. Como com Kahlúa ou creme irlandês.

— Alguma outra dica quente?

— Filmes de mulherzinha.

— Meu bom Deus. Vou desligar agora.

— Bem, então, experimente isso — disse ela, parecendo ressentida. — Acabei de receber uma ligação de um cara que acha que tem um troll no porão da casa dele. Acho que espancar um desses seria uma terapia.

— Essa Lara só fala merda — disse Tim, mais tarde, quando contei a ele sobre a ligação. — Por que as mulheres recorrem ao sorvete? Assim engordam, passam a se odiar, começam a falar sem parar que nunca vão encontrar ninguém, blá-blá-blá. Isso é idiotice. Agora, se você tiver um pouco de peiote guardado já é diferente...

— Não — falei. — Nada de peiote. Não depois do que aconteceu na última vez.

Tim fez uma careta.

— Então está bem. Quer o meu conselho? Não ligue para Kiyo. Ele deve estar passando por todo tipo de culpa e arrependimento. Se você ligar, ele vai se sentir melhor e começar a se defender. Deixe o cara de molho por um tempo, e ele vai ligar para você.

— Não quero que ele me ligue.

— Claro, Eug.

Acabei capturando o troll mais tarde naquele dia, mas, na verdade, não adiantou muito. O quebra-cabeça do Kiss que montei à noite também não. Num marasmo cada vez maior, só fiquei muito feliz quando tive mais uma aula com Dorian, no dia seguinte.

Levando em conta a fascinação que ele tinha por coisas do mundo dos humanos e novidades em geral, pensei que iria gostar de sair para comer. Não sei por que me preocupei com isso. Provavelmente deveríamos ter ido direto para a aula. Talvez eu me sentisse culpada por causa daquela coisa do sexo. Talvez eu me sentisse sozinha.

Depois de dirigir por pouco tempo, cheguei ao Catalina Lodge, um hotel fino, a cerca de um ou dois quilômetros do Parque Estadual de Catalina. Estacionei em um lugar isolado, na esperança de estar longe de olhos observadores, e me sentei no chão, com as pernas cruzadas. O anel estava ao meu lado, sobre o asfalto. Pus os óculos escuros, me encostei no carro e aguardei.

Minha noção de tempo não poderia ter sido mais perfeita. Poucos minutos depois, senti a pressão e o formigamento e, então, Dorian se materializou ao meu lado. Ele havia deixado os roupões e as capas em casa e vestia calças escuras e uma camisa cinza-esverdeada que parecia um pouco inadequada. Semicerrando os olhos, olhou para cima, para a brilhante luz do sol e, em seguida, notou que eu estava ali, no chão.

— Nunca está nublado neste lugar infernal?

Me endireitei, e ele ofereceu uma das mãos para me levantar.

— Posso providenciar isso se você quiser.

— E correr o risco de você devastar metade de sua agradável cidade? Não, obrigado.

— Imaginei que fosse gostar disso. Assim, seria mais fácil dominar o mundo. Um lugar a menos para conquistar.

— Não. Preciso que este lugar permaneça intacto. Pretendo manter prisioneiros e inimigos exilados aqui. Onde exatamente estamos hoje?

— A poucos passos da melhor comida da sua vida, se o que dizem for verdade.

Dorian deu um de seus sorrisos breves de sempre.

— Prazer antes dos negócios? Minha nossa, você nunca deixa de me impressionar.

— Espere até me ver identificar todas as fontes de água do restaurante.

Aquilo, pelo menos, havia sido uma boa coisa do Beltane. Agora eu podia sentir cactos, poços e qualquer outra fonte de água até determinada distância. Conseguia sentir até mesmo as pessoas, já que o corpo humano devia ser composto de, o quê, uns 65% de água? Isso significava que ninguém poderia se aproximar de mim sem ser notado.

Lá dentro e já sentado, Dorian gostou mais de observar o ambiente do que qualquer prato do cardápio.

— Escolha algo para mim — disse ele, distraído, enquanto via uma família sair com quatro crianças pequenas, uma atrás da outra.

Dorian tombou a cabeça, curioso, e perguntou:

— Pelos deuses, todos aqueles pequenos pertencem a eles?

Olhei para a frente.

— Provavelmente.

— E a mãe parece estar grávida de novo. Inacreditável. Na minha terra, essas pessoas seriam veneradas como deusas da fertilidade. Uma família com duas crianças já é bastante notável.

A garçonete voltou. Pedi um ravióli com recheio de espinafre para mim e um tipo de frango temperado para ele.

— Na verdade, várias famílias das classes média e alta fazem um grande esforço para ter apenas dois filhos. E muitas pessoas nem começam a formar uma família até serem mais velhas do que eu.

— Intrigante — disse ele, apoiando o cotovelo sobre a mesa e o queixo na mão. — Uma mulher da sua idade já poderia ter todas aquelas crianças agora.

— Ei, estou com 26 anos. Não sou tão velha assim. E nem pareço ter a idade que tenho.

— Isso vem do sangue do seu pai. E eu não estava insultando a sua idade. Só estava fazendo uma observação — suspirou ele. — Abriria mão de metade do meu reino por apenas um filho.

Dei um sorriso malicioso.

— E pela chance de ser o pai do neto do rei da Tempestade?

— Ficaria igualmente feliz em ser o pai do neto dele também. Eu ficaria feliz em ser o pai do filho de qualquer uma.

— Então por que você não encontra uma garota legal e faz isso?

— Acredite: não foi por falta de tentativas.

Seu rosto abrigou uma seriedade rara, mas a expressão desapareceu tão depressa quanto chegou.

— E agora tem uma jovem atraente ali.

Seguindo o olhar dele pelo restaurante, vi uma loura alta sair do toalete. Ela estava enfiada em um vestido de elastano minúsculo, com os peitos quase pulando para fora. Não tive coragem de dizer a Dorian que provavelmente havia muito silicone ali. Seus olhos percorreram o corpo dela. Então, seu alarme de charme deve ter sido desligado por receio de me negligenciar. Ele se virou de volta.

— Não que você também não esteja adorável hoje.

— Não precisa me elogiar. — Dei uma gargalhada. — Pode comer as outras com os olhos à vontade.

Nossa refeição de fim da tarde correu bem, e tudo continuava a encantar Dorian. O cartão de crédito que usei para pagar a conta, no final, o cativou de forma especial.

— Minhas informações estão armazenadas neste cartão — tentei explicar. — E estas informações permitem que o restaurante receba dinheiro de mim.

Delicadamente, Dorian pegou o cartão depois de ele ter sido devolvido e o virou de um lado para o outro com os dedos.

— Intrigante. Imagino que isso tenha algo a ver com eletricidade. O sangue da sua cultura, não é?

Seu tom irônico me fez sorrir.

— Mais ou menos isso.

Foi quando estávamos na caminhada de uns dois quilômetros até o Parque Estadual de Catalina que as coisas ficaram um pouco tensas.

— Você teve mais notícias do kitsune?

— Ele tem nome — disparei.

— Você teve mais notícias do Kiyo?

— Não.

— É mesmo? Ele não tentou entrar em contato com você e implorar o seu perdão?

— Não — repeti entre dentes.

Alguma coisa na forma como Dorian disse aquilo me deu a impressão de se tratar de um grande insulto.

— Que estranho. Acho que é o que eu faria se ofendesse a dama que amo. É claro que, imagino, quando um homem passa metade de sua existência como um animal, não dá para esperar que não aja como um.

Parei e me virei para Dorian.

— Pare com isso. Pare, está bem? Não tente me envenenar contra ele.

— Você não precisa de mim para fazer o que ele já fez.

— Que merda, Dorian. Estou falando sério.

Começamos a andar de novo, mas fui eu quem tocou no assunto de novo, depois de vários minutos de silêncio.

— Você sabia. Você sabia que Maiwenn estava grávida e não me contou.

— O segredo não era meu para poder contá-lo. Além disso, arranjei problemas na última vez que falei mal dela. Você me acusou de jogá-la contra ela.

— Não sei bem se é a mesma coisa. Estamos falando de Kiyo agora. Da última vez, era sobre Maiwenn querer me matar.

— E você não acha que é a mesma coisa?

Parei de andar.

— O que você quer dizer com isso?

— Kiyo é amigo de Maiwenn. Já foi amante dela e agora é o pai do filho dela. Ele tem uma postura firme a seu lado contra a invasão do rei da Tempestade. No entanto, de que lado ficaria se tivesse que escolher entre você e ela? E se Maiwenn chegasse à conclusão de que você é uma grande ameaça? O que ele faria? O que ele faria se você engravidasse sem querer?

Um calafrio percorreu meu corpo diante daquelas palavras. Me virei abruptamente e mal reconheci minha voz quando falei:

— Não quero mais falar sobre isso.

Dorian ergueu as mãos num gesto apaziguador, com uma expressão calma e agradável.

— Eu sinceramente não tive a intenção de fazer mal algum. Escolha outro assunto. Vamos falar do que você quiser.

Só que eu não estava mais a fim de conversar. Assim, o resto da caminhada foi em silêncio. Quando finalmente entramos no parque, o sol começava a se pôr. Ainda tínhamos bastante luz e fomos escolher um bom lugar para trabalhar. Acabamos seguindo por uma das trilhas menos usadas e, então, desviamos para uma área semiarborizada. Não tínhamos nada que chegasse perto de uma região coberta por uma floresta densa, e sim superfícies rochosas e alguns pinheiros esparsos. A distância da trilha prometia uma privacidade relativa.

A rotina se mostrou a mesma. Dorian me fez sentar no chão e encostar numa rocha. Ele tinha mais daqueles cordões de seda escondidos e, de novo, os amarrou em mim. A rocha não era um lugar apropriado para se amarrar alguém, assim ele simplesmente deixou minhas mãos sobre o colo e as prendeu juntas pelos pulsos. Naturalmente, fez a trama artística de sempre, entrelaçando cordões vermelhos e azuis de forma complexa.

Quando Dorian prosseguiu com a amarração e passou os cordões em volta do meu peito e dos meus braços, seus olhos tiveram um breve encontro com os meus e, depois, se voltaram para o trabalho manual.

— Você não vai ficar chateada comigo pelo resto do dia, não é?

— Não estou chateada.

Ele deu uma gargalhada.

— É claro que está. Você mente muito mal. Incline-se para a frente, por favor.

Fiz o que Dorian pediu, deixando que desse os nós nas minhas costas.

— Só não gosto quando você faz esses joguinhos. Só isso. Não confio neles.

— E, por obséquio, que joguinhos estou fazendo?

— Na metade das vezes, eu nem sei. Joguinhos de nobres, eu acho. Você fala a verdade, mas sempre tem um motivo por trás.

Dorian me encostou de volta na pedra com delicadeza e se agachou para me olhar nos olhos.

— Ah, mas eu *realmente* falo a verdade.

— É que, às vezes, não sei o que você quer, Dorian. Quais são seus planos. É difícil interpretar você.

Aquele sorriso de deleite se espalhou em seu rosto.

— É difícil me interpretar? E isso vem da mulher que uma hora odeia os habitantes do Outro Mundo e em outra fode com eles? A mesma mulher que afirma não confiar em mim mesmo quando eu a amarro e a deixo completamente vulnerável?

Me agitei em meio aos nós.

— Bem, confio em você para fazer isso.

— Tem certeza?

Dorian beijou meus lábios com força. Fiquei chocada, mas não podia fazer nada a respeito. Aquele homem, aquele nobre — que poderia estar me ajudando ou me usando — havia me prendido. Não consegui fazer nada além de deixar que continuasse me beijando. Perceber isso desencadeou uma reação bem surpreendente em mim, levando em conta meus problemas com controle e desamparo. Aquilo fez com que me sentisse vulnerável... e excitada.

Virei a cabeça de um lado para o outro o máximo que pude, tentando escapar do beijo.

— Pare com isso.

Ele se afastou, inclinando o corpo para trás.

— Eu só estava tentando provar um argumento.

— Não estava, não. Você só estava tentando me beijar.

— Bem, sim. Nessa você me pegou. Porém, o fato permanece: amarrada ou livre, você pode confiar em mim. Não faço nada que não acredite piamente ser interessante para o seu bem-estar. E acontece o mesmo com relação aos eventuais comentários que faço sobre a sua vida amorosa. Agora então. — Ele se levantou. — Vamos começar a aula?

— Nada de vendas? — perguntei, ainda um pouco estremecida.

— Não precisa. Você sabe onde a água está. Ou vai saber em um instante.

Dorian pegou o cantil que eu havia levado e retirou a tampa. Observou a área e encontrou um bloco de pedra enorme, quase da altura de seus ombros. Colocou o cantil aberto no topo da pedra e, depois, escolheu um lugar para ficar, perto de uns arbustos pequenos um tanto secos, de onde podia ver o cantil e a mim com clareza.

— Você está sentindo a água?

— Estou.

— Tenha certeza disso. Se você alcançar alguma das árvores por engano e acabar invocando a água dela, irá matar a pobre criatura.

Expandi meus sentidos, refletindo sobre o que ele disse. Depois de alguns instantes, tive certeza de que havia diferenciado todas as fontes de água.

— Não. Já consegui.

— Então está bem. Chame-a até si.

— Devo fazer o cantil levitar ou algo do tipo?

— Não. Você não tem nenhuma ligação com ele. E sim com a água. Pode senti-la. E tocá-la com a mente. Agora, convença-a a ir até você, a sair de seu recipiente. Você já fez isso com sistemas de tempestade. Agora, o truque é fazer isso em uma escala menor e específica. Esqueça seu corpo. Ele não serve para nada agora. Tudo está na sua mente.

— E essa é toda a instrução que eu recebo, professor?

— Receio que sim.

Dorian se esticou e rolou para o lado para ficar mais confortável. Para alguém que era tão cuidadoso com as roupas, parecia não se importar em sujá-las. Imaginei que lavar a roupa não fosse a grande preocupação de alguém que tinha uma equipe completa para cuidar disso.

Suspirando, me voltei para o cantil. O que tentei parecia ridículo, mas aconteceu o mesmo quando comecei a sentir a água. Então fiz o que Dorian disse o melhor que pude. Agarrei a água com tanta força que talvez já pudesse segurá-la na mão. Apesar disso, não importava o quanto eu me concentrasse, não conseguia fazer a água se mexer. Aquilo me fez lembrar o vento. Podia senti-lo, mas não controlá-lo. Bem, na verdade, se meu treinamento progredisse, poderia ser capaz de controlá-lo um dia. No entanto, a analogia ainda estava de pé.

O tempo se arrastou. Longamente. Tentei e tentei mandar a água para fora, mas ela se recusou a obedecer.

Mais tempo passou. Ele rastejava.

Finalmente, cheguei à conclusão de que era uma boa coisa os cordões terem coberto meu relógio porque eu ficaria puta se descobrisse quanto tempo havia passado. As horas voaram. Eu tinha certeza disso. A luz ficou cada vez mais fraca. Olhei para Dorian e pude jurar que ele havia adormecido.

— Ei — falei, sem receber uma resposta. — Ei!

Dorian abriu um olho.

— Não vou chegar a lugar algum com isso. É melhor pararmos por hoje.

Ele se endireitou.

— Vai desistir tão cedo?

— Cedo? Já se passaram umas duas horas. Talvez três.

— Milagres não acontecem da noite para o dia. Essas coisas levam tempo.

— Quanto tempo? Estou começando a me perguntar se você inventou essa regra da magia só para adiar o resgate de Jasmine.

— Bem, pode acreditar nisso se for mais fácil para você. A verdade, se você confia em mim o bastante para ouvi-la, é que isso é para a sua proteção. Em um mundo perfeito, nós entraríamos e pegaríamos a menina em segredo. No mundo real, provavelmente lutaríamos contra a guarda de Aeson e contra o próprio Aeson. Prefiro que nós saiamos disso vivos. Você não se deu tão bem da última vez.

— Esse treinamento vai durar para sempre.

Sabia que estava sendo resmungona e petulante, mas minhas costas doíam e os mosquitos apareceram. Pelo menos, ao tentar identificar a fonte de água, dava para tentar adivinhar. Ali, eu não podia fazer nada além de esperar e encarar. Se nada acontecesse, nada acontecia.

— Desculpe — falei. — É que estou cansada. Só isso. Não tive a intenção de encher seu saco de tanto reclamar.

Dorian parecia imperturbável por minha reação, como sempre. Na verdade, pude ver que me olhava com gentileza sob a luz do crepúsculo.

— Sem problemas. Então vamos.

Ele se aproximou do cantil e o tampou. Fechei os olhos e apoiei a cabeça na pedra enquanto esperava que ele me libertasse. Ao fazer isso, senti algo frio e molhado, como neblina, se espalhar por minhas costas e minha nuca. De acordo com meus novos sentidos aquáticos, aquilo não parecia... certo. Momentos depois, antes que eu pudesse ponderar a diferença, a neblina formou uma pele pegajosa.

— Dori...

Meu grito foi sufocado por mãos frias, com garras. Uma delas tampou minha boca e a outra agarrou minha garganta. Dorian havia se virado antes do meu grito, me fazendo crer que havia sentido algo antes de mim. Deu um pulo na minha direção, mas quatro formas humanas e úmidas se materializaram no ar diante dele, bloqueando o seu caminho. Nixies. Espíritos da água.

Dois machos e duas fêmeas. As lendas diziam que esses espíritos podiam se transformar em seres mais bonitos, mas ali eles pareciam meio sem graça. Pele pegajosa, manchada e cinza. Roupas ensopadas que pingavam. Cabelos que pareciam algas marinhas pendiam da cabeça. A que me segurava me empurrou, e eu caí de corpo inteiro no chão, ficando ainda mais sem ar. A água que escorria de seu cabelo pingava em mim, e seus olhos brilhavam em um tom verde-claro sob a luz cada vez mais fraca.

Ela sibilou de prazer e apertou com mais força enquanto eu avaliava desesperadamente minhas opções.

Logo concluí a avaliação, pois não tinha opção nenhuma. Estava armada dos pés à cabeça, mas não conseguia alcançar nada por causa do maldito fetiche de Dorian de me amarrar. O fato de minha boca estar tampada me impedia de invocar um servo. O mundo piscava e emitia fagulhas enquanto meu ar desaparecia. Meus pulmões e minha garganta inflaram, ao tentar se agarrar a alguma coisa. Suas garras se cravaram na carne macia do meu pescoço, e eu meio que me perguntava se ela iria arrancá-la em vez de esperar até me sufocar.

Dorian era minha única esperança, mas ele não chegaria até mim tão cedo, não com aquele exército de...

De repente, cada pedra e seixo que havia naquela área se ergueu do chão. Pouco tempo depois, as rochas enormes também flutuaram. As grandes explodiram, se quebrando em milhares de cacos pequenos. Todos aqueles pedacinhos de pedra se elevaram ainda mais, se juntando uns aos outros, girando devagar no sentido horário.

Minha agressora me apertou com menos força, provavelmente porque estava surpresa. Aquilo não me devolveu o ar, mas virei a cabeça o bastante para ver Dorian de pé, com os braços erguidos, como se regesse uma sinfonia. Acima dele, o ciclone de rochas afiadas girava cada vez mais rápido, embaçando os olhos de quem observava. Então, como se estivesse no final de uma canção, ele baixou os braços num movimento brusco.

E para baixo vieram as pedras.

Uma parte daquele redemoinho dava rasantes e subia, como se fossem os predecessores primitivos das balas. No começo, o movimento pareceu caótico, e tive medo de ficar no caminho delas. Porém, cada pedra tinha o próprio plano, o próprio alvo. Aqueles pedaços afiados caíram sobre a nixie que me segurava, perfurando-a e cortando-a com uma precisão feroz. Ela abriu a boca em um grito silencioso enquanto seu sangue espirrava em mim e seu corpo rasgado se tornava uma pilha sangrenta e úmida. Me retorci e saí de debaixo dela, respirando fundo.

Atrás da nixie, Dorian fez outro movimento para baixo, apressando a orquestra para chegar a outro clímax. As pedras deram um rasante em outro nixie, cortando-o em fatias. Então em outro... e em outro... até que os nixies não passassem de tiras de sangue e crostas coaguladas. Depois de cumprida a missão, as rochas caíram delicadamente na terra, tão suaves e plácidas quanto gotas de chuva.

O contra-ataque deve ter levado menos de um minuto. Imediatamente, Dorian se ajoelhou ao meu lado e me ajudou a me sentar enquanto eu ofegava, tentando voltar à vida.

— Calma, calma — advertiu ele, coberto de sangue, assim como eu. — Respirações curtas.

— Me desamarre! Me tire daqui!

Dorian pegou o punhal de prata no meu cinto. Em poucos instantes, cortou os cordões, soltando braços e mãos. Me mexi depressa, e a adrenalina ainda percorria meu corpo. Dorian estendeu a mão para mim, mas bati nele, agitada.

— Seu maldito! Você quase me matou! — gritei, ouvindo a histeria em minha voz. — Você quase me matou!

Ele agarrou a parte superior dos meus braços com força, me puxando para junto de si e me forçando a ficar quieta.

— Eugenie, acalme-se. *Eugenie!*

Dorian sacudiu — com força — o meu corpo que ainda se debatia, e parei abruptamente, intimidada pelo som áspero de sua voz e pela ferocidade de suas mãos. Não conseguia mais ver o rei nobre doce e bobo. Havia um estranho me segurando, e seu rosto era duro e autoritário.

— Acha que eu deixaria alguma coisa acontecer com você? — perguntou ele, quase gritando. — Acha que eu deixaria alguma coisa machucar você?

Engoli em seco, ainda sentindo dor por causa das garras da nixie na minha garganta, e percebi que meu corpo tremia. Dorian me apertava tão forte que eu parecia estar amarrada de novo. Ele me assustou ao se transformar em outra pessoa. Em alguém poderoso, que inspirava pavor. Quando olhei nos olhos dele e vi o suor em seu rosto, percebi que o medo havia tocado não só a mim. Dorian também estava assustado, não por si mesmo, mas pelo que quase aconteceu comigo. Algo dentro de mim se acalmou, e quase caí sobre ele.

— Não posso acreditar no que você fez — sussurrei.

Eu matava o tempo todo, sem pensar muito nem fazer muito esforço, mas aquilo... Aquilo foi completamente diferente. E ele nem estava com toda a sua força neste mundo.

— Você massacrou todos eles.

— Fiz o que tinha que fazer.

A raiva em sua voz havia desaparecido e deu lugar à calma plena.

— E você vai ser capaz de fazer o mesmo um dia.

Uma de suas mãos me soltou e deslizou até a minha cabeça, pondo o meu cabelo para trás. Ele pressionou seu corpo contra o meu e encostou o rosto no meu, de modo que suas palavras doces se derramassem em meu ouvido.

— Você irá me superar, Eugenie. Seu poder será tão grande que ninguém ficará contra. Exércitos e reinos cairão e se curvarão diante de você.

Me peguei tremendo de novo, sentindo o mesmo medo e a mesma excitação que haviam me tomado durante nosso último beijo. Só que dessa vez não sabia se meus sentimentos vinham daquele corpo tão perto do meu... ou do poder que ele prometia.

CAPÍTULO 23

As semelhanças entre o ataque do fachan e o dos nixies não passaram despercebidas. Os dois tipos eram criaturas aquáticas e ambos pareciam muito mais interessados em matar a filha do rei da Tempestade do que em ser o pai do filho dela. Me lembrei de quando Dorian dissera que alguém poderoso precisaria ter forçado essas criaturas a vir até o deserto e concluí que descobrir quem seria esse alguém teria que ir para o topo da minha lista de prioridades. O estupro era horrível. A morte era... Bem, o fim.

Infelizmente, eu não tinha certeza se confiava em meus novos contatos nobres para me dar conselhos imparciais. Então, recorri à minha segunda fonte relativamente mais neutra.

Como sempre, meus espíritos servos levaram um bom tempo para responder minha pergunta. Nandi e Volusian eram obrigados a fazer isso, mas acho que um sempre esperava o outro se manifestar primeiro. Dessa vez, foi Nandi quem finalmente cedeu.

— Ama, existem muitos entre os iluminados que poderiam invocar essas criaturas. Seres demais para você perseguir ou investigar. Fazer isso seria como contar os grãos de areia em uma praia. É impossível. Se você tentasse, cairia em um desespero tão obscuro e profundo que isso, sem dúvida, estilhaçaria sua mente e a forçaria à insanidade.

Volusian suspirou alto e se arrastou para ficar mais distante, nas sombras do meu quarto.

— Deixando as metáforas de lado, ama, ela tem razão. Talvez não sejam *tantos* suspeitos assim, mas ainda seria o suficiente para dificultar as buscas.

Finn, que circulava pelo meu quarto em movimentos relaxados, interrompeu seu voo e deu uma gargalhada debochada.

— Por que você está perdendo tempo com toda essa gente? É óbvio que quem está fazendo isso é Maiwenn.

Me sentei com as pernas cruzadas na cama e engoli um pedaço da barrinha.

— Maiwenn não pode controlar a água. Além disso — acrescentei com amargura —, todo mundo insiste em falar o quanto ela anda fraca e indisposta ultimamente.

Sinceramente, não entendia por que ela estava tão debilitada por causa da gravidez. Na época do ensino médio, trabalhei em um restaurante onde havia uma garçonete que passava o tempo todo de pé, até o dia em que deu à luz.

— Maiwenn não tem que fazer isso pessoalmente — argumentou Finn. — Ela é a mandante. Outras pessoas também odiavam o rei da Tempestade. Maiwenn deve estar colaborando com elas e direcionando-as para atacar você.

— Isso me parece um tanto elaborado.

Juro que Volusian quase sorriu.

— Passe mais tempo com os nobres da realeza, ama, e você irá descobrir que um plano como esse é simplista como o de uma criança. No entanto, acho improvável que a rainha dos Salgueiros esteja envolvida. Não é de sua natureza. Ela não mataria sem ser provocada. É o tipo de pessoa que espera e observa em vez de agir de acordo com as próprias emoções.

— A menos que houvesse algo mais pessoal envolvido — disse Finn, com malícia. — Você sabe, talvez um pouco de ciúme...

Aparentemente, minhas dificuldades amorosas não eram segredo. Para ser sincera, não conseguia entender como a fofoca se espalhava tão depressa no Outro Mundo, ainda mais levando em conta que não tinham telefone, tevê ou internet.

Lancei um olhar penetrante para Finn.

— Ela não tem motivos para sentir ciúme. Não mais.

— Concordo — disse Volusian. — Além disso, a rainha dos Salgueiros não é uma adolescente que arriscaria seu reinado por causa de uma vingança insignificante. Ela e seus colegas são inteligentes demais para isso. E implacáveis.

Finn cruzou os braços e lançou um olhar penetrante para Volusian. Foi um gesto audacioso, levando-se em conta que Finn parecia um personagem de desenho animado e Volusian tinha cara de quem comia almas de criancinhas. Pelo que eu sabia, devia comer mesmo.

— É claro que você diria uma coisa dessas. Está tentando tirar Odile do caminho de Maiwenn. Fica mais fácil, não é? Assim os assassinos de Maiwenn podem fazer o trabalho sujo por você. Todos nós sabemos que você só está esperando para destruí-la — disse Finn, apontando para mim com o polegar.

Volusian se enrijeceu e apertou os olhos até se tornarem fendas vermelhas.

— Não cometa erros. Quando eu matar a nossa ama, e vou matá-la, não dependerei de um nobre para fazer isso. Eu mesmo vou cortar sua carne e rasgar sua alma.

Silêncio.

— Sinceramente, ama — disse Nandi, enfim —, é admirável você ainda ter disposição para seguir em frente.

— Já chega — suspirei, esfregando os olhos. — Às vezes, ficar perto de vocês é como participar desses programas para resolver problemas de família. Por mais que eu deteste ter que admitir isso, concordo com Volusian.

Finn começou a falar, mas fiz um gesto para cortá-lo. Então, prossegui:

— Ainda quero conversar com Maiwenn. Se ela for culpada, talvez eu consiga perceber. Se não for, talvez me ajude a descobrir quem é.

— Você é louca — exclamou Finn. — Está fazendo exatamente o que ela quer.

— E a sua opinião já foi devidamente registrada. Não preciso ouvi-la de novo.

Finn desapareceu, irritado. Balancei a cabeça e me virei para os outros.

— Me mostrem onde fica a encruzilhada mais próxima da casa dela.

O tal lugar era a uma hora e meia de carro de Tucson, mas, levando-se em consideração o quanto eu provavelmente teria que viajar pelo Outro Mundo se atravessasse em qualquer outro ponto, não me importei com isso. Ainda mais que a encruzilhada na Terra dos Salgueiros me deixou em uma área de onde dava para ver o castelo de Maiwenn.

Aquilo foi apenas um pequeno consolo, já que fazia um frio congelante no reino dela. Na minha casa, o tempo estava quente e perfeito. O pior de tudo é que era Cinco de Mayo. Eu deveria ter passado o resto das celebrações tomando doses abundantes de tequila, seguidas por um belo apagão debaixo de uma mesa qualquer.

Pelo menos não ventava agora, mas o ar provocava calafrios afiados e cortantes. Estava seco também; dava para sentir a falta de umidade. O gelo e os montes de neve brilhavam com uma beleza cristalina sob a luz do sol do inverno rigoroso, mas era uma beleza perigosa. Se você encarasse aqueles mantos brancos por muito tempo, quase podia enxergar imagens residuais por causa da claridade.

Caminhei pela estrada fria, admirando o castelo contra a minha vontade.

Ao contrário dos de Aeson e Dorian, aquele não parecia uma fortaleza, repleta de blocos maciços. Ele era... bem, bonito. Espirais graciosas e fluidas se erguiam, com uma superfície branca e prateada cintilante. A estrutura toda tinha uma aparência curva, quase sinuosa, como um copo-de-leite. Eu me perguntava se aquilo resultava apenas da diferença entre monarcas homens e mulheres. Talvez Maiwenn simplesmente tivesse mais bom gosto.

Os guardas ficaram devidamente alarmados quando informei quem eu era. Tentaram me convencer a entrar para esperar pelo consentimento de Maiwenn, mas me recusei a dar um passo sequer até que solicitassem hospitalidade para mim. Demorou um tempo — durante o qual o número de guardas que circulavam dobrou —, mas Maiwenn finalmente mandou dizer que eu poderia vê-la e estaria sob a proteção de seu lar.

Uma aia me levou até Maiwenn, e a criada deixou claro, tanto com sua linguagem corporal quanto com suas palavras, que eu não deveria incomodar sua rainha. Ela me conduziu por corredores sinuosos e finalmente me deixou em uma sala de estar aconchegante e bem-iluminada. Maiwenn descansava em uma confortável poltrona de pelúcia, apoiada em travesseiros. Um penhoar de cetim pesado a envolvia, e alguém havia esticado um cobertor sobre seu colo. Mesmo pálida e descabelada, ela estava linda.

Maiwenn sorriu para mim e gesticulou para que a criada saísse.

— Lady Markham, que surpresa agradável. Sente-se, por favor.

Inquieta, me acomodei em uma delicada poltrona de pelúcia rosa.

— Me chame de Eugenie.

Ela assentiu, e nós permanecemos ali, sentadas e constrangidas. Ao olhar para Maiwenn, só conseguia pensar que ela carregava um filho de Kiyo na barriga. Aquilo criaria entre os dois um elo eterno que eu nunca poderia compartilhar. Não que eu quisesse, é claro. Kiyo estava fora da minha vida.

O senso de boas maneiras de Maiwenn, melhor do que o meu, logo veio à tona.

— Estou feliz em recebê-la, mas imagino que não seja uma simples visita.

— Não... Lamento. Eu queria conversar com você sobre...

Hesitei, me sentindo tola de repente. O que eu pensava para ir até lá e perguntar abertamente a Maiwenn se ela queria me matar? Bem, era tarde demais para recuar. Seria melhor encarar.

— É que tenho sofrido uns ataques extremamente desagradáveis nos últimos dias. Ataques com o objetivo de me matar. E estava me perguntando se... se você poderia saber de algo...

Seus olhos turquesa me olharam com perspicácia.

— Ou, para ir direto ao ponto, você quer saber se eu tive a ver com eles.

Desviei meus olhos dos dela.

— É.

— Não me admira que Dorian goste tanto de você. Sua franqueza deve diverti-lo muito — disse ela, suspirando e encostando a cabeça na poltrona. — Você pode acreditar em mim ou não, mas a resposta é não. Não ordenei esses atentados à sua vida nem sei de nada sobre eles. O que aconteceu?

Achando que não custaria falar, Maiwenn estando envolvida ou não, contei-lhe tudo sobre o fachan e os nixies. Seu rosto permaneceu indiferente na maior parte do tempo, embora eu tenha visto lampejos de surpresa em seus olhos algumas vezes. Quando terminei, a resposta não foi a que eu esperava.

— E por que você vive num deserto? Ainda mais por vontade própria...

Senti a surpresa atravessar meu rosto.

— É o meu lar. E não é tão ruim assim.

Ela deu de ombros.

— Se você está dizendo... Mas Dorian tem razão em sua avaliação sobre como levar aquelas criaturas até você. Teria que ser alguém poderoso e motivado para fazer isso.

— Você sabe quem?

— Não. Como eu disse, você não tem motivos para acreditar em mim, mas não tive nada a ver com isso.

Maiwenn estava certa. Eu não tinha motivos para acreditar nela. No entanto... Uma parte de mim notava que Kiyo confiava nela. Por mais que eu estivesse com raiva por ele ter omitido informações de mim, precisava crer que seu julgamento de caráter não era inteiramente não confiável.

— Você poderia me dar nomes de pessoas que seriam capazes de fazer isso?

— Eu poderia citar dúzias. Não adiantaria muito.

Franzi a testa e me curvei para a frente. A mesma resposta que os espíritos tinham dado.

— Lamento não poder ajudar mais — disse ela, parecendo sincera. — Não vou mentir: a possibilidade de você ter o neto de Tirigan me aterroriza. Mas não acredito em puni-la por alguma coisa que ainda não aconteceu. Ainda mais quando você está tentando fazer com que isso *não* aconteça. No entanto...

Sua expressão plácida se tornou hesitante.

— Posso fazer uma pergunta?

— Claro.

— Sei o que você me contou e, no entanto... Bem, ouço cada vez mais histórias sobre seu envolvimento com Dorian. Kiyo disse... — vacilou ela, tropeçando no nome. — Kiyo disse que não tenho nada com que me preocupar.

— E não tem mesmo. É teatro. Dorian está me ensinando a usar minha magia e, em troca, finjo que sou sua namorada.

Não fazia sentido mencionar nosso último acordo.

Ela refletiu.

— Então você decidiu abraçar sua herança, afinal.

— Apenas o bastante para não fazer nenhuma besteira.

— Nisso você tem razão... Porém, eu me sentiria melhor se você tivesse outro professor. Seu acordo pode parecer seguro o bastante por enquanto... mas duvido que ele irá permitir que permaneça simples assim por muito tempo. Não deixe o charme de Dorian prender você a seus desafios políticos. Ele irá usá-la para conseguir o que quer. E ele quer que a profecia seja cumprida.

— Ei, sei lidar com Dorian. E com o charme dele.

— No entanto, é mais do que só isso. Sua vida pode estar em risco.

— Por causa de Dorian? Duvido.

— Por causa dos inimigos dele.

Essa era nova.

— Eu não sabia que Dorian tinha inimigos, a não ser... Bem, você e ele têm opiniões diferentes... E acho que Aeson e ele não se dão muito bem — Me endireitei na poltrona. — Você acha que são os inimigos dele que estão tentando me matar? Para se vingar dele?

— Várias pessoas poderiam tentar matar você. A lista de inimigos de Dorian não é nem um pouco menor do que as outras às quais me referi antes. Grande parte dos inimigos dele não tem nada a ver com sua postura com relação à profecia. Dorian é poderoso, e muitos temem isso. Têm bons motivos para tal. Quando esta parte do Outro Mundo se reorganizou, ele lutou para ficar com muito mais do que ficou. Só no último minuto Katrice, a rainha da Terra das Sorveiras-Bravas, surgiu como uma rival e pegou mais uma fatia. A terra a reconheceu e lhe concedeu uma parte, impedindo que Dorian ficasse com um território ainda maior.

Me arrepiei. Já tinha ouvido Roland falar da instabilidade do Outro Mundo, de como suas formas e fronteiras sempre mudavam. Ainda assim, a ideia de esse mundo "concedendo" que alguém fizesse algo me apavorava.

— Muitos sabem que ele nunca aceitou esse desfecho — prosseguiu ela. — Dorian gostaria de expandir, e você é vista como o meio de fazer isso. Seus poderes de humana têm sido temidos há anos. Se você manifestar os do rei da Tempestade também, eles irão acreditar que você e Dorian irão conquistar os outros reinos. E, possivelmente, mais além.

— Todos estão tão obcecados por conquistas — reclamei. — Por que não podem simplesmente deixar as coisas como estão?

— Receio que seu rei tenha planos mais ambiciosos.

Não era a primeira vez que eu me perguntava quem obtinha mais vantagens naquele acordo que Dorian e eu havíamos feito. O que ele realmente queria de mim?

— Então até mesmo as pessoas que concordam com a profecia não necessariamente gostam dele.

Maiwenn assentiu.

— Eles prefeririam ver seu filho ter um pai menos ambicioso. Alguém que pudessem controlar. Essas mesmas pessoas poderiam muito bem tentar se livrar de Dorian. Os outros que teoricamente queriam que o rei da Tempestade obtivesse êxito em segredo acreditam que isso nunca irá acontecer, então agora se preocupam apenas com a ameaça imediata que você representa para os reinos daqui.

Essa novidade de que eu era uma ameaça porque queria conquistar o Outro Mundo era quase mais ridícula do que a profecia.

— Por que diabos eu iria querer governar o Outro Mundo? Não notaram que sou humana? Ou pelo menos metade humana? Não tenho nenhuma reivindicação a fazer com relação às propriedades dos nobres. E não quero nada.

— Os iluminados têm uma visão diferente da dos humanos. Os humanos sempre sentem necessidade de apontar qualquer gota de sangue estrangeiro em uma pessoa. De acordo com o que importa para nós, você tem o nosso sangue, e isso basta. Você pode ter uma mãe humana, mas, para todos os efeitos, agora grande parte dos habitantes deste mundo a vê como uma de nós.

Pensei no quanto os rótulos de "forasteiro" eram comuns no meu mundo: afro-americano, ásio-americano etc. Maiwenn tinha razão: as pessoas costumavam chamar atenção para o sangue "estrangeiro".

— É, mas deixando tudo isso de lado, fiz carreira perseguindo os habitantes do Outro Mundo. Isso não incomoda ninguém nem parece estranho para uma rainha em potencial?

— Para alguns, sim — admitiu ela. O leve olhar de desagrado em seu rosto me informou que ela estava entre eles. — E não vão superar isso tão cedo. Porém, realmente, para todos os outros... Bem, como eu disse, grande parte considera você uma de nós agora. E matar de forma devastadora não é tão inaceitável assim para um líder poderoso. Nada que Tirigan, Aeson e Dorian já não tenham feito.

Expirei, emitindo um som alto.

— Isso não faz com que eu me sinta melhor. De repente, comecei a sentir como se tivesse mais inimigos do que antes.

— Lamento. Se isso serve de consolo, os inimigos de Dorian devem perseguir você por causa de sua ligação com ele, mas é exatamente essa ligação que o leva a protegê-la de todas as formas possíveis. Conivente ou não, ele é um aliado poderoso.

Me lembrei do confronto com os nixies.

— É mesmo.

Houve outro momento de silêncio desconfortável, e ficamos ali olhando uma para a outra. Não importava o quanto eu pensava que o estado de Maiwenn provocasse fraqueza, ela realmente parecia exausta. Na verdade, eu não concluí se ela era uma inimiga ou não. Sinceramente, aquela visita tinha me dado mais coisas com que me preocupar do que qualquer tipo de resposta.

— Bem — falei, estupidamente —, obrigada pela... ajuda. Acho melhor ir embora.

Ela assentiu e me deu um sorriso débil e cansado.

— Você é sempre bem-vinda aqui.

— Obrigada.

Me levantei e me aproximei da porta. Minha mão estava na maçaneta quando ela me chamou.

— Eugenie...

Me virei. Um olhar aflito apareceu em seu rosto, um olhar que não tinha nada a ver com o desconforto físico.

— Ele ama você — disse ela, hesitante. — Você devia... Você devia perdoá-lo. Ele não teve intenção de magoá-la.

Encarei-a por alguns dolorosos momentos e, depois, saí sem dar mais uma palavra sequer. Não queria pensar em Kiyo.

Então, ironicamente, me deparei com ele na metade do caminho para sair do castelo. Às vezes o universo é cruel. Quaisquer sentimentos que as palavras de Maiwenn tivessem despertado em mim se extinguiram ao ver que ele havia ido visitá-la. O olhar de Kiyo mostrava que eu era última pessoa que ele esperava ver por ali.

Me forcei a manter uma expressão fria no rosto, tentando não demonstrar o quanto absorvia sua aparência e sua presença. Kiyo estava estonteante como sempre, a pele bronzeada e o cabelo preto e sedoso, levemente cacheado atrás da orelha. Queria passar a mão naquele cabelo. O casaco pesado que ele vestia não conseguia esconder o corpo atlético e gracioso.

— Eugenie — disse ele com uma voz suave. — O que você está fazendo aqui?

— Tive que vir falar com Maiwenn. Você sabe, conversa de mulher.

Esperava que o meu tom deixasse claro que eu não queria estender nossa conversa. Ele entendeu a dica.

— Bem. É bom ver você. Você parece... bem. Como as coisas... Quero dizer, você está bem?

Dei de ombros.

— Como sempre. Propostas. Atentados contra a minha vida. Sabe como é.

— Me preocupo com você.

— Estou bem. Sei me cuidar. Além disso, tenho ajuda.

Aqueles olhos escuros e afetivos se estreitaram um pouco.

— Acho que você está falando de Dorian.

— Ele me salvou de um ataque horrível outro dia e — acrescentei, me sentindo mesquinha — vai me ajudar a resgatar Jasmine.

— Má ideia.

— Que parte? Resgatar a menina ou contar com Dorian?

— As duas.

— Bem, você já sabia que qualquer dia eu iria atrás dela. Antes cedo demais do que tarde demais.

Comecei a passar por Kiyo, e ele pegou no meu braço. Mesmo por cima do casaco, seu toque enviou ondas de choque por meu corpo.

Ele se inclinou para bem perto de mim.

— Quero ir com você.

— Não preciso da sua ajuda.

— Você vai precisar de toda ajuda que puder ter.

— Não — falei, me soltando das mãos dele.

Kiyo se mexeu e bloqueou minha passagem de novo. Pude sentir um pouco da intensidade animal irradiar dele.

— Da última vez, você não quis a ajuda dos nobres porque feria o seu orgulho. Você está fazendo a mesma coisa comigo, pelas mesmas razões. Não faz sentido. Esqueça o quanto me odeia e se preocupe com o que é melhor para a menina. Vou com você.

Kiyo tinha razão no que se referia ao que era melhor para Jasmine, mas sua postura me incomodou.

— O quê? Você acha que pode fazer algo acontecer simplesmente por dizer que isso vai acontecer? Você não vai. Então supera.

— Não tenho nada para superar. Se você estiver em perigo, vou protegê-la. Estarei lá.

— Bem, acho que você vai ter que vigiar o castelo de Aeson 24 horas por dia, sete dias por semana, porque tenho certeza absoluta de que não vou deixar você participar das reuniões secretas de planejamento.

Parte de seu comportamento feroz desapareceu e, de repente, ele era o Kiyo sereno e relaxado de novo.

— Existem reuniões secretas? O que vocês são agora, os Superamigos?

Revirei os olhos e passei por ele, voltei para a encruzilhada e para o clima mais quente do Arizona. A dor no meu peito, aquela que eu sentia desde o Beltane, ainda queimava o tempo todo. Eu odiava o que havia acontecido conosco, mas não sabia como consertar. Não sabia como perdoar Kiyo.

Tentei me concentrar em outra coisa enquanto dirigia para casa, como planejar a logística da próxima tentativa de resgate de Jasmine. Ou, levando em conta a resistência da menina, talvez estivesse mais para um sequestro. De qualquer forma, não via a hora de acabar com isso. Maldita cláusula de Dorian sobre minha magia. E sua dignidade idiota com relação ao sexo.

Eu estava quase chegando em casa quando passei por uma livraria. Uma ideia me veio à cabeça. Admito que era estranha, mas não custava tentar.

Não parava de pensar em quanto potencial eu supostamente tinha com a magia. Passara anos contando com a magia humana — ou, mais propriamente, com a habilidade dos humanos de extrair a magia do mundo. Conseguia banir espíritos e monstros. Atravessar de um mundo para o outro. Porém, o chamado poder interior me oferecia muito mais de acordo tanto com Dorian quanto com Maiwenn — sem contar meus desejos que quase não eram lembrados. Eu havia resistido a tudo isso no começo, mas agora... Agora eu queria muito alcançar níveis mais altos. Dorian e eu nos encontraríamos na noite seguinte para mais uma aula, e eu odiava a ideia de mais inatividade. Ele disse que eu teria uma vida inteira pela frente para pôr a magia em dia, mas eu não estava a fim de esperar tanto. Queria preencher a lacuna.

Naturalmente, a loja não tinha livros sobre magia de verdade. Vendia apenas o tipo de magia boba, forjada e comercial. Contudo, tinha uma seção de ciências, e ali encontrei algumas prateleiras sobre clima e meteorologia.

Duvidava que aqueles livros me fizessem dominar a magia da noite para o dia. No entanto, conhecer realmente a ciência por trás da matéria com a qual eu trabalhava só podia ajudar. Era algo tangível, algo com o qual eu tinha mais experiência do que a natureza estranha e esotérica da magia em si. Certa vez, Volusian comentou que, como filha dos dois mundos, eu poderia herdar o melhor de cada linhagem. Era tão nobre quanto humana. Magia e tecnologia.

Passei mais de uma hora olhando livros sobre atmosfera, tempestades e vários outros tipos de fenômenos climáticos. Quando a loja anunciou que estava para fechar, mal pude acreditar. O tempo tinha voado. Peguei todos que considerei mais úteis, paguei e fui para casa.

— Ler é excitante — disse Tim quando entrei pela porta com minha sacola pesada.

Ignorei o comentário e me recolhi no quarto. Despejei os livros na cama, escolhi o que parecia mais remediador e me sentei à escrivaninha, onde a Torre Eiffel permanecia inacabada. Não andava tendo tempo para os quebra-cabeças ultimamente. Olhei com pesar, varri as peças para dentro da caixa e a deixei de lado. A torre teria que esperar.

Acomodei as pernas em uma posição confortável e abri o livro escolar todo colorido e brilhoso. Folheei as páginas com o título e a introdução, e finalmente encontrei o recheio do livro.

Capítulo um: A umidade e a atmosfera

CAPÍTULO 24

Quaisquer que fossem os comentários irônicos que Dorian e Maiwenn pudessem fazer, Tucson é o melhor lugar do mundo para se viver.

Parada diante da encruzilhada do deserto na noite seguinte, fiz uma pausa para absorver tudo ao meu redor antes de atravessar. O reino de Dorian era bonito, sem dúvida, mas não era a mesma coisa. Não era a minha casa. Um vento suave cortou o ar seco, agitando meu cabelo e sussurrando que a primavera logo daria lugar ao verão. A brisa carregava todos os aromas deliciosos do deserto, e senti o cheiro doce da algarobeira — não o tipo usado para fazer churrasco, e sim o perfume delicado emanado por suas flores amarelas flocosas. O sol me castigava sem remorso, alertando aos fracos que caíssem fora. O turismo tendia a diminuir com o aumento considerável da temperatura, mas eu amava essa época do ano.

E em tudo ao meu redor, no calor seco e imperdoável, podia sentir a água que não era vista. Estava nos saguaros, nos pássaros neles pousados e nas raízes das algarobeiras. Havia até mesmo minúsculas porções de água no ar, apesar da aridez ostensiva. Em toda parte em que existia vida, existia água. Senti-la era natural para mim agora. Chamá-la ainda era um desafio.

Fechei os olhos, deixei minha mente se estender além dos limites e me enviar para o Outro Mundo. A prática realmente fez com que me tornasse boa nesse tipo de travessia. Agora não precisava mais me esforçar para realizá-la, como havia acontecido com a água. Meu corpo deslizava, puxado pelo ponto de acesso perto da casa de Dorian. No entanto, antes que eu pudesse chegar lá, tentei alcançar a mola, usando a essência que eu havia armazenado nela para me puxar como um ímã em vez de ir para a estrada. Instantes depois, apareci na cama de Dorian.

— Pretensioso — resmunguei, saindo dali e me levantando.

Peguei a mola e a joguei, observando suas argolas se curvarem e caírem.

— É a senhora, madame? — chamou uma voz hesitante.

Segundos depois, o jovem rosto de Nia espiou do outro cômodo.

— Sua Majestade está na sala de música. A madame poderia me acompanhar?

Uau. Nunca tinha ouvido falar que alguém realmente tivesse uma sala de música, a não ser no jogo Detetive. Quando Nia me levou até lá, vi Dorian parado diante de uma tela com uma paleta de pintor e um pincel nas mãos. *Dorian, na sala de música, com o castiçal,* pensei. *Quero dizer, pincel.*

Ele deu um sorriso quando me viu.

— Lady Markham, chegou bem na hora. Talvez possa entreter Rurik. Ele se tornou terrivelmente insensato.

Lancei os olhos para a lateral da sala, onde Rurik, o guerreiro enorme de cabelos platinados, estava sentado em uma delicada espreguiçadeira estofada com veludo cor de lavanda. Usava uma armadura completa de couro e cobre, e tudo aquilo junto me levou a fazer uma careta.

— Não tenho intenção de ser insensato, Majestade — disse ele entre dentes. — Mas ficar sentado aqui sem me mexer, em uma armadura, não é tão fácil.

— Ah, você que é um chorão. Nada apropriado para um homem de sua posição. Ora, lady Markham pode permanecer imóvel durante horas e, devo dizer, em circunstâncias muito mais desconfortáveis.

Rurik voltou os olhos para mim, tão surpreso quanto intrigado.

— Não se mexa! Olhe para cá.

O olhar malicioso de Rurik desapareceu quando se virou para o rei. A tela de Dorian estava virada para o outro lado. Então eu não fazia ideia do que era sua obra-prima. Comecei a andar pela sala e tentei dar uma olhada, mas ele me afastou com o pincel.

— Não, não. Não até eu acabar.

Dei de ombros e puxei uma poltrona também cor de lavanda — aliás, a sala inteira era dessa cor —, e me acomodei nela. Dorian falou sem tirar os olhos do trabalho.

— E então, o que você fez hoje, minha querida? Algo divertido?

— Sinceramente, não. Dormi até mais tarde. Bani uma sombra. Na verdade, passei a maior parte do dia lendo. Meio chato.

— O que você está lendo? Gosto muito do trabalho daquele humano... Esqueço o nome dele. Esse autor foi muito popular por um tempo. Shakemore?

— Shakespeare?

— Esse mesmo. Ele escreveu algo novo?

— Não nos últimos quatro ou cinco séculos.

— Que pena. E então, sobre o que você leu?

— Sobre o clima.

Dorian parou no meio da pincelada.

— E o que você aprendeu?

— Algumas coisas sobre tempestades. Como as moléculas se formam e se condensam, como as partículas carregadas descarregam para formar o raio. E também tinha alguma coisa sobre pressão alta e baixa, mas ainda preciso voltar e reler. É um pouco confuso.

Os dois me lançaram olhares breves e inexpressivos e, então, Dorian voltou ao trabalho.

— Sei. E você acha que isso irá facilitar o seu aprendizado?

— Não tenho certeza. Mas gosto de saber qual deve ser o resultado final.

Fez-se silêncio enquanto Dorian continuava pintando. Rurik insistia em parecer horrível e suspirava alto de vez em quando para demonstrar sua insatisfação. Nunca o perdoei totalmente pelo lance do elementar de gelo, assim, vê-lo sofrer era meio recompensador. Infelizmente, aquilo ficou entediante depois de um tempo. Cruzei os braços e me esparramei ainda mais na poltrona, chamando a atenção dele.

— Sire, sua dama está inquieta. Estou certo de que o senhor tem coisas mais interessantes para fazer com ela. Podemos trabalhar nisso em algum outro momento. Não me importo.

— Bobagem. Já estou acabando.

A primeira expressão de felicidade que vi desde a hora em que havia chegado surgiu no rosto de Rurik. Ela se desfez quando Dorian virou a tela para mostrar o trabalho.

Olhamos fixamente.

— Sire, estou usando... um arco?

Tombei a cabeça.

— É, parece que sim. Um pouco. Mas o resto... Cara, ficou mesmo muito bom. Eu não sabia que você conseguia pintar rostos tão bem.

Dorian se alegrou.

— Ora, obrigado. Qualquer dia posso pintá-la também, se você quiser.

— É um *arco* — protestou Rurik.

Dorian olhou para a tela e, então, de volta para o guerreiro.

— Combina com a espreguiçadeira. Tive que acrescentar isso. Do contrário, um não ficaria bem com o outro.

Já no quarto, Dorian cumpriu o ritual de sempre, tirando a capa prateada e se servindo de uma taça de vinho. Naquela noite, ele tomava um rosado.

— Pronta para começar?

Fiz que sim com a cabeça e me sentei na cadeira no meio do quarto. Como havia dito, não pensei que os livros de meteorologia me fariam avançar tanto assim, mas me sentia mais capaz depois de lê-los. Era como se eu treinasse por conta própria.

Dorian tomou outro gole de vinho, arranjou mais cordões e se aproximou de mim. Colocou uma das mãos na cintura e me observou com cuidado. Não era diferente da forma como ele examinava a tela.

— Essa blusa é muito bonita.

Olhei para baixo. Era uma camiseta preta com um cordão de margaridas vermelhas bordado no peito.

— Bem, vamos tentar isso.

Dorian largou os cordões de tons pastel que segurava e os trocou por pretos e vermelhos. Acomodou meus braços esticados sobre os da cadeira e os amarrou com os cordões pretos primeiro, em forma de X. O estilo me lembrou a forma como as sapatilhas de uma bailarina são amarradas. Quando acabou, passou de novo por cada braço com o cordão vermelho.

— Estes estão mais parecidos com fitas do que os de costume — observei. — Ou talvez com faixas. Você domina, tipo, todas as formas de imobilização conhecidas pelo homem?

— Quase todas — disse ele. — Tudo certo. Vamos começar. A água está ali.

Dorian apontou para uma mesa perto da janela, onde meu velho amigo jarro estava, mas eu já sabia que ela estava ali. Me acomodei da forma mais confortável possível na cadeira, encarei o jarro e imediatamente permiti que minha mente alcançasse a água. Ela reluzia como um farol para mim. Além dela, também podia sentir todas as outras fontes de água que havia no quarto. Dorian e eu, o vinho, vapor. Concentrei a atenção para a água do jarro.

Posso sentir você, agora venha até mim.

Porém, como as muitas práticas já haviam demonstrado, querer não fazia as coisas acontecerem. Meu Deus, aquilo me irritava. Sinceramente não sabia como Dorian suportava ficar ali, esperando, ao longo de todas aquelas sessões. Só podia ser infernal e chato. Eu estava entediada e realmente precisava fazer alguma coisa. Mais ou menos.

Não, não. Aquela era uma postura ruim. Esqueça o tédio. Concentre-se na tarefa que tem em mãos.

Mais uma vez, as horas passaram. Se Dorian ainda estivesse acordado — o que eu duvidava —, eu sabia que encerraria a sessão logo. Aquilo me irritava, mas eu entendia. Já estava cansada, com os olhos embaçados. Pisquei bastante para recuperar o foco e evitar que ressecassem. Acho que isso me fez notar o que aconteceu em seguida.

— Dorian, olhe para o jarro.

Ele se sentou logo e acompanhou meu olhar. Um instante depois, ele se aproximou do jarro e o tocou, percorrendo sua lateral com os dedos. A água transbordou lentamente pela cerâmica, formando uma poça sobre a superfície de vidro da mesa. Um sorriso de deleite se espalhou aos poucos pelo rosto de Dorian.

— Você conseguiu agarrar a água. Ela ouve você. Agora faça com que ela chegue mais perto, com que tudo saia pelo jarro.

Com um progresso tangível diante de mim, meu entusiasmo aumentou. Pensei muito no que acabara de fazer, tentando repetir aquilo. Cerca de um minuto depois, pude ver a água escorrendo pelas laterais do jarro, muito mais depressa e em maiores quantidades. A água aumentou ainda mais a poça sobre a mesa e pingou no chão.

— Estou arruinando o seu tapete.

— Não se preocupe. Leve a água para mais longe — disse ele, com expectativa na voz.

Uma parte lógica de mim viu o tapete como um terreno duro de se percorrer, e o progresso da água se tornou mais lento. Em seguida, concluí que isso estava apenas na minha cabeça. O tapete não tinha nada a ver com nada. Apenas o controle sobre a água importava.

Logo que dei esse grande passo, a água percorreu o tapete a toda velocidade, como um riacho sinuoso, como uma cobra. A água chegou em meus pés, e senti que esperava por mais instruções. Só que eu não sabia o que lhe dizer. Simplesmente queria que ela viesse até mim.

Mal havia moldado a ideia quando a água surgiu de repente diante de mim e pairou no ar. Boquiaberta, observei enquanto ela se fragmentava em centenas de gotas, que permaneceram ali, suspensas como fios de contas de cristal. Fiquei de queixo caído, fascinada, mas não sabia o que fazer em seguida. Minha força sobre elas desapareceu, e as gotas se desintegraram e se transformaram em uma neblina fina. Poucos segundos depois, a nuvem se dispersou e evaporou. Quando desapareceu, o mesmo aconteceu com a sensação de formigamento e euforia que percorria meu corpo.

Nem Dorian nem eu fizemos nada logo em seguida. Então, comecei a rir. E não conseguia parar. Era maravilhoso. Queria fazer aquilo mais vezes, mas não tinha mais água. O vinho faria muita bagunça.

Uma ideia me veio à cabeça. Senti a umidade e enviei meu poder para o ar diante de mim. De repente, minúsculas gotas d'água condensaram sobre minha pele, como se eu tivesse sido borrifada por uma leve neblina. Ri de novo.

Dorian, com um sorriso tão grande quanto o meu, se aproximou de mim e percorreu cada uma das minhas bochechas com os dedos. Juntou os dedos e esfregou a água em sua pele, quase como se testasse se era de verdade.

— Consegui.

— Conseguiu mesmo.

Seus olhos brilharam de puro prazer. Você poderia até pensar que foi ele quem fez isso. Achei engraçado ele ter se alegrado tanto com aquilo, algo insignificante se comparado à sua magia. Me desamarrou e segurou minhas mãos para me ajudar a levantar.

— Acho que devemos celebrar.

Ele se serviu de outra taça de vinho e a entregou para mim. Brindamos.

— Aos alunos inteligentes.

— Aos bons professores.

Ele tomou um gole.

— Dificilmente. Passei grande parte da noite dormindo.

Ri enquanto bebia.

— Você... Quando você usa a sua magia, sente alguma coisa... não sei, uma coisa *boa* queimando dentro de você? Como prazer ou excitação... E também não é só por causa da satisfação mental...

Não consegui expressar aquilo em palavras, mas seu rosto mostrou que não seria preciso.

— Sinto. Sei exatamente do que você está falando. Maravilhoso, não é?

Tomei mais um pouco de vinho.

— É. É, sim.

— Espere para ver. Você teve apenas uma amostra. Quando tiver plenos poderes, não vai saber como viveu sem isso até então.

Sorri para ele. Me sentia tão satisfeita comigo mesma e com a vida que mal podia suportar aquilo. Quando foi que me senti tão feliz? Além dos momentos que passei com Kiyo? E se eu tinha esse tipo de reação agora, o que iria acontecer quando passasse para o time dos grandes? Dorian falou como se fosse um vício, mas parecia ser um vício bom.

Olhei para a frente e vi que Dorian estava me observando. Pousou a taça na mesa e falou com uma voz suave, quase admirado:

— Você brilha... sabia disso? O poder lhe cai bem.

Naquele momento, ele me fez muito feliz. Um calor brotou em meu peito e irradiou para o resto do corpo. Não sei como esse sentimento transpareceu em meu rosto, porque Dorian se inclinou e me beijou.

Senti o vinho naquele beijo doce. Vinho e calor. Uma de suas mãos me puxou para junto de si enquanto a outra pegava minha taça com cuidado. Ainda pressionados um contra o outro, ele me levou para a cama. Reagi a seus beijos doces e provocantes com outros fortes e exigentes. Não demorou muito para se adaptar a essa mudança de estilo. Me acomodou de barriga para cima e se deitou sobre mim, enredando uma das mãos em meus cabelos para segurar minha cabeça no lugar enquanto uma necessidade intensa de repente preenchia seus beijos. Dorian consumia minha boca enquanto a outra mão deslizava sem vergonha entre minhas coxas, roçando em mim por cima do jeans.

Meu corpo se curvava sob o dele, e senti um grito de dor subir pela garganta só para se perder na pressão da boca dele na minha. Então, soube que aquilo finalmente iria acontecer. A sedução perigosa que havia nisso... O exotismo de dormir com alguém ainda desconhecido... Tudo aquilo me inflamava ainda mais. Iríamos fazer isso. Ficaríamos juntos, e eu me entregaria a ele.

Me entregar a ele.

Senti um aperto no peito num conflito intenso com o prazer que afligia o resto do meu corpo. Seu toque me fazia desejá-lo ainda mais, quase implorar por ele. No entanto, aquela parte nervosa no fundo da minha mente gritava de novo. Dizia que, se eu fizesse essa escolha, se escolhesse deliberadamente fazer aquilo com ele, estaria me rendendo ao inimigo. Na verdade, eu não sabia exatamente quem era o inimigo, mas não importava. O instinto pulsava por meu corpo inteiro, na defensiva e com medo. Ele lutava contra o resto de mim, contra as necessidades do meu corpo e até mesmo contra os meus desejos conscientes. Eu conhecia Dorian e gostava dele. Por que não poderia superar aquele medo vil? De algumas maneiras, o medo era excitante. Sentia que, se conseguisse superar aquele monte de dificuldades, os problemas iriam embora.

Mas que merda! Era uma montanha alta a ser superada.

E, como na última vez, Dorian me sentiu relutante. Saiu de nosso abraço, quase se afastando de mim. Antes que desviasse o rosto do meu, vi sentimentos que nunca havia visto antes. Frustração. Infelicidade.

— Dorian... — falei. — Dorian... Eu sinto tanto...

Ele esfregou o rosto com as duas mãos e expirou. Sua voz estava indiferente:

— É tarde, Eugenie. Tarde demais para você ir embora.

Dorian se levantou e espreguiçou. Quando finalmente se virou, mais uma vez, aquela expressão obscura havia deixado seu rosto. Sua alegria também não estava ali. Ele simplesmente parecia cansado.

— Vou para o sofá da sala, e você fica na cama.

— Não, eu...

Dorian gesticulou para me calar enquanto seguia para o outro cômodo sem olhar para trás. Apenas disse:

— Fique aí. Será a melhor noite de sono que você já teve.

Uma elaborada porta-janela ligava um cômodo ao outro. Ele a fechou e me deixou sozinha com a tristeza.

Sentei na cama enorme, tentando desfazer um novelo de emoções antagônicas. O que havia de errado comigo? Por que não conseguia fazer aquilo dar certo? Já tinha transado com caras de quem eu gostava muito menos do que Dorian. Por que não conseguia atravessar a última fronteira? Para que continuar lutando contra isso?

Apaguei todas as velas e tochas do quarto antes de tirar o jeans e ir para debaixo das cobertas. Dorian tinha razão: era a cama mais confortável em que eu já havia me deitado. Infelizmente, não tinha como dormir. Fiquei pensando em meu suposto desejo movido pela magia e em seu consequente colapso. Meu corpo queria Dorian. Minha mente também. Só os meus instintos ainda lutavam contra isso.

A cama mais confortável do mundo deve ter se sentido insultada de tanto que me virei de um lado para o outro. Pelo menos seu tamanho me dava todo o espaço para me mexer.

Meus olhos se acostumaram à escuridão bem depressa, e pude discernir os formatos dos móveis e dos cantos sob a luz parcial da lua. Do lado de fora da janela gigante, as estrelas brilhavam — milhares a mais do que eu já tinha visto. Havíamos perdido o encanto das estrelas no mundo dos humanos, apesar de nosso êxito em alcançá-las. Os humanos e os nobres eram quase como os dois lados de uma moeda. Cada um supria o que o outro não tinha.

A resposta para os meus problemas com Dorian demorou muito a chegar, mas chegou. Ainda estava escuro como piche quando finalmente me levantei e fui até o cômodo anexo, sem fazer barulho. As portas se abriram em silêncio, e parei quando me aproximei de Dorian. Ele mal cabia no sofá, e suas pernas pendiam para fora. Ainda usava as mesmas roupas e havia puxado um cobertor fino sobre o corpo. Seu rosto tombava para a direção em que eu estava, com os olhos fechados. Uma das mãos pendia acima de sua cabeça, e o cabelo, cuja cor de fogo era indiscernível sob a luz fraca, se espalhava pela bochecha.

Dorian era um rei. Milhares de pessoas lhe deviam satisfações. No entanto, ele estava apertado no sofá por minha causa. Eu havia magoado alguém que não pensei que pudesse ser magoado. Fiquei ali pensando nisso, naquele cômodo quieto e escuro até que finalmente me ajoelhei a seu lado.

Hesitante, estendi uma das mãos, mas seus olhos abriram antes que eu o tocasse.

— O que foi? — perguntou ele, parecendo alerta e preocupado.

Não consegui falar logo em seguida. O silêncio se acumulava tão denso quanto a escuridão. Ele não falou nem se mexeu enquanto eu refletia. Simplesmente observou e esperou.

— Quero que você me amarre.

Aquilo era o legal de Dorian. A maioria das pessoas teria hesitado ou feito perguntas. Ele não. Ele me seguiu até o outro cômodo e logo apanhou as mesmas fitas que havia usado antes na cadeira.

Me acomodei na cama, sem saber ao certo onde posicionar o corpo, mas Dorian me ajustou com delicadeza. Começou a esticar meus braços acima de minha cabeça, mas, então, parou. Desceu as mãos até minha barriga, pegou na beirada de minha camiseta e me lançou um olhar interrogativo. Fiz que sim, e ele a tirou por minha cabeça com cuidado. Dorian voltou para os meus braços, os ergueu em direção à cabeceira e os atou juntos, ainda incapaz de se apressar nas amarrações esmeradas. Com outra tira, prendeu meus pulsos nos detalhes retorcidos e intricados da cabeceira e, então, usou mais uma para reforçar as amarras. Quando terminou, meus braços estavam relaxados sobre os travesseiros acima de minha cabeça, mas as mãos e os pulsos estavam bem-atados. Estranhamente, algo dentro de mim se acalmou ao perceber que eu estava presa.

A duração do processo de atamento me surpreendeu. Pensei que Dorian quisesse acelerar as coisas, mas sua paciência parecia audaciosa. Ele se sentou sobre os joelhos e me avaliou, exatamente como sempre fez depois de concluir os atamentos. No escuro ou não, me senti exposta, só de lingerie, e me perguntei se era a minha pele nua ou as faixas de seda o que o atraía tanto. Provavelmente, a combinação das duas coisas.

Dorian deslizou para fora da cama e se levantou para poder tirar as próprias roupas. À medida que caíam no chão, cada vez mais seu corpo se revelava. A luz da lua bateu em sua pele branca, e ela praticamente brilhou. Ele me lembrava uma antiga estátua grega ou romana de mármore, com traços harmoniosos.

Dorian voltou para a cama, olhando para mim, e meu coração começou a acelerar de novo. As sombras banhavam seu corpo agora que ele estava longe da luz que entrava pela janela, e ele parecia maior e mais poderoso, se comparado a mim. Eu não tinha como sair dali a não ser que quisesse tentar umas manobras de chute muito loucas.

O tempo e a tensão se estendiam entre nós. Aquilo me deixava ansiosa e, no entanto, estimulada também. Por que a demora? Por que ele não me tocava? Por que só ficava me olhando daquele jeito?

Finalmente, Dorian se ajoelhou aos meus pés e beijou meus dedos. Era um toque tão pequeno, mas fez meu corpo arrepiar depois de tanta espera. Ele alternava entre um pé e outro, e seus lábios acariciavam meus dedos e calcanhares antes de subirem com firmeza por minhas pernas. Kiyo havia feito uma avaliação física parecida em nossa primeira noite juntos. Eu me perguntava se havia algum tipo de análise psicológica ou de personalidade que pudesse ser feita com base em onde um cara começava, se por cima ou por baixo.

Para cima, para cima. A boca de Dorian prosseguia. Meus músculos pélvicos se contraíram de ansiedade, e senti a umidade aumentar entre minhas pernas. Porém, então, ele simplesmente pulou a calcinha e continuou na minha barriga. Percorria as mãos pela pele macia, ainda no próprio ritmo, tomando cuidado com o corte que ainda cicatrizava. Quando acabou por ali, foi para o pescoço, ignorando meus seios. Meu pescoço também era muito sensível, e a intensidade de sua boca havia aumentado. A sensação forçou minha respiração a suspiros ansiosos e irregulares, mas uma reclamação frustrada me escapou:

— Por que você está pulando todas as partes boas?

Ele parou, mal tirando os lábios da minha pele.

— Quer que eu volte?

Mordi o lábio. Dorian tentava fazer com que eu ditasse os termos ali, mas não era isso o que eu queria. Pela primeira vez, eu não queria poder. Foi por isso que pedi para ser amarrada. Queria que a escolha me fosse tirada. Mas fiquei quieta.

Ele voltou para o meu pescoço, percorrendo minha clavícula e meu ombro com a boca e, então, subiu até a bochecha e as orelhas. Nossos lábios logo se juntaram de novo, e tentei canalizar minha avidez e paixão naquele beijo, como havia feito mais cedo. Porém, agora ele se mantinha fora de alcance, o bastante para me provocar sem me satisfazer. Ergui o corpo, tocando o máximo do dele que eu podia. De novo, ele se manteve levemente afastado. Era frustrante e, em meio ao desejo, esqueci quem era para estar no comando.

— Está bem. Volte.

Dorian me obedeceu com a mesma eficiência e rapidez que havia atendido o meu pedido de ser amarrada. Suas mãos e seus dedos delicados envolveram meus seios, segurando--os no lugar para receber sua boca. Fechei os olhos e tombei o pescoço para trás, me perdendo nos movimentos de sua língua que queimavam minha pele enquanto ele despertava meus nervos e delicadamente sugava meus mamilos. Quando finalmente se afastou, gemi baixinho, protestando, até perceber para onde ele ia.

Dorian enrolou os dedos nas laterais da calcinha e a puxou para baixo, parando de repente quando ela chegou ao meio das coxas. Por um momento, pensei que era mais uma de suas provocações até que, de repente, compreendi a situação.

— O nome disso é depilação brasileira — expliquei, com a voz ainda ofegante.

— Oh — fez ele, admirado. — Minha nossa.

Seus dedos percorreram aquela região delicada, tanto por sensualidade quanto por curiosa exploração. Com um suspiro feliz, ele tirou a calcinha totalmente e abriu minhas pernas com cuidado. Então, sua boca estava em mim, e sua língua lambia o mais sensível dos pontos em um movimento suave.

Era como uma faísca para um barril de pólvora. Meu corpo inteiro se animou enquanto o calor explodia dentro de mim, e emiti um som vagamente parecido com uma queixa. Suas mãos deslizaram para cima e me seguraram firme onde eu estava, me lembrando, mais uma vez, que eu abrira mão do poder. A mesma mistura antagônica de medo e desejo inflamava dentro de mim, assustada por ele poder fazer o que quisesse comigo e meio que esperando que fizesse.

Quando se convenceu de que eu não iria criticar mais, permitiu que uma das mãos deslizasse de volta para o meio das minhas coxas. Sua boca não parava de me sugar, ardente, e agora seus dedos vieram, penetrando em mim em movimentos regulares programados para trabalhar em conjunto com a boca. Gemi diante daquele toque, jogando a cabeça para trás e arqueando o tronco. Ele tinha uma tendência estranha a se afastar cada vez que o orgasmo estava para acontecer. Então, quando finalmente me permitiu sentir esse alívio, quase me pegou de surpresa.

Minha pele se incendiou, elétrica e gloriosa. Tremi enquanto meus músculos se contraíam à medida que aquele êxtase escaldante se derramava em meu corpo. Mesmo quando aquela onda quebrou, ele continuou com a boca lá embaixo, lambendo e sondando até que eu lhe implorasse para parar, dominada demais pela inundação de sensações. Ele não se apressou em atender o pedido e finalmente se afastou dali, deitando o corpo sobre o meu.

Cada parte rígida e maravilhosa dele me pressionava, e eu me contorcia, querendo mais. Deslizou as mãos de volta para os meus braços, mais uma vez, me colocando no lugar com firmeza. Sua boca se chocou contra a minha, me forçando a sentir meu próprio gosto em seus lábios. Não adiantou resistir.

Quando ele finalmente me libertou do beijo, seu rosto se afastou apenas alguns milímetros do meu.

— Sei por que você está fazendo isso — disse ele. — Por que você queria ser amarrada. É porque você quer que a decisão seja tirada de suas mãos. Você sabia que, depois que estivesse aqui, não teria mais volta. Não teria que suportar o peso da decisão de teimar em ficar comigo. Não teria escolha nisso e, portanto, se libertaria de qualquer culpa ou conhecimento antecipado.

Ele beijou meu rosto e, então, se demorou um pouco em meu ouvido:

— Juro que daqui a pouco posso acabar com você e possuí-la quantas vezes quiser, se é isso o que torna as coisas mais fáceis. Porém, suas escolhas ainda não acabaram. Podemos parar se você quiser. Ou posso desamarrá-la. Você pode me dizer que quer isso e se juntar a mim sem se submeter, de igual para igual.

As palavras estavam na ponta da minha língua. *Sim, me desamarre. Faça amor comigo. Me foda. Quero ficar com você.* Poderia ter dito inúmeras coisas para alterar o equilíbrio do poder. Poderia ter recuperado tanto o controle quanto a liberdade. No entanto, não fiz nem falei nada. Talvez fosse porque essa era a minha única maneira de enfrentar aquilo. Ou talvez eu simplesmente quisesse que fosse assim. Talvez até gostasse. Sem me alterar, permaneci quieta, e ele entendeu a resposta.

Dorian se ergueu, surgindo diante de mim como um vulto. Ele era um conquistador que vinha em busca de algo, e eu era um prêmio, com a pele nua, esperando para ser possuída. Aquele medo me percorria inteira, e me deleitei com ele. Era delicioso. Excitante. Abri mão do meu poder. Me entreguei a ele.

Quase de joelhos, Dorian abriu minhas pernas e penetrou. Gritei, mais pela sensação mental do que física, e meus braços lutavam em vão contra os cordões. Ele me preencheu, marcando cada movimento poderoso dentro de mim com um grunhido baixo na garganta do qual pensei que nem mesmo ele tivesse consciência.

Queria alcançá-lo e envolvê-lo em meus braços, puxá-lo para dentro de mim. No entanto, tudo que eu podia fazer era ficar ali, deitada, ficar ali e deixar que ele penetrasse em mim mais e mais — o inimigo que de alguma forma eu desejava.

Dorian mudou de posição para ficar completamente por cima de mim, ainda com movimentos urgentes e possessivos, e agora eu tinha ainda menos mobilidade do que antes. Ele me segurava com as mãos firmes. E eu? Tudo me doía e me queimava inteira, deixando que ele tomasse o que quisesse de mim. Flutuei por um lugar quente e cristalino. Era como ser envolvida em uma seda dourada, e uma alegria derretida se espalhava pelo meu corpo.

— Eu falei — disse ele, se esforçando para respirar. — Eu falei que você viria até mim. E agora... Agora percebo que poderia simplesmente ter tomado você no instante em que amarrei seus punhos. Você não precisava de nada mais. Tinha esse desejo e nem sabia disso... Esse desejo de simplesmente ser possuída de todas as formas que seu amante quisesse.

Dorian parou por um instante, engolindo e recuperando o fôlego.

— Estou certo, não estou? Eu poderia pôr você na posição que eu quisesse, fazer amor com você onde eu quisesse, e você adoraria cada momento...

Eu realmente não conseguia articular nenhuma resposta coerente, e grande parte dos ruídos que eu emitia deram lugar a gritos primitivos e ininteligíveis. Só queria me concentrar no fato de estarmos juntos, na sensação de tê-lo penetrando e se esfregando em mim e em como devia ser para ele estar dentro de mim. Eu havia escorregado para cima na cama e corria o risco de bater a cabeça na cabeceira.

De repente, ele saiu e pairou sobre mim. Seus olhos, escuros sob aquela luz, me observavam, e senti a expressão lacônica e divertida em seu rosto.

Estávamos ofegantes. Esperei que ele voltasse, furiosa por causa da interrupção. Estava quase gozando de novo. De alguma forma, desconfiei de que ele sabia disso.

— O que você está fazendo?

— Esperando. Esperando você me mandar continuar.

Dorian não estava sendo cruel nem maldoso. Estava me provocando, brincando comigo do jeito que gostava de fazer com as pessoas dali.

— Seu canalha fodido — falei.

Havia um certo afeto na profanação.

Ele riu.

— Devo interpretar isso como "você quer que eu continue"?

— Você sabe que eu quero.

— Então, diga isso em alto e bom som. A menos que vá se levantar e me agarrar.

— Já falei que você é um canalha?

— Diga que você não quer que eu pare. Me implore. Me implore, e vamos passar o resto da noite fazendo isso.

Era só uma brincadeira, outra dimensão desse jogo de poder e dominação sobre mim. E, para a minha decepção, era excitante.

— Por favor — sussurrei.

— Por favor o quê?

— Por favor... não pare. Quero... Quero que você continue...

— Continue o quê?

Suspirei.

— Quero que você continue me fodendo.

Dorian voltou para dentro de mim quase antes de aquelas palavras acabarem de sair da minha boca. Gritei de novo, quando, momentos depois, o orgasmo explodiu. Meu corpo tremia e queimava à medida que aquela sensação faiscante crepitava dentro de mim. Nossos corpos ficaram o tempo todo se mexendo juntos. Seu rosto estava perto do meu, assistindo com prazer enquanto eu ofegava e lutava contra uma alegria quase intensa demais.

— Odeio você — falei, entre um suspiro e outro.

Ele riu e me deu uma chuva de beijos no rosto.

— Não odeia, não.

Ele tinha razão.

CAPÍTULO 25

— Sei o que você está pensando.

Estiquei os braços para cima, enfiando as mãos entre a cabeça e o travesseiro. A luz do sol batia em mim, vinda da janela enorme, mas em pouco ajudou o meu humor perturbado. Passei a manhã inteira emburrada e calada.

— Não é provável.

Dorian estendeu o braço para alcançar uma bandeja com vários tipos de tortas e doces que estava ao lado da cama quando acordamos. Aquilo e a fogueira recém-acesa eram apenas alguns dos sinais de que criados e arrumadeiras estiveram por toda parte do cômodo. A presença deles não deveria ter me incomodado. Todos já acreditavam que Dorian e eu estávamos juntos. No entanto, saber que outros haviam circulado por ali enquanto dormíamos ainda era estranho.

Dorian enfiou uma tortinha de marzipã na minha boca. Emiti um som de surpresa, mas a comi mesmo assim. Ele tinha cozinheiros excelentes.

— Bem, então me deixe adivinhar do mesmo jeito. Adoro tentar encontrar uma explicação para os seus pensamentos.

Ele sorriu, com cada pedaço do homem frívolo de coração iluminado que eu conhecia. Quase não abrigava traços do amante fervoroso da noite anterior, aquele que havia me dito várias vezes e em detalhes explícitos exatamente o que poderia fazer comigo se quisesse — e, então, provou que podia mesmo.

Rolei para o meu lado da cama, dando as costas para ele.

— Pode se esforçar.

— Está bem. Agora você está se dando conta de que fez o impensável. Fez amor comigo. Com um dos iluminados. Atravessou a linha invisível, e agora o pavor e o arrependimento por isso estão consumindo-a.

— Não.

— Não?

— Não, não é nisso que estou pensando.

— Ah.

Ouvi Dorian se mexer de novo e, então, senti um biscoito ser balançado com delicadeza, roçando em meu braço. Consegui pegá-lo e o mastiguei, espalhando as migalhas nos lençóis enquanto ele reconsiderava. Doce de limão.

— Muito bem. Que tal isso? Você está pensando no kitsune. Em Kiyo. Tem saudade dele e lamenta o que aconteceu. Estar comigo faz você se sentir culpada.

Não estava pensando em Kiyo, mas o fato de Dorian tê-lo mencionado de repente o trouxe de volta. Realmente sentia falta de Kiyo. Sentia falta da forma tranquila como interagíamos e de sua presença sólida e firme. Sentia falta do jeito que ele me abraçava e me fazia sentir segura.

— Não.

— Então está bem. Minha percepção não parece boa esta manhã. Isso acontece vez ou outra.

Olhei fixamente para a janela enquanto emoções inquietantes me percorriam. Por fim, disse:

— Estou chateada por causa... de como foi ontem à noite. Do quanto foi forte.

— É mesmo? Eu realmente não a conheço tão bem. Pensei que tivesse gostado.

— E gostei.

Ele esperou o tempo de um piscar de olhos.

— Então me perdoe, mas não compreendo sua preocupação.

Me virei de volta para ele e despejei tudo.

— Você não entende? Passei esse tempo todo tentando evitar que uma multidão de nobres e monstros me estuprasse. E, no entanto... Foi basicamente isso o que aconteceu ontem à noite. Deixei você... Deixei você ser agressivo e possessivo. Mas gostei disso. O que isso diz sobre mim? O que tem de errado comigo?

O rosto de Dorian mudou para aquela preocupação rara e séria que, às vezes, o tomava. Ele estendeu o braço e tocou minhas bochechas com as mãos.

— Por Deus, não. É isso que está aborrecendo você? Eugenie, Eugenie. Isso não é estupro. O estupro é brutal. É feito contra a sua vontade, normalmente por alguém que você odeia. Ou alguém de quem você gosta um pouco menos do que de mim. O que fizemos ontem à noite... foi uma brincadeira. Acredito que no começo ela a tenha ajudado a superar um bloqueio mental, mas, depois disso... Não houve nada violento nem ruim. Foi um novo jeito de fazer sexo. Você consentiu. Não tem nada de errado você gostar disso.

Talvez ele tivesse razão, mas aquilo ainda fazia com que eu me sentisse estranha.

— É que eu nunca tinha feito nada como isso. Já fiz sexo selvagem antes, mas nunca nada tão... sadomasô.

— Sadomasô. Que palavra fantástica. Sempre levamos um tempo para aprender a gíria do seu mundo.

— Isso torna as coisas estranhas entre nós. Quero dizer, mais estranhas que o de costume.

Ele deslizou a mão pelo meu rosto e pelo meu cabelo.

— Então me diz como consertar as coisas.

— Não sei.

— Talvez isso anime você: estamos prontos para ir até o castelo de Aeson agora.

— O quê?

Aquilo não me animou tanto quanto me surpreendeu. De onde veio isso?

— Podemos ir quando você quiser.

— Você está cedendo porque estou tendo arrependimentos na manhã seguinte?

— Estou "cedendo" porque você passou do ponto que eu queria que você passasse com sua magia.

Dei uma risada debochada e me afastei.

— Besteira. Posso fazer gotas d'água aparecerem no ar. De alguma forma, duvido que essa seja a diferença entre a vida e a morte que precisávamos para essa missão.

— O fator entre a vida e a morte aqui é que agora você consegue controlar boa parte de sua magia. Eu precisava que isso acontecesse para me sentir confortável nessa aventura. Não podia correr o risco de suas emoções emergirem e criarem uma tempestade que pudesse nos matar. Você pode muito bem ainda ter algum acidente com a magia, mas acredito que suas habilidades atuais serão ao menos capazes de minimizar o impacto.

— Então o que você disse antes, sobre isso ser uma proteção...

— É. Lamento, mas foi ardil da minha parte. Pensei que a ideia fosse motivá-la a se esforçar mais.

Típico de Dorian. Sua atitude absurda fez com que eu desse um meio sorriso.

— Está mais feliz agora? — perguntou ele.

— Não sei se "feliz" é a palavra certa, mas vou ficar quando esse lance da Jasmine acabar.

— Excelente. Venha aqui.

Dorian me envolveu com o braço estendido e, por um instante, esperei algo mais. Algo do tipo *Ei, gata, vou fazer você mais feliz*. Me aproximei, hesitante, e ele só me abraçou. Simples assim. Nada de piadas. Nada de perversão. Apenas um simples abraço entre duas pessoas, duas pessoas íntimas o bastante para terem feito a cabeceira ranger na noite anterior. Me senti confortável ali, relaxando no calor e na segurança que Dorian me transmitia. Ele não era Kiyo, mas a sensação foi boa.

Por fim, Dorian mexeu o rosto para poder olhar para mim.

— Então, muito bem. Diga como você gostaria que isso acontecesse.

Tramar outra tentativa de resgate acabou demorando um pouco. Na verdade, o planejamento só foi concluído no dia seguinte, mais tarde. Convocamos meus três servos para uma reunião em uma das salas de Dorian. Eles esperaram pacientemente pelas ordens e cada um me observava enquanto suas mentes, sem dúvida, giravam como um redemoinho, com suas várias neuroses. Como Volusian havia comentado certa vez, eles tinham pouco a perder. Não podiam morrer. Quando Dorian chamou Shaya para se juntar a nós, não consegui evitar uma exclamação de surpresa.

— Você se lembra da distração sobre a qual conversamos? — ele me perguntou.

Eu lembrava. Antes de sairmos da cama, elaboramos o esboço provisório de um plano. Parte dele envolvia uma grande distração perto da casa de Aeson que fosse o suficiente para atrair a atenção de sua guarda de modo que pudéssemos entrar no castelo sem sermos detectados. Já fazia tempo que meus espíritos haviam constatado que o túnel pelo qual entramos da outra vez fora bloqueado.

Dorian explicou que Shaya seria a nossa distração. Ela tinha o poder de comandar uma pequena variedade de vegetação. Em especial, era capaz de invocar árvores e comandá-las — algo que aparentemente já havia feito antes com grande efeito. A ideia de Dorian era que Shaya tivesse um pequeno batalhão de árvores para atacar a ala oeste do castelo de Aeson. No lado leste, sabíamos que havia uma entrada para criados pela qual poderíamos passar sem sermos notados. Normalmente, aquela entrada seria exposta demais, mas não se a segurança do castelo estivesse ocupada com outras coisas.

Assenti, pensando ser um bom plano. Shaya cruzou os braços e parecia plenamente insatisfeita.

— Algum problema com isso?

— Acho que não devemos nos meter nos casos de Aeson nem acredito que valha a pena arriscar a vida do meu rei.

Eu olhava para ela e para Dorian, preocupada.

— Então você não vai fazer isso?

— Claro que vou. Meu rei dá uma ordem, eu obedeço. Só estou expressando minha opinião sincera primeiro. Do contrário, prestaria um desserviço.

Dorian tocou o rosto de Shaya, sorrindo diante de seu semblante severo.

— E é por isso que você é tão valorizada.

— É uma má ideia — disse Finn, de repente.

Todos nos viramos para ele.

— Do que você está falando? — perguntei.

— O que são algumas árvores? Isso grita "Ei, vejam a nossa distração óbvia". Irá deixá-los com alguma suspeita. Se vocês quiserem realmente atrair a atenção da guarda, mandem-no — disse ele, inclinando a cabeça na direção de Dorian. — Um pouco daquela magia com as pedras, e eles irão pensar que se trata de um forte ataque.

— Não dá. Preciso dele para meu reforço — argumentei. — E também para proteger Jasmine. Shaya pode fazer o papel dela e sair de lá depressa. Se eu entrar no castelo sem ele, vamos ficar exatamente como da outra vez.

— Só que a guarda não vai estar esperando por você — disse Finn.

Shaya negou com a cabeça, balançando as tranças negras e brilhantes:

— Não gosto da ideia de meu rei ficar sozinho.

— Ele vai entrar e sair sem problemas. E, se tiver que lutar, pode enfrentar o que o pessoal de Aeson jogar nele.

— A menos que seja o próprio Aeson — refletiu Dorian.

— Ele é mais forte do que você? — perguntei.

— Somos igualmente fortes.

— Sei. Isso me surpreende. Quero dizer, Kiyo saiu vivo de uma luta contra ele.

— Então o rei Aeson não estava usando toda a sua força — disse Nandi. — É provável que ele estivesse com medo de incendiar a própria casa.

Ao ver meu olhar alarmado, ela prosseguiu:

— Isso teria criado um inferno terrível do qual você não teria escapado. Sua pele teria derretido, sobrando apenas os seus ossos.

— Então você está dizendo que ele não precisaria se preocupar com isso do lado de fora. Poderia soltar tudo que quisesse.

Algo me veio à cabeça, e me virei de volta para Dorian.

— E você? Tem limitações em ambientes fechados?

— Hipoteticamente, não. Na realidade? Bem... Eu ainda teria que operar de um jeito que não nos enterrasse vivos — disse ele, sorrindo ao ver minha consternação. — Não se preocupe, minha querida. Ainda serei útil a você.

— Mais útil do lado de fora — disse Finn. — Não vamos nem precisar de reforços extras, não se não tiver ninguém lá dentro para nos encontrar.

Suspirei e esfreguei os olhos. Eu havia entrado no castelo de Aeson tendo planejado muito menos da última vez e, idiotice ou não, fora muito mais simples do que isso. Me virei para o canto mais escuro do cômodo que, até então, estava em silêncio.

— Volusian?

Ele se endireitou depois de passar um tempo curvado, nas sombras.

— Ficarei muito surpreso se sairmos disso sem qualquer tipo de confronto, não importando quem irá provocar a distração inicial. Se eu preciso dizer sinceramente o que irá mantê-la viva...

Volusian suspirou, obviamente insatisfeito com o desfecho. Desconfiei que a descrição horrorosa que Nandi fez de minha morte por incêndio havia despertado sentimentos calorosos e confusos nele.

— É, sim, levar o rei dos Carvalhos oferece mais proteção a você e à menina, ama.

— Então está resolvido.

Finn fez bico e se virou, andando de um lado para o outro, zangado.

Depois disso, era só esperar. Queríamos ir encobertos pela escuridão. Dorian e Shaya foram cuidar de tarefas domésticas, e os espíritos saíram voando. Isso me deixou com muito tempo livre. Passeei pelas terras do castelo, ruminando as mesmas coisas de sempre: Kiyo, o ataque que estava por vir e a profecia.

A hora marcada chegou, e nosso grupo de ataque se reuniu para discutir os últimos detalhes. Grande parte da reunião foi simplesmente para repetir o que já havia sido dito. Os espíritos nos acompanhavam, flutuando, mas fomos a cavalo. Shaya cavalgava com a graciosidade que permeava seus movimentos comuns, mas fiquei surpresa em ver o quanto Dorian também era ágil. Ele parecia tão lânguido e guiado pelo conforto em seus afazeres diários que nunca pensei que tivesse habilidades atléticas, apesar das proezas na cama.

Cruzamos os vários reinos. Parecia demorar mais do que na última vez, e Volusian confirmou isso.

— A terra mudou seu desenho — explicou ele.

— Ela faz isso — disse Dorian, vendo o pânico em meu rosto. — É normal. Estamos no caminho certo.

— É, mas vamos conseguir chegar lá antes de o sol nascer?

— Certamente.

Dorian deu um sorriso largo demais, e percebi que ele não sabia ao certo. Olhei para cima. Agora, tínhamos uma escuridão perfeita, iluminada apenas pelas estrelas. Era noite de lua nova. A lua de Perséfone. Senti o formigamento da borboleta em meu braço e me acalmei. Antes precisei de Hécate para escapar de volta para meu mundo. Ali, não era esta a questão. Permanecer viva e mandar meus inimigos para a morte era o objetivo agora. Então, não me importei com o reforço que recebi em minha conexão com o Submundo.

— Quanto tempo falta? — perguntei, pouco depois.

Me sentia como uma criança em uma viagem, mas não conseguia evitar que a ansiedade cutucasse meu cérebro. Posso ter imaginado, mas podia jurar que agora o céu do leste parecia roxo-escuro, e não preto.

— Já estamos chegando — disse Shaya com uma voz calma.

Não deu outra. Apeamos e amarramos os cavalos com firmeza. Seguimos a pé pelo resto do caminho, passando por entre as árvores e pela vegetação rasteira. Não conseguia enxergar nada, mas logo chegamos a algum ponto importante. Shaya se separou de nós para fazer a sua parte. Dorian apertou seu braço antes de ela ir, e ela fez uma reverência solene em reconhecimento. Observei enquanto Shaya desaparecia antes de me virar e me juntar aos outros para seguir em frente.

A fortaleza de Aeson finalmente surgiu diante de nós quando chegamos ao fim da fileira de árvores. Ela só podia ser percebida porque encobria as estrelas. Do contrário, parecia quase tão negra quanto o céu. Paramos logo antes da clareira que havia no terreno e permanecemos escondidos. Ao estudar um pouco mais a construção, pude identificar pequenas figuras negras se mexendo de um lado para o outro à frente do muro. Guardas. Presumi que também houvesse vigias nas torres.

— Agora esperamos — resmunguei. Estava cansada de esperar. Queria ação.

Quase de frente para nós, do outro lado da floresta, Shaya devia estar se preparando para invocar suas árvores guerreiras. Dorian e ela juraram que seria barulhento. Então não precisaria fazer contagem regressiva nem nada. O castelo estava longe demais para que eu pudesse perceber e identificar quaisquer características, mas os espíritos indicaram o ponto onde ficava a porta lateral.

Os minutos se arrastavam, e eu imaginava todos os tipos de destinos horríveis para Shaya. Meu Deus. E se ela fosse pega e morta? Ela fora até ali por lealdade a Dorian, e não importava o que mais havia acontecido, passei a respeitá-la imensamente. Não queria que morresse por isso.

Dorian se aproximou de mim e me abraçou.

— Não se preocupe. Isso vai acabar antes de você perceber. Ah, lá vêm eles.

Ao longe, ouvimos tudo. A madeira crepitava e se espalhava. Um rugido baixo. Gritos fracos de alerta eram levados pelo ar, e os guardas em nosso campo de visão correram em direção ao barulho. Esperamos até que tivessem esvaziado a área.

— Está na nossa hora — murmurou Volusian. — Vamos.

Atravessamos a área aberta depressa e seguimos em direção à entrada. Eu podia ouvir o barulho do outro lado. O som de algo se quebrando. Mais gritos. O plano de Shaya era mandar umas doze árvores enormes baterem nos muros. Que despertador aquilo deve ter sido.

— E-esperem! Parem! — gritei de repente.

Os espíritos pararam no mesmo instante. Dorian levou mais um momento para desacelerar e me lançou um olhar estranho.

— O que foi?

Olhei ao redor. Meus sentidos formigavam. Eu podia sentir água, muita água. Da mesma forma que me sentia em multidões ou no castelo de Dorian. Água condensada em um bando numeroso. As fontes de água eram pessoas. Muitas.

Fomos enganados. De novo.

— Merda!

Eles pareciam surgir de toda parte, embora eu soubesse que só poderiam ter se escondido nos arredores do castelo ou os teria sentido antes. Vinham dos telhados, saíam pela porta que estávamos vigiando, dos cantos. E, de alguma forma, eu sabia que os que haviam supostamente corrido voltariam.

Ouvi Dorian gritar:

— Eles não vão matar você. Não se não for preciso!

Então a lateral do castelo explodiu em uma chuva de pedras negras enormes, fazendo com que os que estavam no alto, ainda escalando, morressem ou, pelo menos, caíssem gravemente feridos. Outros foram soterrados em seguida.

Meus espíritos tinham ordens expressas para atacar qualquer um que representasse uma ameaça, e vi os três partirem para a batalha. Quanto a mim, eu estava com duas armas naquela noite, mais uma vez cortesias de Lara. Ambas tinham balas de aço e havia outros pentes nos meus bolsos, além de alguns de prata. Mantive a distância que pude do grosso da batalha e comecei a disparar, mirando nas cabeças e rostos quando podia, mas ainda mais feliz quando conseguia derrubar alguém definitivamente.

A linha de tiro constante deu bons resultados, e atingi quase todos nos quais mirei. Ninguém conseguia chegar perto demais de mim. Ignorei os espíritos. Não podiam morrer, e apenas outro xamã ou usuário de magia do nível de Dorian seria capaz de bani-los.

Depois da demolição espetacular do muro, Dorian recorreu a um método mais convencional: uma espada de cobre que tinha embainhada sob a capa. A espada possuía um brilho vermelho na escuridão, e percebi que ele podia intensificar seu poder, já que o cobre vinha da terra. Dorian não lutava com força bruta, mas se movimentava de forma ágil e hábil, me surpreendendo tanto quanto havia feito ao cavalgar. Não teria me importado de assistir a outro espetáculo de poder sobre a terra, mas toda magia tinha o seu momento. Não seria bom para Dorian se ele se desgastasse logo.

De repente, vi um dos guardas partir para cima dele, bem fora de seu campo de visão. Comecei a gritar para alertá-lo e, então, um vulto enorme de quatro patas correu para a frente, rosnando ao mesmo tempo que se jogava sobre o guarda. Dorian deu uma olhada rápida, surpreso, mas logo voltou a lutar. Não consegui me recuperar depressa e só consegui olhar fixamente enquanto Kiyo, na forma que eu havia apelidado de super-raposa, atingiu sua vítima com as garras e a rasgou. O homem chegou a machucar um dos lados de Kiyo, o que me fez estremecer, mas a raposa pareceu não se abalar. Balancei a cabeça e, como não não podia parar para me perguntar como ele havia aparecido ou para me preocupar com sua segurança, retomei meus combates.

Algumas vítimas depois, ao mirar em alguém, senti que outra forma me sondava pelas costas. Cheguei a me virar, mas não fui rápida o bastante. A pessoa agarrou meu braço e desviou a arma de sua direção, me jogando no chão. Com a mão esquerda, consegui puxar a outra arma, que ficou meio encoberta enquanto ela tentava empurrar o meu corpo para baixo. Eu não tinha um alvo real. Mas não importava. Apontei para cima e disparei. Ela gritou e recuou o suficiente para que eu a empurrasse e atirasse de novo, agora com mais precisão.

Outro se aproveitou da minha distração e me agarrou por trás. Como já tinha enfiado a arma de volta no coldre, agora lutava com a outra, quando, de repente, ela esquentou na minha mão. Ficou quente, fervendo. Dei um grito curto e larguei a arma, olhando-a cair no chão, em brasas, com um tom laranja-claro.

Não precisei ouvir sua voz para saber quem me segurava.

— Eugenie Markham, que adorável de sua parte vir me fazer uma visita.

— Vou matar você — sibilei.

— É, você já tinha me dito isso e, no entanto, vejo que, na verdade, não está funcionando. Você deveria ter aceitado minha oferta.

Ele gritou um comando para um guarda e correu até nós.

— Desarme-a antes que ela mate mais alguém.

Com tanta confusão, nenhum de meus aliados notou o que acontecia. Comecei a entoar as palavras do ritual para atrair os espíritos. Só que eles estavam longe demais para me ouvir. Aeson percebeu o que eu tentava fazer, me jogou no chão e usou o peso do corpo para me prender enquanto tampava minha boca.

— Depressa!

O guarda recolheu os punhais e a varinha. Quanto à arma extra, enrolou a mão nas dobras da capa para puxá-la e, então, a jogou longe.

— Você é uma praga maldita. Uma praga letal — murmurou. — Manter você viva por nove meses deve significar mais problemas do que... Ai!

Não vi o que aconteceu, mas ouvi um *ruído* acima de mim.

— Você usou seu poder para jogar uma pedra em mim? — exclamou ele, num tom de incredulidade quase cômico.

— Pelo contrário — Dorian disse com prazer. — Não usei magia para isso. Simplesmente peguei e atirei.

Aeson me jogou para o guarda ao mesmo tempo que chamas se erguiam do chão. Na escuridão, a claridade da luz incomodava meus olhos, o que me forçou a virar o rosto. O calor se desprendia daquele muro alaranjado e escaldante e aquecia minha pele. O guarda tentava se afastar e me segurar ao mesmo tempo, sem fazer nem uma coisa nem outra, embora ainda conseguisse — por pouco — me manter presa.

Meus olhos estavam fixos nas cores que tremeluziam no fogo até que, de repente, senti o chão tremer. Mexi a cabeça para cima o máximo que consegui e vi uma nuvem escura surgir acima das chamas. Ela abaixou, como a palma da mão de alguém, e o fogo desapareceu, abruptamente extinto, enquanto quilos de lama o esmagavam no chão.

Sem perder um segundo sequer, Dorian gesticulou em direção ao ponto onde Aeson estava. Senti o tremor de novo e vi a terra se erguer, como se uma onda de água se mexesse sob a superfície. Ela atingiu Aeson, que perdeu o equilíbrio, e, então, uma tempestade de pedras — muito parecida com a que eu tinha visto com os nixies — girava, como se num redemoinho, mirando. Ainda no chão, Aeson levantou as mãos. As ondas de calor esmigalharam as pedras, espalhando-as em direções diferentes. Algumas derreteram, escorrendo de volta para a terra como uma chuva de lava.

Cinzas impregnaram o ar, e pude ouvir Aeson tossir enquanto cambaleava. O chão tremeu de novo, fazendo-o cair de joelhos. Ele se apoiou e deu uma gargalhada áspera e estremecida.

— Não precisávamos chegar a esse ponto — disse ele. — Se ao menos você a tivesse compartilhado, ela já deveria estar grávida agora.

Uma chuva de pedras caiu sobre Aeson enquanto Dorian dava passos largos para a frente. Elas não eram afiadas como navalha, mas pareciam machucar. O rei dos Amieiros se retraiu e protegeu o rosto.

— Não compartilho — disse Dorian, categórico.

A terra perto de Aeson se partiu em cordas de poeira que giravam ao redor de seus membros. Um ponto para os fetiches de atamento.

— Que pena. Você teria saído vivo se pensasse de um jeito diferente.

De repente, Aeson se ergueu e se libertou das amarras de terra. Enquanto fazia isso, atirava fogo ao seu redor, contornando-o e, então, disparando para a frente. Meu grito foi sufocado pela mão de meu captor quando vi Dorian voar para trás. Aeson seguia em frente. Suas mãos controlavam e moldavam as chamas, formando um anel ao redor de Dorian, agachado. As chamas formaram um muro alto e espesso, tão quente que brilhava em azul e branco. Eu não teria pensado que Dorian pudesse sobreviver àquele inferno, mas Aeson falava como se ele ainda estivesse vivo.

— Você fez teatro demais, Dorian, e agora não tem força suficiente para se libertar.

Olhei ao redor, desesperada. Não sobravam muitos guardas. Ao longe, vi Kiyo perfurar um cara e levantá-lo com facilidade — o grito de dor do homem confirmava isso —, mas ele estava longe para ajudar, assim como os espíritos. Então, percebi que o guarda havia afrouxado as mãos. Parecia estar hipnotizado pelo desempenho de seu rei. Outros tão impressionados quanto ele pararam e observaram.

Me aproveitei da falta de atenção do guarda e enfiei o cotovelo em seu estômago, tentando me libertar. Na verdade, não esperava conseguir isso, mas ele tirou a mão da minha boca. Pronunciei as palavras para invocar os espíritos, e Nandi e Volusian apareceram.

— Peguem Aes...

Comecei a falar quando a mão se chocou contra a minha boca de novo. Outro guarda ajudou a me segurar.

Os espíritos passaram da forma humanoide para alguma outra coisa, ainda vagamente antropomórficos, porém mais parecidos com uma nuvem de energia. Deram um rasante na direção de Aeson. Um, brilhante e azul, e o outro, preto e prateado.

Ele os desviou com chamas enquanto ainda mantinha os muros ao redor de Dorian. Um instante depois, vi uma varinha em uma de suas mãos. Não. Ele não podia...

Aeson pronunciou as palavras para banir os espíritos, e senti o poder se intensificar no ar quando ele abriu uma passagem para o Submundo. A forma de Nandi tremeu e, então, explodiu, desaparecendo em faíscas. Ela encontraria a paz, finalmente — e sem me servir por mais dois anos.

— Detenha o outro — esbravejou Aeson —, a menos que você queira perdê-lo também.

A mão que tampava minha boca se afastou. Hesitei. Eu não tinha nada a perder se Volusian ganhasse ou perdesse. Na verdade, o pedido de Aeson provavelmente indicava que ele não conseguiria banir o espírito para a terra da morte. De qualquer forma, era raro os nobres terem aquele tipo de poder. Então, Aeson não devia ser capaz de fazer o que eu havia sido incapaz de fazer. Porém, se lutasse contra Volusian, era possível que tivesse força o bastante para quebrar o meu domínio e escravizá-lo, tornando-o seu servo. Aquilo não era uma opção. Era melhor o espírito ser destruído do que ficar voltado contra mim.

— Pare, Volusian.

Ele recuou imediatamente, voltando à sua forma normal.

Aeson voltou-se para Dorian. O rei dos Amieiros ergueu uma das mãos e juntou os dedos, cerrando o punho. Os muros de fogo se contraíram, mais parecidos com um casulo do que com um cilindro agora. Em meio às chamas, ouvi Dorian gritar.

O desamparo apertou meu coração. Assim como aconteceu contra o elementar de lama. Assim como aconteceu contra os nixies. Eu não tinha armas nem liberdade. Era exatamente o tipo de situação da qual Dorian falava o tempo todo. Da hora em que a magia seria útil. No entanto, não podia usá-la. Minhas habilidades incluíam apenas a manipulação minúscula da água, tempestades fora de controle e suas consequências.

Porém, de repente, não me importei mais com as consequências. Queria invocar uma tempestade maior, uma tempestade para devastar aquela área toda. Talvez matasse meus amigos e a mim, mas nada parecia bom mesmo. Me concentrei nisso, tentando causar as tempestades furiosas que já havia criado antes.

Só que... não funcionou. Talvez porque eu nunca tivesse feito uma coisa daquelas com consciência antes. Ou talvez porque não fosse mais capaz de ver as tempestades como um todo. Elas eram pressão e partículas carregadas e — essencialmente — água. Dorian havia me ensinado a compartimentar os elementos, e era tudo o que eu podia fazer agora. Pensei em tempestades, mas tudo que minha mente fez foi se expandir e tocar todas as fontes de água dali de perto. Maldição. Encontrar água não adiantava nada, a menos que eu pudesse mover um lago inteiro e apagar o fogo. Duvidava que pudesse comandar tanta água assim, mesmo que tivesse uma fonte dessas por perto.

No entanto, eu não precisava de uma fonte tão grande.

Eu só precisava invocar uma fonte de água menor, uma que meus poderes pudessem controlar. Me concentrei de novo. Minha magia se expandiu, alcançando as moléculas de água que eu queria e se conectando com elas. As moléculas me reconheceram, e eu as chamei. Elas resistiram um pouco. Havia mais do que no jarro ali.

Me obedeçam!, gritei. *Venham até mim! Sou sua ama.*

Alguns segundos se passaram enquanto eu me esforçava para controlar a água. Aeson ainda mantinha os braços para cima, derrubando os muros devagar, no que devia ser uma tentativa sádica de prolongar a dor de Dorian. Mesmo assim, eu precisava do atraso para puxar e empurrar a água com mais intensidade.

Foi então que uma expressão estranha cruzou o rosto de Aeson, e ele observou ao redor, como se tentasse encontrar algo, mas não soubesse o quê.

Venham até mim!

Pude sentir a água se libertar, incapaz de resistir ao meu comando. Aeson retorceu o rosto, com um olhar horrorizado. Suas mãos baixaram e agarraram a cabeça, como se fosse arrancá-la. Por trás dele, as chamas ao redor de Dorian enfraqueceram e desapareceram, como se um lago tivesse caído sobre elas, no fim das contas.

Porém, como eu havia notado, não precisei de um lago. Precisei apenas de uma fonte menor. Precisei de Aeson. Havia uma quantidade nele que eu era capaz de controlar, a fonte que invoquei e comandei. Afinal, 65% do corpo dos humanos — e dos nobres — são feitos de água.

Um instante depois, tudo isso veio até mim. Os outros 35% não.

CAPÍTULO 26

A explosão de um rei das fadas meio que atrai a atenção de todo mundo.

Não sei como todos viram que fui a responsável por isso, mas, de repente, tanto os olhos de meus aliados quanto os de meus inimigos se voltaram para mim quando aquela batalha cessou. O cara que me segurava me soltou, se afastou e fugiu. O medo brilhava em seus olhos arregalados. Então, percebi que eu quase tinha esquecido a minha captura enquanto trabalhava com a magia. Na verdade, a experiência havia sido consideravelmente parecida com quando Dorian me manteve amarrada. Talvez houvesse mais naquele método que suas tendências pervertidas.

Nenhum dos guardas de Aeson — dos poucos que ainda restavam — se mexeu. Todos permaneceram quietos. Eu me perguntava se era como naqueles filmes em que matar o chefe dos zumbis faz com que os demais parem. Kiyo correu até mim. Sangue e terra escorriam de seu pelo, mas seus olhos brilhavam com disposição e expectativa, como se fosse capaz de lutar a noite toda. Volusian estava ali perto, observando tudo com uma expressão que não podia ser interpretada.

Olhei ao redor e absorvi todo o impacto do que havia feito. O que não fosse água no corpo se espalhava num raio amplo, vindo de onde Aeson estava. Reconheci o sangue e os pedaços de ossos, mas grande parte dos destroços eram gosmas viscosas e indefiníveis. A bile veio até a garganta, mas me esforcei para engoli-la de volta. Meu Deus, que bagunça. Não me admirava que os guardas estivessem me olhando como se eu fosse um monstro. Tinha desejado a força que o poder herdado do rei da Tempestade pudesse me dar, mas isso... Bem, eu não sabia se seria capaz de lidar com isso com frequência.

— Sire!

Shaya veio cortando por entre as árvores e surgiu na clareira. Parecia consideravelmente nova em folha se comparada a todos nós, mas, também, deve ter levado grande parte do tempo que passamos lutando para correr até nós, depois de ter colocado as árvores em movimento. Ela se ajoelhou ao lado de Dorian, acomodando a cabeça dele em seu colo. Eu quase tinha me esquecido dele quando tudo acabou.

Corri até lá e me joguei ao lado dela. Para minha surpresa, ele estava mais sujo do que queimado. A pele parecia ter sido muito lesionada, e suas roupas haviam sido chamuscadas e derretidas em alguns pontos. Ele estava exausto, prestes a desmaiar, mas encontrou forças para afastar Shaya quando me viu.

— Estou bem. Estou bem — disse ele, num esforço para se sentar. — Eugenie...

— Como foi que você sobreviveu a isso? — perguntei.

— Escudo de terra. Não importa. Ouça, você tem que...

— Majestade, precisamos levá-lo a um curandeiro. Não podemos ficar aqui.

Assenti.

— Ela tem razão...

— Que merda! As duas são bem-vindas para prestar atenção em meu corpo mais tarde. Agora você precisa agir.

Dorian estendeu a mão e agarrou meu braço, enterrando os dedos com sofrimento para argumentar.

— Você tem que agir agora se quiser que Aeson descanse para sempre.

Dei uma olhada na gosma ao nosso redor.

— Ele já está descansando. E não sinto sua sombra. Ele se foi.

Dorian balançou a cabeça.

— Me escute. Encontre o sangue de Aeson, quero dizer, ou o que parece com isso.

Ele procurou e avistou uma pequena poça que parecia ter umas gosmas escuras sob a luz fraca.

— Lá. Toque nela e, então, enfie a mão na terra.

Shaya fez um pequeno som de surpresa.

— Por que...?

Já era horrível ter feito aquela bagunça. Agora tinha que tocar nela?

— Faça isso, Eugenie!

A voz de Dorian tremia, mas era forte, e me lembrei de quando ele lutou contra os nixies, duro e impetuoso.

— Ele tem razão — veio a voz de Volusian num tom mais fraco que o de costume. — Você tem que acabar o que começou.

Ainda sem entender, fiz o que eles pediram. O líquido ainda estava quente, e senti meu estômago embrulhar de novo ao mergulhar a mão nele. Percebi que os guardas de Aeson me observavam com tensão, mas ninguém interveio.

— Agora, enfie a mão na terra — disse Dorian.

Franzi a testa e tentei.

— Não consigo enfiar os dedos. O chão está duro demais.

De repente, não estava mais. Meus dedos afundaram. Foi fácil. A terra ficou macia como areia movediça, puxando minha mão para dentro até cobrir meu punho. Me perguntei se Dorian havia feito alguma magia.

Ele se virou para mim.

— Me diga o que você está sentindo.

— É... É macia. E, bem, é terra.

— Mais nada?

Sua voz me surpreendeu. Ansiosa. Desesperada.

— Não, é só... Espere. Está... Mais morna. Quase quente. Como se estivesse se mexendo... ou viva — falei e, então, olhei para ele, assustada. — O que está acontecendo?

— Escute, Eugenie. Preciso que você pense em... vida. Vitalidade. Imagine isso na sua mente. Qualquer cenário que faça você se sentir viva quando está ao ar livre, que a faça se sentir conectada com o resto do mundo. Frio. Chuva. Flores. Seja lá o que for, visualize isso o máximo que puder. Eu pensaria no outono na propriedade de meu pai, quando os carvalhos estão alaranjados e as maçãs, maduras. Para você, será algo diferente. Alcance isso. A aparência, o cheiro, a sensação. Mantenha a imagem na cabeça.

Ainda assustada, tentei fazer com que minha mente completamente confusa se concentrasse em uma imagem coerente. Por um instante, a visão dele permaneceu em minha cabeça, com a brisa fresca e as cores quentes de sua terra. Mas não. Não era aquilo o que fazia com que eu me sentisse viva. Era Tucson. Um calor seco. O perfume do deserto. O sol caindo sobre as montanhas de Santa Catalina. As extensões de terra arenosa e de cores sem graça que combinavam com as manchas verdes de plantas e arbustos rasteiros. As cores e os tons das flores nos cactos depois da chuva.

Aquilo era vida. O mundo em que cresci e do qual tinha saudade quando estava longe. Aquelas imagens eram tão reais que eu quase conseguia alcançá-las e tocá-las.

O chão debaixo de mim tremeu. Amedrontada, tirei minha mão da terra, mas o tremor não parou. A terra gemeu e, diante de meus olhos, se retorceu e revirou. Ouvi os gritos fracos dos guardas e, ali perto, Shaya murmurava o que parecia ser uma prece. As árvores da floresta atrás de mim derreteram, afundando de volta na terra da qual haviam brotado. O tapete verde de grama sobre o qual tínhamos lutado desapareceu, dando lugar à terra empedrada. Um momento depois, trechos gramados cobertos de arbustos emergiram do solo, junto com plantas pequenas e esparsas. Cactos. Agaves. A terra além da fortaleza se ergueu, formando ângulos acentuados e planaltos, como os pés das montanhas de uma cordilheira. Pinheiros cresceram nesses vales, cobrindo-os. A umidade do ar caiu, e a temperatura aumentou um pouco. Finalmente, mais cactos vieram, surgindo em toda parte, cobertos de flores. Flores demais para serem reais. Nunca tivemos tamanha irrupção e, no entanto, ali estavam elas, uma confusão de cores vívidas e aparentes até mesmo sob a luz parda da aurora. Saguaros se espalharam em meio aos cactos floridos e, em questão de segundos, cresceram a uma altura que levariam centenas de anos para atingir.

A terra começou a se acalmar, a não ser pelo ponto ao meu lado. Tremi diante da força de algo tentando sair dali. Cambaleei para o lado para aquilo não me espetar. Instantes depois, uma árvore perfurou o chão, crescendo numa velocidade irreal. Seus espetados galhos acinzentados e negros se espalharam, chegando a quase oito metros de altura. Flores roxas a cobriram, como uma nuvem ou um véu.

Então, tudo parou. Fiquei boquiaberta. Havia um verão de Tucson ao meu redor. Só que era melhor. O tipo de verão que alguém sempre deseja, mas quase nunca tem.

Todos nós permanecemos ali, paralisados, olhando ao redor para ver o que viria em seguida. Apenas Dorian e Volusian pareciam indiferentes.

— Que árvore é essa? — perguntou Dorian com uma voz suave, olhando para cima.

Engoli em seco.

— É... É um espinheiro.

Minha mãe tinha algumas no jardim.

— "Um espinheiro" — repetiu ele, mexendo os lábios com deleite.

Olhei fixamente para Dorian, ainda em estado de choque.

— O que... O que acabou de acontecer? — consegui perguntar.

A doçura da algarobeira chegou até mim em uma leve brisa, inebriante e deliciosa.

— Ele deu um reino para você — disse uma voz clara e aguda. — Você roubou o que eu deveria ter ganhado.

Jasmine Delaney estava bem perto da gente.

Ela parecia uma alma penada sob a luz do início da manhã. Seu cabelo louro-avermelhado era longo e estava solto, e um vestido colante azul cobria seu corpo esbelto. Seus maravilhosos olhos cinza enormes pareciam ser pretos sem uma luz plena. Finn estava a seu lado.

Fiz um esforço para ficar de pé. Ao meu lado, Dorian fez o mesmo, embora desajeitado. Ele tocou meu braço.

— Cuidado.

Algo estava errado ali, mas ainda não conseguia entender o quê.

— Jasmine... — falei, estupidamente. — Viemos levar você de volta para casa.

Seus lábios formaram uma linha reta, sem formar um sorriso ou uma careta.

— Estou em casa. Depois de suportar os humanos durante todo aquele tempo, finalmente estou onde deveria estar.

— Você não sabe o que está falando. Sei que você acha que quer ficar aqui, mas está errado. Você precisa voltar para casa.

— Não, Eugenie. Estou falando o que você deveria estar dizendo durante esse tempo todo. Reconheci meu direito inato e vim atrás dele. Já você...

Ela balançou a cabeça, e a ira inflamava suas palavras. A intensidade daquele ódio parecia absurda naquela voz jovem e aguda — assim como o fato de ela ter usado as palavras "direito inato". Tempo demais com os nobres.

— Você se tornou a maior estrela do rock por aqui. Poderia ter tido tudo, mas não foi capaz de lidar com isso. Passou o tempo todo reclamando e se lamentando, agindo como se fosse tão duro ser você. Foi uma idiotice, mas todos engoliram, até mesmo Aeson.

Jasmine parecia estar quase em prantos, e minha garganta deu um nó. Não porque eu lamentava por ela, e sim porque sabia com toda certeza o que estava prestes a dizer.

— Ele pensava que, como você era a mais velha e tinha aquele lance idiota de guerreira, teria o herdeiro, e não eu. Ele ia me deixar de lado, muito embora eu lhe tenha sido fiel o tempo todo. Mesmo antes de me trazer para cá. Isso nem importava. Ele estava pronto para se livrar de mim por sua causa.

Fechei os olhos por um instante, tentando evitar os dela. Aqueles olhos enormes e cinzentos, cinzentos como o céu em um dia de chuva. Assim como os meus tinham a cor violeta das nuvens que se juntavam num dia de tempestade. As palavras de Wil, lamentando sua infância e a da irmã, voltaram à minha mente: *Nosso pai vivia fora, em alguma viagem de negócios, e nossa mãe sempre o traía com alguém.* A mãe de Wil e Jasmine havia, de fato, traído o pai deles com alguém — com um dos nobres, em um dos vários casos que o rei da Tempestade tivera no mundo dos humanos. Existia uma razão para Jasmine me fazer lembrar eu mesma.

— Jasmine... Por favor. Podemos resolver isso...

— Não. Estou cansada de você, Eugenie. Você é a pior irmã de todos os tempos. E não vai ser você quem vai conseguir ter o herdeiro e começar a conquista. Eu vou.

Olhei para aquela forma magricela ao lado de Jasmine.

— Finn...?

Ele deu de ombros, animado como sempre.

— Lamento, Odile. Dei uma chance a você. Espalhei sua identidade por aí, na esperança de que você raciocinasse. Acha que eu queria ser puxa-saco de uma xamã? Escolhi você porque pensei que estava se dando bem. Você estragou tudo, então fiz uma troca.

Meu choque se transformou em fúria. Finn havia nos traído. Ele informara Aeson que iríamos até lá. Até tentara diminuir nossas chances, separando Dorian de mim mais cedo.

Antes que eu — ou qualquer outra pessoa — notasse o que estava fazendo, caminhei a passos largos até onde meu captor havia jogado minhas armas. Num piscar de olhos, peguei a varinha. Toquei no portão de Perséfone e pronunciei as palavras para bani-lo. Finn ficou boquiaberto, impressionado, mas era um espírito tão fraco — nunca seria mais do que um puxa-saco, no fim das contas — que sua resistência foi quase inexistente. Minha energia, canalizada pela varinha, o empurrou pela passagem que eu havia criado. Um instante depois, ele desapareceu, transportado para o Submundo.

Na verdade, bani-lo não consertava a confusão na qual eu estava envolvida, mas fez com que eu me sentisse melhor.

O rosto de Jasmine escureceu, e seus olhos se estreitaram de tanto ódio e de tanta amargura. Meu Deus. Eu ainda não conseguia acreditar naquilo. Ela era só uma criança.

— Seu time diminuiu — falei.

— Tenho mais.

Senti um aumento de água no ar, e uma dúzia de formas felinas translúcidas apareceu ao lado de Jasmine. Pareciam leões, mas seus corpos se mexiam como se um redemoinho fosse criado dentro deles, dinâmico e agitado, logo sob a pele translúcida. Os olhos brilhavam num tom de azul quase néon, e as garras e os dentes pareciam dez vezes maiores e mais afiados do que os de um leão normal.

— Yeshin — murmurou Dorian em meu ouvido. — Mais criaturas aquáticas.

Entendi o recado. Maiwenn não havia tido nada a ver com o fachan nem com os nixies. Jasmine havia mandado todos eles, usando o poder herdado de nosso pai para tentar me matar. Queria me tirar do caminho para ser a única na linha de sucessão a cumprir aquela profecia maluca. Talvez devesse me sentir ultrajada, mas o que mais sentia era inveja. Jasmine era capaz de invocar seres aquáticos, e eu não.

Os yeshin vieram na minha direção com movimentos graciosos e sinuosos. Saliva — ou era simplesmente água?

— pingava de suas presas. Por um momento, não consegui agir. Então, Kiyo surgiu como um raio ao meu lado, derrubando e prendendo um dos yeshin no chão. Suas patas e garras batiam umas nas outras enquanto os dois lutavam, rolando de um lado para o outro na terra.

Retornei à vida e me joguei no chão para procurar minha arma. Ao encontrá-la, ejetei o pente e tateei os bolsos do casaco até encontrar um de prata. Enquanto isso, outros quatro yeshin avançaram. Dorian acenou com uma das mãos, e uma pequena nuvem de poeira se ergueu, girando nos olhos das criaturas. Com a outra mão, ele apontou para mim e gritou com os guardas.

— Todos vocês! Sabem o que têm que fazer. Defendam-na.

Os guardas permaneceram imóveis, olhando, preocupados, para os yeshin e para mim. Então, um deles deu um passo à frente, empunhando a espada. Deu um grito de guerra e correu em direção ao yeshin mais próximo. Um momento depois, os outros se juntaram a ele.

— Não se envolva nisso, Majestade — disse Shaya. — O senhor está fraco demais agora.

Ela tinha razão. Dorian estava pálido sob as queimaduras e mal era capaz de se manter de pé. Shaya voltou os olhos para mim por um breve momento e, então, os fechou, se concentrando. Segundos depois, dois saguaros saíram da terra e se arrastaram em direção a um yeshin. Seu peso e seus espinhos ajudaram a imobilizá-lo. Mirei e atirei até o yeshin parar de se mexer. Os saguaros se reergueram e seguiram lentamente em direção à próxima vítima. Acompanhei os dois, pronta para repetir o processo.

Ali perto, Kiyo parecia estar em seu terceiro yeshin. Observei enquanto ele o empurrava para baixo, e seus dentes afiados rasgavam a pele daquela criatura. Um líquido vazou. Não era sangue, mas água. Ainda assim o yeshin fez um esforço destemido para lutar contra ele, dando-lhe uma patada com garras que serpentearam para fora e retalharam sua lateral.

Uma mancha de sangue apareceu em Kiyo, mas isso não parecia incomodá-lo. Ele continuou rasgando a criatura até ela morrer. Então, sem hesitar, passou para o próximo.

Os guardas — meus guardas? — lutavam contra os yeshin em grupos pequenos enquanto Volusian os ajudava com sua magia. Shaya havia criado outro grupo de saguaros móveis, mas parecia cansada. Estava com a espada desembainhada e andava ao redor de Dorian, vigilante e protetora em meio à própria fadiga.

Os saguaros derrubaram outro yeshin. Disparei e ouvi apenas um clique. Estava sem balas. Aquele era meu segundo pente de prata. Não tinha levado mais. Xingando, larguei a arma e peguei a varinha. Me fixei no yeshin que os cactos seguravam e mandei a criatura para longe do Outro Mundo. Precisei de mais energia do que para disparar uma arma. A magia de antes aparentemente havia me cansado. Não era de se admirar que Dorian e Shaya estivessem mais fracos.

Restavam três yeshin. Kiyo partiu para cima de um deles. Juro que ele destruiu metade do grupo sozinho. Estava coberto de sangue, mas mostrou os dentes e deu o bote no adversário seguinte. Um dos saguaros foi derrubado, mas seu parceiro cacto distraiu o felino o tempo suficiente para que ele fosse banido. Os guardas haviam cercado o terceiro e tinham dificuldades para enfrentá-lo. Um deles foi atirado longe e caiu de forma bruta e dolorosa. Outro caiu no caminho das garras do yeshin e gritou.

Eu ainda não entendia direito por que eles lutavam por mim, mas tentei ajudá-los, ao ficar em uma boa posição. De repente, enquanto me aproximava, ouvi um grito horrível e sufocado, vindo de onde Kiyo lutava. Sabia que não era o yeshin, mas não podia me virar. O yeshin dos guardas estava à vista, e eu já tinha começado a pronunciar as palavras. Me forcei a cumprir a tarefa e o mandei embora daquele mundo. Os guardas se viraram para mim, surpresos.

— Obrigado, Vossa Majestade — disse um, agradecido.

Não me detive ao fato de ele não estar agradecendo a Dorian.

O último yeshin se afastava, orgulhoso, de uma forma inerte — uma forma de raposa. Meus guardas partiram para cima do felino num piscar de olhos, e ele sucumbiu quase que de imediato. Já havia sido gravemente ferido.

Jasmine, como mal notei, não estava à vista.

Tirei-a da cabeça e caí ao lado de Kiyo. Ele não se mexia. Eu o virei de barriga para cima, tentando sentir a pulsação ou a respiração. Nada. Gritei o nome dele, sem saber o que fazer. Dava para reanimar uma raposa? Desesperada e histérica, eu o sacudi, repetindo seu nome sem parar. Uma mão puxou meu braço.

— Ele se foi, Eugenie — disse Dorian com uma voz suave.

Shaya se ajoelhou ao lado de Kiyo, séria.

— Não — sussurrei. — Não.

— Você não está sentindo? O espírito de Kiyo deixou seu corpo. Está viajando para o próximo mundo.

Pisquei, voltando a me controlar de repente. Viajando. Talvez ele ainda não tivesse chegado lá. A expulsão mandava o espírito embora no mesmo instante. A morte real tinha uma pequena demora. Era por isso que as pessoas passavam por experiências de quase morte.

— Mas ainda não chegou lá — falei, relaxando o corpo e esvaziando a mente.

A borboleta queimou enquanto eu alcançava Perséfone. Já estava no Outro Mundo, um passo mais perto do que o de costume do mundo além daquele.

Dorian me lançou um olhar alarmado ao perceber o que eu estava prestes a fazer. Ele me alcançou.

— Que merda, não...

Dorian parou abruptamente quando notou que eu já tinha ido. Me perturbar naquele estado seria letal. Mal vi sua mão pender enquanto olhava, sem ação, para o meu corpo em transe, o corpo que não abrigava mais o meu espírito.

Eu havia seguido adiante — para a terra da morte.

CAPÍTULO 27

Viajar em espírito é muito diferente de viajar no corpo. O corpo nos dá mais força — e nos faz correr mais riscos —, mas o espírito pode ver além dos sentidos físicos comuns. À medida que me elevava cada vez mais para deixar o Outro Mundo, eu o via em toda a sua beleza e em todo o seu poder. As pessoas e os objetos estavam envoltos em luz, e alguns brilhavam mais que outros — como Dorian, que parecia um pequeno astro. Tudo ao redor dele e dos outros, a Terra dos Amieiros inteira, reluzia na própria áurea, uma áurea que me chamava de um jeito singular. Era estranho deixá-la, como se parte de mim fosse abandonada ali.

Quanto a mim, minha alma ganhou asas enquanto eu atravessava para o Submundo. Eu era escura, quase preta, e ganhei uma forma de ave graciosa. Era o Cisne Negro, meu totem, a forma em que meu espírito atravessava os mundos naturalmente. Fazia tempo que eu não precisava usar essa forma. Primeiro, havia desenvolvido a capacidade de levar meu corpo para o Outro Mundo em uma forma quase idêntica à minha presença física. E, mais tarde, aprendi a atravessar no próprio corpo. Porém, aquele não era o Outro Mundo, e eu precisava da proteção de minha forma de cisne. A terra da morte não gostava de devolver suas almas, então, quanto mais perto chegava, mais risco corria. Só restava rezar para que Kiyo ainda não tivesse adentrado por completo.

Era fácil senti-lo. Meu corpo ainda estava perto do dele, e nós tínhamos uma ligação mental e espiritual forte o bastante para poder rastreá-lo. No entanto, como acabei descobrindo, ele estava muito à minha frente. Longe demais. Havia cruzado o portão negro. Se eu quisesse segui-lo, teria que entrar na terra da morte de verdade. Minha volta corria grandes riscos.

Mesmo assim... eu simplesmente não conseguia deixá-lo partir. Ainda não. Não depois do que passamos juntos. Não quando ainda havia me ajudado, apesar de tê-lo rejeitado. Não quando ele havia morrido por minha causa.

Eu voava, seguindo em frente, e minhas asas varriam correntes de poder. Não vi nenhum portão em si, mas senti quando passei por ele. A conexão com meu corpo estremeceu, e eu soube que a colocara em risco. Se eu passasse tempo demais ali, a alma e o corpo se separariam de vez. Com essa consciência veio outra sensação, tão intensa e repentina que eu poderia muito bem ter levado um tapa. Parecia estar mergulhando de barriga em uma piscina congelante — extraordinário, já que a alma não experimentava sensações físicas. Bem, pelo menos era isso o que tinham me ensinado. Nunca conheci um xamã que tivesse atravessado e sobrevivido para contar a história. Depois que de fato entrei naquele mundo, de repente fui inundada por sentimentos palpáveis. O calor, misturado àqueles lampejos de um frio congelante, circulava por ali.

Por apenas um instante, vi um mundo tão bonito que doeu por dentro. Cor, luz e maravilhas. Ao avistá-lo, senti uma conexão com algo muito maior, algo que nunca havia entendido no mundo dos vivos. Eu me afogava ali, naquela alegria ardente que fazia a euforia da magia parecer trivial. E, de repente, quase entendi todo o significado da vida e da morte.

Então, num piscar de olhos, tudo se foi, e fui jogada na escuridão. Gritei em silêncio, desejando o retorno daquela beleza. Para onde ela teria ido? Por que não voltava?

Uma voz vagamente feminina me respondeu. Estava na minha mente, reverberando por mim e pelo meu ser.

Este mundo se torna o que você traz para ele. O que você traz?

A escuridão se transformou e se tornou sólida. Não vi qualquer fonte de luz, embora pudesse distinguir com dificuldade a área diante de mim. O chão apareceu, frio. Rochas negras sobressaíam em vários ângulos, pontudas e feias. Um calafrio tomou meu corpo. Meu campo de visão era limitado sob aquela luz estranha. Tudo era uma escuridão misteriosa. Notei uma escuridão ainda maior diante de mim, cercada por contornos acinzentados e claros. Uma passagem ou um túnel.

Aquilo era o que eu era? Será que moldei meus arredores em uma escuridão fria?

A voz falou de novo: *Este mundo é o que você faz dele.*

Dentro do túnel, pude sentir Kiyo. Sem pensar duas vezes, voei de novo, seguindo em frente.

A escuridão me engoliu mais uma vez. Então, emergi em uma clareira vazia. Parecia uma caverna, cercada pela mesma pedra fria. Uma fonte indeterminável iluminava o cômodo com uma luz forte. Não havia como sair dali. Senti que Kiyo estava à frente, mas ainda não sabia como chegar até ele.

Atrás de mim, o caminho pelo qual eu havia passado desapareceu.

E, então, eu não estava mais sozinha. Formas se materializaram ao meu redor. Reconheci quase todas. O queres. O fachan. Finn. Alguns dos yeshin. Uma variedade de espíritos. Inúmeros outros monstros. Inúmeros nobres. Todos os seres que eu já tinha banido para este mundo. Eles ocupavam cada centímetro daquele lugar fechado, me cercando.

Tinham expressões horríveis. Reflexos retorcidos do que um dia conheci. Abriam a boca, gritando de terror e de dor e revivendo o momento em que eu os havia banido ou matado. O grupo chegou mais perto, estendendo as mãos. Eles me feriam com suas garras, tentando cortar ou arrancar minha pele.

Pele?

As penas tinham desaparecido. Eu estava na forma humana, com roupas casuais, quase com a mesma aparência de sempre. As mãos e os rostos chegaram ainda mais perto, e eu gritava enquanto a multidão me rasgava. Uma agonia me percorreu, uma dor terrível que me consumia. Me joguei no chão, tentando me proteger deles.

O que você vai nos dar?, pareciam me perguntar em uníssono. *O que você vai dar para que a gente te deixe passar?*

— O que vocês querem?

Você nos mandou para cá sem pensar duas vezes. Arrancou nossa essência de um mundo e a mandou para o outro. Sabe como é isso? Ter a própria essência destruída?

— Me mostrem — sussurrei.

Eles mostraram.

Começou dentro de mim. Uma pequena faísca que só podia ser percebida por uma leve dor. Como tomar um choque com eletricidade estática. Aquilo foi ficando mais forte, se espalhou como uma massa de vermes que se arrastavam pelo meu corpo, me comendo de dentro para fora. Só que era mais do que físico. Era como... um câncer espiritual. Pude sentir tudo o que tinha a ver comigo se desintegrar. Primeiro, todas as coisas superficiais. Meus amados pijamas e o Def Leppard. Em seguida, tomaram as coisas que me identificavam, que me tornavam única: as habilidades físicas, os poderes xamanistas e até mesmo a magia recém-descoberta. Depois, me despiram das conexões emocionais, e eu esqueci todos que conhecia ou amava. Meus pais, Kiyo, Dorian, Tim, Lara... Eles desapareceram, e suas lembranças foram jogadas ao vento. Por fim, minha essência desapareceu. Eu, como um ser físico e mental. Eugenie Gwen Markham. Uma mulher. Metade humana, metade iluminada. Tudo se foi, e virei nada. Queria gritar, mas não tinha como.

Então, voltei.

Estava encolhida e sozinha na caverna. Me estiquei e percebi que não tinha me machucado. Minha autoconsciência havia voltado. Ainda trêmula, olhei para a frente e vi uma passagem. Era uma forma de sair dali, de chegar até Kiyo.

Entrei no túnel, mais uma vez penetrando na escuridão. Quando emergi, estava numa caverna exatamente como a outra. Só que dessa vez não estava sozinha. Um homem estreitava-se no canto mais distante, de costas para mim, voltado para a parede. Ao sentir minha presença, ele se virou.

Ele tinha um cabelo avermelhado com mechas prateadas que mal tocava seus ombros. Seus traços eram impressionantes: mandíbula bem-desenhada e ângulos acentuados. Uma beleza áspera. Usava roupas como as dos nobres e tinha grande parte do corpo coberta por uma capa notável, tão rica quanto qualquer coisa que Dorian pudesse ter. Veludo roxo intenso. Joias trabalhavam os arremates. Havia uma coroa sobre sua cabeça, de um metal brilhante demais para ser prata. Platina, pensei. Era uma obra-prima do trabalho em metal, com bordas retorcidas e fluidas, como um círculo de nuvens trançadas. As extremidades da coroa se encontravam em uma pequena ponta no topo da testa, como um bico em forma de V. Diamantes e ametistas se espalhavam pelas curvas rendilhadas que brilhavam sob a luz estranha.

Porém, eram seus olhos que prendiam minha atenção. Não tinham só uma cor. Mudavam, como nuvens num dia de vento. Azul-celeste. Prateado. Violeta intenso.

— Oi, pai — falei.

Aqueles olhos se mantiveram num tom de azul profundo enquanto ele me olhava:

— Você não é o que eu esperava.

— Lamento.

— Não importa. Vai servir. Afinal, você é só um instrumento mesmo. Sua magia irá crescer, e aqueles ao seu redor vão ver que o que precisa ser feito foi cumprido, depois que seu filho nascer.

Balancei a cabeça.

— Não vou ter um herdeiro seu.

— Então não irá passar. Morrerá aqui.

Não falei nada. A fúria enrijecia suas feições já ferozes, e a beleza de antes desapareceu. Lembrei a reação da minha mãe, do ódio puro e indestrutível que ela sentia por ele. Seus olhos tremeluziram de novo, passando do azul para um cinza tão escuro que parecia quase preto.

— Você é uma garota idiota e boba que não tem a menor ideia do que está fazendo. O destino dos mundos depende de você, mas você é ignorante e fraca demais para fazer qualquer coisa a respeito. Não importa. Você não é a única que pode dar continuidade ao sonho.

— O quê, você está falando de Jasmine?

Ele assentiu.

— Ela não tem o seu poder nem seus instintos de guerreira, mas, de novo, é só um instrumento. O mais importante é que ela quer isso. Aeson cuidou para que fosse assim. Ele a visitou anos antes de levá-la. Ela conhece o seu dever. Irá levar isso até o fim.

Uma massa fria e pesada se instalou na minha barriga. Eu estava evitando a gravidez, mas Jasmine não. Ela procurava isso, tentava propositadamente ter o herdeiro do rei da Tempestade. Todas as minhas práticas contraceptivas presunçosas não representavam nada.

O rei da Tempestade leu meus pensamentos.

— Talvez, se você fosse a escolhida, pudesse controlar a situação. Talvez não fosse tão ruim ser a mãe do herdeiro. Se sua irmã for a escolhida, não haverá volta.

— Não foda comigo apenas para conseguir o que quer. Não vai funcionar.

Aqueles olhos escureceram ainda mais.

— Como você quiser, então. Não faz diferença você morrer aqui e ficar comigo.

Encarei a parede branca à distância, desejando que a pedra se abrisse. Além dela, eu podia sentir Kiyo escorregando para longe de mim. Meu coração — se é que eu tinha um naquela forma — bateu mais depressa.

Fechei os olhos.

— O que você quer que eu faça?

Mãos me tocaram por trás, e envolveram minha cintura.

— Submeta-se apenas uma vez — disse Aeson em meu ouvido. — Submeta-se a mim apenas uma vez e poderá passar.

Suas mãos me puxaram para junto de seu corpo, e tentei reprimir minha náusea cada vez mais forte. A parte racional de mim dizia que aquilo não importava. Nada daquilo importava. Eu não estava ali fisicamente. Não poderia engravidar. Na verdade, aquilo não estava acontecendo.

No entanto... Parecia muito real. E, para todos os efeitos, era. As mãos dele em mim. Seu hálito no meu pescoço. Senti exatamente como seria na forma física e sabia que era essa a intenção.

Abri os olhos e vi que meu pai me observava. Mais adiante, Kiyo ia embora para cada vez mais longe.

— Está bem — falei, mal reconhecendo minha própria voz.

Aeson me virou e me beijou, áspero e desagradável, sem se importar com o fato de meus lábios permanecerem inertes e eu não beijá-lo de volta. Ele me empurrou, batendo minhas costas nas pontas afiadas da pedra. A última coisa que vi, antes de tudo se tornar uma escuridão completa, foi o rei da Tempestade me observando do alto, com uma expressão fria e indiferente. Fechei os olhos, tentando ignorar as dores mental e física.

Quando me permiti abri-los de novo, estava no chão, com as palmas das mãos voltadas para a superfície dura. Exatamente como antes, eu não sentia mais dor, e minhas roupas estavam inteiras mais uma vez. Outra ilusão... Uma ilusão da qual meu corpo não tinha lembrança alguma, mas que ficaria gravada na minha mente por algum tempo, imaginava. Me levantei e segui em frente, em direção a Kiyo.

Mais alguém me esperava na câmara seguinte. Um homem que eu nunca tinha visto antes. Ele era magro e pequeno, vestido de veludo escarlate, beirando o grotesco. Segurava um embrulho envolvido em um pano e andava de um lado para o outro, nervoso. Quando me viu, seu rosto se iluminou, aliviado.

— Aí está a senhora, Majestade! — exclamou ele. — Eu estava esperando.

— Esperando o quê?

Ele me ofereceu o embrulho.

— Para lhe dar sua coroa. A senhora tem que usá-la.

Olhei para o embrulho, nervosa, e, então, para a parede branca e lisa que me separava de Kiyo.

— É o que preciso fazer para seguir adiante? Usar a coroa?

Ele assentiu, se mexendo nervosamente no mesmo lugar.

— Depressa. O tempo está acabando.

Eu sabia para que era a coroa. Sabia o que Dorian fizera do lado de fora da fortaleza de Aeson. De alguma forma, por algum motivo, eu havia conquistado a Terra dos Amieiros. Tinha me tornado sua rainha. No entanto, com toda certeza, não queria isso. Se saísse viva dali, iria, definitivamente, retificar o problema. Porém, se era necessário usar a coroa para apaziguar aquela tormenta sádica, eu faria isso. Era muito mais fácil do que tudo pelo qual eu já tinha passado.

— Está bem. Me dê a coroa.

Ele me entregou o embrulho. Quase o deixei cair quando vi o que tinha dentro.

Aeson usara um ornamento dourado. A coroa de Dorian, que ele raramente colocava, era igualmente simples. Parecia um aro de folhas laminado em metais diferentes: prata, ouro e cobre. Presumi que Maiwenn e os outros monarcas do Outro Mundo usassem itens semelhantes.

Mas aquilo... Aquilo não era um simples ornamento. Era pesado e feito de platina, um retorcido intricado de metal, decorado com diamantes e ametistas. A coroa do rei da Tempestade. Só que menor. Um pouco mais delicada. Desenhada para uma mulher.

— O que é isso? — perguntei.

O homem me olhou, intrigado.

— A sua coroa.

— Esta não é a coroa da Terra dos Amieiros. É a coroa do meu pai.

— E o que mais a senhora usaria, Majestade?

Tentei devolvê-la ao homem, mas ele se afastou.

— Não quero esta coroa. Não vou usá-la.

— A senhora tem que usar. É o único jeito.

Ele me olhou, implorando, como se torcesse para eu passar logo para o estágio seguinte daquele jogo. Eu não precisava daquela súplica. Queria seguir em frente também. Muito. O bastante para finalmente erguer a coroa com meus dedos trêmulos e acomodá-la sobre a cabeça.

De repente, eu não estava mais na câmara, e sim num penhasco alto, com vista para prados vastos e ondulados. O céu estava negro e carregado de nuvens, e raios dançavam em meio a elas. Lá embaixo, nos prados, exércitos se estendiam até tão longe quanto os olhos podiam ver. Exércitos de nobres e espíritos e a miríade de criaturas que viviam no Outro Mundo. A coroa pesava na minha cabeça e, no entanto, mal conseguia segurar meu cabelo quando o vento batia em mim. Um vestido de veludo índigo envolvia meu corpo, e uma capa de pele prateada e preta cobria meus ombros. Na mão esquerda, eu segurava a varinha, e no outro braço, um bebê.

Ele estava enrolado em mantas brancas, com os olhos fechados. Uma suave névoa de pelos de cor indistinta se espalhava por sua cabeça. Eu não tinha ideia de quem era o pai da criança — nem mesmo se era menino ou menina —, mas uma parte instintiva de mim sabia que o bebê era meu. Estiquei os dedos e toquei seu cabelo. Parecia uma penugem, como a seda mais macia e pura que se possa imaginar. O bebê se mexeu levemente com o toque, se acomodando em meus braços, e alguma coisa dentro de mim se moveu também.

Dei um pulo quando uma mão envolveu minha cintura e um corpo quente se juntou ao meu. Dorian. Uma espada pendia de sua cintura, e havia uma nova coroa sobre sua cabeça, mais elaborada que o círculo de folhas de antes. Aquela era feita de ouro maciço, pesada, repleta de joias, e impressionava os olhos. Porém, não era tão grande quanto a minha.

— Eles estão esperando por suas ordens — disse Dorian.

Segui seu olhar até os prados cobertos de pessoas e vi todos me reverenciando, com as cabeças tocando a terra. Acima deles, trovões retumbavam enquanto a tempestade formava um redemoinho, agitada.

— Não sei o que fazer — falei.

— O que você tem que fazer.

Como se mexesse por conta própria, a mão que segurava a varinha se ergueu no ar. Os exércitos se ergueram com ela, como se eu fosse um titereiro, movimentando fantoches para que ganhassem vida. Um grande estrondo ressoou entre eles, com espadas batendo nos escudos e a magia cintilando para nos saudar. Um movimento para baixo, e eu sabia que eles marchariam. Um gesto meu, e eu libertaria o próprio inferno. O estrondo ficou mais forte. O corpo de Dorian chegou mais perto. O bebê se mexeu de novo.

Minha mão pesou e começou a descer...

Eu estava sozinha na câmara de pedra. Nenhum homem. Nenhuma coroa. A passagem havia aparecido, e corri até ela.

A escuridão me engoliu, e juro que o túnel ficou mais estreito. Ainda assim, eu seguia em frente. Podia sentir Kiyo cada vez mais perto. Corri, precisando encontrá-lo, precisando lhe estender a mão, precisando...

E ali estava Kiyo.

Ele estava deitado sobre um pequeno estrado na nova câmara, em sua forma humana. De barriga para cima, inteiro e perfeito, com as mãos unidas sobre o peito, como a bela adormecida do conto de fadas.

Cheguei mais perto, e uma mulher entrou, passando na minha frente.

Não sei como não a tinha visto antes. Ela simplesmente apareceu. Entrecerrei os olhos tentando focar, mas não consegui. A aparência dela sempre mudava. Em um instante era dourada e adorável, com cabelos cor de mel que iam até o calcanhar. No outro, era pálida como a morte, com um cabelo preto para trás, como se fosse uma mortalha, e, ainda assim, bonita de um jeito assustador.

A própria Perséfone havia bloqueado o meu caminho, e eu sabia que não tinha como passar por ela.

— Me deixe ficar com ele. Por favor. Passei por todas as provas, como você queria.

O que eu queria? Era a mesma voz que eu havia escutado antes, só que agora um deleite marcava sua irritação. *Nada daquilo me importava. Não eram minhas provas. Este mundo é o que você traz para ele. Grande parte dos mortos traz culpa e arrependimento. Você trouxe seus medos.*

Olhei além dela, para Kiyo, e minha alma gritava, chamando pela dele.

— O que você quer? O que preciso fazer para levá-lo?

O que a faz pensar que eu o darei a você? Ele é meu, foi recebido justamente. Os mortos não deixam meu reino.

Quebrei a cabeça, repassando cada história ou mito que já tinha ouvido.

— E quanto a Orfeu? Você o deixou levar Eurídice.

Mas, no final, ela não partiu. Ele não era forte o bastante. Ela ficou.

— Você não precisa dele, até porque já lhe mandei tantas outras almas.

Mandou mesmo para mim? Ou em benefício próprio?

— E isso importa?

Talvez não. No entanto, agora tenho mais duas e não preciso abrir mão delas.

— Então faça isso como um favor — implorei.

Um favor? Seu deleite se intensificou. *Por que eu faria isso?*

— Porque sempre lhe servi e lhe fui fiel. E porque somos iguais. Também estou presa em dois mundos e acho que não consigo sair disso. Agora fui partida em duas para sempre.

Toquei na tatuagem de borboleta em meu braço, metade preta e metade branca. Exatamente como Perséfone, que passava metade de sua existência como deusa da primavera e a outra metade como rainha da morte. Assim como eu: metade humana, metade nobre. Metade amante, metade matadora. Em *O lago dos cisnes*, Odile é o cisne negro e Odette é o cisne branco. No entanto, ambas são interpretadas pela mesma bailarina.

Ela apenas me encarava, e eu tentava desesperadamente pensar em alguma coisa.

— Você disse que este mundo é o que trazemos. Eu trouxe amor também. Isso não conta?

Depende. Você abrirá mão de seu amor? Irá sacrificá-lo por mim? Prometa que ficará longe dele para sempre, que renunciará ao seu amor.

Olhei para a forma inerte de Kiyo, pensando em como seria nunca mais vê-lo de novo. Algo dentro de mim morreu diante daquela ideia, mas não hesitei.

— Está bem. Concordo.

Perséfone me encarou por um momento. Então Kiyo desapareceu.

Está feito.

— Você mandou a alma dele de volta? Ele vai sobreviver?

Se o corpo de Kiyo for curado logo, sim, ele irá sobreviver.

Ela continuou me encarando, e me dei conta de que não consegui garantias de retorno. Na verdade, não conseguia mais sentir aquela conexão faiscante com meu corpo.

Você está presa aqui, afirmou ela.

— Eu sei. Tudo bem. Valeu a pena.

E falei sério. A vida de Kiyo importava mais do que a minha.

Os olhos azuis-pretos-azuis de Perséfone permaneceram em mim. Então, por mais que parecesse improvável, ela suspirou.

Volte. Volte para a sua existência dual. Verei você de novo um dia e, então, você ficará aqui.

Seus dedos tocaram minha testa, e uma dor ardente me percorreu. Minha forma desapareceu em um monte de penas e asas negras, e me senti sendo puxada para fora daquele mundo. Antes de eu partir por completo, ela falou de novo. Sua voz estava cansada e, talvez, só um pouco triste.

Fique com o seu amor. Não tenho mais nada a fazer com ele.

Um instante depois, acordei em meu corpo físico, tentando respirar e me engasgando com falta de ar enquanto voltava à vida.

CAPÍTULO 28

Cerca de dois dias se passaram até eu me manter presa o bastante à minha consciência para me levantar da cama. Lembrava vagamente o tumulto do lado de fora da fortaleza de Aeson, depois de voltar para o meu corpo naquela noite, e de um pouco mais do que isso. Shaya havia me acomodado em seus braços. Dorian gritava, pedindo um curandeiro. Porém, o melhor de tudo foi que, ao meu lado, eu tinha visto Kiyo se mexer.

Agora eu estava acordada em um dos vários quartos de hóspedes do castelo de Dorian. Era menor do que os aposentos dele, mas tinha uma decoração tão opulenta quanto tudo mais ali. Fiquei consciente algumas vezes, mas só agora tinha forças para me levantar. Nia, que passara o tempo todo comigo, andando de um lado para o outro, ainda não estava muito convencida.

— A senhora não devia... A senhora precisa dormir mais...

Eu tirei a chemise com a qual haviam me vestido, trocando-a por minhas roupas recém-lavadas.

— Se eu dormir mais, vou estar morta, e já cheguei perto demais disso. Onde está Dorian? Preciso falar com ele.

— Tenho certeza de que virá até a senhora, Majestade.

Fiz uma careta diante daquele título.

— Não. É só me levar até ele.

Apesar dos protestos, seu senso de obrigação não pôde desobedecer à ordem. Nia me conduziu pelo labirinto de corredores, por onde recebi inúmeros olhares curiosos de seus diversos ocupantes. Depois de um tempo, passei a ser vista como um dos acessórios fixos do castelo, aceito e ignorado. Agora, as pessoas me olhavam com a mesma curiosidade assustada do começo.

Lá fora, encontramos Dorian em um dos jardins, curvado sobre um cachorrinho peludo. Muran perambulava, e os dois tentavam em vão convencer o cachorro a deitar e a rolar. O cachorro simplesmente ficava sentado, olhando para eles e abanando o rabo.

Dorian notou a minha presença e deu um grande sorriso. Os curandeiros haviam trabalhado nele também, e não restou um vestígio das queimaduras.

— Rainha Eugenie, que ótimo vê-la dando uma volta.

Muran quase caiu para fazer uma reverência.

— S-sua Majestade.

— Precisamos conversar — falei a Dorian com firmeza. — A sós.

— Nunca me canso de ficar a sós com você. Nia, leve essa fera irracional com você. E o cachorro também.

Ele gesticulou para que todos se afastassem.

Uma vez sozinha com ele, perguntei, exigindo uma resposta:

— Em que diabos você estava pensando?

— Há tantos incidentes aos quais você poderia estar se referindo. Nem sei por onde começar.

— Sabe, sim. Você me fez me tornar rainha do reino de Aeson.

— O seu reino agora, minha querida.

Eu andava de um lado para o outro sobre a grama, irritada. Estávamos no meio de um dia frio, seco e ensolarado.

— Eu não queria isso. Você não tinha o direito de fazer uma coisa dessas.

— Está feito. Além do mais, se eu não tivesse feito isso, alguém poderia tê-lo tomado. Você teria gostado de ver sua encantadora irmãzinha no trono?

Aquilo me fez parar. Deram uma vasta busca, mas não encontraram sinal algum de Jasmine. Ela fugiu sem deixar rastros durante a luta contra os yeshin.

— Dê isso para outra pessoa. Tem que haver uma opção melhor do que Jasmine e eu.

— Dar para alguém? — perguntou Dorian numa gargalhada impressionante e melódica, aquela que declarava que o mundo inteiro era uma brincadeira. — A terra reconheceu você. Não dá para voltar atrás. Ela é sua para sempre... Bem, pelo menos até você morrer. Ou passá-la para um herdeiro.

— Que ótimo. Lá vamos nós de novo. Eu já devia saber que você iria começar a me pressionar com isso.

— Não fiz uma coisa dessas... Mas já que você tocou no assunto...

Parei de andar e lhe lancei um olhar furioso.

— Desista. Não quero falar sobre isso. Não quero nem pensar nisso.

Parte de seu humor sumiu.

— Talvez você devesse fazer isso. Jasmine certamente o fará. Se ela tiver um filho primeiro, todas as suas boas intenções não importarão. Você diz que não quer, mas, sabe... Tudo poderia ser diferente se você fizesse isso antes dela.

Aquilo era tão alarmantemente parecido com o que o rei da Tempestade havia me falado no Submundo que eu nem sabia o que dizer. Será que era coincidência? Eu tinha quase certeza de que tudo que vira ali era uma ilusão com o propósito de testar minha determinação e de me fazer enfrentar meus medos.

— O que foi? — perguntou Dorian, vendo a minha cara.

Não havia nada de malicioso nem de quem sabia de algo na expressão que ele tinha no rosto, apenas preocupação.

— Nada. Escute, esqueça a profecia por um minuto. Volte para o lance da Terra dos Amieiros. Se você estava tão preocupado com a possibilidade de ela cair em mãos erradas, porque não a agarrou para si mesmo?

— Ora, Eugenie, você acha que eu tenho tanta sede de poder assim?

— Acho, sim. Já ouvi e vi o suficiente para acreditar nisso. Quando esses reinos foram formados, você queria mais. E teve sua chance no momento em que Aeson morreu.

Dorian não respondeu, e continuei, sabendo que tinha razão:

— No entanto, isso teria incomodado muita gente, não é? Maiwenn e os outros poderiam se voltar contra você. Mas ao fazer de mim a rainha dos Amieiros... você conseguiu alguém para segurar o seu lugar. Ninguém pode dizer nada porque derrotei Aeson em uma batalha justa, e agora você tem acesso fácil ao mesmo poder. Você planeja usar a mim e a esse título idiota para expandir o seu controle.

— Você faz um mau juízo de mim. Não me admira que esteja tão decepcionada.

— Qual é! Por que mais você teria feito isso?

Dorian me olhou, surpreso.

— Ora, porque amo você.

Ele falou como se aquilo fosse a coisa mais natural do mundo. Como se eu já devesse saber disso.

— Você mal me conhece.

— Nos conhecemos há quase tanto tempo que você conhece o kitsune, e me atrevo a dizer que você acha que está apaixonada por ele. Sua pequena incursão naquela noite demonstrou isso. Pelos deuses, foi a coisa mais tola que já testemunhei na vida. Você parou de respirar. Pensei que estivesse morta.

Percebi a emoção em sua voz e fiquei muito abalada pela possibilidade de ele realmente me amar, no fim das contas. Aquilo despertou em mim um sentimento estranho, um sentimento com o qual eu não sabia lidar. Dorian amar uma pessoa era quase incompreensível. Pensei que ele amasse apenas as próprias diversões e ambições.

— Eu realmente amo Kiyo — falei em voz baixa. — E se conseguirmos nos entender... vou...

Ele deu de ombros, despreocupado e relaxado de novo.

— Não tem problema. Não me importo em dividi-la com ele.

— Você disse a Aeson que não divide ninguém.

— Como regra geral, não. E, certamente, muito menos com alguém como ele. Porém, acho que você não vai me dar exclusividade. Então, preciso fazer concessões.

— Não haverá exclusividade *nem* concessões.

— É o que você diz. Também já havia dito que nunca viria para a minha cama um dia. E que nunca usaria magia. Também deve ter dito mais uma dúzia de outras coisas. Todos nós vimos o que acabou acontecendo.

— Pare com isso. Estou falando sério.

— Eu também. Você é uma rainha agora. Controla parte deste mundo. Junte-se a mim, e teremos o maior poder desde o seu pai.

— Não quero o poder nem a Terra dos Amieiros.

— Agora é a Terra dos Espinhos.

— Eu... O quê?

— A terra se sujeitou a você. A Terra dos Amieiros era o domínio de Aeson. A sua é a Terra dos Espinhos. Você é a rainha dos Espinhos.

— Os espinheiros... — falei, me lembrando.

Se alguém tentasse forçar uma coroa de espinhos sobre minha cabeça, estaria seriamente fodido.

— Aliás, muito adequado. Uma árvore coberta de beleza, ainda que tenha partes afiadas e letais.

Balancei a cabeça.

— Não me interessam as metáforas. Não quero governar esse reino.

Ele chegou bem perto de mim com uma paixão que ardia naqueles olhos dourados e verdes.

— E então? Você acha que pode simplesmente ignorar isso? Fingir que vai passar? *A terra se sujeitou à sua vontade!*

Você não pode fugir. A sobrevivência dessa terra depende de você. Ainda mais que, por razões que apenas os deuses conhecem, você a transformou em um terreno devastado.

Fraquejei.

— Bem... Vou arranjar uma daquelas pessoas... Você sabe, alguém para governar no meu lugar...

— Um regente? Isso só vai funcionar por um tempo. Você não pode evitar a terra. Tem que voltar e visitá-la, ou ela morrerá. Vocês estão ligadas agora.

— Eu não queria isso, Dorian — falei, me sentindo cansada e pensando que, talvez, me levantar não tivesse sido uma ideia tão boa, afinal. — Você não devia ter feito isso.

— Vamos ter que concordar em discordar disso, mas farei o que puder para me redimir. Leve Shaya. Ela daria uma ótima regente. E vou lhe dar Rurik e Nia e quaisquer outros criados de quem você parece gostar razoavelmente.

— Não gosto nem um pouco de Rurik.

— Mas ele será tão leal quanto aquele cachorro que estava aqui. Mais ainda, na verdade, levando em conta o pequeno canalha insensato que o animal era. Rurik irá peneirar o que sobrou da guarda de Aeson e manterá apenas os que apoiarem você.

— Você quer dizer os que apoiam o rei da Tempestade.

— É o melhor que posso fazer — disse ele, dando de ombros. — Pode aceitar minha oferta ou não. E ainda terá que preencher outros cargos por conta própria. Nia será uma ótima aia, mas ainda não está pronta para ser um senescal. Você vai precisar de um. E de um arauto também.

Dorian falava como se listasse as coisas que eu precisaria comprar no mercado.

— Meu Deus. Estou presa nas malditas crônicas de Nárnia.

— Estou certo de que a referência seria divertida, se eu a entendesse. Por enquanto, não posso fazer mais do que isso. Estou abrindo mão de alguns dos meus preferidos por você. Estão em suas mãos — disse ele, com um sorriso no rosto, mas com uma seriedade nos olhos. — Não importa o que você pensa de mim nem de minhas motivações, juro que nunca faria você assumir as terras de Aeson se não acreditasse que as merecesse. O poder arde dentro de você, Eugenie. Eu falei sério quando disse que você superaria todos nós.

Balancei a cabeça e me virei, incapaz de ouvir aquilo.

— Estou indo embora. E não quero vê-lo de novo. Nada pessoal. Bem, na verdade, é, sim.

Comecei a caminhar em direção à porta.

— E quanto às aulas de magia?

Fiquei paralisada.

— O que têm elas?

— Não vai querer continuar?

Me virei lentamente.

— Agora já tenho algum controle sobre ela. Não é grande, mas o suficiente para impedir que eu cometa alguma besteira.

— E isso basta para você? — perguntou ele, dando alguns passos na minha direção. — Você matou um dos maiores usuários de magia deste mundo controlando a água como uma aprendiza. Imagine quando dominá-la. E os outros elementos também.

— Não. Não vou fazer isso. Não preciso disso.

— Pensei que gostasse de como a magia faz você se sentir.

A lembrança assustadora do poder tremeluziu em minha mente, e engoli em seco, com vontade de ir embora. Balancei a cabeça para ele.

— Adeus, Dorian.

Comecei a me virar de novo, mas ele me agarrou pelo ombro e me puxou para dar um beijo. Ele merecia levar um tapa, mas o beijo era intenso, como todos os seus. E sentir o seu corpo no meu me fez lembrar a noite que passamos juntos, de como ele me levou a uma selvageria da qual não pensei que fosse capaz.

— Esta foi a última vez que você me beijou — alertei quando acabou.

Ele deu um sorriso malicioso e pude ver as lembranças daquela noite em seus olhos.

— É o que você diz.

Deixei Dorian e voltei para o meu mundo.

Kiyo me encontrou alguns dias depois, como eu imaginava. Havia saído para resolver algumas coisas e, quando cheguei em casa, o vi sentado no degrau da entrada, na forma humana. Vestia uma camisa branca de algodão bem enfiada em calças cáqui. O cabelo preto estava penteado para trás, fora do rosto, e os olhos escuros estavam tão sensuais e misteriosos como sempre. Ele parecia bem — e saudável. Como Dorian, havia desfrutado dos benefícios da magia de cura dos nobres. Na verdade, Kiyo recebera a melhor de todas: Maiwenn havia cuidado dele durante sua recuperação.

— Entre — falei, destrancando a porta.

Kiyo entrou sem dar uma palavra, me seguiu e esperou enquanto eu colocava as chaves e a bolsa em algum lugar. Ofereci chá gelado a ele e, então, nos sentamos no sofá. Eu tinha tanto para lhe dizer, mas nem sabia por onde começar.

— Você parece estar melhor do que na última vez que o vi — falei, por fim.

Seus dentes brilharam em um sorriso adorável.

— Eu não precisaria de muito para isso.

Olhei para outro lugar.

— Maiwenn fez um bom trabalho.

Senti sua mão alcançar meu rosto e virá-lo para ele. Aqueles dedos abrigavam o mesmo calor do qual eu me lembrava, o mesmo formigamento elétrico.

— Pelo que fiquei sabendo, foi mais você do que ela.

— Não fiz tanto assim.

Ele fez um ruído para eu me calar.

— Sinceridade, Eugenie.

— Está bem. Foi ruim. Muito ruim. Mas eu faria de novo.

— Você é uma mulher louca e maravilhosa. Não tenho como retribuir.

Comecei:

— Não há o que retribuir. Por que você pensaria isso?

— Porque eu não merecia. Não depois do jeito...

— Não. Esqueça. Eu... Eu não devia ter surtado por causa disso. Não por causa de uma coisa que aconteceu antes de você me conhecer.

O que não acrescentei foi que, de repente, eu havia me tornado capaz de compreender o quanto determinadas informações poderiam ser perigosas para um relacionamento. Como, por exemplo, revelar que um rei nobre havia me iniciado no fetiche de ser amarrada.

— Ainda assim, eu deveria ter lhe contado.

— É — admiti —, você deveria ter contado. Mas já está feito. Posso viver com isso.

O braço de Kiyo havia me rodeado, daquele seu jeito sutil.

— O que você está dizendo?

— Você sabe o que estou dizendo. Existe muito entre nós... Ainda não estou pronta para abrir mão disso.

O braço me puxou para mais perto, e sua voz tremeu um pouco quando ele falou:

— Meu Deus, Eugenie, senti tanto a sua falta. Você é como uma parte de mim.

— Eu sei.

Nos abraçamos por um momento, em silêncio, e então ouvi Kiyo dizer em um tom cuidadoso e medido:

— Ouvi falar que você é uma rainha agora.

— É o que dizem.

— Como você se sente em relação a isso?

— Use sua imaginação.

— Dorian não tinha o direito de fazer aquilo — disse ele, com um rugido na voz.

— Você está pregando para alguém que já foi convertido. Já tive essa discussão com Dorian. Ele não vê isso como um erro. E também acha que eu deveria continuar progredindo na magia.

A mão que acariciava meu rosto parou de se mexer. Kiyo se afastou um pouco para que pudesse me olhar nos olhos.

— Essa é uma ideia ainda pior. Você não vai fazer isso, vai? Quero dizer, você já conseguiu o que queria dele, não é?

— Isso mesmo.

Ele relaxou e tocou meu rosto de novo com ternura e sensualidade.

— Vamos enfrentar o lance de rainha. Não vou deixar nada acontecer com você.

— Lá vem você de novo com a proteção do macho. Quem trouxe você de volta do mundo dos mortos?

— Tem razão.

Dei voz a algo que já vinha pensando havia algum tempo:

— Como... Como você soube quando eu tentaria invadir o castelo de Aeson? Você vigiava mesmo as terras dele, esperando por mim?

Ele franziu os cantos dos olhos com sedução e mistério. Deslizou as mãos até as minhas costas e deixou que seus dedos percorressem os arranhões que ainda cicatrizavam.

— Não há lugar que você vá que eu não a encontre.

Suspirei. Tinha me esquecido daquilo.

— Essas malditas vão cicatrizar um dia.

— Vou fazer mais.

Chegamos mais perto um do outro e nos beijamos, e, assim, tudo se resolveu. Não precisamos de muitas palavras para expressar o que sentíamos. Talvez seja assim quando você realmente ama alguém, quando você tem um elo com alguém. Não que não tivéssemos muito a comunicar e discutir no futuro, ainda mais se tentássemos um relacionamento. Porém, naquele momento, o beijo dizia o bastante. Era uma troca de calor, uma troca de amor, como voltar para casa.

— Ainda preciso me redimir — disse ele com os lábios a apenas alguns milímetros dos meus —, não importa o quanto você esteja se sentindo magnânima. Você sabe, o de sempre. Chocolate. Flores.

— Tanto faz. Não preciso dos códigos ocultos para saber que você quer transar comigo. Há outros mais óbvios.

— Como o quê?

— A sua mão no meu seio.

— Não. Isso ainda é sutil.

Kiyo puxou meu corpo para junto de si, transformando os dois num só.

— Agora, quando a minha boca chegar lá, você vai saber...

— Você é tão obcecado. O sexo nos pôs nessa confusão. Não sei se é saudável contar com ele para consertar tudo.

— Só tem um jeito de descobrir.

Com autoridade de rainha ou não, não me saí muito bem no protesto. E, quando ele me empurrou e me deitou no sofá, também não protestei para irmos para o quarto. Felizmente, Tim não voltou para casa. Então, não fiz suas sensibilidades entrarem em choque de novo.

Quaisquer que tivessem sido as palavras que Kiyo conteve durante nossa conversa, elas foram pronunciadas enquanto fazíamos amor, dizendo que me queria, que me amaria para sempre e que faria qualquer coisa por mim. Era o tipo de promessa que todo mundo faz quando se apaixona, mas isso não as tornava menos intensas. Pensei sobre elas por muito tempo depois que ele foi embora, naquela noite, inundada de emoções, contentamento e desejo.

Eu me vestia no quarto quando uma voz disse:

— Ele é um erro, sabia? E o rei dos Carvalhos também. Você vai ficar melhor sem os dois.

Dei um pulo e me virei, brava com Volusian.

— Não me vigie assim! Meu Deus. Você estava me observando lá na sala? Qual é a de vocês, criaturas do Outro Mundo, e seus fetiches? Exibicionismos, amarrações e voyeurismo. Caramba!

Aqueles olhos vermelhos me fitavam tranquilamente enquanto eu acabava de vestir a blusa.

— Eu não estava brincando, ama.

— Sobre Dorian e Kiyo? O que tem de errado com eles? Bem, com Dorian, é meio que óbvio, mas, com Kiyo, tudo bem.

Volusian balançou a cabeça.

— Dificilmente. Kiyo é uma raposa, e parte dele pensa como uma. Ele a considera sua fêmea, e isso é perigoso. Tanto ele quanto Dorian são fanáticos a seu modo. Talvez estejam em extremos opostos, mas ambos são aferrados a suas crenças. Cada um terá os próprios planos para você. Até mesmo o kitsune, com cujas visões você tende a concordar. Cada um irá tentar dominá-la e fazê-la pensar que a ideia foi sua.

Por um momento de desassossego, pensei em como havia sido o sexo com cada um. Agressivo. Controlador. Eu havia tido poucas doses de controle, mas, no fim das contas, sempre era levada à submissão, uma submissão que aceitava bem. Houve apenas uma única noite com Kiyo — a noite em que eu havia acordado com resquícios do prazer que senti por causa do poder relembrado — em que fui realmente a dominante.

— Seria melhor você encontrar alguém mais moderado e maleável. Alguém menos ambicioso.

Refleti sobre aquelas palavras. Talvez ele tivesse razão. Talvez.

— Homens sem ambições são chatos.

— Essa sua atitude, ama, explica por que as fêmeas da sua espécie continuam lutando por igualdade. E por que continuam fracassando.

Sentei na cama e juntei as mãos.

— Não invoquei você. Foi só para me dizer isso que você veio, dr. Love?

— Não. Vim para lhe dizer que você precisa visitar seu reino o quanto antes, em vez de deixar para depois. As pessoas estão nervosas e inquietas. Você é a rainha daquele povo, e isso representa alguma coisa, não importa o quanto odeie isso. Seu povo precisa ver uma monarca forte imediatamente.

— Eu gostaria de poder adiar isso.

Meu povo, hein?

— Eu não recomendaria. A menos que você queira ter um desastre nas mãos.

— Então será que devo nomear você um de meus conselheiros agora?

— Você pode fazer o que quiser. Por mim, tendo a concordar com Finn. Já que ainda não posso rasgá-la toda e tenho que servir a alguém, prefiro ser o servo de alguém mais importante do que uma xamã humana.

Eu estava provocando Volusian, mas meus sentimentos se tornaram mais sóbrios quando pensei em Finn e na pobre Nandi.

— Só sobrou você, Volusian. Quem diria, não é?

— Eu, ama.

Seu olhar incrédulo me fez lembrar o de Dorian quando ele disse que me amava.

— Sem sombra de dúvida. Os outros eram inferiores.

Dei uma gargalhada.

— Nunca pensei que diria isso, mas, depois de tudo o que aconteceu, você é a única coisa normal com a qual posso contar.

Ele não respondeu.

— Volte para o Outro Mundo e fique com Shaya. Diga a ela que chegarei em breve. Só atravesse se tiver um recado urgente.

— Como a rainha dos Espinhos desejar.

— Ah, cale a boca.

Pronunciei as palavras para bani-lo e o mandei embora. Depois disso, me estiquei na cama e tentei avaliar minha vida até então. Eu ainda era uma xamã, uma das mais poderosas da região, se o que diziam fosse verdade. Possuía meios humanos de trabalhar e controlar a magia, usando-a para combater e expulsar qualquer coisa repugnante que escapasse para este plano. No entanto, eu também era nobre, filha de um dos maiores tiranos do Outro Mundo e, supostamente, poderia ser a escolhida para cumprir uma profecia horrível — desde que minha irmã mulher-criança não fizesse isso primeiro. Eu namorava um cara capaz de se transformar numa raposa e que poderia muito bem me atacar se um dia eu engravidasse. Tinha o amor de um rei capaz de dar nós muito bem e que queria a minha ajuda para dominar seu mundo e o meu. De alguma maneira, eu havia desenvolvido o poder de invocar tempestades e explodir pessoas. Tinha ido até a terra da morte e voltado. E, por fim, eu era uma rainha: a rainha dos Espinhos, o que não soava exatamente lisonjeiro. Por que eu não poderia ter me tornado a rainha das Violetas ou algo do tipo? Por que árvores, e não flores? Sem comentários sobre os gostos do Outro Mundo.

Eu precisava de tequila e de Def Leppard imediatamente.

Fui até a cozinha na esperança de encontrar um ou outro, mas não achei nenhum dos dois. Em vez disso, resolvi tomar a água de um jarro de vidro enorme que mantínhamos na geladeira. Me servi de uma caneca e, então, comecei a encher o jarro enquanto minha mente girava.

Por que tudo havia se tornado tão confuso ultimamente? Eu não queria nada daquilo. Só queria Kiyo e o exorcismo eventual. Amor e uma forma de pagar a hipoteca. Era isso. Não precisava de toda aquela confusão do Outro Mundo, nem dos nobres, nem de seus jogos. Eles não me ofereciam nada. Eu não queria nada de nenhum deles.

Irritada, fechei a torneira e me virei em direção ao refrigerador. Não percebi o quanto meus dedos estavam molhados até o jarro de vidro escorregar de minhas mãos. Tudo que veio depois disso aconteceu num piscar de olhos. O jarro caiu. Bateu no chão. Quebrou. Sem pensar, meus sentidos alcançaram a água e a pegaram, mandando que ela ficasse onde estava. Não havia nada a ser feito com o vidro...

No entanto, ele não se mexeu. Os cacos permaneceram paralisados no ar, assim como a água, suspensos na posição gerada pelo impacto. Olhei fixamente, emudecida, até que uma leve brisa roçou em minha pele, e percebi que os fragmentos tremiam um pouco. Com cuidado, alcancei aquele ar com minha mente e senti seu eco em resposta. Me estiquei um pouco mais e pude sentir as correntes de poder que me percorriam e iam até o espaço em torno do vidro. O ar se transformou ali, enquanto suas moléculas lutavam para evitar a queda dos cacos. De alguma forma, sem saber como, eu tinha feito o ar me obedecer, assim como acontecia com a água.

Só que isso era muito mais difícil. Aos poucos, passei a ter consciência de como eu afetava exatamente as moléculas de ar e, quanto mais consciente eu me tornava, mais difícil era. Os cacos de vidro pareciam tijolos. O peso sobrecarregava meus sentidos enquanto eu os segurava. Com um pensamento casual, mandei a água embora pela pia. Forçar toda a minha atenção sobre o vidro me deu um pouco mais de força, mas eu sabia que meu controle logo enfraqueceria. Ainda assim, aguentei firme. De repente, eu queria dominar o ar, entender como ele funcionava e o que precisaria fazer para comandá-lo.

Imagine quando dominá-la. E aos outros elementos também.

Ao me conectar com o ar, aquela sensação ardente e gloriosa começou a me percorrer. Ainda faltava muito para que eu chegasse perto dos níveis do sonho-lembrança, mas a onda que eu sentia agora era mais forte e doce do que a sensação de controlar apenas a água.

Foi então que Tim entrou em casa, paralisando no meio do passo que estava prestes a dar quando me viu.

— Eugenie?

Uma fadiga castigava meus músculos, e o suor escorria de minha testa. O vidro iria cair a qualquer momento e, quando isso acontecesse, a onda mágica desapareceria. Aguentei o máximo que pude, mas quando o vidro começou a se mexer violentamente, me apressei e ordenei que o ar levasse os cacos para uma lata de lixo ali perto. Meu controle era desajeitado. Apenas alguns cacos chegaram lá.

Pensei que gostasse de como a magia faz você se sentir.

Ofegante, me sentei em uma cadeira, olhando fixamente para o vidro no chão. Tim me encarava.

— Eug... O que acabou de acontecer?

A euforia do poder tremeluzia enquanto eu tentava desesperadamente invocar o ar de novo. Sem sorte. Aquela glória dolorosa e maravilhosa me escapou, como brasas passando do laranja para o cinza. Uma parte de minha alma gritava, chamando por aquela glória enquanto ela desaparecia, implorando que ela voltasse, jurando que faria qualquer coisa para que ela retornasse. Fechei os olhos e engoli em seco.

— Eugenie — Tim tentou de novo. — O que foi isso?

Abri os olhos e segui os dele até o vidro que ainda estava no chão. Levei um instante para encontrar minha voz e, quando a encontrei, ela veio suave e rouca:

— Não sei. Mas acho que quero isso.

Editora responsável
Luciana Figueiredo

Produção
Adriana Torres
Ana Carla Sousa

Produção editorial
Gabriel Machado

Revisão de tradução
Fernanda Mello

Revisão
Eduardo Carneiro
Eni Valentim
Flávia Midori
Luiza Schiavo Magalhães

Diagramação
Filigrana

Este livro foi impresso no Rio de Janeiro, em junho de 2011,
pela Ediouro Gráfica, para a Agir.
A fonte usada no miolo é IowanOldSt BT, corpo 10,5/14,5.
O papel do miolo é chamois 80g/m², e o da capa é cartão 250g/m².

www.ediouro.com.br
www.agitolivros.com.br